Corinna Waffender

Tod durch Erinnern

Kriminalroman

Dieses Buch erzählt eine fiktive Geschichte. Figuren und Handlung sind frei erfunden. Ähnlichkeiten mit bereits Verstorbenen oder noch Lebenden sind rein zufälliger Natur.

für Förgie & Co

Lektorat: Gertrud Deutz/Regina Nössler

Erste Auflage März 2009
Zweite Auflage September 2012

Umschlag und grafische Realisierung von Sergio Vitale unter Verwendung eines Fotos von fotolio.
Gesamtherstellung: Finidr
ISBN 978-3-89656-166-4
Printed in the Czech Republic.

Bitte fordern Sie unser Gesamtverzeichnis an:
Querverlag GmbH und Salzgeber & Co. Medien GmbH
Akazienstraße 25, D-10823 Berlin
www.querverlag.de | www.salzgeber.de

Querverlag

Möglich ist alles.
Inge Nowak

Etwas Unbewusstes kann man nicht mit
Proklamationen oder Verboten abschaffen.
Man kann sich nur dafür sensibilisieren,
um es zu erkennen, bewusst zu erleben
und es so unter Kontrolle zu bekommen.
Alice Miller

PROLOG

Heute vor acht Jahren. Seither habe ich an jedem ihrer Todestage hier gesessen und mir überlegt, was aus mir geworden wäre, wenn sie noch leben würde. Darüber denke ich oft nach; doch im Sommer ist es besonders schlimm. Ich versuche es zu vergessen, zu verdrängen, schiebe beharrlich beruhigende Bilder vor mein inneres Auge. Manchmal verschont mich die Erinnerung für ein paar Stunden, wenn es gut läuft, auch ein paar Tage. Nie jedoch verschwindet es ganz, es lässt mich nicht los, denn Schuld und Scham haben meine Seele zerfressen: Ich bin durchlöchert von fremdem Leben und Sterben. Ihr habt euch unter meine Haut geschoben, zu viel Abschied hat mich unfertige Tränen gekostet, ich kann um nichts anderes weinen als um das, was ich damals verloren und seither nicht wiedergefunden habe: Ruhe, Freude und den Glauben an das Gute im Menschen.

Ihr Grab ist schlicht. Wie jedes Jahr stehen schon frische Blumen in einer Vase, wenn ich komme. Ich stelle meine daneben, pralle Astern in hellem Violett, und setze mich auf die schmale Bank gegenüber. Es ist keine Trauer, die ich empfinde. Die Frau, die hier begraben liegt, fehlt mir nicht. Was mir fehlt, ist die Unbeschwertheit, die mir ihr Tod genommen hat. An ihre Stelle ist etwas anderes gerückt: Sinnlosigkeit und die Angst, keine Antwort auf die Frage zu finden, wer ich bin und was ich soll. Mein Leben ist der Versuch zu verstehen, wie ein Mensch, der die Unendlichkeit erklären kann, zum Töten fähig ist. Hast du eigentlich jemals begriffen, was du mir damit angetan hast?

Acht Jahre zuvor, im Sommer 2000

Sie hatte nur noch wenige Meter Vorsprung und ihre Beine wurden immer schwerer. Mit jedem Schritt, der sie vorantreiben sollte, kam sein keuchender Atem näher. Es hatte keinen Sinn zu schreien, niemand würde sie in diesem abgelegenen Waldstück an der Grenze zu Frankreich hören. Es war ein Fehler gewesen, mit ihm hierher zu kommen. Sie hatte es gewusst und dennoch getan. Weshalb nur? Unter ihren Füßen knackten die Zweige, die tiefer hängenden Äste schlugen ihr ins Gesicht und sie lief um ihr Leben, dessen Ende wenige Meter weiter auf sie wartete.

Kai senkte das Buch und blickte auf den kleinen See. In den letzten Wochen war sie öfter zum Lesen in den Park gekommen. Der Sommer hielt in der kleinen Hinterhauswohnung keinen Einzug. Doch es war nicht nur die deprimierende Stimmung in den schattigen Räumen mit den blutrot gestrichenen Holzböden. Sie hatte schon in schlimmeren Unterkünften gehaust, in engeren Küchen gesessen, in schlechteren Betten geschlafen. Das Bedürfnis, unter freiem Himmel zu sein, hatte mehr mit dem Gefühl zu tun, sich in ihren vier Wänden seltsam ungeschützt zu fühlen. Als ob sie hinter ihrer Wohnungstür auf ungebetene Gäste vorbereitet sein müsste. Das war der Grund gewesen, den Park als Treffpunkt vorzuschlagen. Ein Picknick, wie in alten Zeiten, sie würde Kaffee mitbringen. Später war es ihr unangemessen, fast zynisch vorgekommen, die Angelegenheit so betont locker zu verhandeln. Verhandeln? War es darum überhaupt gegangen? Das Gespräch hatte Kai viel mehr aufgewühlt, als sie erwartet hatte. Sie waren nicht laut geworden, sie hatten sich unterhalten wie zwei vernünftige, erwachsene Menschen, sogar das eine oder andere freundliche Wort war gefallen. Und doch, die Begegnung hatte Spuren hinterlassen. Natürlich. Auch wenn sie sich mit einem festen Händedruck verabschiedet hatten, war die Distanz geblieben. Sie begleiteten einander nirgendwohin, beide gingen am Ende wieder ihrer Wege, so allein, wie sie gekommen waren.

Kai war tiefer in den Park hineingelaufen, hatte ihn ziellos durchquert und sich schließlich auf die Bank gesetzt und versucht zu lesen. Sie wollte nicht nachdenken. Noch nicht. Doch immer wieder schweiften ihre Gedanken von dem Krimi ab: Sie hatten auf der Wiese gesessen, und wer auch immer sie von Weitem gesehen hatte, wäre nicht im Traum darauf gekommen, worüber sie redeten. Reden mussten. Kai hatte zuerst nicht gewollt, aber dann hatte sie ihre Chance gewittert. Die Versuchung war zu groß gewesen. Unwillkürlich griff sie jetzt in ihre Tasche und tastete nach dem Umschlag. Startkapital für ein neues Leben. Längst fällige Schulden. Sie nahm die Scheine heraus, betrachtete sie und steckte das kleine Vermögen in die Fächer ihres Portemonnaies, das sich kaum mehr schließen ließ.

Je länger sie das Buch aufgeschlagen in den Händen hielt, umso deutlicher fühlte sie ihre Erschöpfung. Als wäre der Krimi im Taschenformat aus Blei. So wie ihre Augenlider. Zweimal war sie trotz der inneren Unruhe vor Müdigkeit eingenickt und davon aufgewacht, dass sie sich nicht aufrecht halten konnte. Sie kannte das. Ihr Körper war ein Seismograf für das innere Gleichgewicht: Das schon tagelang in ihr schwelende Unbehagen vor der Verabredung, das eigenartige Wiedersehen und die aufgeräumte Unruhe danach, all das löste gerade ein Beben mittlerer Stärke in ihr aus, ließ ihre Kräfte schwinden. Sie legte das Buch neben sich auf die grün gestrichenen Holzlatten und strich sich mit den Händen über Arme und Beine, die schon zu schlafen schienen. Die eigenartige Taubheit in den Fingerspitzen und Zehen mahnte sie, wegen ihrer Kreislaufprobleme doch besser zum Arzt zu gehen, statt sich mit Notfalltropfen zu behelfen. *Rescue remedy.* Ihre Finger glitten zwischen die verstreuten Gegenstände in ihrem Rucksack, aber sie konnte das kleine Fläschchen zwischen Lippenstift und Schlüssel nicht ertasten. Mehr noch: Sie konnte nichts von dem, was sie zwischen ihren Fingern vermutete, greifen, denn ihre Hände versagten ihr den Dienst. Im selben Augenblick, in dem sie spürte, dass ihr auch die Kontrolle über ihre Arme entglitt, begann sich alles leicht zu drehen. Doch es war kein Schwindel, der sie erfasste, es war eher so, dass ihre Augen nicht mehr gehorchten. Sie wollte sich aufrichten, ihre Beine zitterten, aber sie rührten sich nicht vom Fleck. Sie saß unbeweglich, staunend und mit offenem Mund: Ihre Schultern sanken nach vorn, der Rucksack fiel mitsamt Inhalt vor ihre Füße und das Fläschchen kullerte ins Gras. Sie erschrak. Was geschah mit ihr? Waren ihre Gliedmaßen gelähmt? Ein Kreislaufkollaps? Ein Hirnschlag? Oder hatte sie nur etwas Falsches gegessen und ihr Immunsystem rebellierte? Ihre Zunge lag schwer im Mund und schien anzuschwellen. Keine Chance, sich über die trockenen Lippen zu lecken, sie konnte nicht mehr schlucken. Sie versuchte ihre Gedanken zu ordnen und sah den Kuchen vor sich. Ihr wurde übel.

„Möchtest du noch ein Stück?“

Marmorierte Stücke, fein säuberlich aus Zellophan gewickelt und vor ihr ausgebreitet.

„Greif zu. Ich krieg nichts runter. Die Aufregung, weißt du.“

Sie hatte aus Höflichkeit ein Stück gegessen. Und weil sie nichts im Magen gehabt hatte. Es war so süß gewesen, dass sie es kaum geschafft hatte.

Eine schreckliche Ahnung ließ ihr das Blut in den Adern gefrieren. Wie hatte sie nur so naiv sein können?

Sie wollte die Hand nach ihrem Handy ausstrecken, ohne zu wissen, wo es lag. Ihre Augen ließen sich nicht mehr scharf stellen, sie konnte nicht sehen, dass es unerreichbar für sie neben dem aufgeklappten Geldbeutel lag, aus dem die Tausender lugten. Sie war auf der Bank zusammengesunken, der Ausschnitt der Welt um sie herum wurde immer kleiner, zuletzt gaben ihre Augen nur noch den Blick auf einen Gedenkstein im Gebüsch frei: *Alles Land bete dich an und lobsinge dir, lobsinge deinen Namen.* Im nächsten Augenblick verschwanden wie auf Knopfdruck sämtliche Gedankenfetzen und Kai stürzte in eine Dunkelheit, die sie wirbelnd in die Tiefe zog. Auf ihrer Brust lag ein ungeheurer Druck, sie spürte, wie ihre Lungen blockierten. Ihr Atem stockte, ihr Inneres wölbte sich ohne Erfolg nach außen. Bevor sie wirklich begreifen konnte, dass bereits geschah, wogegen sie gerade noch gekämpft hatte, kippte sie haltlos zur Seite und verlor das Bewusstsein.

Maike Ebling, die mit achtzehn Jahren den ersten und letzten Buchstaben ihres Namens gestrichen und den Rest kräftig durcheinandergeschüttelt hatte, würde das Ende des Krimis, der ins Gras gefallen war, nicht mehr erfahren. Ihr Herz war stehen geblieben.

„Wer hat sie gefunden?"

„Es gab einen anonymen Anruf bei der Feuerwehr."

„Telefonnummer?"

„Telefonzelle."

„Männlich oder weiblich?"

„Ein Mann."

Den zehn Minuten später eintreffenden Sanitätern bot sich kein schöner Anblick: Das Gesicht der Frau war verfärbt, der Körper in Anspannung erstarrt, selbst die dunkelblonden Haare schienen elektrisiert. In den offenen, erschreckend hellen Augen stand noch immer jene Fassungslosigkeit, von denen Gerichtsmediziner behaupteten, sie sei Filmleichen angedichtet. Hauptkommissarin Inge Nowak hatte jedoch genügend Tote in ihrem Leben gesehen, um das Gegenteil zu glauben. Wer auch immer die Gelegenheit hatte, dem Tod ins Auge zu sehen, zwinkerte ihm nicht gerade zu.

„Wissen wir, wer sie ist?"

„Ja, sie hatte freundlicherweise ihren Personalausweis dabei. Maike Ebling, sechsunddreißig Jahre alt. Wohnt erst seit diesem Jahrtausend in Berlin. Also seit ein paar Monaten."

„Und wo hat sie vorher gewohnt?"

„Nirgends."

Inge Nowak zog verständnislos die Augenbrauen nach oben.

„Sie war", fuhr der Beamte fort, der vor ihr und Berger am Tatort eingetroffen war, „zuletzt in Köln gemeldet, hat sich dort vor acht Jahren abgemeldet und wurde hier erst wieder im März 2000 auf dem Einwohnermeldeamt vorstellig."

„Tja, in dem Alter verschwindet man eben gern von heute auf morgen."

„Wie meinst du das?", fragte Berger, der Mühe hatte, aufrecht zu stehen.

„Erfahrung."

Wolfram Berger, der an der Seite von Hauptkommissarin Nowak ermittelte, wusste zu wenig über ihre Vergangenheit, um zu ahnen, warum: Inge war kurz nach der Wende nach Berlin gezogen. Sie war gerade frisch geschieden, ihre Tochter Marit dreizehn Jahre alt, und sie selbst hatte kurz vor einem Nervenzusammenbruch gestanden. Nach ihrem vierunddreißigsten Geburtstag war ihr die Vorstellung plötzlich unerträglich geworden, ein Leben lang zwischen Hamm und Münster zu pendeln, den einen oder anderen Junkie aus dem Dortmund-Ems-Kanal zu fischen und dabei zuzusehen, wie das Leben an ihr vorüberzog, während ihr Exmann das seine in vollen Zügen genoss. Sie hatte dafür kein Talent. Sie war zwar nach der Scheidung froh gewesen, ihn los zu sein, aber in der alten Umgebung neu anzufangen, wollte ihr nicht gelingen. Deshalb hatte sie um eine Versetzung nach Berlin gebeten und in Lehrgängen nachgeholt, was nötig war, um die Laufbahn zur Kommissarin einzuschlagen. An Talent und Motivation hatte es nicht gefehlt, ihr Alter stimmte, ihre Akte war tadellos und in der neuen Hauptstadt suchte man händeringend Kriminalbeamte ohne Stasivergangenheit. Inge Nowak hatte ihre Tochter und zehn berstende Umzugskisten in den alten Passat Kombi gepackt, denn sie beabsichtigte nicht, je wieder in die Stadt ihrer Kindheit zurückzukehren.

Im Berliner Tiergarten war inzwischen die Spurensicherung eingetroffen. Die Wiese mit der Bank, auf der man die Tote gefunden hatte, war weiträumig abgesperrt, ein paar schaulustige Touristen schafften es dennoch, mit einem Boot nah genug ans Ufer zu rudern, um Fotos von dem Opfer zu machen.

„Kamera einziehen und herbringen!", ordnete Inge Nowak an und bedeutete zwei Beamten, sich darum zu kümmern. Die Sensationsgeilheit Unbeteiligter ging ihr jedesmal auf die Nerven. Pietät wurde immer mehr zum Fremdwort.

„Was sagst du?", fragte sie Berger, mit Blick auf die Tote.

„Zweimal sterben."

„Sie war schon tot, als sie gestorben ist?"

Er verzog keine Miene.

„Nein, so hieß der Krimi, den sie gelesen hatte, bevor sie von der Bank fiel."

„Und wieso fiel sie von der Bank?"

„Vergiftet. Dafür spricht ihre Haltung."

Sie nickte. „Scheint ein bisschen drastisch für einen epileptischen Anfall. Was meint der Fachmann?"

Ohne aufzuschauen antwortete der Pathologe, der neben dem leblosen Körper kniete: „Sag ich euch nach der Obduktion. Erschossen wurde sie jedenfalls nicht."

„Sonst noch was?"

Berger nickte und hielt eine durchsichtige Tüte mit zwei Geldscheinen hoch. „Außer einem Stück Kuchen hatte sie noch einen Tausender und einen Zwanziger in der Tasche."

„So viel? Na, dann fangen wir mal an. Ich fahre mit Max zu ihr nach Hause und sehe nach, ob es dort Anhang gibt. Kümmerst du dich hier um den Rest?"

Berger willigte wortlos ein. Er war Inge dankbar, dass sie ihn mit Autofahren verschonte. Sitzen war Gift für ihn. Er schaute auf die Uhr. Die nächste Ladung Schmerztabletten war frühestens in einer Stunde fällig. Bis dahin musste er es noch so schaffen. Mit der S-Bahn zurückfahren, am Fluss entlang laufen und sobald er im Büro war, die Kombi aus Kapseln und Tropfen nehmen, um zwei Stunden gnädige Ruhe zu haben. Bis zum nächsten Angriff seiner Bandscheibe auf den Nerv.

„Und sobald der Herr Doktor den Obduktionsbericht fertig hat, hätte ich ihn gern per E-Mail im Büro." Inge Nowak deutete ein Lächeln an. „Also den Bericht."

Dann gab sie Max ein Zeichen, dass sie fahren konnten, und ging zu ihrem Wagen.

Hola guapo,

Ich bin zurück. Als du damals den ersten Brief schicktest (übrigens ungeheuer stolz, weil gerade die Nachricht eingegangen war, dass du das Große Deutsche Sprachdiplom bestanden hattest!), kurz nachdem du wieder in Melbourne angekommen warst, war ich neidisch auf das Gefühl, das du Nachhausekommen nanntest. Vielleicht ist es einfacher, nach Australien heimzukehren als nach Deutschland. Ich könnte nicht sagen, dass ich mich dorthin gesehnt hätte, wo ich hergekommen war, obwohl ich in all den Jahren das verschwenderische Juligrün meiner Heimat (schon das Wort macht mich misstrauisch) vermisste. Ich hatte es so viel lebensfroher in Erinnerung als das ausgebrannte Gelb der sengenden Sonne, unter der wir aufeinander trafen. Du kennst es alles, diese satten Farben der Bäume und Wiesen, das sanfte Rauschen der Blätter im Wind – du hast mir erzählt, der Sommer habe in jenem August, in dem du in Deutschland warst, dein Herz erobert. Du konntest kaum fassen, wie es an einem Unglücksort so sehr nach prallem Leben roch, dass dich nicht das Grau der erkalteten Gaskammern und das Schwarz der Rußspuren erschlagen hatte, sondern die in voller Blüte stehende Landschaft um die flachen Baracken und steinernen Bauten herum. Du kauftest dir unweit davon bei einem Bauern einen Apfel und er schmeckte dir so gut, dass du weinen musstest. Weißt du eigentlich, wie sehr ich dich für deinen Mut bewundert habe, diese Reise zu unternehmen? Ich war beeindruckt, dass du dich an den Ort wagtest, an dem sie nur ein paar Jahrzehnte zuvor deine halbe Familie ermordet hatten. Dass du, statt dich an die sonnige Mittelmeerküste zu legen, zu der unter einem bewölkten Himmel ruhenden Ostsee fahren musstest, um nachzusehen, ob noch etwas übrig geblieben war von den Erinnerungen, die nicht dir gehörten. Ich habe dir nie gesagt, wie viel Angst ich in diesen vier Wochen um dich hatte. Wie sehr ich mich vor deiner Rückkehr fürchtete. Ich dachte, vielleicht würdest du plötzlich das Deutsche an mir suchen müssen, es am Ende finden und mich dann nicht mehr mögen. Mich nach meinem Großvater fragen. Der im Gegensatz zu deinem den Krieg überlebt hatte und noch dreißig Jahre später damit prahlte, Juden an der Nase zu erkennen. Doch du konntest die Dinge schon immer besser voneinander trennen als ich. Deutschland ist toll, hast du gesagt, sogar das Bier ist so gut wie sein Ruf – verstehe gar nicht, was du eigentlich hier machst! Und doch hattest du dabei dieses Flackern in deinen Augen. Die Unruhe, dein Erbe.

Als ich dich damals zum Flughafen brachte, mit dem Kloß im Hals, den man spürt, wenn man einen Freund gehen lässt, von dem man nicht weiß, ob man ihn jemals wiedersieht, haben wir so getan, als wäre es das Schicksal gewesen, das uns zusammengebracht und wieder auseinandergetrieben hätte, als verdankten wir es dem Zufall, eben hier und nicht da zu sein. Aber das ist nicht wahr. Jeder Weg hat einen Ursprung und eine Geschichte. So, wie es dich in jenem Sommer nach Deutschland führte, weil du nach herausgerissenen Wurzeln suchen musstest, so hatte ich Monate zuvor meinen Anker gelichtet. Etwa zur gleichen Zeit, als du eine Frau und einen Gemüsegarten hinter dir gelassen hast, um in einem anderen Kontinent dein Coming-Out zu wagen. In einer Wohnung voller wackliger Möbel und einer nicht minder wackligen Seele im Nebenzimmer: mir. Zwei in einer meerlosen Stadt Gestrandete, die einander annahmen, wie man Überlebende ins Boot zieht, obwohl man sich selbst kaum an Bord halten kann. Wir waren gekommen, um gute und schlechte Träume trocken zu legen. Jedenfalls hatten wir uns nicht vorgestellt, fremde Wunden zu lecken. Denn das haben wir in all den Jahren hingebungsvoll getan – aufeinander aufgepasst, auch wenn wir das nicht zugegeben hätten. Uns gepflegt, wie Alte es tun, wenn nichts mehr zu verlieren ist als die Zeit. Als du an diesem Februarmorgen aus dem Bad kamst und im Vorbeigehen sagtest: Ich verschwinde bald von hier, da schien es mir, als wärest du erst ein paar Wochen zuvor angekommen, als hätte sich die Bräune nicht schon Jahre in dein Gesicht gebrannt, als wären wir noch immer Fremde auf der Durchreise. Erst am Flughafen, nachdem du dein Gepäck eingecheckt hattest, eine letzte Zigarette mit mir rauchtest, bemerkte ich, dass deine Augen die Richtung geändert hatten. Sie schauten nicht mehr hinaus, sie waren nach innen gerichtet und ich will seither glauben, du wärst dir in Granada näher gekommen.

Ich war wütend auf dich. Neidisch, dass du einen Ort hattest, für den es sich lohnte, unsere gemeinsame Wohnung aufzugeben. Ich war eifersüchtig auf deine beste Freundin auf der anderen Seite der Welt, die ich nur von Bildern kannte. Ihr würdest du von nun an erzählen, wie dein Tag verlaufen, wer oder was dir auf die Nerven gegangen wäre und welches Kochrezept du als Nächstes ausprobieren wolltest. Mit welchem Mann du unbedingt ins Bett oder in die Sauna müsstest. Was die Farbe des Himmels mit deinem Gemütszustand zu tun hätte. Ich habe dich wahnsinnig vermisst und manchmal tue ich es heute noch. Auch wenn wir uns schreiben. Seit wir beide an der virtuellen Welt teilhaben, wissen wir mehr voneinander. Meine Briefe erreichen dich schneller, ich fasse mich nicht kürzer in einer E-Mail als auf Papier, eher länger, denn nach wie vor versuche ich, ausführlich zu sein. Dir zu erzählen. Doch so viele Dinge lassen sich nicht in Worte fassen, wollen durch Blicke oder Gesten verstanden werden und manches ist nur als Leerstelle zu spüren, wenn überhaupt. Das Vakuum, das ich damals spürte, als du Granada verlassen hattest, ist der Leere, die ich jetzt empfinde, ähnlich. Es ist das Gefühl, zur falschen Zeit am falschen Ort zu sein, als fehlte dem Dasein der Grund. Als ob die Füße jeglichen Bodenkontakt verloren, die Beine einen fremden Weg eingeschlagen hätten. Fortgegangen wären ohne mich. Dabei war ich es selbst, die sich aufgemacht hat. Es heißt doch: Nach sieben Jahren kommst du an oder du gehst. Ich war angekommen und bin trotzdem gegangen. Es war und ist Zeit für Veränderung. Oder soll ich sagen: Ich will es noch einmal wissen?

Un abrazo, K.

19.000. Ausgebreitet in neunzehn großen braunen Scheinen vor ihm auf dem Schreibtisch. Ein kleines Vermögen, die Lösung all seiner Probleme auf einen Schlag. Ein Aufschub. Genug, um die ärgsten Schulden zu bezahlen und um ein paar Monate weniger angespannt über die Runden zu kommen. Schonfrist. Endlich nicht mehr jeden Pfennig umdrehen, nicht mehr die Luft anhalten müssen, ob es am Ende des Monats für die Miete und die Leasingraten reicht. Endlich Jasmin wieder zum Essen ausführen können. Vielleicht sogar ein kleiner Wochenendtrip an die Ostsee. Er atmete tief durch. Es war ein Risiko gewesen, aber alles war gut gegangen. Das Schicksal hatte es gut mit ihm gemeint.

Gleich danach, an der nächsten Telefonzelle, hatte er die Feuerwehr gerufen. Ohne Verzögerung, sobald er außer Sichtweite war. Minuten später hörte er das Martinshorn, der Krankenwagen fuhr direkt an ihm vorbei. Er hatte einen großen Bogen gemacht und sich von der anderen Seite des Parks wieder genähert, von Weitem alles beobachtet: Als die Sanitäter ihren Körper mit einem Tuch bedeckten und die leere Bahre wieder in das Auto schoben, war ihm fast das Herz stehen geblieben. Tot – sie war tot! Er konnte den Blick nicht von ihr abwenden, er sah sie selbst dann noch, als die Bank und der Krankenwagen längst von Schaulustigen umringt waren. Erst als die Polizei eintraf und die Wiese abriegelte, war er hastig in Richtung U-Bahn verschwunden. Niemandem fiel sein schneller Schritt auf, keiner nahm ihn zur Kenntnis, er war nur ein Spaziergänger, der unbeteiligt seines Weges ging.

Inge Nowak ließ nach mehrfachem Klingeln und Klopfen die Wohnung im dritten Stock von Max öffnen. Sie zog es vor, Angehörigen die schlechte Nachricht in Begleitung eines uniformierten Polizeibeamten zu überbringen. Je schneller sie den Ernst der Lage begriffen, umso besser. Kein langes Herumreden, am Tod eines Menschen gab es nichts zu beschönigen. Sie hatte nicht das Ausmaß des Schmerzes in der Hand, wohl aber die Möglichkeit, ihm einen verlässlichen Rahmen zu geben. Hier schien jedoch niemand auf eine Tote zu warten.

Die beinahe unmöblierte Wohnung erinnerte sie an ihre eigene, damals, vor dem Einzug: schlecht gestrichene Wände, notdürftig verlegte elektrische Leitungen, verlotterte Dielen und alte Fenster. Mit ein wenig Renovierungseifer und Geld konnte man auch hieraus ein kleines Altbaujuwel machen. Vielleicht hatte Maike Ebling das vorgehabt. Alles sah danach aus, dass sie noch nicht lange hier wohnte. In den Ecken des Schlafzimmers standen zwei aufgeklappte Koffer; einer mit Schuhen, der andere mit übereinander geworfenen Sportsachen. Hosen, Jacken und Blusen hingen an einer billigen Garderobe, zu der es auch eine passende Kommode gab. Auf einem hölzernen Bettgestell lag eine Matratze mit aufgeschlagenem Bettzeug in Rot und Orange. IKEA, dachte Inge Nowak, und dann fiel ihr auf, dass es sich bei den Möbeln um das komplette Studentenpaket des schwedischen Möbelhauses zum Angebotspreis handelte, mit dem ihre Tochter kürzlich ihr Gästezimmer für einen Sprachstudenten aus den USA ausgestattet hatte. Eigenartig für eine Frau, die gerade einmal sieben Jahre jünger war als sie selbst. War Maike Ebling arbeitslos gewesen? Hatte sie Geldprobleme gehabt? Aber wie kam es dann, dass sie einen Tausender mit sich herumtrug?

In dem größeren der beiden Zimmer standen zwei hölzerne Unterböcke mit einem Türblatt als Schreibtisch. Darauf lagen ordentlich nebeneinander mehrere Papierstapel und Bücher aus einer Bibliothek. Photovoltaik, Solarkollektoranlagen, Nachhaltige Energiewirtschaft. Schon die Inhaltsverzeichnisse brachten Inge Nowak an die Grenzen ihrer durchaus soliden Allgemeinbildung. Die Bücher stammten allesamt aus dem Bestand der Technischen Universität. War Maike Ebling Studentin? Mit sechsunddreißig? Die Wohnung passte dazu. Oder war sie Lehrerin? Sie würden es herausfinden. Es war erstaunlich, wie schnell sich das Bild eines Menschen zusammensetzen ließ, der nicht mehr lebte. Tote existierten lange weiter: Als Karteileichen, in Datensätzen, auf Fotos und Videobändern und natürlich in der Erinnerung derer, denen sie etwas bedeutet hatten. Das war allerdings nicht nur mit Verstorbenen so. Der Schreibtisch erinnerte Inge sofort an den von Bernd. Darauf hatte es genauso ausgesehen, wenn ihr – was war er eigentlich gewesen: ihr Freund? Ihr Geliebter? – die Lampe ausgeknipst und die Unterlagen für den nächsten Schultag neben seine schwarze Ledertasche gelegt hatte. Sie hatte nie verstanden, weswegen er sie nicht schon am Abend packte.

„Morgens bin ich konzentrierter. Dann vergesse ich nichts."

Beim nächtlichen Auszug, Hals über Kopf und ohne ordentliche Vorbereitung, hatte er nichts vergessen, im Gegenteil, er hatte kurzerhand alles mitgenommen, was er in der Wohnung seiner Neuen alles brauchen konnte. Eine Jurastudentin. Vielleicht war sie gar nicht so jung gewesen, wie Inge immer gedacht hatte. Vielleicht war sie ein älteres Semester, so wie Maike Ebling, wenn man von ihrer Wohnung auf sie selbst schließen konnte. Am Ende hatte Bernd Inge gar nicht für eine Jüngere verlassen, sondern einfach für eine Aufregendere. Wieso will ich das immer noch wissen?, dachte die Kommissarin und radierte sein Gesicht mit einem entschlossenen Kopfschütteln aus. Hier ging es nicht um sie und ihre Kränkungen, hier ging es darum, ein Verbrechen aufzuklären.

Die Suche nach einem Computer war vergeblich. Dabei hätte sie wetten können, dass Maike Ebling einen besaß. Alle hatten doch inzwischen eine direkte Verbindung ins Netz, nur sie weigerte sich beharrlich, das Multimediazeitalter bei sich einziehen zu lassen. Wozu auch? Um nach Feierabend noch mehr zu arbeiten? Inge holte ein kleines braunes Heftchen aus der Tasche und machte sich eine Notiz: PC? Internet? Telefonanschluss?

Bis auf einen Sessel und den Schreibtisch mit einem Hocker davor war der Raum leer. Keine Regale, keine Pflanzen, keine Bilder an den Wänden. Nur eine mit hellem Stoff überzogene kleinere Pinnwand hinter dem Schreibtisch. Daran steckte ein minutiös ausgefüllter Menstruationskalender mit dem Stempel einer gynäkologischen Praxis, die vielleicht einen Besuch wert war: Auffälligerweise hörten die Kreuze zwei Monate zuvor auf. War Maike Ebling schwanger gewesen? Die Autopsie würde darüber Aufschluss geben. Daneben hing eine Postkarte mit einer südländisch anmutenden Stadt und in der oberen linken Ecke, akkurat mit vier Nadeln angebracht, ein Foto. Es zeigte Maike Ebling inmitten einer Gruppe jüngerer Frauen und Männer ungefähr in Marits Alter.

Inge Nowak schaute auf den grauen Hinterhof. Ihre eigene Aussicht aus dem Schlafzimmer fünfzehn Gehminuten von hier war nicht viel besser. Sie aber hatte hinter Doppelglasfenstern alles aus ihrer Wohnung herausgeholt. Auch wenn sie wohl noch eine Weile der Bank gehören würde. Inge hatte sich nach und nach den Traum von einem behaglichen Zuhause erfüllt. Es kam nur zu selten jemand, um es mit ihr zu genießen. Ihr Freundeskreis hatte sich nach der Trennung von Bernd auf ein Minimum reduziert, und seit Marit in der kleineren Wohnung nebenan wohnte, waren zwei der vier Zimmer zu viel für einen Ein-Personen-Haushalt. Wann war man eigentlich Single und wann alleinstehend? Manchmal überlegte Inge, ob sie eines der Zimmer untervermieten sollte, doch dazu bestand keine finanzielle

Notwendigkeit und ihre Einsamkeit wäre dadurch nur allzu offensichtlich geworden. Einsamkeit? Nein. Im Grunde wollte sie keine ständige Gesellschaft. Wenn sie abends nach Hause kam, war sie froh, ihre Ruhe zu haben. Nur an den Wochenenden hätte sie manchmal gerne jemand anderen zum Essen eingeladen als ihre Tochter und wäre danach lieber nicht alleine schlafen gegangen. Was ihr fehlte, war eine Bettgeschichte.

Schrill schepperte die Türklingel, Inge Nowak fuhr herum und sah, wie ihr Kollege sich mit gezückter Pistole filmreif an die Wand drückte. Sie winkte ab und bedeutete ihm mit einem Blick, er möge in die Küche gehen. Mechanisch schob sie die Hand unter ihre Jacke und vergewisserte sich, dass ihre eigene Waffe da war, wohin sie gehörte. Sie ging leise zur Tür und schaute durch den Spion. Draußen stand eine junge Frau, die überrascht einen halben Schritt zurückwich, als sie erkannte, dass ihr eine Fremde öffnete.

„Hallo", sagte Nowak. „Sie möchten zu Maike Ebling?"

Die junge Frau sah sie zögernd an. „Ja. Störe ich? Ich war nur gerade in der Gegend und wollte ein Buch abholen."

„Nein, Sie stören überhaupt nicht. Kommen Sie herein. Ich bin von der Kriminalpolizei, Hauptkommissarin Inge Nowak."

Noch ehe sie sich ausweisen konnte, geriet die junge Frau sichtlich aus der Fassung.

„Ist etwas passiert? Mit Kai?"

„Kai? Wen meinen Sie damit?"

„Meine Dozentin. Maike Ebling. Wir nennen sie alle Kai." Sie sah erschrocken zu dem uniformierten Beamten in der Küche. „Ist etwas mit ihr?"

Eines der Klischees über Kommissare entsprachen voll und ganz der Realität: In Augenblicken wie diesen hasste auch Inge Nowak ihren Job.

„Es tut mir leid", sagte sie möglichst ruhig und ließ die Besucherin dabei nicht aus den Augen, „aber Frau Ebling ist tot."

„Tot?" Die junge Frau starrte sie ungläubig an.

„Sie wurde heute Nachmittag im Tiergarten tot aufgefunden. Wir ermitteln in diesem Zusammenhang ein mögliches Tötungsdelikt."

„Was?“

„Es könnte Mord gewesen sein.“

„Ermordet? Aber wer sollte Kai ermorden? Warum?“ Die junge Frau fuhr sich mit der Hand durch die halblangen lockigen Haare. „Sind Sie sicher, dass es Kai ist?“

„Wenn wir von Maike Ebling sprechen“, erwiderte Inge Nowak, „gehen wir davon aus, ja. Sie wurde anhand ihrer Papiere identifiziert. Aber wir suchen noch nach einer Person, die uns das bestätigen kann. In welchem Verhältnis standen Sie zu Frau Ebling?“

„Sie ist meine Mentorin. Ich studiere Ingenieurswissenschaften und Kai, also Frau Ebling, leitet in diesem Semester ein Projekt über Solarenergie.“

Inge Nowak überschlug kurz den Altersunterschied. Etwa fünfzehn Jahre, schätzte sie. Es konnte stimmen.

Allmählich ließ der erste Schock nach und die junge Frau begriff.

„Sagen Sie, dass das nicht wahr ist“, sagte sie leise und ihre Augen füllten sich langsam mit Tränen. Bemerkenswert für eine Studentin, die um eine Dozentin trauerte. Sofern sie echt und nicht gespielt waren. Inge Nowak war in all den Jahren zwei Mal auf die erste Reaktion hereingefallen. Erstaunlich, wie leicht es war, Trauer und Schock zu simulieren. Doch wenn es stimmte, wenn man tatsächlich einen Menschen durch ein Gewaltverbrechen verlor, war das noch schwieriger zu verkraften als ein tödlicher Autounfall oder eine unheilbare Krankheit. Ein Mord kam gänzlich unerwartet und mit aller Wucht, eine Möglichkeit, die man als Todesursache für gewöhnlich nicht parat hatte. Ganz abgesehen davon, dass mit einer Tötung nicht selten ein Geheimnis ans Licht kam, von dem Freunde, Bekannte oder die Angehörigen ausgeschlossen waren. Eine verschwiegene Geschichte aus der Vergangenheit, ein Doppelleben, eine Verstrickung – etwas, das dem Toten alleine gehörte und das er mit ins Grab nahm. Das machte die Einsamkeit der Zurückgebliebenen nahezu unerträglich. Aber welches Verhältnis hatte eine Studentin zu Maike Ebling gehabt, dass sie so emotional reagierte?

„Verraten Sie mir Ihren Namen?“

„Nadine Siebert."

„Wie lange, Frau Siebert, kannten Sie Frau Ebling denn schon?"

„Sie können ruhig Nadine zu mir sagen." Sie schaute auf und versuchte ein Lächeln. Dann brach sie unvermittelt ab. Schlug die Hände vor das Gesicht, schüttelte den Kopf.

Pathetisch, dachte Inge Nowak. Oder wirklich betroffen?

„Ich kann das überhaupt nicht glauben …"

Die Kommissarin schwieg, suchte mit ihrem Blick Max im Türrahmen und bat ihn mit einer schnellen Geste um etwas zu trinken. Sie bot der Studentin den Schreibtischstuhl an, holte sich selbst einen Hocker aus der Ecke des Zimmers, setzte sich der jungen Frau gegenüber und wartete, bis der Kollege mit einem Glas Wasser zurückkam. Auch Inge Nowak hatte wegen der Hitze unbändigen Durst, doch offenbar machte sie nicht den Eindruck, als könnte sie auch eine Stärkung gebrauchen.

„Hier, trinken Sie."

Nadine schaute auf und nahm das Glas entgegen. Sie nippte kurz daran und stellte es auf der Schreibtischplatte ab. „Danke." Sie holte tief Luft. „Wir haben uns erst vor einem halben Jahr kennengelernt. Kai war so etwas wie ein Vorbild für mich."

„Wieso?"

„Als das Projekt an der Uni mit ihr angefangen hat, war ich kurz davor, mein Studium zu schmeißen. Ich dachte: Ich bin völlig falsch hier. Ich bin eigentlich Umweltaktivistin, wissen Sie. *Greenpeace* und so. Eigentlich keine große Leuchte in den Naturwissenschaften. Aber ich wollte ein Fach studieren, mit dem ich später etwas für die Umwelt tun kann. Energie- und klimatechnisch. Also habe ich mich für Ingenieurswissenschaften mit Schwerpunkt Energie und Umwelt eingeschrieben. Aber nach dem ersten Semester wurde mir klar, dass das meiste mit Umweltschutz gar nichts zu tun hatte. Zumindest kam es mir so vor. Bis Kai kam. Sie war sehr speziell."

„Wie speziell?"

„Überhaupt nicht so, wie unsere anderen Dozenten. Sie ist lockerer, so normal, irgendwie."

„Sie haben sie wohl sehr bewundert."

„Ja. Sie hat mir Mut gemacht. Dranbleiben, hat sie gesagt. Um die Welt zu verändern, muss man nicht rechnen können, aber die Zahlen verstehen. Sie ist", die Studentin hielt einen Moment inne, „also sie war", fuhr sie leise fort, „sie konnte einen mitreißen, total motivieren. Sich stundenlang über eine Idee unterhalten."

„Erzählen Sie mir etwas über das Projekt."

„Wir untersuchen Einsatzmöglichkeiten von Solarenergie im Alltag. Von der Produkt- und Konzeptentwicklung bis zur Entsorgung von Restmüll. Kais Spezialgebiet."

„Was genau?"

„Nachhaltigkeit von Solartechnik."

„Können Sie das einer Laiin erklären?"

Nadine überlegte. „Na ja, alle Welt denkt, Sonnenenergie ist super umweltfreundlich und man muss da, wo viel Sonne scheint, nur einfach überall Kollektoren anbringen und sämtliche Probleme sind gelöst."

„Aber?"

„Es funktioniert nur umweltgerecht, wenn der Verbrauch im Verhältnis zur Leistung steht. Im Fachjargon: Regenerative und energieeffiziente Energienutzung. Ein komplett solarbetriebenes Auto zum Beispiel, das mit hohen Geschwindigkeiten im Straßenverkehr eingesetzt werden könnte, braucht zurzeit noch unglaublich viele Rohstoffe. Bei seiner Verschrottung – die bei Autos ja nicht so lange auf sich warten lässt – bliebe wahnsinnig viel Restmüll übrig. Silikon vor allem. Und damit haben wir leider noch ein Entsorgungs- und Recyclingproblem. Es muss also alles im richtigen Verhältnis stehen."

Nadine Siebert hatte sich trotz des Schocks in Begeisterung geredet.

„Und das wissen Sie alles von Maike Ebling?"

Die Studentin lächelte. „Das ist meine These. Meine Projektarbeit geht in diese Richtung. Kai interessierte sich dafür. Für sie ging es nicht immer nur um Wirtschaftlichkeit. Sie war die Einzige in ihrem Fach, die wirklich kritisch dachte. Umweltbewusst. Politisch. Realistisch. Und trotzdem total engagiert war. Bevor sie nach Berlin kam, hat sie in einem von der EU geförderten Projekt mitgearbeitet. Vollständig auf Solarenergie ausgerichtete Einfamilienhäuser in Granada. Dazu hat sie ein Jahr in einem Musterhaus gelebt. Total innovativ. An der Schnittstelle von Wissenschaft und Wirtschaft."

„Klingt spannend. Waren Sie eigentlich auch privat mit ihr befreundet?"

„Wir haben uns manchmal außerhalb der Uni getroffen. Am Wochenende. Ich kenne Berlin schon ein bisschen länger und habe ihr ein wenig die Stadt gezeigt."

„Hatte sie nur zu Ihnen ein so gutes Verhältnis oder auch zu anderen Studenten?"

Nadine deutete auf das Foto an der Pinnwand vor ihr: „Das ist unsere Projektgruppe. Kai hatte wohl zu allen ein gutes Verhältnis. Aber befreundet war sie eigentlich nur mit mir und Mark. Er war", sie hielt inne, „ach, ich weiß nicht, das müssen Sie ihn selber fragen."

„Was?"

Nadine zögerte. „Auf seine Art verschossen in sie. Aber das waren irgendwie alle."

„Sie auch?"

„Sie meinen, ob ich lesbisch bin?" Nadine errötete leicht und Inge Nowak fragte sich, ob aus Scham, oder weil sie sich ertappt fühlte. „Nein. Mit Kai war es etwas anderes. Sie war älter, sie wusste so viel und man fühlte sich ernst genommen in ihrer Gegenwart."

„Hatte sie einen Freund, einen Lebensgefährten? Was ist mit ihrer Familie?"

„Sie hat kaum über ihr Privatleben gesprochen. Nur von ihren Projekten, ihren Visionen. Ich glaube, es gab da eine Geschichte in Granada, und irgendwie hatte ich das Gefühl, als hätte sie Liebeskummer gehabt. Sie war eher ernst in letzter Zeit, wirkte bedrückt. Aber das ist bloß so eine Idee, damit kann ich auch ganz falsch liegen." Nadine strich sich die Haare zurück. „Ihre Schwester lebt, glaube ich, in der Nähe von Köln. Da ist sie ein paar Mal hingefahren."

Die Kommissarin notierte sich einige Stichpunkte und fragte dann: „Wo waren Sie denn heute Vormittag?"

„Bis eben gerade in der Institutsbibliothek."

„Kann das jemand bestätigen?"

„Florian. Wir leben und studieren zusammen und fahren meistens gemeinsam mit dem Rad zur Uni. Heute Morgen auch."

„Von wann bis wann?"

„Von zehn bis jetzt. Wir waren noch in der Mensa essen, danach bin ich hierher gefahren."

Inge Nowak beendete die Befragung an dieser Stelle. Alles, was sie noch wissen musste, konnte sie später in Erfahrung bringen und sie würde Nadine Siebert ohnehin mitnehmen müssen.

„Trauen Sie sich zu, Maike Ebling zu identifizieren?"

Nadine nickte und schluckte.

„Sieht sie …"

„Nein. Sie sieht aus, als ob sie schlafen würde."

Ich muss, dachte die Hauptkommissarin, als sie aufstand, gleich in der Gerichtsmedizin anrufen. Sie sollen die Leiche ein wenig aufhübschen.

Hola guapo,

Melancholisch? Ich? Nein, bloß ein wenig müde, vielleicht. Verwirrt, weil ich wieder in Deutschland bin. Und dann auch noch Berlin. Riesig, laut, unwirtlich. Aber die Leute an der Uni sind nett, wenn auch so richtig deutsch akademisch: Die Professoren sind fast alle eingebildete Schnösel, die Assistenten eingeschüchtert oder karrieregeil und die Studenten, die ich bis jetzt kennen gelernt habe, machen einen unselbstständigen und langweiligen Eindruck auf mich. Wahrscheinlich bin ich ungerecht und übertreibe, aber die andalusische Lebenslust steckt mir noch zu sehr in den Knochen. Trotzdem bin ich froh über den Lehrauftrag, ein Gefallen meines Doktorvaters, der seine guten Beziehungen nach Berlin hat spielen lassen. So habe ich wenigstens ein wenig Zeit, mich neu zu orientieren.

Auf seltsame Weise geht alles ganz einfach: Ankommen, wohnen, arbeiten – nur meine Seele kommt nicht so schnell hinterher. Sie scheint unterwegs auf der Strecke geblieben zu sein. Ich kann sie nicht orten, ich spüre mich nicht wirklich. Laufe durch das nächtliche Berlin und versuche in den Gesichtern Unbekannter zu lesen, was ich selbst nicht empfinde: Freude, Schmerz, Angst. In mir hat sich eine eigenartige Gefühllosigkeit ausgebreitet. Ich könnte nicht einmal sagen, dass sie mich stört. Sie bläst mich auf, umgibt mich, fühlt sich an wie ein Puffer zwischen mir und der Welt.

Ob ich in Granada geblieben wäre, wenn es keinen Ärger gegeben hätte? Mich weiter von Forschungsprojekt zu Forschungsprojekt gehangelt hätte und zu einer absoluten Fachidiotin in Sachen angewandter Solarenergie geworden wäre? Mit der Zeit vielleicht durchlässiger, vernünftiger, weniger stur? Ob ich diese hundert Quadratmeter erschwingliches Paradies, diese Dachterrasse, auf der ich den Rest meines Lebens verbringen wollte, jemals aufgegeben hätte, wenn mir meine Prinzipien nicht dazwischengekommen wären?

Ich weiß es nicht. Aber ich konnte und wollte nicht wegsehen. Nein, auch keine weißen Lügen, wie du das Verschweigen und Kaschieren von unangenehmen Wahrheiten nennst. Ich hätte tatsächlich nur einmal kurz die Augen zudrücken müssen. Aber du weißt, dass ich das nicht kann. Dazu bin ich zu moralisch. Zu oft zwischen vierzehn und sechzehn in der Kirche gewesen und den Gekreuzigten für seinen Starrsinn bewundert. Dabei hätte auch er nur den Mund halten müssen, um sein Leben zu retten. Nach einem Einlenken hätte er Maria Magdalena heiraten, Kinder bekommen und damit mehr Gutes tun können, als einer nicht minder korrupten Gesellschaft wie der des spanischen Spekulantentums den Märtyrer zu machen. Er hätte vielleicht auf Erden glücklich werden können. Glücklich. Früher dachte ich, Glück wäre ein Gefühl des andauernden Hochgefühls. Inzwischen bin ich überzeugt, es spielt sich in der mittleren Frequenz ab. Nicht zu hoch und nicht zu niedrig, ein wunderbarer Zustand der nichts zu wünschen übrig lassenden Mittelmäßigkeit. Glück spielte sich für mich in meinen vier Zimmern und auf dem Dach der *Calle Reyes Magos* ab, hinter Büchern, vor dem Fernsehen, auf dem Sofa, im kühlen Schatten gekalkter Wände, unter der brütenden Hitze oder hinter geschlossenen Fenstern bei feuchter Kälte, mit offenem Kamin und solarbetriebener

Heizung im Schlafzimmer. In dem ich jahrelang guten Sex hatte. Man weiß nicht, wie ein Land funktioniert, bevor man nicht eine Handvoll Fehler gemacht hat. Du weißt das, hast es am eigenen Leib erlebt: Man lässt sich bestehlen, ausnehmen, unmögliche Frisuren verpassen, wohnt in heruntergekommenen Wohnungen, geht zu schlechten Ärzten und verliebt sich in die falschen Leute. Verliert dabei eine Menge Geld und manchmal die Nerven und wenn man Glück hat, trifft man am Ende auf eine Pilar Rivera. Oder war genau das mein Pech?

– *Por nosotras*. Tu es unseretwegen. Du wirst den Kürzeren ziehen.

Sie war überzeugt davon, dass ich sowieso nichts mehr hätte ändern können. Pilar sagte, ich könne keinem mehr helfen und würde nur mir selbst schaden. Und unserer Beziehung, natürlich. Vielleicht war ich davon noch enttäuschter als von Ferreras Ignoranz. Für ihn steht seine Existenz auf dem Spiel, jahrelange Investitionen in saubere Energien, die er sich nicht von ein paar schmutzigen Geschäftsmännern kaputtmachen lassen will. Dass er von mir erwartet, im Interesse von S.O.L. zu handeln, dass er sich als Empfänger von Drittmitteln von mir distanzieren musste, trifft mich nicht persönlich. Aber dass Pilar hoffte, ich würde einfach so tun, als wäre nichts geschehen, um den Haussegen zu retten, dass sie nach zweieinhalb Jahren nicht wusste, wie viel mir Integrität und Wahrhaftigkeit bedeuten, hat mich gekränkt. Ja, du hast recht: Sie ist mir intellektuell unterlegen und ich darf nicht erwarten, dass meine Freundin Opfer für eine Sache bringt, die nicht die ihre ist. Aber was hat Aufrichtigkeit mit Intelligenz zu tun? Macht es einen Unterschied, ob ich eine anonyme Öffentlichkeit belüge und betrüge oder meine eigenen Freunde? Und ist nicht die schlimmste Lüge überhaupt, sich selbst etwas vorzumachen?

Es war das Einzige, was ich mir vorgenommen hatte, als ich nach dem Abitur begann, spanisch zu lernen: Ich wollte eine neue Sprache, um von nun an zu sagen, was ich weiß. Das war der ausschlaggebende Grund, mit achtzehn nach Madrid zu gehen. Deshalb habe ich ein Jahr lang einer durchgeknallten Familie aus der Oberschicht den Haushalt geführt und ihre

Kinder durch die Klassenarbeiten gepaukt. Ich wollte neue, wollte unvoreingenomme Worte. Je besser ich spanisch sprach, umso freier fühlte ich mich. Mit den fremden Vokabeln, die den Mund ausfüllten und müde machten, wurde ich eine andere. Umgänglicher, leiser, geduldiger mit mir und anderen. Weniger sperrig. Mutiger. Erwachsener und gleichzeitig kindischer, denn ich konnte mich nur in ganz einfachen Sätzen verständlich machen. Das machte es leichter, bei der Wahrheit zu bleiben. Meine Stimme hörte sich klarer an und auch ich wollte neu klingen: Aus Kai wurde Kaya. Das Wunderbare an Namen ist, dass andere ihn einfach akzeptieren. Nie hat sich jemand gewundert, auch du nicht. Als ob ich schon immer die gewesen wäre, die sich angesprochen fühlte, wenn man nach ihr rief. Kein Mensch ahnte, dass ich mit Kai einen Teil in mir zurückgelassen, ruhig gestellt hatte, dem ich selbst nicht in die Augen sehen konnte. Seitdem habe ich mich bedingungslos der Wirklichkeit verschrieben. Schönreden ist nicht. Und schon gar nicht, wenn es dabei um das Wohl anderer geht. Nein, Daniel, ich konnte nicht anders, als meinen Mund aufzumachen und einmal mehr einen hohen Preis dafür zu bezahlen. Wer tritt für Gerechtigkeit ein, wenn nicht die, die sie sich leisten können?

Du hast dich doch nicht wirklich gewundert, du kennst mich doch gar nicht anders! *Dílo* – Sag es: das war doch unser beider Motto. Als wir uns in Granada trafen, hatte ich über meinem Studium mein ganzes Spanisch wieder vergessen. Uns beiden war das Ringen um Wörter ein Kinder-Spiel. In der grauenvoll möblierten Wohnung, die uns die Universität zur Verfügung stellte, probierten wir miteinander aus, was mit anderen Ernst war. Zusammen brachte uns das jede Menge komischer Freunde und Freundinnen ein. Deine blieben über Nacht, plünderten den Kühlschrank und wollten nicht mehr gehen, meine blieben nach kurzer Zeit wieder aus. Am Ende waren wir doch meistens wieder mit uns allein und flüchteten am Wochenende in die Berge. Aßen frische Forellen und liefen durch rutschiges Geröll, bis wir nicht mehr weiterkamen. Hörten die *Rainbirds* und suchten nichts außer uns selbst. Haben wir uns inzwischen gefunden? Du mit deiner kleinen Firma und einem Mann, der dich partout nicht heiraten will, und ich, mal wieder mit leeren Händen zurück auf Los? Sind wir einfach beziehungsunfähig oder nur zu feige, uns zu binden? Ach, Daniel, wir sollten mal wieder ein Bier zusammen trinken. Wolltest du nicht in diesem Jahr nach Europa kommen? Ich würde dich so gerne treffen und zusammen mit dir diese Stadt entdecken!

Un abrazo, K.

Als Inge Nowak gegen 21 Uhr nach Hause kam, saß Marit an ihrem Küchentisch und löffelte von der Gemüsesuppe, die ihre Mutter sich am Abend zuvor gekocht hatte.

„Ich hatte keine Lust auf Pizza, da hab ich mich an deinem Kühlschrank bedient", sagte Inges Tochter entschuldigend. „Möchtest du auch einen Teller?"

„Gern. Ich habe heute, glaube ich, den ganzen Tag überhaupt noch nichts gegessen." Sie hängte ihre Jacke über einen der Küchenstühle und wollte sich einen Teller aus dem Schrank nehmen, doch Marit kam ihr zuvor.

„Setz dich, ich mach das schon."

So hatte sie ihre Mutter oft nach Hause kommen sehen: Erschöpft, müde und mit den Gedanken ganz woanders. An einem der vielen Tatorte, bei einer der unzähligen Leichen oder einem Täter, der sich gar nicht erst die Mühe gegeben hatte zu flüchten.

„Stress?"

„Kann man so sagen. Komische Geschichte. Geht mir an die Nieren, obwohl wir erst ganz am Anfang stehen."

Marit stellte ihr einen dampfenden Teller Suppe auf den Tisch und goss ein zweites Glas Rotwein ein.

„Erzähl!"

Schon als Kind hatte die Kleine keine kuscheligen Einschlafgeschichten hören wollen, sondern immer wieder um das Märchen gebettelt, in dem der Wolf die Großmutter fraß, und wollte ganz genau wissen, wie Hänsel und Gretel die Hexe in den Ofen gestoßen hatten. Das hatte Inge ihr erzählt und der Vierjährigen dabei gleich den Tatbestand der Notwehr erklärt.

Als Heranwachsende fieberte sie den spektakulären Fällen von *Aktenzeichen XY ungelöst* entgegen und fragte ihre Mutter Löcher in den Bauch. Kaum war Marit volljährig, nahm ihr die Hauptkommissarin das Versprechen ab, keine Dienstgeheimnisse auszuplaudern und berichtete nach Feierabend bereitwillig über ihre Arbeit. Es war befreiend, über Mord und Totschlag zu reden, die oftmals schockierenden Bilder Revue passieren zu lassen, ohne die eigenen Gefühle kontrollieren zu müssen. Außerdem hatte Marit sie zugegebenermaßen mit ihrer offenen Art zu denken nicht selten auf eine gute Idee während der Ermittlungen gebracht.

Überhaupt hatte sich ihre Tochter entgegen allen Befürchtungen ihres Exmannes und seiner Familie nach dem Umzug in die Hauptstadt prächtig entwickelt. Marit hatte das neue soziale Umfeld keinerlei Probleme bereitet: Sie war hervorragend mit den Berliner Hinterhofbanden zurechtgekommen und mit dreizehn war sie wochenlang verschleiert herumgelaufen, weil sie unbedingt Ümüt von nebenan hatte heiraten wollen. Später ließ sie sich im Freibad von einem ökumenischen Pfarrer taufen, konvertierte nach einer Weile vorübergehend zum Buddhismus und kurz vor der Strafmündigkeit hatten Inges Kollegen sie im Dienstwagen nach Hause gebracht: Marit hatte im Ostteil der Stadt ein Haus besetzt und die Polizisten bei der Räumung beschimpft. Sie haschte, als alle es taten, sie rührte nie harte Drogen an und sie gab das Rauchen kurz vor ihrem achtzehnten Geburtstag zusammen mit ihrer Mutter auf. Bei allen Eskapaden war sie eine hervorragende Schülerin und wusste lange vor dem Abitur, was sie werden wollte: Goldschmiedin.

Inge Nowak nahm einen Schluck Rotwein und rührte langsam in ihrer Suppe.

„Eine sechsunddreißigjährige Frau, vergiftet im Tiergarten aufgefunden."

„Hey, das ist ja eine echte Abwechslung zu den Schieß- und Stichwunden, die ihr sonst so zu bieten habt. Wer macht denn so etwas?"

„Keinen Schimmer. Habe gerade erst den Obduktionsbericht gelesen. Der Frau wurde wahrscheinlich Gift ins Essen gemischt. Zumindest gehen wir davon aus. Es sei denn, sie war so masochistisch, sich selbst damit hinzurichten."

„Igitt." Marit hob ihr Glas. „Auf dass du Gerechtigkeit walten lässt!"

Inge Nowak prostete ihrer Tochter leicht zu: „Mach dich nicht lustig, es gibt eine, die ist so alt wie du, und liegt jetzt wahrscheinlich irgendwo und heult Rotz und Wasser."

„Sie hatte eine Tochter?"

„Nein, eine Studentin, die an ihren Lippen hing."

„Wow! Eine lesbische Professorin mit einer studentischen Geliebten. Das riecht ja geradezu nach Eifersuchtsdrama!"

„Unsinn. Wie kommst du denn darauf?"

„Ist es nicht so, dass Giftmorde klassischerweise von Frauen begangen werden? Steht jedenfalls in den Krimis, die ich so gelesen habe."

Inge Nowak zog die Augenbrauen hoch: „Du und deine Krimis. Wie oft soll ich dir noch … "

„Schon gut, schon gut. Also: Stimmt es?"

„Nein. Sie ist Studentin, hat einen Freund und die Tote war ihre Dozentin. Und wenn es überhaupt Mord war, war er von langer Hand geplant."

„Die Russenmafia?", fragte Marit belustigt.

„Sehr witzig. Schön, wenn es so einfach wäre. Aber wer weiß: Sie hat bis vor Kurzem in Spanien gelebt."

„Wo denn?"

„In Granada."

„Ist das nicht in der Nähe von Gibraltar, wo sie dauernd Flüchtlinge ertrinken lassen?"

„Wieso lassen?"

„Weil die Spanier doch froh sind, wenn sie absaufen, dann müssen sie die Leute nicht in die Auffanglager aufnehmen. Darüber gibt's ein gutes Buch."

„Einen Krimi, schätze ich." Inge Nowak machte keinen Hehl aus ihrer Abneigung gegen Kriminalromane.

„Nein, eine ziemlich einfühlsame Geschichte über illegale Einwanderer in Schweden." Sie grinste. „Von einem ausgezeichneten Krimiautor."

Inge Nowak dachte nach. Nadine hatte etwas von einem EU-Projekt in Spanien erzählt. An der Schnittstelle von Wissen und Wirtschaft. Es könnte eine Spur sein. Vielleicht war Wissenschaftskriminalität ein neuer Arm der sich im Zuge der Globalisierung ausbreitenden Wirtschaftskriminalität. Ging es nicht neuerdings überall darum, Wissen zu verkaufen? Hatte nicht selbst der Bundeskanzler einen *Thinktank* um sich geschart?

„Was denkst du?“, wollte Marit wissen und stand auf, um die Teller abzuräumen.

„Wie das Wetter in Granada gerade ist“, antwortete ihre Mutter lächelnd und hätte etwas darum gegeben, sich jetzt eine Zigarette anzuzünden. Aber damit würde sie warten, bis ihre Tochter nach nebenan gegangen wäre. Und sich ans offene Fenster stellen.

Hola guapo,
Soll ich wieder an meine alte Uni gehen? Mein Doktorvater, der mir auch den Job hier in Berlin verschafft hat, hat mir eine Stelle dort in Aussicht gestellt. Die bloße Vorstellung, wieder an einem der Resopalschreibtische zu sitzen und Daten in den PC zu hacken, macht mir schlechte Laune. Es erinnert mich an den Gleichmut, den ich gegen Ende meiner Promotion empfand. Wenn ich daran zurückdenke, sehe ich mich im Nieselregen einkaufen, in einer Kantine lauwarme Aufläufe essen und endlose Fahrradschleifen fahren. Oder am Rhein liegen und den Frachtschiffen nachschauen. Nicht sehnsüchtig, eher erstaunt, denn sie erschienen mir viel zu groß für das trübe Gewässer und ich wunderte mich, dass keines auf Grund lief. Vermutlich schlummerte eben diese Befürchtung in mir selbst: Eines Tages steckenzubleiben, mich nicht mehr bewegen zu können, weil ich den Raum, der mich umgab, ausgefüllt hätte. Ich war träge, randvoll und gleichzeitig ausgehungert. Doch ich verspürte nicht einmal Appetit. Vor der Rückkehr dieses Gefühls habe ich Angst. Wahrscheinlich, weil ich in den letzten Jahren so hungrig war und mich so satt gelebt habe. Bevor ich nach Granada ging, passte mir mein eigenes Leben nicht. Wie der Tanker auf dem Rhein, so platzte ich fast in meinem Körper, fand nie die

richtige Tonlage, um im Chor der anderen mitzusingen. Ich war schon damals eine akademische Einzelgängerin. Aber auch als erste Geige war ich eine Fehlbesetzung: Ich fiedelte zu schnell und aggressiv drauflos, ich hörte nicht hin und niemand hörte mir gerne zu. Etwas schien aus mir herauszuwollen, drängte mit aller Kraft an die Oberfläche, lauerte unter der Haut wie eine gigantische Wucherung, die nur heraustrat, wenn man sie berührte. Ich war eine immerwährend tickende Bombe und es gelang mir nicht, sie zu entschärfen. Die, wenn sie explodierte, genau dort nachhaltige Spuren hinterließ, wo ich lieber in guter Erinnerung geblieben wäre. Noch heute frage ich mich, ob ich bei meinen Geliebten die gleiche Leere hinterließ, wie sie in mir herrschte, wenn ich wieder alleine war, die Bettwäsche in der Waschmaschine, eine Telefonnummer mehr ausradiert. In mir herrschte Krieg und ich wusste nicht, gegen wen oder was ich eigentlich kämpfte. Ich war fünfzehn Jahre zu spät in der Pubertät und fand keinen Weg heraus. Mein Herz? Ich weiß nicht einmal, ob ich eines besaß oder ob es sich in diesen Jahren der Verirrung ausgelagert hatte. Ob es innerlich ausgestiegen war aus dieser schlecht gelaunten angehenden Frau Doktor ohne Bestimmung. Ob es überhaupt das Herz war und ist, in dem der wilde Vogel wohnt, der in uns gegen den goldenen Käfig kämpft. Sicher weiß ich nur, eines Morgens mit der Sorte Gedanken aufgewacht zu sein, die keinen Sinn ergeben und doch traurig machen. Die eine Mischung aus Melancholie und Fernweh in der Brust verbreiten und sich schwer auf das Gemüt legen. Das war der Tag, an dem ich mich für das Stipendium bewarb. Sonne, dachte ich. Wahrscheinlich brauche ich selbst die Energie der Sonne am nötigsten. Du verstehst das, oder?

Un abrazo, K.

Es war ein heißer Sommer, die letzten Nächte im Juli ließen den Körper nicht zur Ruhe kommen. Inge Nowak fand bis morgens keinen echten Schlaf und beschloss, mit dem Sonnenaufgang aufzustehen. Sie kochte Kaffee, setzte sich im Morgenmantel an den Küchentisch, betrachtete den Himmel der erwachenden Stadt und dachte an Sex. Daran, mit einem dieser jungen Türken zu schlafen, die breitbeinig am U-Bahnhof herumstanden, wenn sie nach Hause kam. Was will ich von unrasierten Zwanzigjährigen?, dachte sie irritiert. Kraftstrotzende Lebendigkeit? Glatte Haut, feste Muskeln, ungestüme Hände? Inge Nowak dämmerte über den Gedanken daran auf dem Küchenstuhl ein und träumte sich, mit ausgestreckten Beinen auf der Fensterbank, ungewollt in die Arme des Jungen an der Dönertheke um die Ecke. Vielleicht hätte sie das Gefühl genießen können, wäre nicht ständig das Gesicht von Nadine Siebert dazwischengekommen und hätte sie ihren Körper nicht mit dem der halb so alten Studentin verglichen. Im Traum waren ihre Brüste schlaff, die Zellullitis an den Oberschenkeln hatte erschreckende Ausmaße angenommen und sie hörte sich sagen: Ich bin nicht mehr schön genug für dich. Doch der Dönerjunge flüsterte ihr ungehemmt Liebesschwüre ins Ohr, bis Nadine dazwischenkam und zärtlich ihren Bauch streichelte. Eine federleichte Berührung, die Inge Nowak abrupt aufschrecken ließ, weil ihr schlechtes Gewissen sie nicht weiter mit einer grundsätzlich Tatverdächtigen im Liebesspiel versinken lassen wollte. Bisher hatte sie nie das Verlangen gespürt, mit einer Frau zu schlafen. Doch nach so langer sexueller Abstinenz genügte bereits der Gedanke an nackte Haut, um Begehrlichkeiten zu wecken. Man wird, dachte Inge Nowak, ungefragt und hinterrücks alt. Es geht so schnell, dass man es gar nicht bemerkt. Das, was man für die ersten Anzeichen hält, sind schon die Manifestationen eines sich längst vollziehenden Verfallsprozesses. Ich bin dreiundvierzig, sehe aus wie hundert und habe es nicht einmal bemerkt. Marit würde ihr jetzt einen feministischen Vortrag halten; sie hatte leicht reden, sie hatte noch zwanzig Jahre Zeit, um von Kerlen zu träumen, die ihre Söhne sein könnten.

Inge Nowak trank eine zweite Tasse Kaffee und beobachtete das frühmorgendliche Treiben auf der Köpenicker Straße. Früher hatte Westberlin hier geendet, ein paar Meter weiter verlief die Mauer und als sie hier eingezogen war, waren die letzten Mauerspechte gerade dabei gewesen, sie in Einzelteile zu zerlegen. Ihretwegen hätte sie ruhig stehen bleiben können, sie war auf der zugänglichen Seite geboren, zwischen ihr und den Steinen gab es keinen Todesstreifen. Freie Übergänge, offene Tore – vielleicht hätten solche Symbole zu mehr Respekt geführt und zwar von beiden Seiten. Sie war davon überzeugt, dass nicht der Beton die Linie zog. Was danach gekommen war, trennte die einen von den anderen ebenso sehr: Wohnungssanierungen, Straßenreparaturen, Aufbau Ost für Wessis mit Geld. In Mitte, wo das Präsidium war, konnte man dabei zusehen.

Mit der Ruhe an der ehemaligen Endstation der Linie 1, in deren Aufgang sie am Abend die Dealer und Hehler mit leichten Kopfnicken begrüßt hatte, war es vorbei, der alte Bahnverlauf wurde wieder aufgenommen und nun konnte man bis Warschauer Straße fahren. Die ehemals beschauliche Straße am Mauerstreifen entwickelte sich unaufhaltsam zur Tangente zwischen den hippen Treffpunkten der *New Economy*, die in Retrokneipen Ostkola tranken und in schicken Cafés frühstückten, wenn die Ersten Richtung Treptow fuhren, um mit der Arbeit zu beginnen. Seitdem rauschte auch der Verkehr fünf Stockwerke unter Inges Wohnung von morgens um sieben bis abends um sieben unaufhörlich vorbei. Wenn schönes Wetter war und man aus dem Küchenfenster hinauf in den Himmel statt hinunter auf die Straße sah, konnte es als Meeresbrandung durchgehen. Nach hinten hatte sie die gleiche Aussicht wie Maike Ebling aus ihrem Schlafzimmer, wenngleich ein wenig höher und damit die Möglichkeit, über einiges hinwegsehen zu können. Zum Beispiel über ihre Nachbarn, die hin und wieder fette Lämmer auf offenem Feuer grillten. Außerdem war ihre Wohnung den ganzen Tag sonnendurchflutet, weswegen sie den Mietvertrag trotz des katastrophalen Zustands der Böden und der Elektroanschlüsse überhaupt unterschrieben hatte. Ihre Kollegen hatten sich an den Kopf getippt, ihr davon abgeraten. Wenn du nur ein bisschen suchst, findest du etwas Besseres, gerade jetzt! Sie aber wollte nichts Besseres. Sie wollte hoch hinaus und dabei auf dem Boden der Tatsachen bleiben. Renovieren war für den Anfang genau das Richtige gewesen. Dass sie darüber einen Mann kennenlernen würde, der sie vier Wochen glücklich machte und zwei Jahre später nervlich und finanziell ruiniert hatte, hatte sie nicht ahnen können. Sie war darauf nicht vorbereitet gewesen. Bei seinem Anblick, wie er da im zerrissenen T-Shirt, den Farbeimer in der einen, die Leiter in der anderen Hand, gut gelaunt vor ihr stand, war sie einfach schwach geworden. Er hatte gerade sein Grundstudium abgeschlossen, Flausen im Kopf und war notorisch pleite. Wenn man verliebt ist, stellt man sich nicht die Frage, ob man zusammenpasst. Man verschließt einfach die Augen vor der Wirklichkeit, wenn sie nicht der Traumvorstellung entspricht. Inge wusste das nur zu gut. Aber wieso war Maike Ebling in eine dunkle Hinterhauswohnung gezogen, wenn sie zuvor in Südspanien gelebt und sich mit Solarenergie beschäftigt hatte? Sonne, Tageslicht und Wärme mussten ihr überaus wichtig gewesen sein. Es gab darauf nur zwei Antworten: Entweder hatte sie kein Geld und die Wohnung genommen, weil sie günstig war, oder aber sie hatte beabsichtigt, nicht lange zu bleiben.

Vielleicht hat sie es geahnt?, überlegte Inge Nowak. Nein, sie dachte schon wie ihre Tochter, die zu viele Kriminalromane las. Sie sollte sich an die Fakten halten. Und die offenzulegen, war in erster Linie die Aufgabe ihrer Mitarbeiter. Sie sah auf die Uhr. Kurz vor sieben. Endlich konnte sie sich auf den Weg ins Präsidium machen.

Hola guapo,
Verzeih, dass ich bis jetzt noch nicht auf deine letzte E-Mail reagiert habe, aber es ist eine chaotische Zeit. Es sieht so aus, als würde mein Vater bald sterben. Ist das nicht eigenartig? Ich komme zurück und er geht fort. Es tut weh, ihn so zu sehen. Man spürt, dass ihn etwas von innen heraus zerfrisst. Er lässt es verbissen geschehen, keiner soll sehen, wie er leidet, seine Schmerzen erträgt er stoisch. Es ist ihm immer noch wichtig, beim Mittagessen kerzengerade am Tisch zu sitzen, obwohl es ihn übermenschliche Anstrengung kosten muss. Nach wie vor legt ihm meine Mutter sonntags das größte Stück Fleisch auf den Teller, auch wenn er so gut wie nichts mehr essen kann. Wir spielen das Spiel alle mit. Reden nicht über seine Krank-

heit, nicht über seinen Zustand und schon gar nicht über das, was kommt. Was würde es auch nützen? Sein Tod lässt sich nicht aufhalten und wir sind angetreten, ihm das Leben bis dahin möglichst angenehm zu machen. Meine Mutter kocht, putzt und wäscht, als könnte sie ihn damit retten, meine Schwester und ich plaudern über Belanglosigkeiten, er soll sich über nichts aufregen. Er hat mich nicht gefragt, weshalb ich in Deutschland bin, ich lasse es so aussehen, als wäre er der Grund. Wahrscheinlich habe ich ihn niemals glücklicher gemacht. Die verlorene Tochter kommt seinetwegen heim. Wohlgemerkt allein, das heißt, sie macht ihm wenigstens keine Schande. Mein Vater akzeptiert bis heute nicht, dass ich lesbisch bin. Was nicht sein soll, das nicht sein darf. In seiner Welt gehören Frauen zu Männern und zwar in dieser Reihenfolge. Deshalb wählt er die CDU und schleppt sich in die Kirche. Ich glaube ihm nicht, dass er an Gott glaubt, aber ich bin überzeugt, dass er alles dafür getan hat, um es sich einzureden. Soll ich jetzt versuchen, sein Weltbild ins Wanken zu bringen? Manchmal wünsche ich mir, ihn ein für allemal damit zu konfrontieren, dass ich anders bin, als er es sich zurechtlegt. Keine Karrierefrau, die keine Zeit für Familie hat, sondern ein Faultier, das den Müßiggang und Frauen liebt. Dann frage ich mich wieder: Was hätte ich davon? Absolution? Verdammnis? Und warum habe ich es nicht getan, als er sich mir noch hätte entgegenstellen können? Was ist das für eine verkorkste romantische Idee, er soll nicht mit einer falschen Vorstellung von mir sterben? Haben wir nicht alle nur ein eigennütziges Bild von den anderen und stimmt es etwa mit der Wirklichkeit überein? So wenig mein Vater weiß, wer ich bin, so wenig habe ich eine Idee davon, wer er eigentlich ist. Also habe ich mich entschieden, ihn, diesen Fremden, in Ruhe zu lassen.

Mein Vater war ein Kriegskind und seine Sehnsucht nach Ruhe und Frieden mein Verhängnis. Er hatte eine seltsame Idee von Ordnung und ich glaube, er fühlte sich sein Leben lang auf der Flucht. Die Arbeit bei der Post war wohl genau das Richtige für ihn und entsprach seinen inneren Zwängen, alles unter Kontrolle zu behalten. Dann kam er nach Hause und seine Familie war zu wenig formatiert, um sie in normierte Kisten und Fächer zu stecken. Meine Schwester und ich wehrten uns gegen seine Regeln, wir waren zu lebendig, liefen im Zickzack, wurden unangemeldet krank. Ich erinnere mich an Hustentropfen, deren bloßer Geruch mir schon Übelkeit verursachte. Ganz zu schweigen, wenn man damit einen Löffel voll Zucker beträufelte und ihn mir unter die Nase hielt. Für meinen Vater war es undenkbar, dass seine Tochter und ein Medikament nicht kompatibel sein sollten. Also prügelte er mir das Zeug in den Hals und wenn ich es erbrach, wieder von vorne. Solange, bis er den Widerstand meines Körpers gebrochen hatte. Ich lernte zu schlucken und meinen Husten zu unterdrücken. Ansonsten habe ich meinen Vater als Schattenwesen wahrgenommen. Hin und wieder trat er als müde Silhouette am Frühstückstisch oder vor dem Fernsehen in Erscheinung, eine eckige Figur, die sich mit kantigen Bewegungen durch das kleine Haus bewegte, das er eigenhändig für uns gebaut hatte. Alle außer meiner Mutter hatten ein Zimmer für sich, ein Umstand, um den mich meine Klassenkameradinnen beneideten. Mir schien es nur logisch, war es doch die einzige Möglichkeit, auf so engem Raum nebeneinander zu überleben. Durch eine Wand getrennt, hinter verschlossener Tür, in ordentlich aufgeräumten Kästchen, im rechten Winkel zueinander und auf Distanz. Abgesehen von den Hustentropfen-Schlägen hat mich mein Vater niemals angefasst. Keine Umarmung, kein Händedruck, kein Schulterklopfen. Das war Muttersache. Das Trösten und Festhalten, das heimliche *WickvapoRup*-Einreiben, damit mir nachts kein Laut entweicht. Meine Mutter, die nicht den Erst-, sondern den Zweitbesten geheiratet hatte und doch noch immer von ihm spricht, als sei er der Richtige gewesen. Nun – wenn man davon ausgeht, das Richtige wäre immer das, was man eben bekommt, dann war er das ja auch. Schweigend ertrug sie seine Wutausbrüche, als er noch Kraft dazu hatte, stellte sich schützend vor meine Schwester und mich, bis seine cholerischen Anfälle vorüber waren. Manche nennen solche Frauen, deren Kreativität im Panieren von Schnitzeln und Zubereiten von Suppen zu jeder Tages- und Nachtzeit liegt: einfach. Ich dagegen glaube, dass sie alles andere als das sind. Sie verfügen über feine Sensoren, um Katastrophen im Anmarsch zu verhindern, sie entwickeln ausgeklügelte Strategien, um zu erreichen, was andere wollen, und sie bringen dabei noch das Kunststück fertig, nie ganz unter die Räder zu geraten; im Gegenteil, meist überleben sie den Rest der Familie. Bis dahin sind sie unerbittlich. Meine Mutter liebt mich grenzenlos, so ungefragt und direkt, dass es mir beinahe unangenehm ist. Manchmal möchte ich sie schütteln und fragen: Warum bist du eigentlich so gut zu mir? Aber sie würde die Frage gar nicht verstehen und gerade das macht sie so unangreifbar. Und ich? Wieso kann ich nicht einfach genießen, dass mich eine umsorgt, nichts wissen will von mir, weil es nicht nötig ist, etwas von mir zu wissen, um mich zu mögen? Im Grunde doch das, was wir uns alle aus tiefster Seele wünschen – bedingungslos geliebt zu werden. Dafür scheine ich einfach kein Talent zu haben. Oder ist Liebenswürdigkeit keine Gabe?

Un abrazo, K.

Berger war schlecht gelaunt. Offenbar hatte er keine gute Nacht hinter sich.

„Wer kümmert sich um die Vorzeigestudentin?"

„Es wäre nett, wenn du in deiner Wortwahl etwas professioneller wärst", antwortete Inge Nowak, schärfer als beabsichtigt, und fügte hinzu: „Falls du Nadine Siebert meinst, habe ich sie für heute Nachmittag hierher bestellt."

„Ist sie keine Streberin, die ihrer Dozentin gefallen wollte? Fühlst du dich in deiner Frauenehre angegriffen?"

„Red keinen Quatsch. Aber vielleicht ist dir eine weibliche Laus über die männliche Leber gelaufen?"

Er brummte etwas in seinen Bart und ging zur Kaffeemaschine.

Bergers Nerven lagen buchstäblich blank. Er hatte die anfängliche Ischiasreizung auf die leichte Schulter genommen, hatte die Termine bei der Physiotherapeutin erst gar nicht vereinbart, die ihm der Orthopäde verschrieben hatte, hatte geglaubt, es ginge einfach wieder vorbei und sämtliche Salben und Schmerztabletten aus der Fernsehwerbung ausprobiert. Doch außer den Nebenwirkungen, nach denen er den Arzt oder Apotheker nicht gefragt hatte, hatte er keine Veranderung gespürt. Eines Nachts war alles an ihm außer seinem rechten Bein aufgewacht, woraufhin seine Frau Ines den Notarzt gerufen hatte. Berger, der noch nie in seinem Leben im Krankenhaus gewesen war, fand sich kurz darauf in einem Drei-Bett-Zimmer einer orthopädischen Abteilung wieder, wo man ihm mitteilte, er habe einen Bandscheibenvorfall. Das lag drei Monate zurück. Inzwischen war er Spezialist auf dem Gebiet opiathaltiger Schmerztabletten, doch noch immer litt er Höllenqualen, wenn er eine falsche Bewegung machte, nach wie vor wanderte ein Messer seine rechte hintere Seite auf und ab, als suchte es genüsslich nach dem geeigneten Ort, ihm den finalen Stoß zu versetzen. An manchen Tagen konnte er nicht sitzen, weil seine Lendenwirbel es nicht zuließen, an anderen konnte er nicht stehen, weil seine Waden verrückt spielten, und wenn es ganz schlimm kam, machten es die Nerven gar nicht mehr mit und er verbrachte Stunden in der Horizontalen.

Grimmig kam er mit zwei Tassen Kaffee zurück. Die Besprechung konnte beginnen.

Der Neue, Frank Erkner, hatte hervorragende Arbeit geleistet, obwohl er dabei eindeutig seine Kompetenzen überschritten hatte. Inge Nowak schätzte Alleingänge nicht, selbst wenn sie zu guten Ergebnissen führten. Das Risiko war viel zu groß, ganz abgesehen davon, dass sie die Chefin war und auch bleiben wollte.

Unabgesprochenerweise war Erkner Richtung Köln gefahren, wo Maike Eblings Eltern lebten. Innerhalb weniger Stunden hatte er alle zur Verfügung stehenden Informationen über die Tote in einem kleinen Dossier zusammengestellt und trug sie nun stolz bei der Teambesprechung vor. Trotz ihrer Verärgerung musste Inge Nowak lächeln. Im Grunde gefielen ihr solche Mitarbeiter. Sie scheuten keine Mühen und trauten sich etwas zu, ohne dabei übermütig zu werden. Dennoch hätte er für seinen kleinen Ausflug ihr Einverständnis gebraucht und selbstverständlich würde sie ihn dafür zur Schnecke machen, auf eigene Faust und auf eigene Kosten zu ermitteln. Auch wenn er in Köln studiert hatte und versicherte, ausgerechnet gestern einen alten Freund dort besucht zu haben. Und aufgrund seiner Vernetzung in der Tat eine Menge herausgefunden hatte. Die neue Generation angehender Oberkommissare war bewundernswert multimedial ausgebildet, sie kommunizierte lückenlos per Handy und Laptop, was viel Zeit und Bürokratie ersparte. Rein theoretisch. Denn seine Vorgesetzte wollte überhaupt nicht an die Auseinandersetzung mit der Finanzabteilung denken, um im Nachhinein seine Reisekosten bewilligen zu lassen.

„Demnächst“, hatte Berger neulich gemeint, „müssen wir noch einen Antrag auf eine Schwimmweste stellen, bevor wir einen Ertrinkenden retten dürfen!“

Erkner hatte am frühen Abend bei der Mutter des Opfers geklingelt und ihr die traurige Nachricht überbracht. Hildegard Ebling hatte daraufhin einen Nervenzusammenbruch erlitten, alleine das hätte ihn seinen Job kosten können. Wäre die Sechsundsechzigjährige aus der Ohnmacht nicht mehr erwacht, hätten sie nicht nur eine zweite Tote gehabt, sondern auch ein Disziplinarverfahren erster Güte, weil er ohne Erlaubnis in fremden Hoheitsgewässern schipperte. Inge Nowak schnaubte innerlich: Ein solches Vorgehen würde sie ihm ein für allemal verbieten. Doch zunächst hörte sie ihm aufmerksam zu.

Es war erst wenige Monate her, dass Otto Ebling gestorben war. Der pensionierte Postangestellte war achtundsechzig geworden, bevor ein aggressiver Bauchspeicheldrüsentumor seinem Leben ein Ende gesetzt hatte. Die Witwe, so Erkner, trug noch immer gedeckte Farben und das Wohnzimmer war voller Fotos ihres verstorbenen Mannes. Dennoch hatte sie sich nach dem ersten Schock über Maikes Tod erstaunlich schnell gefasst und konnte ihm mit fester Stimme Auskunft über ihre jüngste Tochter erteilen. Sie hatte Erkner sogar einen Ordner mit wichtigen Papieren wie Schulzeugnissen, Universitätsunterlagen, Arbeitsverträgen und Versicherungspolicen ausgehändigt, die Maike Ebling im Hause ihrer Eltern deponiert hatte, bevor sie nach Spanien gezogen war.

„Brauchte sie die nicht vor Ort?“

„Sie besaß von allem Kopien, sagt die Mutter, und ihre Schwester hatte eine Vollmacht, um in ihrem Namen Geschäfte zu tätigen.“

„Das wäre das Letzte, was meine Schwester von mir bekäme“, murmelte Berger.

Erkner war noch bei der Frau geblieben, bis ihre älteste Tochter Britta gekommen war. Sie wohnte etwa eine halbe Stunde entfernt und hatte sich sofort nach dem Anruf ihrer Mutter auf den Weg gemacht. In der Zwischenzeit war Erkner die Unterlagen durchgegangen: Nach der Geburt der zweiten Tochter hatte Otto Ebling von einem Freund günstig ein Stück Bauland erworben und mithilfe seines handwerklich versierten Schwagers nach Feierabend und an den Wochenenden ein Eigenheim gebaut. Im selben Jahr, in dem die Jüngste eingeschult wurde, konnte die Familie aus der engen Wohnung in der Stadt in die Neubausiedlung auf dem Land ziehen. Diese Informationen entnahm Frank Erkner einem kleinen Heftchen, das Otto Ebling über den Hausbau geführt und das Maike Eblings Mutter in einer Klarsichthülle aufbewahrt hatte. Zwanzig Seiten, in der Mitte zusammengetackert, zeigten den Bauherren mit seinen Helfern jeweils vor dem Grundstück nach Abschluss einer Bauphase: Estrichaushebung in dicken Wollpullovern und Anoraks, Grundmauererrichtung mit freiem Oberkörper, Richtfest mit Freunden und den neuen Nachbarn im Frühjahr bei Bier und Brezeln. Im selben Sommer noch der Einzug der ganzen Familie und auf dem letzen Bild Maike Ebling in einem rosafarbenen Wollkleid und einer grünen Schultüte vor der frisch betonierten Terrasse im Garten. Das Mädchen strahlt bis über beide abstehenden Ohren und Erkner hätte gern in den Bericht geschrieben, was er bei diesem Anblick gedacht hatte – wie ungerecht das Leben war, wenn es ein unschuldiges Kind zu einer Frau werden ließ, die mit sechsunddreißig Jahren vergiftet wurde. Und ein anderes unschuldiges Kind zu einem kaltblütigen Mörder. Denn bei einem solchen Verbrechen, das hatte er auf der Polizeischule gelernt, war Affekt auszuschließen und die Täter in nächster Umgebung des Opfers zu suchen. Einen Menschen mit Gift zur Strecke zu bringen, setzte böswillige Absicht voraus, war vorsätzlicher Mord.

„Wer könnte ein Interesse daran gehabt haben, Ihre Schwester zu töten?"

Britta Ebling war sichtlich erschüttert gewesen und hatte nur hilflos mit den Schultern gezuckt.

„Vielleicht ist alles meine Schuld. Wissen Sie, wir kommen aus einer bildungsfernen Familie. Traditionell, konservativ, kleinbürgerlich. Ich habe mir alle Mühe gegeben, meine kleine Schwester zur Revolutionärin zu erziehen. Ihr die Grundregeln des dialektischen Denkens beizubringen, die ich in den K-Gruppen der Uni aufschnappte. Manchmal glaube ich, sie hat sie von Anfang an besser verstanden als ich. Und beherzigt."

„Wie meinen Sie das?"

„Meine Schwester hatte einen Gerechtigkeitstick. Musste sich mit allem und jedem anlegen, wenn es um ihre Prinzipien ging. Wenn jemand den Mund aufmachte, sich in die Nesseln setzte, von Wasserwerfern getroffen wurde, Tränengas abbekam, dann war sie es. Im Kampf um Gleichheit, Frieden, Ökologie. Allein gegen den Rest der Welt. Mit Betonung auf: allein."

Maike hatte, so Britta, sehr an ihr gehangen, sie nach dem Auszug aus der elterlichen Wohnung regelmäßig an den Wochenenden in ihrer Wohngemeinschaft besucht.

„Hennagefärbte Haare, Pluderhosen, Chilekommitee – das ganze Programm", hatte Britta erklärt, und der mindestens zehn Jahre jüngere Erkner konnte sich nicht wirklich vorstellen, was sie damit meinte. „Andererseits fühlte sie sich in Gruppen nicht wohl. Sie mied gesellschaftliche Anlässe, zog sich immer früh zurück. Sie solidarisierte sich lieber mit aussterbenden Völkern im tropischen Regenwald als mit ihren Kommilitonen."

„Was hat sie denn studiert?"

„Sie ist Diplom-Ingenieurin. Maike war eine, der es nicht reichte, einfach nur gegen Atomkraft zu sein, sie hat sich schon mit erneuerbaren Energien beschäftigt, da wusste unser Umweltminister noch nicht, was das ist. Ihre Diplomarbeit hat sie über Nachhaltigkeit in der Energiewirtschaft geschrieben, soviel ich weiß, wurde sie damit oft in Fachartikeln zitiert. Deshalb bekam sie wohl auch das Promotionsstipendium in Granada und die Stelle in dem EU-Projekt. Sie war als Wissenschaftlerin ziemlich angesehen, aber nicht glatt genug für den Unibetrieb. Zu wenig konform."

Der Kontakt zwischen den Schwestern war auch nicht abgerissen, als Maike mit neunundzwanzig ins Ausland ging. Im Gegenteil. Britta verbrachte einmal im Jahr ihre Ferien in Südspanien und wohnte bei der inzwischen nicht mehr ganz so kleinen Schwester.

„Könnte sie Feinde gehabt haben, weil sie für die falsche Sache eingetreten ist?"

„Macht man sich nicht mit jeder Sache, für die man eintritt, auch Feinde?"

„Möglich. Hatte sie beruflich Ärger?"

„Bis letzten Sommer nicht, nein. Sie hat ihre Arbeit immer sehr genau genommen und das Solarprojekt hat ihr großen Spaß gemacht. Sie hat ein Musterhaus bewohnt, quasi die Rentabilität von Solarhäusern in Südeuropa getestet. Wenn ich es richtig verstanden habe, ging es um eine ganze Siedlung am Stadtrand von Granada. Aber dann passierte die Sache mit dem Feuer in ihrem Viertel. Meine Schwester war überzeugt davon, dass es Brandstiftung war und dass Bodenspekulanten dahinter steckten, die mit unlauteren Mitteln Profit aus dem Projekt ziehen wollten. Sie war unheimlich wütend, engagierte sich von da an in einer Art Bürgerinitiative und stand nicht mehr hundertprozentig hinter der ganzen Sache. Witterte irgendeinen Immobiliendeal. Ich glaube, deshalb hat sie sich auch mit ihrem Arbeitgeber überworfen, eigentlich ein netter Typ. Ramón Ferrera, ich habe ihn einmal kennengelernt. Maike wollte sogar nach Brüssel fahren, um dort mit den Verantwortlichen über die Projektförderung zu sprechen. Aber ich weiß nicht, wie ernst sie das meinte, meine Schwester hat viel erzählt, wenn der Tag lang war. Jedenfalls ist sie Ende des Jahres ausgestiegen, als ihr Arbeitsvertrag abgelaufen war und der Bau der Siedlung beginnen sollte. Dabei hätte sie dort wahrscheinlich auf lange Sicht Karriere machen können. Immerhin ging es um ein renommiertes Pilotprojekt, das sie wissenschaftlich betreute. Sie war immer sehr gewissenhaft und erfolgreich. Aber eben auch stur und unnachgiebig. Von Pragmatismus wollte sie nichts hören. Immer radikal, niemals konsequent – das war ihre Devise."

„Auch außerhalb ihrer beruflichen Tätigkeit? Hatte sie privat Probleme?"

„Die hatten höchstens die anderen." Britta Ebling hatte sich ein Lächeln abgerungen.

„Wie meinen Sie das?"

„Meine Schwester war eine Herzensbrecherin. Sie war begehrt. Attraktiv, redegewandt und klug. Viele Frauen verliebten sich in sie."

„Frauen?" Erkner versuchte, seine Überraschung zu verbergen.

„Maike war lesbisch."

„Aha."

Britta Ebling war auf Erkners Verunsicherung nicht weiter eingegangen und er hatte versucht, so normal wie möglich zu wirken. In Wirklichkeit war es ihm peinlich, dass er so erstaunt darüber gewesen war, als hätte er noch nie von Homosexualität gehört.

„Wer auch immer das getan hat, war sich des Vertrauens meiner Schwester sicher. Sie ist – ich meine: sie war – zu intelligent, um sich betrügen zu lassen."

„Betrügen?"

„Gift ist wie schlechtes Heroin. Man nimmt es nur von guten Freunden in gutem Glauben oder wenn man so fertig ist, dass man Gut von Böse nicht mehr unterscheiden kann."

„Woher wissen Sie das?"

„Ich arbeite seit mehr als zehn Jahren in der Drogenberatung. Ich bin Sozialarbeiterin."

„Halten Sie es für möglich, dass Ihre Schwester sich selbst umbringen wollte?"

Die Antwort kam schnell und ohne Erklärung: „Maike? Selbstmord? Niemals!"

Erkner schloss seinen Bericht im viel zu kleinen Teamraum des Präsidiums mit einem Familienfoto, das er eingescannt hatte und mithilfe seines Laptops an die Wand warf.

„Das letzte Foto mit der ganzen Familie. Maike Ebling war im Dezember nach Deutschland zurückgekehrt und wohnte in Berlin. Sie war nach Hause gefahren, um ihren Vater noch einmal zu sehen. Drei Wochen später kam er endgültig ins Krankenhaus und starb."

„Hat die Schwester ein Alibi?", fragte Berger.

„Ach so, ja. Das habe ich bereits telefonisch überprüft: Sie war den ganzen Dienstag im Büro, sie hatte Telefondienst. Das haben die beiden Kolleginnen, mit denen sie zusammen arbeitet, bestätigt. Die Mittagspause von eins bis halb zwei haben sie auch zusammen verbracht."

„Gute Arbeit, Frank, danke." Inge Nowak blickte kurz in die Runde und ihn dann geradewegs an. Ihr Ton wurde scharf: „Über die Ermittlungen auf eigene Faust sprechen wir gleich unter vier Augen, wenn wir hier fertig sind. Dann erklärst du mir, wie du gedenkst, einem Disziplinarverfahren aus dem Weg zu gehen."

Erkner sah sie erschrocken an, doch sie hatte sich bereits den anderen zugewandt.

Hola guapo,

Mein armer, verbitterter Papa. So hatte er sich seinen Ruhestand wohl nicht vorgestellt. Ich hoffe, er flattert nicht irgendwo als Zusteller-Engel herum und sieht, dass seine Jüngste nicht um ihn weinen kann. Dabei bin ich traurig. Doch es ist eine kühle Trauer, die es nicht schafft, das Eis zwischen uns zu brechen. Keine heißen Tränen, die mir bei dem Gedanken an ihn in die Augen steigen, eher ein Frösteln beim Erblicken eines Briefkastens oder eines gelben Transporters. Dann tröste ich mich damit, dass er da, wo er jetzt ist, bestimmt erst einmal Ordnung gemacht und ein Postverteilersystem eingerichtet hat. Bunte Briefmarken auf weiße Wölkchen klebt, nachdem er sie gewogen hat. Er selbst bekam am Ende noch knapp fünfzig Kilogramm auf die Waage. Ein Leichtgewicht, ich hätte ihn auf den Arm nehmen können. Aber Spaß hat er kurz vor Schluss weniger denn je verstanden. Überhaupt hat er zu selten gelacht. Das Leben war ihm bitterernst und der Tod hat ihm Furcht eingeflößt. Hoffentlich gehe ich damit einmal gelassener um, wenn es so weit ist. Abschied nehmen, wenn die Zeit dafür gekommen ist, und loslassen können. Viel wäre es ohnehin nicht, wovon ich mich lösen müsste: Eine Handvoll Freunde in der Welt verstreut, meine Schwester, meine Mutter. Das Glück, am Morgen zu erwachen und zu spüren, dass es mich wirklich gibt. Das Fest auf der Haut, wenn warmer Wind darüber streicht oder eine zärtliche Hand. Essen. Frischer Fisch, Reis, Berge von Gemüse, Knoblauch und Olivenöl. Kaffee. Bier. Die Zigarette danach. Und das unbändige Verlangen davor. Tiefe Befriedigung. Orgasmen in Kopf und Bauch. Du siehst, ich bin noch immer sehr bodenständig. Aber wozu sollte ich mir etwas vormachen? Kein Mensch außer dir würde mich wirklich vermissen, wenn ich morgen nicht mehr da wäre. Pilar? Pilar trauert schon jetzt so sehr um mich, dass sie wahrscheinlich erschrecken würde, wenn sie eine Ansichtskarte von mir bekäme. Seltsam – mich will nach einer Trennung keine als Freundin behalten. Bin ich sozial unbrauchbar? Passabel im Bett und nicht gut genug für ein Bier nach Feierabend? Kann ich das nur mit Männern? Plaudern über das Wetter, diskutieren über Politik, shoppen gehen? Sollte ich prophylaktisch zu meiner Beerdigung ein paar anonymer Trauergäste buchen, damit du nicht ganz alleine dastehst? Übrigens setze ich darauf, dass du mich nach dem Abfackeln in den *Alpujarras* verstreust und ein Efeu-Herz pflanzt, wie du es versprochen hast! Überhaupt sollte ich ein Testament machen und meine Finanzen regeln. Sonst kommt meine Mutter noch auf die Idee, mich neben meinem Vater verscharren zu lassen. Und Pilar in den Genuss meiner sämtlichen Ersparnisse. Würdest du sie nehmen und unter Leuten verteilen, die sie besser gebrauchen könnten als eine gut verdienende Reiseleiterin?

Un abrazo, K.

„Setzen Sie sich. Mögen Sie einen Kaffee?“

Nadine Siebert schüttelte den Kopf. Sie hatte offenbar nicht viel geschlafen. Ihre Augen waren klein und sie sah erwachsener aus als am Tag zuvor, als sie beim Anblick der toten Maike Ebling in lautes Schluchzen ausgebrochen war.

„Wie geht es Ihnen?"

Nadine Siebert zuckte mit den Schultern. „Ich versuche, mich an den Gedanken zu gewöhnen, dass Kai tot ist. Aber es gelingt mir nicht. Ich kann mir nicht vorstellen, sie nie wiederzusehen." Sie zuckte mit den Schultern und schluckte. „Vielleicht ist das unheimlich egoistisch, aber ich fühle mich irgendwie verlassen."

Inge Nowak schüttelte den Kopf.

„Das ist ganz normal. Der Tod zieht den Lebenden den Boden unter den Füßen weg."

Sie deutete auf Berger und stellte ihn vor.

„Wir ermitteln gemeinsam und würden Ihnen gerne noch ein paar Fragen stellen. Es kann sein, dass wir uns wiederholen, aber wir möchten keine Kleinigkeiten übersehen."

Nadine Siebert nickte.

„Wann genau haben Sie Frau Ebling kennengelernt?", fragte er unvermittelt.

„Am 19. April."

„Woher wissen Sie das so genau?"

„Es war mein erster Uni-Tag im neuen Semester und der Geburtstag von Florian. Kai hat das Projektseminar vorgestellt."

„Worum ging es dabei?"

„Um die Anwendung von solarbetriebenen Geräten im Alltag, speziell in sonnenreichen Regionen. Kai hatte in Granada ein deutsch-spanisches Forschungsprojekt geleitet. Sie kannte sich gut in der Praxis aus."

„Wissen Sie, wann und warum sie damit aufgehört hatte?"

„Nein, nicht wirklich."

„Und unwirklich?"

„Sie hat uns erzählt, dass es um Korruption ging. Dass man für den Bau von Solarhäusern ein Armenviertel niedergebrannt hat. Das konnte sie nicht vertreten."

„Das hat sie ihren Studenten einfach so in einer Vorlesung erzählt?", fragte die Kommissarin erstaunt.

Nadine korrigierte sie: „Nicht in einer Vorlesung, in einer kleinen Runde. Wir sind nur fünfzehn und haben uns workshopmäßig getroffen. Alle zwei Wochen für vier Stunden. Dazwischen bekamen wir Aufgaben, die wir dann in der Gruppe präsentieren mussten." Sie lächelte matt. „Kai hat immer gesagt, was sie dachte. Und dass sie nicht viel von staatlichen Institutionen hielt und eine Kapitalismusgegnerin war, daraus hat sie keinen Hehl gemacht. Aber sie hat nie böse über ihre alten Arbeitgeber gesprochen, keine Namen genannt, niemanden bezichtigt. So etwas hätte sie nie getan, dazu war sie zu integer. Sie hat nie jemanden schlechtgemacht, nicht mal ihre Feinde."

„Hatte sie denn welche?" Berger machte sich eine Notiz. „Ich meine: Feinde?"

„Keine Ahnung. Ich weiß ziemlich wenig über ihr Leben. Sie war eher eine gute Zuhörerin, hat nicht viel über sich selbst geredet. Hier kannte sie kaum jemanden und über ihre Freunde oder Bekannten anderswo hat sie nie gesprochen. Berlin hat ihr nicht besonders gefallen. Sie fand die Stadt zu laut, zu groß und die Leute zu unfreundlich."

„Mit wem aus der Projektgruppe hat sich Frau Ebling denn noch getroffen?"

„Ich wohne mit zwei anderen Studenten in einer WG. Mark und Florian gehören auch dazu und haben sich gut mit ihr verstanden. Kai hat uns alle ausgesucht."

„Wie ausgesucht?", fragte Berger nach.

„Es konnten nur fünfzehn Leute mitmachen. Wer teilnehmen wollte, hatte ihr schon in den Semesterferien per E-Mail ein Exposé mit einer Idee schicken müssen. Danach hat sie die Studenten ausgewählt."

„War jemand enttäuscht, nicht zu den Ausgewählten zu gehören?"

Inge Nowak sah Berger von der Seite an: Glaubte er im Ernst, Studenten wurden zu Killern, wenn sie nicht an einem Seminar teilnehmen durften?

„Weiß ich nicht", antwortete Nadine. „Bestimmt. Aber das ist normal an der Uni. Konkurrenz überall."

„Wie standen Ihre Mitbewohner zu Frau Ebling?"

„Mark hat sie angehimmelt. Florian hat sich immer über ihn lustig gemacht, weil er dachte, er wäre in sie verliebt. Aber das ist totaler Quatsch."

„Wieso?"

Nadine zögerte.

„Hatte ihr Freund vielleicht recht?" Berger witterte etwas.

„Nein."

„Was macht Sie da so sicher?" Er ließ nicht locker.

Schließlich sagte sie: „Mark ist schwul und total verliebt in Florian. Der weiß das aber nicht."

„Und Florian?", insistierte die Kommissarin weiter.

„Ist mit mir zusammen." Nadine atmete tief durch.

„Und das geht gut so zu dritt in einer Wohnung?" Inge Nowak gab ihrer Verwunderung deutlich Ausdruck.

„Ich weiß das mit Mark erst seit ein paar Wochen. Er wollte plötzlich ausziehen und wir wussten nicht, wieso. Dann habe ich mit ihm geredet und er hat mir alles erzählt. Dass er schon ganz lange in Florian verliebt ist. Die beiden kennen sich aus der Schule, sie waren auf demselben Gymnasium, sind gemeinsam verreist und haben dann zusammen das Studium angefangen."

„Wusste Frau Ebling davon?"

„Ich glaube nicht."

Berger fragte noch das Übliche ab: Geld, Drogen, Drohungen – ohne nennenswertes Ergebnis. Inge Nowak hatte vorerst keine weiteren Fragen. Sie würde sich die beiden jungen Männer ansehen. Schon allein, um sich ein Bild von Mark zu machen, der unglücklich in Florian verliebt war. Solche Geschichten rührten sie.

„Ich wollte am Wochenende vielleicht zu meinen Eltern fahren, ich halte es in der WG bestimmt nicht aus", sagte Nadine beim Aufstehen.

„Dann melden Sie sich bei uns ab und geben die Adresse durch", erwiderte Inge Nowak. Nadine Siebert reichte der Kommissarin zwei Visitenkarten, die sie aus ihrem Portemonnaie gekramt hatte: „Hier, eine von mir und eine von meinen Eltern."

Nachdem die Studentin gegangen war, fragte Berger: „Sollen wir weiter in Richtung freie Liebe und Uni ermitteln?" Er hielt ihr ein Fax hin. „Oder konzentrieren wir uns lieber darauf?"

Es war die Kopie eines Briefes von einem Versicherungsmakler, dessen Visitenkarte Erkner in dem Ordner mit Unterlagen gefunden hatte. In dem Fax war zu lesen, dass Maike Ebling kurz nach Ihrer Ankunft in Deutschland einen neuen Begünstigten im Falle Ihres Ablebens bei Ihrer Lebensversicherung und einigen kleineren Wertpapieren eingesetzt hatte. Nicht mehr eine Frau namens Pilar Rivera aus Granada sollte nun in ihrem Todesfall ein erben, sondern ein gewisser Daniel Rosenbaum in Melbourne.

„Der Fall nimmt ja geradezu internationale Dimensionen an. Ob wir schon mal Interpol einschalten sollen?" Sie grinste. „Wir behalten beides im Auge. Du findest heraus, wer die beiden Unbekannten in der großen weiten Welt sind und ich sehe mir die verliebten Jungs mal an."

Hola guapo,
Allmählich gewöhne ich mich an Berlin. Meine Wohnung ist eine Katastrophe, ich betrachte sie als persönliche Herausforderung. Dunkel, klein, unwirtlich. Mit einem Satz: Das Gegenteil dessen, woher ich komme. Im Nachhinein betrachtet muss ich bescheuert gewesen sein zu glauben, man würde die Leute aus dem *Barrio bajo* anständig behandeln. Wirtschaftlich betrachtet ist das Gebiet Millionen wert, wer macht da schon Aufhebens um ein paar hundert Verlierer? Wieso bin ich immer noch so blauäugig? Ich war davon überzeugt, man würde die Anwohner entschädigen, würde ihnen funktionale Wohnungen in einem einfachen Viertel zuweisen und das Bauen der Siedlung mit sozialem Handeln verbinden. Ich wäre nicht im Traum darauf gekommen, dass man ihnen ein bisschen Geld anbietet, um sie loszuwerden, noch viel weniger, dass man sie bedroht, und am allerwenigsten darauf, dass man ihnen die Häuser abfackelt. Natürlich kann ich das nicht beweisen, da waren Profis am Werk. Wenn ich gewusst hätte, dass ich dazu beitragen würde, Menschen aus ihrem Zuhause zu vertreiben – und ich

sage ganz bewusst Zuhause, denn wenn alles, was du hast, eine Blechhütte ist, dann wurzelst du eben da und pflanzt einen Zitronenbaum –, ich hätte niemals zugesagt. Trotz der Chance, etwas mitgestalten zu können und obwohl ich mich sofort in das Haus verliebt hatte. Die Idee, auszuprobieren, was ich mir nie hätte leisten können, war einfach verlockend: vollständige Abhängigkeit von Sonnenenergie schien mir im wahrsten Sinne des Wortes ein Geschenk des Himmels. Und dann die Möglichkeit, endlich aus dem Elfenbeinturm wegzukommen. Du weißt, ich war forschungslahm. Unterrichtsmüde. Angesteckt von der großen Lethargie, die Andalusien befällt, wenn der Sommer kommt. Ich kann mich noch gut erinnern, als Ramón und ich an einem Sonntag zum *Barrio bajo* fuhren. Es ist immer noch so, wie du es in Erinnerung haben dürftest: am Stadtrand, ohne Verkehrsanbindung, staubige Feldwege, Schrottplätze und hier und da ein wilder Garten. Ein wenig abseits am Hang war eine eingezäunte Baustelle.

– Hier wird es stehen. Die erste solare Wohnsiedlung in Andalusien. Aber du musst den Anfang machen!

Ramón machte sich Sorgen, dass es mir zu einsam wäre, dass ich Angst hätte, so nah am Elend zu wohnen. Der Wermutstropfen sei, dass es sich bei meinen Nachbarn um Nutten, Kriminelle und Drogenabhängige handelte.

Mir war das egal oder besser gesagt, es war mir nur recht. Ich lebe lieber zwischen Dieben, die Touristen beklauen, als zwischen Räubern von Ressourcen und Verbrechern gegen die Menschheit. Von denen mit Sicherheit mehr in den gehobenen Vierteln der Städte zu finden sind. Genau die, die mir am Ende einen Schlägertrupp ins Haus geschickt haben, damit ich den Mund halte. Als sie fürchteten, dass ich Ernst mache und den ganzen Laden auffliegen lasse. Und ich hätte es getan. Wenn es sich gelohnt hätte. Aber am Schluss war nur noch ich übrig. Der Rest hatte aufgegeben. War weggegangen, hatte aus den verkokelten Häusern mitgenommen, was noch zu retten war, sich die lächerliche Prämie auszahlen lassen und war in eines der heruntergekommenen Wohnhäuser gezogen, die man ihnen zur Verfügung gestellt hatte. Damit Leute wie du und ich, wenn sie genug Geld haben, an ihrer Stelle in schicken, baubiologisch korrekten Einfamilienhäusern leben können, mit dem guten Gefühl, etwas für die Umwelt getan zu haben. Gefördert und unterstützt aus dem Ökofonds der Europäischen Union. Dass dafür an die hundert Familien mit Kindern, die nicht einmal die Mittelschule besuchen werden, noch weiter in die Armut getrieben werden, ist vollkommen egal. Reibungsverluste im Dienste der Natur. Dabei wäre es so einfach gewesen. Wir hätten nur Gelder aus dem Bildungstopf beantragen müssen. Ein Zusatzprojekt im Rahmen infrastruktureller Weiterentwicklung in der Region. Aber daran denkt hier niemand. Auch Ramón nicht. Und schon gar nicht diese gehirnamputierten Fritzen, die mit der Bauleitung beauftragt sind. Während ich im Musterhaus für Ökologie und Nachhaltigkeit fleißig am Forschungsbericht für gutes Gelingen schrieb, mutierte es zum Fallbeil derer, mit denen ich abends auf dem staubigen Dorfplatz des *Barrio bajo* beim Bier saß und Domino spielte. Kein Wunder, dass sie mir am Ende kein Wort mehr glaubten und mich als Verräterin betrachteten. Das tue ich ja selbst. Auch wenn ich mich auf ihre Seite gestellt habe, auch wenn ich mich nicht als Vermittlerin habe benutzen lassen. Obwohl ich mich missbraucht, belogen und total betrogen fühle. Keine wirklich neue Erfahrung. Es ist immer wieder dasselbe Dilemma, die Grenze zwischen Täter und Opfer zu ziehen. Deshalb beruhigt mich die Tatsache, dass ich von einem Traumhaus in eine billige, verwahrloste Hinterhauswohnung abgestiegen bin. Ich bin wieder da, wo ich hingehöre. Und ich denke: Geschieht dir recht. Ich darf nur nicht zu lange darüber nachdenken.

Un abrazo, K.

Ihr Foto war auf der letzten Seite der Tageszeitung. Die Polizei bat um Mithilfe bei der Aufklärung des Todes von Maike E., 36, wohnhaft in Berlin. Er konnte den Blick nicht von ihr abwenden. Sie sah auf dem Bild so anders aus. Voller Leben. So wie Jasmin, die ihm gestern um den Hals gefallen war, als er ihr den

Ring geschenkt hatte. Es war einfach über ihn gekommen und er war nach der Arbeit in den kleinen Schmuckladen gegangen, vor dem sie neulich stehengeblieben war.

„Schau mal, den finde ich hübsch."

Dreihundert, hatte er gedacht, vollkommen ausgeschlossen. Und nun, knapp zwei Wochen später, sah die Welt schon ganz anders aus. Er hatte alle offen stehenden Rechnungen bezahlt und wenn alles gut ging, würde er heute noch den Auftrag der Dampfreinigerfirma zur Gestaltung des Internetauftritts bekommen. Das bedeutete zumindest das Ende der Talfahrt, ein neuer Kunde auf der Referenzliste, die er so dringend erweitern musste. Zur Belohnung hatte er Jasmin eine Freude gemacht – endlich wieder ihre Lippen an seinem Hals, ihre Hand mit dem Ring in seiner Jackentasche.

„Damit ihm nichts passiert!", sagte sie lachend und während sie sich mit der anderen Hand die Haare aus dem Gesicht strich, suchte er tief in sich nach einem Glücksgefühl. Doch alles, was er spürte, war sein schlechtes Gewissen.

Gegen zwölf Uhr rief Inge Nowak ihre Tochter an, um sich mit ihr zum Mittagessen zu verabreden. Eine Stunde später trafen sich die beiden Frauen in dem kleinen Sushi-Restaurant unweit von Marits Atelier. Im Gegensatz zum allgemeinen Trend hatte sie sich keinen unbezahlbaren Laden in der neuen Mitte, einem ehemaligen Ostteil Berlins, gemietet, sondern war mit ihrer Werkstatt in den als inzwischen langweilig und bürgerlich geltenden Stadtteil Charlottenburg gezogen. Sie hatte sich auf individuelle Trauringe spezialisiert und bot einen speziellen Service an: Paare konnten unter Marits fachkundiger Anleitung ihre Ringe auf Wunsch selbst entwerfen und herstellen. Durch die Wochenendseminare finanzierte die Jungunternehmerin nicht nur die repräsentativen Schauräume, die mit der Werkstatt verbunden waren, sondern sicherte sich bereits im ersten Jahr ihrer Selbstständigkeit ein zufriedenstellendes Einkommen. Ihre Mutter war zwar beeindruckt von ihrer Geschäftstüchtigkeit, fand allerdings, dass Marit bisweilen zu viel Energie in das kleine Geschäft steckte. Manchmal saß sie bis in die Abendstunden in der Werkstatt am Stuttgarter Platz und feilte an einem Entwurf oder probierte neue Materialien aus. Wenn sie Schmuck in Händen hielt, vergaß sie die Zeit. Dann klingelte am Abend das Telefon und ihre Freundinnen fragten, wo sie nur bliebe. Männer spielten in Marits Leben keine besonders große Rolle, seit Tom zum Studium nach Neuseeland gegangen war. Sie wollte nicht unbedingt acht Monate auf ihn warten, aber wenn er wiederkäme und sie immer noch Lust aufeinander hätten, würde sie über eine feste Beziehung nachdenken. Bis dahin konnte sie es genießen, ihre Tage und Nächte zu verbringen, mit wem auch immer sie wollte. Vorzugsweise mit sich allein.

„Also, was willst du von mir wissen?", fragte sie ihre Mutter, noch bevor sie sich gesetzt hatte.

„Könntest du dir vorstellen, mit einer Frau Mitte dreißig zu schlafen?"

„Willst du mich anbaggern?" Marit grinste.

„Sei nicht albern, ich bin über vierzig. Also, könntest du?"

„Klar. Ich kann es mir nicht nur vorstellen, ich kann dir versichern, es ist ziemlich geil."

Inge Nowak starrte ihre Tochter an.

„Nun sieh mich nicht so an, als hätte ich dir gerade gesagt, ich hätte ich es mit einem Papagei getan! Sie war nicht ganz so alt wie du heute. Ich war einundzwanzig und sie achtunddreißig. Übrigens müsste sie die Tage Geburtstag haben, darf ich nicht vergessen." Sie sah auf ihre Uhr. „In drei Tagen. Gut, dass du mich an sie erinnert hast. Sabine. Du hast sie mal kennengelernt."

„Die Buchhändlerin?"

„Genau."

Inge hatte bereits für beide bestellt und war froh, als der Kellner eine Kanne grünen Tee brachte.

„Dann bist du …?"

„Bisexuell? Ich weiß nicht. Mir war danach und es hat Spaß gemacht. Sie hat sich allerdings richtig in mich verliebt. Das war nicht so toll. Also für sie. Deshalb haben wir uns eine Weile nicht mehr gesehen. Inzwischen sind wir gute Freundinnen."

„Du fandest sie nicht zu alt?"

„Unsinn. Ich fand sie sexy."

Das beruhigte Inge Nowak grundsätzlich. Doch dass sie mit ihrer Tochter Tür an Tür lebte und nicht mitbekam, wenn sie mit einer Frau schlief, machte sie ein wenig fassungslos. Sie schob diesen Gedanken kopfschüttelnd zur Seite und kam zum Wesentlichen.

„Nein, im Ernst, also: Nehmen wir an, du wohnst mit deinem Freund und dessen bestem Freund zusammen. Nach einem Jahr findest du heraus, dass der beste Freund schwul und seit vielen Jahren in deinen Freund verliebt ist. Wie reagierst du?"

„Überhaupt nicht."

„Wieso?"

„Weil mich das gar nichts angeht."

„Du machst ihm keine Szene?"

„Wem? Meinem Freund? Wieso? Der kann doch nichts dafür. Und dem anderen? Der hat doch schon genug Probleme, wenn er unglücklich verliebt ist."

„Und wenn er sich darauf einließe? Also dein Freund?"

„Dann würde ich ihn bitten, Kondome zu benutzen."

Der Kellner brachte eine riesige Platte mit verschiedenen Reis-Fisch-Röllchen, und die beiden Frauen machten sich gleichzeitig mit Holzstäbchen darüber her.

„Hat das irgendetwas mit der vergifteten Frau zu tun?"

„Ich weiß es noch nicht. Vielleicht steckt etwas Sexuelles dahinter. Erpressung. Vielleicht hatte sie was mit ihren Studenten und wollte ihr Schweigen erkaufen. Sie war lesbisch."

„Und wer sollte sie deshalb umbringen? Meine Güte, Mami, wir leben im einundzwanzigsten Jahrhundert. Das interessiert kein Schwein mehr, wenn es erwachsene Leute sind."

„Es wäre überhaupt kein Skandal?"

„Es ist wahrscheinlich gang und gäbe." Marit grinste und biss in ein Rainbow-Alaska. „Aber vielleicht hat sie ja was mit allen dreien gehabt und einer hat sie aus dem Weg geräumt. Wenn ich mich zum Beispiel in sie verliebt hätte und mein Freund hätte Angst, ich könnte ihn ihretwegen verlassen. Um mal in dem Bild zu bleiben."

„Dein Lieblingsmotiv: männliche Eifersucht. Glaube ich nicht. Aber ich werde darüber nachdenken. Wäre es andersherum auch denkbar? Dein Freund verliebt sich in sie und du hast Angst, ihn zu verlieren?"

Marit überlegte, schob sich ein riesiges Unagi in den Mund und antwortete kauend: „Ich wäre wahrscheinlich zutiefst gekränkt und am Boden zerstört, würde mich zu Telefonterror hinreißen lassen und wütende Briefe schreiben, vielleicht auch versuchen, meine Rivalin auszustechen. Aber nicht abzustechen. Und schon gar nicht zu vergiften. Dann schon eher ihn. Andererseits würde ich damit selbst meine Zukunft zerstören – nein, nie im Leben!"

Was Marit sagte, passte in das Bild. Sie hielt Nadine Siebert für unschuldig. Was aber, wenn nicht Nadine, sondern der gekränkte Florian sie getötet hatte? Oder Mark, weil eine zweite Frau ein Auge auf seine große Liebe geworfen hatte? Oder eine ganz andere Person aus Maike Eblings Umfeld, von der sie bis jetzt nicht einmal gehört hatten? Sie mussten den Kreis der Verdächtigen unbedingt erweitern. Heute noch in das Institut fahren, in dem die Wissenschaftlerin mit dem Ökotick gearbeitet hatte. Noch hatte sie kein stimmiges Bild von Maike Ebling. Sie musste mehr über sie in Erfahrung bringen. Ihre Akte in aller Ruhe durchgehen. Wie immer hatte es die Kommissarin plötzlich sehr eilig.

„Vergiss nicht zu bezahlen, Mami", bemerkte Marit kauend. „Wie es mir geht, kannst du mich die Tage ja mal fragen!"

Schuldbewusst zückte Inge Nowak den Geldbeutel, legte drei Scheine auf den Tisch und küsste ihre Tochter auf die Stirn. „Du bist und bleibst mein Lieblingskind!", raunte sie und ging schnell hinaus. Im Wagen holte sie den Stadtplan aus dem Handschuhfach und suchte nach der Straße, die Nadine angegeben hatte. Sie würde der Wohngemeinschaft einen unangekündigten Besuch abstatten.

Hola guapo,
Keine Angst, ich passe schon auf – ich spiele zwar gerne mit dem Feuer, aber ich verbrenne mir ungern die Finger. Im Moment bin ich zu erschöpft, um mich zu streiten.

Abgesehen davon habe ich hier gerade mehr Ärger als in Granada. Wie es aussieht, ist einer ziemlich sauer auf mich, ohne dass er mich kennt. Ein älteres Semester, für den sein Studium offenbar ein Refugium ist, in dem er sich außerhalb der Kontrolle seiner Familie austoben kann. Steffen, Sohn reicher Eltern. Dementsprechend sein Standing, er ist natürlich die wissenschaftliche Hilfskraft des Institutsleiters. Und nun komme ausgerechnet ich und nehme ihm mit meinem Lehrauftrag die Möglichkeit, ein Projekt zu realisieren. Wenn ich es recht verstanden habe, gab es nur Geld für eine bestimmte Anzahl von Stunden, und ohne Werkvertrag lassen sie ihn keine offizielle Veranstaltung machen. Ich nehme an, sie hatten ihm zugesagt, dann hat sich mein Doktorvater eingeschaltet, und ich habe Steffens Semesterwochenstunden bekommen. Im Moment will er überhaupt nicht mit mir reden. Er ist fast ausgeflippt, als ich ihn in der Cafeteria angesprochen habe. Aber du kennst mich ja – ich halte unterschwellige Konflikte nicht aus. Mal sehen, wie ich an ihn herankomme. Jedenfalls ist mir die Sache ziemlich unangenehm und ich hätte sie gerne aus der Welt. Von der Sündenbockrolle habe ich vorerst genug.

Ansonsten glaube ich, meine Studentinnen und Studenten halten, was ihre Exposés versprechen. Drei der fünfzehn wohnen zusammen und ich muss immer ein wenig lächeln, wenn sie mit heißen Köpfen zusammensitzen und diskutieren, mit direktem Kurs auf Weltverbesserung. Dann muss ich an uns beide denken, wie wir auf unserer winzigen Dachterrasse saßen, davon überzeugt, unser Tun und Handeln könnte die Welt verändern. Ehrlich gesagt habe ich das bis vor kurzem auch noch geglaubt. Aber die Ereignisse in Granada haben meinen Optimismus und meinen Kampfgeist erschüttert. Im Grunde geht doch alles immer den gleichen Gang: Geld bewegt die Welt, jeder ist sich selbst der Nächste und die paar Spinner, die es anders machen, besinnen sich spätestens, wenn sie Kinder kriegen. Nadine, Florian und Mark träumen noch davon, das Ruder in die Hand zu nehmen und Kurs auf das Gute zu nehmen. Darum beneide ich sie. Um ihren unerschütterlichen Glauben, das Richtige zu tun. Genau der ist bei mir auf der Strecke geblieben.

Hätte ich bei Pilar bleiben sollen? Bei einer Frau, die nicht mehr und nicht weniger von mir wollte als neben mir aufwachen, mit mir essen, für mich einkaufen und mit mir schlafen? Die in all der Zeit immer für mich da war und die nie mit dem Gedanken gespielt hat, damit je wieder aufzuhören? Neu anfangen unter der sengenden Sonne, die ich mehr als alles andere auf der Haut vermisse, war mir nicht möglich. Etwas hat mich fortgetrieben. Ich weiß noch immer nicht, weshalb ich in einer Nacht- und Nebelaktion meine Sachen gepackt und mich auf den Weg nach Deutschland gemacht habe. Beim Einchecken geheult, allein am Flughafen den letzten *Carajillo* weggekippt, ein Abschied, wie er in schlechten Büchern steht. Bis zum letzten Moment nicht sicher, ob ich tatsächlich einsteigen würde, in den Flieger, der mich nach Frankfurt brachte. Die Brandstifter? Ramón? Pilar? Nein, alles eine willkommene Ausrede. Wenn ich überhaupt vor jemandem auf der Flucht bin, dann vor mir selbst.

Un abrazo, K.

Kaum hatte Inge Nowak an der verschmierten Klingelanlage den Knopf neben dem Schildchen mit der Aufschrift Siebert/Reinhard gedrückt, erklang auch schon ein Summen und sie konnte die schwere Holztür in den Aufgang des Altbaus aufdrücken. Wieso standen nur zwei Namen auf der Klingel? Der Hausflur war in einem katastrophalen Zustand, eine Renovierung hätte Wunder bewirkt. Doch hier würde in absehbarer Zeit nichts erneuert, höchstens grundsaniert oder abgerissen. Sie verzichtete darauf, sich am schmutzigen Lauf des Geländers festzuhalten, obwohl sie in den vierten Stock musste. Vor den Wohnungstüren, die auf jeder Etage links und rechts abgingen, türmten sich Schränke, Regale oder Kinderwagen. Ganz offensichtlich reichte der Platz drinnen nicht aus. Wer hier wohnte, blieb, solange es billig war. Die Mietverträge wurden in dieser Gegend meist von Untermieter zu Untermieter weitergegeben.

Florian bat sie nervös herein und schien sichtlich aufgeregt, mit einer echten Kommissarin in der Küche zu sitzen.

„Möchten Sie etwas trinken?“

„Einen Kaffee?"

Er nickte und stellte nach einigen tollpatschigen Handgriffen eine italienische Espressokanne auf den Gasherd. Dann setzte er sich ihr gegenüber.

„Schrecklich, das mit Kai."

„Was hat Ihnen Ihre Freundin denn erzählt?"

„Dass Kai vergiftet wurde und man sie im Tiergarten gefunden hat."

„Haben Sie eine Idee, wer das gewesen sein könnte?"

„Überhaupt nicht."

„Könnte Sie es selbst getan haben?"

„Was?"

„Sich getötet."

„Warum hätte sie das tun sollen?" Er schien über diese Möglichkeit ehrlich erstaunt.

„Ich dachte, das könnten Sie mir vielleicht sagen."

„Wieso ich? Sie war in erster Linie meine Dozentin."

„Und in zweiter Linie?"

„Wir mochten uns."

„Wie sehr?"

„Wollen Sie wissen, ob ich etwas mit ihr hatte?", fragte er ungläubig.

„Zum Beispiel."

„Nein. Ich bin seit einem Jahr mit Nadine verheiratet."

„Verheiratet?"

„Finden Sie das so eigenartig?"

„Ein wenig ungewöhnlich in Ihrem Alter." Sie überschlug kurz, dass sie selbst nur unwesentlich älter gewesen war, als sie vor dem Traualtar gestanden hatte. Sie aber war schwanger gewesen. Warum hatte Nadine so früh geheiratet? Und warum hatte sie es verschwiegen? Die Kommissarin beschloss in die Offensive zu gehen:

„Sind Sie denn ein glückliches Ehepaar?"

Er schüttelte den Kopf. „Sie stellen komische Fragen. Wenn wir nicht glücklich wären, wären wir doch nicht zusammen, oder?"

Inge runzelte die Stirn. Sie gehörte einfach zu einer anderen Generation.

„War Ihre Freundin vielleicht verliebt in ihre Dozentin?"

„Nadine und eine Frau?" Florian Siebert tat betont locker. „Kann ich mir nicht vorstellen. Das hätte sie mir bestimmt erzählt. Wir sind da total offen."

„Ach. Wie würden Sie denn reagieren?"

„Keine Ahnung. Tolerant, hoffe ich."

„Waren Sie denn mal in einen Mann verliebt?"

„Ich glaube schon, Sie nicht?"

Endlich hatte sie ihn aus der Reserve gelockt.

„Zufällig in Ihren Mitbewohner?"

„Nein." Jetzt sah er sie angriffslustig an. „Was hat das alles mit dem Mord an Kai zu tun? Denken Sie, einer von uns wäre es gewesen? Da sind Sie auf dem Holzweg. Kai war die einzige Dozentin an der Uni, die nicht nur an Leistungsnachweise und Prüfungen gedacht hat. Und sie war ein toller Mensch. Wir hatten ein cooles Verhältnis zu ihr."

„Ich verdächtige im Moment überhaupt niemanden. Ich versuche mir ein Bild zu machen. Aber wo wir schon einmal über Ihren Mitbewohner sprechen: Wo ist der gerade?"

Florian beruhigte sich wieder.

„Auf Malta, sein Englisch aufpolieren."

„Seit wann?"

„Seit Anfang des Monats. Der Kurs ist von der Uni organisiert. Der rastet aus, wenn er das mit Kai erfährt."

„Stand er ihr so nah?"

„Mark ist ein Eigenbrötler. Er lässt nicht viele Leute an sich heran. Aber Kai mochte er von Anfang an. Die beiden sind sogar manchmal alleine Kaffee trinken gegangen. Das macht Mark sonst nie!"

„Und Frau Ebling? Ist es nicht merkwürdig, dass eine Dozentin sich so für ihre Studenten interessiert?"

„Ich glaube, sie hat sich wohl gefühlt mit uns. Also mit Mark und mir. Vielleicht, weil wir älter sind als die anderen. Wir haben relativ spät angefangen zu studieren."

„Und was haben Sie vorher gemacht?"

„Wir sind durch Lateinamerika gereist."

„Dann sprechen Sie spanisch?"

„Ein bisschen." Er klang jetzt wieder versöhnlich. „Das hat uns auch mit Kai verbunden. Manchmal haben wir zusammen spanisch oder brasilianisch gekocht."

Inge Nowak schaute sich in der Küche um. Ein typischer Studentenhaushalt. Nichts passte hier zusammen, es war ein gemütliches, nicht besonders sauberes Durcheinander von Möbeln aus verschiedenen Haushalten, wahrscheinlich Ergebnis mütterlichen Ausmistens vor dem Einzug.

„Was wissen Sie von Maike Eblings Vergangenheit?"

„Nicht viel. Sie hat uns mal ein paar Bilder von ihrem Haus in Granada gezeigt. Alles mit Solarenergie betrieben. Sie war so etwas wie das Versuchskaninchen einer Firma, die sich auf Solarbauten spezialisiert. Irgendwie abgefahren."

„Hat sie dort allein gelebt?"

„Ich glaube schon."

In Inge Nowaks Hosentasche vibrierte es. Erkner war offenbar bei seinen Recherchen fündig geworden. Sie hörte kurz, was er zu sagen hatte, und beendete das Gespräch schnell. Nachdem sie aufgelegt hatte, stellte sie dem Studenten eine schnelle Frage:

„Kennen Sie Steffen Eulenberg?"

„Steffen? Klar. Streber vom Dienst. Von Beruf ausgesorgt. Steht kurz vor dem Examen. Schleimer vor dem Herrn. Er wollte aus seiner todlangweiligen Diplomarbeit eine Art Tutorium machen. Daraus wurde nichts und jetzt lässt er sich nicht mehr blicken. Wieso?"

„Nur so. Routineüberprüfung der Abwesenden", log Inge Nowak, bedankte sich für den Kaffee und ließ sich zur Tür bringen.

„Warum haben Nadine und Sie eigentlich geheiratet?" Sie musste es einfach fragen.

„Liebe und Geld." Er grinste.

Inge Nowak gab sich mit der Antwort fürs Erste zufrieden.

Hola guapo,

Wenn ich mit meinen Studenten abends beim Bier sitze, fühle ich mich wie aus einer anderen Welt. Ich weiß nicht, ob es mit meinem Alter zu tun hat, die fünfzehn Jahre Unterschied kommen mir nicht gravierend vor. Obwohl sie mir in Deutschland präsenter sind. Hier bist du mit dreißig nicht mehr jung und ab vierzig gehörst du zum alten Eisen. Ich hänge also dazwischen und kann mich nicht damit abfinden, dass mich einige meiner Studenten tatsächlich siezen. Aber es gibt auch hier wohltuende Ausnahmen: Mit den Dreien, von denen ich dir schon geschrieben habe, war ich gestern Abend in einer so genannten Strandbar, das ist hier der letzte Schrei. Du musst dir vorstellen, wenn Berliner Meer wollen, dann stellen sie sich ein paar Liegestühle an einen schmutzigen Fluss und spielen *Café del mar*. Setzen sich bei bedecktem Himmel dunkle Sonnenbrillen auf, trinken eigenartige hochprozentige Mischungen, die sie aus deutschen Diskotheken im Ausland mitgebracht haben, und tun so, als wären sie nicht gerade aus der Uni oder dem Büro, sondern vom Surfen gekommen. Es hat etwas Rührendes, zu versuchen, dem Osten den Süden aufzudrücken, denn selbst, wenn das Thermometer hier über fünfundzwanzig Grad klettert, fehlt doch immer noch die Helligkeit, das Flimmern in der Luft, die Leichtigkeit einer warmen Brise, die Lust auf unbedingte Leidenschaft.

Bueno, ya lo ves: Ich muss aufpassen, dass ich mich nicht verliebe. Und noch dazu in eine junge Frau, die mich unglaublich an eine Zeit erinnert, die ich lieber vergessen möchte. Manchmal, wenn ich Nadine aus dem Augenwinkel beobachte, im Seminar, wenn sie vehement für ihren Standpunkt eintritt oder abends beim Bier, wenn sie ausgelassen mit beiden Händen gestikuliert, um ihren Worten Nachdruck zu verleihen, bekomme ich plötzlich Herzklopfen. Dann denke ich, vielleicht... aber das ist völlig unmöglich.

Sie ist zu jung für mich. Außerdem ist sie mit Florian, einem anderen Studenten von mir, verheiratet (mit vierundzwanzig – die spinnen!). Ihr Lachen macht mich froh und traurig zugleich. Vielleicht gebe ich nur deshalb dem Impuls nicht nach, herauszufinden, ob ich recht habe. Weil ich schon im Vorfeld spüre, dass ich die Verwundung danach nicht ohne Weiteres wegstecken könnte. Ich bin zu erschöpft für eine anstrengende Geschichte ohne Zukunft. Lieber genieße ich tatenlos die Gegenwart und lasse mich ein wenig von meinen Studenten anhimmeln, auf die ich einen lebenserfahrenen Eindruck mache. Das tut meinem Ego gut und könnte mein Selbstbild korrigieren – ich sollte mich endlich benehmen, wie eine Erwachsene: Sesshaft werden, eine feste Beziehung eingehen und statt auf der akademischen Karriereleiter hängen zu bleiben einen anständigen Beruf ergreifen. Du lachst? Du traust mir das nicht zu? Dann geht es dir genau wie mir. Aber im Ernst: Es gibt eine Fachhochschule, die ein Solarinstitut unterhält, und zwar genau da, wo ich eigentlich herkomme. Sie richten gerade einen neuen Fachbereich ein: Solares Bauen, mein Thema. Mein Doktorvater sagt, ich hätte gute Chancen, die Stelle zu bekommen. Unbefristet, anständig bezahlt. Stell dir vor: ein regelmäßiges Gehalt, mit dem es sich gut leben lässt, eine Krankenversicherung und endlich mal wieder einen Beitrag zu meiner Rente. Meine Rente? Glaube ich mir das selbst? Ich, die ich nie im Schlussverkauf einen Bikini kaufen würde, weil ich bezweifle, den nächsten Sommer zu erleben. Dabei muss ich gestehen, dass ich in letzter Zeit öfter einmal darüber nachgedacht habe, in vier Jahren vierzig zu werden. Und dann? Wäre es nicht schlecht, irgendwo angekommen zu sein. Aber wie oft habe ich das schon gesagt? Mich immer auf die äußeren Umstände zurückgezogen, die es mir unmöglich gemacht haben. Doch wenn ich ehrlich bin, flüstert mir schon lange eine innere Stimme zu, dass ich es selbst bin, die sich jedes Mal losreißt: Ich kappe die Taue, kein anderer als mein Kopf gibt den Befehl zu gehen, wenn ich gerade zum Stehen gekommen bin. Stillstand halte ich nicht aus. Dann überkommt mich die Panik. In der Bewegungslosigkeit lauert die Angst, nach der Ruhe könnte der Sturm kommen. Dann überfällt mich die alte Furcht, von heute auf morgen vom Glück verlassen zu werden, ins Leere zu laufen, wo ich offene Arme erwarte, am Ende alleine zu sein, wo ich auf Zusammensein hoffte. Vielleicht zieht es mich deshalb in die Nähe meiner Familie. In ein Kaff an der belgischen Grenze, gleich neben der Eifel, eine irgendwie schroffe, hügelige Gegend, die in meiner Kindheitsfantasie von Riesen und Zwergen bevölkert war. Wo es im Herbst nach verbrannten Zuckerrüben riecht und dicke weiße Wolken aus den Industrieschloten ziehen. Zurück zu den Wurzeln oder Ende der Fahnenstange? Sag du mir, wohin ich gerade unterwegs bin.

Un abrazo, K.

Inge Nowak ließ sich nur ungern in Anwesenheit von Leichen Tathergang und Todesursache erläutern. Daher hatte sie Doktor Breitkreuz in ihr Büro gebeten, wo Erkner und Berger bereits warteten.

„Was hat die Autopsie ergeben?", fragte sie den Pathologen und deutete fragend auf die Kaffeemaschine.

„Mit Milch, bitte." Er setzte sich auf den einzigen freien Stuhl und schlug die Beine übereinander. „Wie vermutet: Tod durch zentrale Atemlähmung und Herzversagen. Sie wurde vergiftet."

„Womit?"

„Vogeltod."

„Was ist das denn?" Berger schien aus seiner morgendlichen Lethargie zu erwachen und nahm Haltung auf seinem Keilkissen ein.

„Der volkstümliche Name für *Conium Maculatum* oder auch Gefleckter Schierling aus der Familie der Doldengewächse."

„Und damit kann man einfach jemanden umbringen?"

„Es gab vor geraumer Zeit einen bekannten Fall, in dem ähnlich vorgegangen wurde."

„Bei uns?"

„Nein." Der Pathologe schaute den Kommissar beinahe angewidert an. „Im alten Griechenland vor ziemlich genau 1600 Jahren."

Inge Nowak tippte an ihre Kaffeetasse. „War das Zeug nicht im Giftbecher des Sokrates?"

„Erfasst. Und er war in den letzten 1600 Jahren nicht der Einzige, den man auf diese Weise aus dem Verkehr gezogen hat. Je nach Dosis dauert es mehr oder weniger lang. In den Blüten und Samen ist Coniin enthalten – das ist ab einem Gramm mit ziemlicher Sicherheit tödlich."

„Wie viel davon hatte denn unser Opfer intus?"

„Genug, um ein Pferd umzuhauen."
„Und wie ist es in ihr Inneres gelangt?"
„Vermutlich mit einem Marmorkuchen."
„Lecker! Schmeckt man das Gift nicht?" Berger schob sich ein Stück von dem Schokoladencroissant in den Mund, das er auf einer zerknitterten Papiertüte in Stücke gerissen hatte.
„Die Blüten riechen ziemlich unangenehm, die Samen würden pur wohl streng schmecken. Tiere rühren die Pflanze übrigens nicht an, weil deren olfaktorisches Empfinden den Geruch von Mäuse-Urin ans Gehirn sendet. Aber ich würde sagen, wenn man es entsprechend zubereitet, zum Beispiel zermörsert und in einen süßen Kuchenteig einrührt, dann kann man es essen, ohne sich über den Geschmack zu wundern."
„Welche Leute kennen sich für gewöhnlich damit gut aus?", fragte Inge Nowak, die bisher weder privat noch beruflich mit Gift in Berührung gekommen war.
„Hexen, Schamanen, Homöopathen, Hobbybotaniker, Apotheker, Geheimagenten, Schrebergärtner und Förster. Um nur einige zu nennen."
„Wo bekommt man das Zeug denn her?"
„Es wächst in ganz Europa nahezu überall wild in Wald und Feld, gerne an Zäunen und Mauern, aber auch angebaut in Stein- und Heilkräutergärten."
„Was kann man denn damit heilen?"
„Schierling zählt zu den psychoaktiven Drogen", antwortete Doktor Breitkreuz und als er sah, dass keiner von beiden mit dem Begriff viel anzufangen wusste, fügte er lächelnd hinzu: „Es macht, richtig dosiert, schön high."
Berger ertappte sich bei dem Gedanken, dass es nicht schaden könnte, einen gewissen Vorrat davon im Garten anzupflanzen. Cannabis stand in Deutschland als Schmerzmittel leider noch auf der schwarzen Liste.
„Es könnte also auch ein experimentierfreudiger Student in Frage kommen, der sich mit Drogen auskennt?" Erkner dachte an Eulenberg.
„Durchaus. Obwohl die meines Wissens eher Stechapfel bevorzugen, wenn sie auf natürliche Art und Weise abheben wollen."

„Natürlich?"

„Sonst nehmen sie Ecstasy, Crack oder irgendeine andere Partypille. Neuerdings wird auch wieder vermehrt mit Ketamin gehandelt: Ein Anästhetikum aus der Tiermedizin, das gegen Schlaf und Schmerzen wirkt."

„Keta-was?" Berger hatte seinen Stift gezückt.

„Ketamin, als Arzneimittel Ketanest. Schwer ranzukommen, in der Humanmedizin zu wenig getestet, starke Nebenwirkungen und schnelle Abhängigkeit."

Berger ließ den Stift wieder sinken, während seine Chefin froh war, dass Marit immer nur bekifft nach Hause gekommen war und Unmengen Vanilleeis mit Schokoladensoße vertilgt hatte. Obwohl – sie hatte nicht bemerkt, dass ihre Tochter eine lesbische Affäre gehabt hatte, wer wusste, was sie sonst noch alles ausprobierte?

„War sie schwanger?"

„Nein."

Die Kommissarin stieß sich vom Schreibtisch ab, rollte mit ihrem Stuhl bis zum Fenster und schaute auf den Parkplatz im Hof.

„Also, was haben wir bis jetzt? Eine Frau wird vergiftet. Sie ist noch nicht lange in Berlin. Hatte Ärger mit ihrem Arbeitgeber in Spanien, ein intensives Verhältnis zu drei ihrer Studenten, einen Konkurrenten an der Universität, eine freundschaftliche Beziehung zu ihrer Schwester. Alles Verdächtige?"

„Bei der Schwester haben wir noch kein Motiv ausgemacht. Ihr Exchef heißt Ramón Ferrera, ist Inhaber der Firma S.O.L. Eine Art spanischer Hippie, der mit Solarprojekten zu Geld gekommen ist. Umgänglich, nett und viel zu weich für harte Geschäfte. Sagt seine Sekretärin, die spricht radebrecherisch Englisch und würde ihrem Chef sicher freiwillig in jede Solarzelle folgen." Berger stand auf. „Wenn ich sie richtig verstanden habe, war er frustriert über den Ausstieg von Maike Ebling und verärgert darüber, dass sie dachte, er hätte etwas mit einer Brandstiftung zu tun. Das war aber, so Señora Gálvez, die nichts auf ihren Chef kommen lässt, die böse Bande von Beltrán und Co."

„Die Rächer der Enterbten?“

„Im Gegenteil. Angeblich die Handlanger eines kaltblütigen und profitgierigen Bauunternehmers. Warum der aber wiederum Geschäfte mit dem Gutmenschen Ferrera macht, habe ich nicht verstanden. Dazu kann ich nicht gut genug Esperanto.“

„Na toll. Wird ja immer besser. Ich schätze, wir brauchen einen Übersetzer?“

„Ist schon unterwegs. Noch einmal rufe ich da nicht an, die Señora macht mich irre.“ Berger setzte sich wieder.

„Dann warten wir mit der Feinanalyse, bis wir die Sprachbarriere überwunden haben. Was war mit dem anderen Studenten?“

„Steffen Eulenberg. Examenskandidat. Sollte zur Fertigstellung seiner Diplomarbeit eigentlich die Projektstelle von Maike Ebling bekommen, bevor deren ehemaliger Doktorvater ein gutes Wort für sie eingelegt hat. Der Institutsleiter kannte sie gar nicht, hat bloß seinem Kollegen einen Gefallen getan. Und Eulenberg kurzfristig eine Absage erteilt. Der war darüber wohl ganz und gar nicht glücklich und macht statt Studium gerade einen Sprachkurs. Das musste ich aus seinem Mitbewohner Andreas geradezu herausprügeln. Ich habe ihm übrigens Haft angedroht, falls er ihm von unserem Gespräch erzählt. Und jetzt ratet mal, wo das Muttersöhnchen ist?“

„In Granada?“

„Richtig.“

„Seit wann?“

„Seit gestern.“

Inge Nowak stieß einen Seufzer aus. „Dranbleiben. Und frag mich nicht wie.“ Sie machte eine ausladende Geste. „Die Wohngemeinschaft um Nadine Siebert ist ein eigenartiges Grüppchen, aber meine Tochter schwört, dass junge Leute heute so sind.“

„Wie sind?“

„So locker, dass sie mit ihren Nebenbuhlern aus lauter Liebe zur Menschheit zusammenwohnen. Nadine und Florian sind verheiratet und der schwule Mark schaut eifersüchtig zu. Möglicherweise flirten oder schlafen sie zur Ablenkung mit ihrer Dozentin und einer von ihnen hält dem emotionalen Druck nicht stand. Oder zwei? Aber offen gestanden machen sie mir alle nicht den Eindruck, als taugten sie zu Mördern. Zu weich, zu selbstverliebt. Außerdem haben sie alle ein Alibi. Zwei von ihnen waren mehr oder weniger nachweislich zusammen in der Bibliothek, der Dritte soll zur Tatzeit auf Malta gewesen sein."

„War er auch, ist überprüft. Er ist mit einer Studiengruppe unterwegs und kommt nächsten Samstag zurück", warf Erkner ein und fuhr fort: „Aber wir haben noch etwas. Die Exfreundin von Maike Siebert: Pilar Rivera. Maike hat sie nach zweieinhalb Jahren von einem Tag auf den anderen verlassen und vor ein paar Wochen verfügt, dass sie als Begünstigte ihrer Lebensversicherung gestrichen wird. Wir haben mehrere Briefe von ihr in Frau Eblings Wohnung gefunden. Sie sind auf spanisch und liegen gerade bei einem Übersetzer. Meine Freundin hat sie aber schon gelesen." Als er den kritischen Blick von Inge Nowak sah, schob er schnell hinterher: „Sie hatte Spanisch als Zweitfach. Ich hatte sie um eine grobe Übersetzung gebeten, damit wir uns ein Bild vom Inhalt machen können." Erleichtert nahm er das wohlwollende Nicken seiner Chefin zur Kenntnis. „Es sieht so aus, als wollte Pilar Rivera die Beziehung zu Maike Ebling retten. Offenbar hatte aber Maike jeden Kontakt zu ihr abgebrochen und gar nicht darauf reagiert. Der letzte Brief ist erst drei Wochen alt und darin kündigt Pilar Rivera an, nach Berlin zu kommen." Er schloss seine Ausführungen mit den Worten: „Wir müssen nur noch herausfinden, wann."

„Nun – wie sagt unser aller Chef so gerne? Denken wir in alle Richtungen." Die Anspielung auf Helmut Frickel, den Leiter der Mordkommission, ließ alle schmunzeln. Bevor sie die Runde beendete, wandte sich Hauptkommissarin Nowak noch einmal an den Pathologen.

„Könnte es sich um einen Denkzettel gehandelt haben? Wollte man vielleicht gar nicht, dass sie stirbt? Sie nur ein bisschen erschrecken?"

Doktor Breitkreuz schüttelte den Kopf. „Nicht bei der Dosis. Da wollte jemand auf Nummer sicher gehen. Selbst, wenn sie den Weg ins Krankenhaus noch geschafft hätte, ihr wäre nicht mehr zu helfen gewesen. Der Tod wäre hundertprozentig eingetreten, mögliche Überlebensdauer zwischen dreißig Minuten und zwei Stunden. Schwer zu sagen, wie es bei ihr genau abgelaufen ist. Kommt auf ihre Gesamtkonstitution an, Dicke der Herzmuskeln, Lungenkapazität. Dazu können wir erst in ein paar Tagen etwas sagen. Ich habe noch mehr Leichen im Keller, die um meine ganze Aufmerksamkeit buhlen." Damit stand er auf, kippte im Stehen den restlichen Kaffee hinunter und ging zur Tür. „Ich melde mich, wenn ich mehr für euch habe, Drängeln bringt nichts."

Hola guapo,
Schwere See. Die Wellen schlagen über mir zusammen, ich habe das Ruder aus der Hand, den Kurs auf die Heimat verloren. Keine Sterne mehr am Himmel, die mir den Weg weisen, meine Crew meutert und alles geht über Bord. Aber das Schlimmste ist, ich kann das sinkende Schiff nicht verlassen, denn ich bin es selbst.

Vergebung. Ein Wort über das wir oft gesprochen haben. Du hast immer gesagt: Ohne Vergebung keinen Seelenfrieden. Deshalb deine Reise nach Deutschland, deshalb all die Bücher über die Naziverbrechen, deshalb die Sprachkurse und nicht zu vergessen: dein deutscher Pass. Den keiner in deiner Familie gern gesehen hat, am wenigsten dein deutscher Vater. Vergebung. Ich habe dir damals zugehört und gedacht: Wie kann ich mitreden über Vergebung, wenn das, was mir geschehen ist, so unerheblich ist im Vergleich zu dem, was man deiner Familie angetan hat? Heute weiß ich, dass Leid sich nicht vergleichen lässt. Nicht das von Einzelnen und schon gar nicht mit Kollektivem. Die Bereitschaft zu vergeben hat nichts mit der Schwere der Verletzung zu tun, sondern mit der eigenen Größe. Zum Vergeben braucht es Demut. Die Fähigkeit, Verständnis dafür aufzubringen, was nicht zu begreifen ist, Verständnis nicht für die Tat, sondern den Menschen, der dahinter steht. Nicht das Vergehen zu entschuldigen, sondern das menschliche Versagen darin zu erkennen. Statt das Böse bloß zu verurteilen – und ohne Verurteilung von Verbrechen scheint mir keine Gerechtigkeit möglich – die Tatsache zu feiern, am Leben zu sein und daraus ein Fest zu machen. Ich weiß, das ist nicht einfach und manchmal reicht ein Leben allein dafür nicht aus, müssen es vielleicht unsere Kinder für uns übernehmen. Denn Vergebung ist doch nichts anderes, als der Wille, das Echo von Schmerz verklingen zu lassen. So wie du es mit den Äpfeln in Sachsenhausen probiert hast. Aber was, wenn nicht das Echo, sondern der Schmerz selbst noch zu dir spricht? Wenn die Geister, die du nicht gerufen hast, beginnen, dein Leben zu bevölkern, wenn das Schicksal dich ohne Vorwarnung zurückbringt an den Ort des Geschehens? Das passiert mir gerade und ich frage mich, ob ich vergeben kann, wo ich bisher nur verdrängt habe. Alles kommt wieder, so lange, bis es aufgelöst ist. Dauert schlechtes Karma ewig? Muss man nur lange genug einer Frage lauschen, um eine Antwort darauf zu finden? Nein, so ist das nicht. Jedenfalls bei mir nicht. Ich komme mir eher so vor, als hätte ich mit Antworten gelebt, auf die ich keine Frage wusste. Ich habe daran geglaubt, dass die Zeit Wunden heilt, weil mir nicht in den Sinn kam, dass sie wieder aufbrechen könnten. Jahre später, der gleiche Film in einem anderen Setting. Ein *Remake*. Als müsste ich noch einmal durch alle Szenen, in einer modernen Fassung. Ich stehe mit einem Bein in einem Gestern, das ich für immer ad acta gelegt zu haben glaubte. Denn ich gebe zu, was ich schon lange weiß. Ich kann mir nichts mehr vormachen, die Vergangenheit hat mich eingeholt. So unmittelbar, so brutal unausweichlich, dass ich mich nicht länger davor verschließen kann. Mich ungefragt zurückversetzt fühle in eine Zeit, die in meinem Gedankenarchiv in Sicherheitsboxen lagert. Und in Schuhschachteln voller Briefe, Federn, Plastikblumen, Fotos, Feuerzeuge und getrockneter Blätter, gut verstaut in einem Koffer im Keller meiner Eltern. Oder habe ich sie weggeworfen? Existieren die Beweisstücke meiner Erinnerung nur noch in meinem Kopf als Abziehbilder eines Lebens, das ich unauslöschlich auf der Haut trage?

Wovon ich eigentlich rede? Ich dachte, wenn ich so tue, als ob ich es nicht bemerkte, geschähe es nur in meinem Kopf. Auch ich bin der Illusion erlegen, aus einem Trauma einen Traum zu machen. Aber nun hat das Verschwiegene einen neuen Namen, will ausgesprochen sein. Ich könnte einen Schrei in die trügerische Stille schicken. Erschrecken, wo ich erschrocken bin. Darum geht es, verstehst du: Rache oder Vergebung. Willst du wissen, was ich selbst am wenigsten wahrhaben will?

Un abrazo, K.

Du sollst nicht töten, du sollst nicht stehlen – wie weit lagen die beiden Gebote auseinander? Außer ihm waren höchstens noch zwanzig andere in der Kirche, die lindgrün lackierten Holzbänke waren leer geblieben, die Lieder hatten dünn geklungen, er wollte nicht singen. Er war bloß gekommen, um zu hören, was Gott zu sagen hatte, ob er überhaupt noch zu ihm spräche oder ob er ihn schon längst vergessen hatte. Zum Glaubensbekenntnis war er aufgestanden und hatte die altvertrauten Worte leise mitgemurmelt. Dann hatte er sich wieder gesetzt, in sich hineingehorcht, während der Pfarrer die Geschichte von Sodom und Gomorrha erzählte, wie Gott zu den Menschen hinabgefahren sei, um sich selbst davon zu überzeugen, wie schlecht sie geworden waren. Ihn ließ der Herr warten. In seinem Inneren herrschte seitdem Aufruhr, viele Stimmen sprachen durcheinander, eine himmlische war nicht dabei. Sie war auch nicht erklungen, als er das Geld genommen und sie liegen gelassen hatte, kein göttlicher Kommentar zu alledem. Oder wollte er ihn nur nicht hören? War es Gott, der ihm schlaflose Nächte bereitete, obwohl er doch endlich hätte Ruhe finden können? Seine Gläubiger waren besänftigt, die Mieten bezahlt, die aufgelaufenen Leasingraten getilgt, der neue Auftrag brachte ihm genug ein, um die Firma bis zum Jahresende weiterzuführen, ohne sich neu verschulden zu müssen. Wie es aussah, war er über den Berg und nicht nur das: auch mit Jasmin ging es wieder aufwärts. Doch all das konnte ihn nicht darüber hinwegtäuschen, dass er seelisch am Abgrund stand. Er war so tief gesunken, dass er sich nicht mehr in die

Augen sehen konnte. Sein vermeintlicher Erfolg war auf einer Sünde aufgebaut: Er hatte einem Menschen in Not seine Hand nicht gereicht.

Es war einfacher gewesen, als Inge Nowak gedacht hatte, ihr Chef hatte erstaunlicherweise nichts dagegen: Aufgrund der vielen Spuren, die nach Andalusien führten, sollte sie sich vor Ort ein Bild von den möglichen Verdächtigen machen und bei den Befragungen dabei sein. Zwar würde sie keine Befugnis haben, in die dortigen Ermittlungen einzugreifen, aber die europäischen Abkommen in Sachen Sicherheit und polizeilicher Zusammenarbeit sahen solche Kooperationen durchaus vor. Dass ein Wochenende davor lag und die Hauptkommissarin damit zwei Tage auf eigene Kosten in Granada verbringen würde, erleichterte Helmut Frickel die Zustimmung. Zudem war es kein publikumswirksamer Fall, es schien keine Eile geboten.

Was Inge Nowak nicht wusste, war, dass er dachte, sie habe etwas Farbe dringend nötig. Überhaupt würde ihr ein wenig Pflege nicht schlecht zu Gesicht stehen, ein neuer Haarschnitt vielleicht und das ein oder andere Pfund weniger könnten Wunder bewirken. Doch er verkniff sich derlei Kommentare, seit sich die Beauftragte für Gleichstellungsfragen bei ihm vorgestellt und ihn darüber in Kenntnis gesetzt hatte, dass es Beschwerden gegen ihn gäbe. Ein Frauenfeind, ausgerechnet er! Das war natürlich lächerlich und Inge Nowak gehörte beileibe nicht zu den Damen, denen er das ein oder andere charmante Kompliment gemacht oder über deren weibliche Schwächen er gewitzelt hatte. Aber man konnte nie wissen. In jedem Fall war es der Sache dienlich, wenn er den Vorwurf der Diskriminierung am Arbeitsplatz entkräftete, so oft sich ihm die Chance dazu bot, bevor noch jemand auf die Idee kam, ihn zum Pascha des Monats zu krönen. Sollte die Nowak doch auf dem Festland ermitteln, während er zur selben Zeit unter Verweis auf den spanischen Fall am Pool seines Hauses auf Mallorca mit seiner neuen außerehelichen Bekanntschaft einen gut gekühlten *Cava* trinken würde.

Die spanischen Kollegen waren am Telefon sehr freundlich gewesen und hatten versprochen, sie würde von einem deutschsprachigen Mitarbeiter am Flughafen in Málaga abgeholt und im Auto nach Granada begleitet. Dort wäre bereits ein Hotelzimmer reserviert. Man wünschte ihr einen guten Flug.

Inge Nowak räkelte sich in ihrem Sitz, schaute aus dem Fenster und sah auf Frankreich hinab. Es gab nicht viele Fälle, die ihr erlaubten, ihre gewohnte Umgebung zu verlassen und die auch nur annähernd etwas mit der Spannung und Aufregung von gängigen Fernsehserien zu tun hatten. Normalerweise kümmerten sie sich um Bandenkriminalität, Raubmord oder Affekttäter in familiären Zusammenhängen. Oder banaler ausgedrückt: Zu ihrem Kundenkreis gehörten der vietnamesische Zigarettenhändler, der mit falschen Papieren und einem Messer im Bauch tot im U-Bahntunnel lag, der Junkie auf Turkey, der einem Taxifahrer wegen der Tageskasse eine Kugel in den Kopf blies, und der Ehemann, der im Streit seine Frau erwürgte oder den vermeintlichen Nebenbuhler aus dem Fenster warf. Es war selten, dass sie lange nach einem Täter suchen mussten, es war eher eine Frage, wie schnell sie ihn fanden und festnahmen oder den Fall aufgaben und zu den Akten legten.

Wegen eines Totschlagdelikts im Rotlichtmilieu war sie einmal nach Warschau gereist, hatte wegen einer Fortbildung zur Zusammenarbeit mit tschechischen Kollegen an der Grenze mit schlechtem Frühstück bei mäßigem Wetter unergiebige Gespräche geführt, und zu Schulungen im Multimediabereich hatte sie sich in stickigen Frankfurter Konferenzräumen mit dem unverständlichen Dialekt fremder Kollegen herumschlagen müssen. Nun reiste sie zum ersten Mal ins nicht benachbarte Ausland, um in einem Mordfall zu ermitteln. Nein, korrigierte sie sich, ich ermittle nicht. Ich bitte die spanischen Kollegen um Mithilfe.

Als deutsche Beamtin durfte sie auf keinen Fall einfach aktiv werden, sie war auf die Kooperationsbereitschaft der Spanier angewiesen. Aber was, wenn sie nicht mit ihr zusammenarbeiten wollten? Sie nicht verstünden? Am Ende hatte man hier ganz andere Methoden, der Wahrheit auf den Grund zu kommen. Unsinn, dachte sie. Wir sind in der EU und nicht in China. Sie werden die gleiche Arbeit machen wie wir auch. Bloß bei besserem Wetter.

Aus einem wolkenlos blauen Himmel landete das Flugzeug aus Berlin im hochsommerlichen Málaga, der Temperaturanzeiger verkündete 32 Grad. Außer ihrer kleinen Reisetasche hatte die Kommissarin kein Gepäck mitgenommen und so stand sie bereits eine Viertelstunde später in der Eingangshalle des Flughafens und blickte sich nach einem Kollegen um.

„Sind Sie Frau Nowak?“ Eine Frauenstimme mit einem leichten Akzent sprach sie von der Seite an und sie blickte in das Gesicht einer vielleicht Dreißigjährigen, die einen halben Kopf größer war als sie selbst. Inge nickte bejahend.

„Verónica Sanz.“ Damit reichte sie ihr die Hand und ihren Dienstausweis. „Ich bringe Sie mit dem Wagen nach Granada. Wie war der Flug?“

„Sehr ruhig, danke.“

„Sollen wir gleich losfahren oder möchten Sie zuerst eine Kleinigkeit essen?“ Sie lächelte. „Málaga liegt im Gegensatz zu Granada am Meer.“

„Essen am Meer klingt fabelhaft.“ Inge Nowak war froh, abgeholt zu werden. Es lag Jahre zurück, dass sie ohne Begleitung in die Ferien gefahren war, und der Gedanke, sich in einer fremden spanischen Stadt ohne Stadtplan zurechtfinden zu müssen, gefiel ihr ganz und gar nicht. Ihr Englisch war, wenn man es freundlich auslegte, passabel und ihr Französisch existierte lediglich auf dem Papier.

Der Dienstwagen war nobel. Ein komfortabler, klimatisierter Viertürer. Nachdem sie eingestiegen waren, holte Verónica einen CD-Player aus der Umhängetasche und schob ihn in das klaffende Loch, neben dem Lenkrad. Dann legte sie eine CD ein und aus erstaunlich guten Boxen erklang spanische Gitarrenmusik.

„Herzlich willkommen in Spanien, Inspectora!“, sagte sie mit einem Seitenblick.

„Inge. Nennen Sie mich doch einfach beim Vornamen, ja?“

„Verónica“, gab die spanische Kollegin nickend zurück und gab Gas.

Für einen Augenblick kam ein Urlaubsgefühl in Inge Nowak auf. Palmen säumten die Autobahn, die großen Lagerhallen waren mit ihr unverständlichen Worten beschrieben, durch die heruntergelassenen Fenster wehte ein heißer Wind, und die sanften Rhythmen aus den Lautsprechern taten ihr Übriges. Verónica Sanz verschonte sie mit Smalltalk und Inge genoss das sanfte Dahingleiten des Wagens über flimmernden Asphalt. Gegen zwei Uhr mittags saßen sie in einem Restaurant am Meer, ein wenig abseits von den großen Bettenburgen, die aus der Ferne wie graue Türen gegen den Himmel gelehnt waren.

„Wieso sprechen Sie so gut deutsch, wenn ich fragen darf?"

„Dürfen Sie. Mein Vater hat eine der ersten Touristinnen im Bikini geheiratet."

„Ihre Mutter ist Deutsche?"

„War. Sie ist gestorben, als ich sechzehn war."

„Verstehe", erwiderte Inge Nowak und hätte sich ohrfeigen mögen für diese Bemerkung – was gab es daran zu verstehen?

Die Spanierin schien sich nicht an dem Kommentar zu stören. „Manchmal besuche ich meine deutsche Familie. Meine Großmutter lebt noch. Sie ist sechsundneunzig und feiert seit ungefähr zwanzig Jahren jedes Jahr ihren letzten Geburtstag in Prien."

„Am Chiemsee?"

„Genau. Kennen Sie die Gegend?"

„Ich war mal im Urlaub dort."

Es waren die schlimmsten Ferien ihres Ehelebens gewesen, danach hatte sie die Scheidung eingereicht. Ihr Mann hatte einmal mehr auf Campingurlaub bestanden und Inge hatte die eine Hälfte der Zeit mit ihrer quengelnden Tochter verbracht, weil es ununterbrochen regnete, und die andere Hälfte im Waschtrakt, wechselweise mit Geschirr vom Mittag- oder Abendessen. Gegen fünf hatten sich gewöhnlich die hart gesottenen Camper unter einem der Vordächer der Wohnwagen zusammengerottet und sich bis Mitternacht ins Nirwana gesoffen, während ihre Frauen für das weitere leibliche Wohl sorgten oder mittranken. Der ganze Campingplatz hatte sich darüber lustig gemacht, dass Inge im richtigen Leben, wie sie sagten, Bullette war, und am letzten Tag war sie kurz davor gewesen, ihre uniformierten Kollegen zu benachrichtigen, um den florierenden Handel mit Schwarzmarktzigaretten auffliegen zu lassen. Stattdessen hatte sie ihren Mann im Wohnmobil sitzen lassen und mit ihrer Tochter den Zug zurück nach Münster genommen, wo sie ihre Habseligkeiten aus der gemeinsamen Wohnung geräumt hatte und vorübergehend mit Marit zu ihrer Schwester gezogen war.

„O je. Und heute? Wieder liiert?“ Verónica sah sie über die geplünderte Fischplatte hinweg an.

„Heute bin ich Single und es geht mir gut.“ Das stimmte nicht ganz und nachdem sie ein wenig aus ihrem Berliner Alltag berichtet hatte, musste es auch Verónica aufgefallen sein. Doch seltsamerweise fühlte Inge sich nicht ertappt. Es war lange her, dass sie sich in so guter Gesellschaft gefühlt hatte. Und sie war schon lange nach einem Mittagessen nicht mehr so beschwingt gewesen. Ganz selbstverständlich hatte die spanische Kollegin kühlen Weißwein bestellt und Inge beruhigte sich damit, dass Wochenende war und sie eigentlich nicht im Dienst. Erst auf der Autofahrt sprachen sie über die Arbeit.

„Wie lange sind Sie schon bei der Kripo?“

„In Granada seit fünf Monaten. Ich komme aus Málaga, aber da wollte ich nicht bleiben.“

Inge Nowak hätte gerne gefragt, weshalb, aber trotz der lockeren Plauderei beim Mittagessen schien ihr diese Frage zu persönlich.

„Und Sie? Wie lange sind Sie jetzt schon bei der Polizei?“

„Fünfundzwanzig Jahre.“ Ein Fossil. Sie war ein Fossil. Grauenvoll.

„Sieht man Ihnen kein bisschen an“, erwiderte Verónica.

Das sagt sie nur, dachte Inge, weil ihre weibliche Intuition sie spüren lässt, dass ich ein Problem mit meinem Alter habe. Ich brauche dringend eine Sonnenbrille. Falls mir das schon an den Augen abzulesen ist.

Kurz darauf wurden ihre Lider schwer und nach einem kurzen erfolglosen Kampf gegen ihre Müdigkeit schlief die deutsche Kommissarin auf dem Beifahrersitz ein.

Hola guapo,
Natürlich, ich hätte es mir denken können: Du wirst nicht eher Ruhe geben, bis ich es dir erzähle. Weil du spürst, worum es geht. Wusstest du, dass man ein Trauma im Gehirn erkennen kann? Es ist die Stelle, die am wenigsten durchblutet ist, hab ich in irgend so einer populärwissenschaftlichen Zeitschrift gelesen. Da wurde auch behauptet, alles sei nur eine Frage der Programmierung. *Reload* und Neustart. Man müsse nur das traumatische Schlüsselbild herausfinden und an seine Stelle ein anderes setzen. Wie das geht? Nehmen wir an, deine Mutter hat dich als Kind auf dem Arm und ein großer schwarzer Hund kommt auf euch zu gelaufen. Du hast natürlich Angst, dass er dich beißt, weil er die Zähne fletscht. Deine Mutter beruhigt dich, lacht und sagt, es könne überhaupt nichts passieren. Du glaubst ihr natürlich. Das wiederum interessiert den Köter überhaupt nicht, er springt an euch hoch und beißt dich. Wo ist das Problem? Man könnte meinen, es bestünde darin, dass du nie wieder jemandem vertrauen könntest. Falsch. Es ist viel schlimmer. Das Problem ist weniger deine Mutter als der Hund: Du wirst von diesem Moment an vor allem Angst haben, was schwarz ist und schnell auf dich zukommt. Denn du hast gelernt, dass es dir wehtut. Nehmen wir also an, du liegst Jahrzehnte später mit deinem Geliebten im Bett. Er verschwindet im Bad und dort zieht er sexy Lackunterwäsche an, die er gekauft hat, um dich heiß zu machen. Er kommt aus dem Bad geschossen, will sich aus Spaß auf dein Bett werfen, aber alles, was du siehst, ist etwas Schwarzes, das schnell auf dich zukommt: Du hast augenblicklich Angst, weil die Erfahrung dich lehrt, dass es allen Grund dazu gibt. Deine Libido fällt auf Null.

Aber zurück zur Durchblutung. Manche Wissenschaftler glauben, man müsse bloß die tote Stelle, die das Trauma abgespeichert hat wie eine gefrorene Erinnerung, zu neuem Leben erwecken, es in den Blutkreislauf mit einbeziehen und das Trauma wäre – Achtung! – gelöscht. Verlockend, nicht wahr? Mir gefällt die Idee. Zum einen, weil diese Technik in die Zukunft weist und nicht in die Vergangenheit, zum andern, weil sie so unglaublich einfach klingt. Man geht also hin, sucht die Stelle im

Gehirn, hypnotisiert die Person und lässt die Hundegeschichte gut ausgehen, indem man einen anderen Ablauf speichert. Also sagen wir: Du fällst ins Wasser, bist am Ertrinken und dann rettet dich ein schwarzer Schäferhund. Von da an wirst du fröhlich vor jeden schwarzen Mercedes laufen, weil du sicher bist, er will dein Bestes, selbst wenn er mit überhöhter Geschwindigkeit auf dich zurast. Böse interpretiert? Ich bin böse. Verletzt. Weil es bei mir nicht funktioniert. Oder vielleicht einfach, weil ich noch niemanden gefunden habe, der mich umpolt. Mein altes Programm überschreibt. Dabei wäre es ganz einfach. Nimm eine Jugendliche und setze sie neben einen Erwachsenen. Statt der Hand, die nach ihr greift, bräuchte sie eine, die sie beschützt. Doch immer, wenn das in meinem Leben eine versucht hat, ist der Computer abgestürzt. Denn was diese Hirnforscher offenbar nicht bedenken, ist der Zustand der Hardware und des Betriebssystems: Nicht jedes Programm ist kompatibel.

Ich lenke ab? Nein. Ich möchte, bevor ich zum Punkt komme, dass du verstehst, weshalb ich dir so lange nicht davon erzählt habe. In welcher Verfassung ich bin. Und was es für ein Risiko ist, dir einen Blick auf meine Festplatte zu gewähren. Auch oder gerade, weil du dich mit diesen Dingen auskennst. Dabei fällt mir ein: Wie mache ich eigentlich am besten ein *Back-up* und wie komme ich an Daten, die ich verloren habe?

Un abrazo, K.

Sie parkten in der Innenstadt von Granada, durch die sich Inges Chauffeurin mit bemerkenswerter Leichtigkeit und lautem Fluchen über Ampeln und an staubigen Baustellen vorbeimanövriert hatte. Überall hupte, surrte und vibrierte es, Menschen liefen zwischen parkenden Autos herum, Mofas knatterten mit ohrenbetäubendem Krach über die Straße, Busse zwängten sich auf dem Seitenstreifen vorbei.

„*Merienda*. Jetzt gehen alle den Nachmittagskaffee trinken. Sollten wir auch bald tun. Wollen Sie sich zuerst ein wenig frisch machen?“

Inge Nowak nickte dankbar, sie hatte die ganze Fahrt über gedöst, was ihr nun ein wenig unangenehm war. Duschen wäre gar nicht schlecht.

„Hier ist es", sagte Verónica schließlich und zeigte auf ein schmales Hotel, dessen Fassade gerade frisch gekalkt war und vor dem bunte Fahnen flatterten. „Soll ich Sie in einer halben Stunde hier wieder abholen? Oder brauchen Sie länger?"

„Nein, eine halbe Stunde ist völlig ausreichend, danke", antwortete Inge Nowak blinzelnd und bedauerte zum wiederholten Mal, ihre Sonnenbrille vergessen zu haben.

Das Hotelzimmer war von einfachem Charme: ein Doppelbett aus dunklem Holz mit passenden Nachttischen an beiden Seiten, das helle Sonnenlicht auf den rotbraunen Steinfliesen tauchte den kleinen Raum in warmes Licht. Korbmöbel vor der Balkontür verliehen dem Ganzen etwas Koloniales. Auf einem kleinen Tisch stand ein Fernsehgerät, daneben ein niedriger Schrank mit Eisenbeschlägen, in dem sich sogar einige Bügel befanden. Sollte sie sich umziehen? Sie betrachtete den Inhalt ihrer Reisetasche: vollkommen unpassend. Sie hatte in der Eile einfach die falschen Sachen mitgenommen. Alles viel zu formal, viel zu trist für die Helligkeit, die sie seit ihrer Ankunft umgab. Sie schaute auf die zwei Blusen, die nun nebeneinander im Schrank schaukelten, und befand sie kurzerhand für zu altmodisch.

„Du solltest dir mal wieder was Modernes zulegen", hatte Marit erst kürzlich gesagt und sie war drei Tage beleidigt gewesen. Als ob sie wie eine Oma herumliefe. Nun fühlte sie sich so. Außer einer dunklen Stoffhose, einem braunen T-Shirt und einem passenden Baumwollpullover hatte sie nichts Brauchbares mitgenommen. Keine leichte Jacke, keine Turnschuhe, nichts Legeres. Sie strich sich die Haare nach hinten. Ein Friseurtermin hätte auch nicht geschadet. Überhaupt täte ihr ein wenig Pflege gut. Aber gute Vorsätze nützten ihr jetzt gar nichts. Vielleicht würde sie ja einen Abendeinkauf schaffen? Sie sah auf die Uhr. Sie musste sich beeilen.

Verónica Sanz saß in einem der kleinen Sessel des Hotelfoyers und blätterte in einer Zeitschrift. Sie hatte ihre Beine, die in einer modern geschnittenen Jeans steckten, weit ausgestreckt, ihre Arme ruhten auf den Sessellehnen und ihre schwarzen Locken hatte sie mit der Sonnenbrille aus der Stirn geschoben. Kaum hatte sich die Aufzugtür geöffnet, stand sie auf und kam Inge entgegen:

„Möchten Sie touristisch oder einheimisch Kaffee trinken?"

„Lieber Letzteres."

Diese Entscheidung führte Inge Nowak geradewegs in ein Kaufhaus. In dessen Erdgeschoss befand sich eine angenehm klimatisierte *Cafetería* voller Menschen. Alle Tische waren bis auf den letzten Platz besetzt, am Tresen drängten sich die Eiligen vor einem Kaffee im Stehen, die Kellner balancierten berstende Tabletts über ihren Köpfen und niemand ließ sich von alledem aus der Ruhe bringen. Sie ergatterten einen Stehtisch am Fenster und winkten einer Kellnerin.

„Was haben Sie gerade bestellt?", wollte Inge Nowak wissen.

„*Cortado*. Espresso mit warmer Milch."

Draußen strömten müde Feierabendler und erschöpfte Touristen durch die Fußgängerzone, die einen bepackt mit Lebensmitteln, die anderen mit Einkaufstüten, und für einen Moment war Inge Nowak froh, einfach hier stehen zu dürfen und Kaffee zu trinken. Doch sie wollte die Zeit ihrer Begleiterin nicht über alle Maßen strapazieren und so war sie es, die, obwohl sie sich kaum satt sehen konnte, zum Aufbruch drängte.

Auf dem Weg durch die andalusische Altstadt, die bekannt war für das Aufeinandertreffen verschiedener Kulturen im Laufe der letzten Jahrhunderte, spielte Verónica die Reiseleiterin. Nach zehn Minuten hatte Inge einen groben Überblick über die nicht gerade unblutige Geschichte der Stadt, die *conquista* der Mauren um 700 und die *reconquista* der katholischen Könige im selben Jahr, als Kolumbus vor der Insel Guanahani ankerte, die er in San Salvador umtaufte.

„Sie müssen sich unbedingt die Zeit nehmen, die *Alhambra* zu besichtigen. Sie wurde im 13. und 14. Jahrhundert gebaut und war die Residenz der maurischen Könige. Und den *Generalife* müssen Sie auch sehen; das heißt übersetzt soviel wie Paradies des Architekten und diente dem Emir als Sommerresidenz. Ein wunderschöner Garten. Wenn Sie wollen, begleite ich Sie, ich gehe oft abends dort oben spazieren." Verónica zeigte nach links oben und man sah eine bewachsene Anhöhe. „Der Vorteil, wenn man hier wohnt und noch dazu bei der Polizei arbeitet, ist, dass man Sonderöffnungszeiten wahrnehmen kann." Sie zwinkerte Inge fröhlich zu, die Mühe hatte, den großen Schritten ihrer Kollegin zu folgen. Die Hitze machte ihr allmählich zu schaffen, obwohl Verónica stets darauf achtete, auf der Schattenseite der Straße zu bleiben. Das T-Shirt klebte förmlich an Inges Körper und der Schweiß lief ihr in kleinen Rinnsalen den Nacken hinab. Trotzdem genoss sie diesen Nachmittag. Durch die Stadt zu schlendern, Kaffee zu trinken, fremden Menschen ohne Absicht nachzusehen, war ein Privileg, das sie viel zu selten erlebte. Sie schaute auf ihre Uhr und bemerkte an dem nackten Handgelenk, dass sie gar keine trug.

„Termine?", fragte Verónica und wartete Inges Kopfschütteln ab. „Dann würde ich Ihnen gerne noch etwas von der Stadt zeigen, wenn Sie mögen."

Inge stimmte zu. Sie konnte von niemandem erwarten, was sie selbst viel zu oft tat: am Wochenende zu arbeiten. Gut gelaunt lief sie neben Verónica her, an einer langen Schlange von Touristen vorbei, auf einen Wärter vor einer Schranke zu. Mit ihm wechselte Verónica lachend ein paar Worte und er gewährte ihnen freundlich nickend Einlass. An der Wand des Torbogens, durch den sie in eine Art Palast schritten, war ein Schild mit Verboten angebracht. Inge Nowak kramte nach ihrem Handy und stellte es leise. Ohne dass sie es sich vorgenommen hatte, machte die Kommissarin ein wenig Urlaub.

Hola guapo,

Trüber Tag, die Sonne will nicht herauskommen, kein Frühling in Sicht, obwohl der Kalender es behauptet. An einem solchen Tag bin ich geboren. Meine Mutter behauptet, sie habe die Wehen, so lange sie konnte, alleine zu Hause ausgehalten und solche Schmerzen gehabt, dass sie sich an den lackierten Schranktüren hätte hochziehen müssen. Damit ihre Schwiegermutter später die Striemen, die ihre Finger auf der Oberfläche hinterlassen hatten, nicht bemerken würde, habe sie in den Pausen zwischen den Wehen die Schränke mit einem Staubtuch gewienert. Meinst du, das hat mich geprägt? Mich gelehrt, frühzeitig Spuren zu verwischen?

Meine Welt war bis zu meinem dreizehnten Lebensjahr mehr oder weniger in Ordnung. Zum Geburtstag bekam ich Geschenke, an Weihnachten saß ich mit meiner Familie unter einer festlich geschmückten Nordmanntanne, für gute Noten wurde ich gelobt, schlechte brachten mir Hausarrest ein, freitags gab es Fisch, samstags Eintopf und sonntags, wenn ich aus dem Kindergottesdienst kam, schnitt mein Vater einen Braten auf. Nach dem Schwimmen gab es Vanillemilch, im Sommer hatte ich genug Taschengeld für Eis, im Winter für Kastanien und das ganze Jahr über kaufte ich einmal pro Woche in dem kleinen Schreibwarenladen in der Bahnhofsstraße die *Bravo*: eine Zeitschrift für Teenager, mit Starschnitten der beliebtesten Musikgruppen und poppig aufgemachten Artikeln zum Thema Liebe, was Sex meinte. Schon auf dem Weg nach Hause las ich die *Foto-Love-Story*, in der damals höchstens geknutscht und gefummelt wurde, die aber von Problemen erzählte, die ich kaum erwarten konnte. Ein Dr. Sommer erklärte uns, man könne von Petting nicht schwanger werden, der Zungenschlag unterschiede sich kaum vom Zungenkuss und das erste Mal wolle gut überlegt sein. Ich war also vorbereitet. Zumindest für das, was Ende der 1970er sexualmoralisch in Jugendmagazinen verhandelt wurde. Dr. Sommer und Co hatten allerdings bei ihren Ratschlägen nicht bedacht, wo junge Mädchen wie ich tatsächlich in Gefahr gerieten, ihre Jungfräulichkeit zu verlieren, und wie sehr die Empfehlung, sich schamhaft zu verweigern, mit dem Gehorsam gegenüber der Obrigkeit kollidierte. Ich wuchs nicht nur in einer Zeit heran, in der Vergewaltiger freigesprochen wurden, wenn ihre Opfer Miniröcke trugen, sondern auch in einer, in der niemand Verdacht schöpfte, wenn Erwachsene sich Kindern und Jugendlichen allzu sehr annahmen. Ich meine dabei weder den Sportlehrer, der uns bei der Hilfestellung am Reck an den Hintern fasste, noch den Leichtathletiktrainer, der sich jeden Donnerstagnachmittag in der Tür irrte und unverhofft in der Mädchendusche stand.

Derlei Fehlgriffe gehörten in meinem sozialen Umfeld, das sich zwischen Sportplatz und Turnhalle bewegte, so sehr dazu wie die Alkoholexzesse, denen niemand Einhalt gebot, weil wir uns mit denen betranken, deren Schutzbefohlene wir waren. Was auch immer unter pädagogischer Aufsicht geschah, und davon waren nicht nur meine Eltern überzeugt, es konnte nicht schlecht sein. Und wir steckten es weg wie die nassen Küsse der Onkels, und die plumpen Annäherungsversuche der Jungs aus der Oberstufe. Das, was meine Pubertät zu einem Höllentrip machte, war ein ganz anderes Kaliber. Es war weniger offensichtlich, es spielte sich nicht halb öffentlich ab, es waren keine momentanen unkontrollierten Entgleisungen, sondern von langer Hand geplante Übergriffe, gegen die ich mich nicht wehren konnte, weil sie zu ungeheuerlich waren, um sie wirklich zu begreifen. Kein Mensch hätte mir geglaubt, weswegen mein Physiklehrer mich auf dem Schulweg abfing und warum ich immer wieder in sein Auto gestiegen bin. Was denkst du wohl?

Un abrazo, K.

Inge Nowak erwachte für ihre Verhältnisse sehr spät und kam gerade noch rechtzeitig in den Frühstücksraum, bevor die Gedecke abgeräumt wurden. Auf Verónicas Empfehlung mietete sie am Vormittag ein Fahrradtaxi und ließ sich von einem jungen Spanier in Granada herumfahren. Von seinen Erklärungen in radebrecherischem Englisch verstand sie höchstens die Hälfte, was in etwa ihrem historischen Interesse entsprach. Als sie ihn bat zum *Barrio bajo* zu fahren, schaute ihr Chauffeur sie ungläubig an.

„*You know what is?*“, fragte er sie.

Sie hatte nur genickt, ihn aufmunternd angelächelt und ihm einen Schein zugesteckt. Daraufhin wendete er und fuhr los. Die Straße wurde immer holpriger, irgendwann hörte der Asphalt auf und der Boden wurde staubig. Auf einer kleinen Anhöhe hielt der Fahrer an und deutete nach vorne. Etwa einen halben Kilometer weiter weg war eine große, rosafarben planierte Fläche. Oberhalb davon erstreckten sich ungleich große Gärten, Baumreihen und ein paar Wellblechhütten. Von den Häusern der ehemaligen Bewohner keine Spur mehr.

„*Fire*", erklärte der Fahrer und zündete sich eine Zigarette an.

Ein wenig abseits und hin zur Stadt, dort wo die asphaltierte Straße endete, von hohen Zäunen umgeben, stand das Solarhaus. Auf dem Dach, links und rechts von einer kleinen Dachterrasse, befanden sich großflächige Sonnenkollektoren, neben dem Haus stand ein kleiner Anbau, der ebenfalls mit Kollektoren ausgestattet war. Zu dem überschaubaren Anwesen gehörte ein Garten mit Swimmingpool, dessen Einsicht von Zypressen und meterhohen Hecken versperrt war und den sie nur hatte sehen können, weil sie von oben hinunterschaute.

„*Good point here to look*", sagte sie zu dem Fahrer, der inzwischen glasige Augen bekommen hatte. Dem Geruch nach zu urteilen, rauchte er nicht nur Tabak, sondern auch Marihuana. Er machte keinerlei Anstalten, weiterzufahren, sondern genoss lächelnd die Aussicht.

Je länger die Kommissarin zu den Gärten schaute, umso mehr Menschen konnte sie erkennen. Spielende Kinder, an Tischen sitzende Männer, arbeitende Frauen, herumstreunende Hunde.

„*What do they do?*"

„*Sunday. Family together. Eat, drink, dance.*" Er grinste wissend. „*Come back. Make fiesta.*"

Plötzlich überfiel die Kommissarin ein unbehagliches Gefühl. Was tat sie hier? Eine deutsche Touristin mit Bargeld in der Tasche, allein, unbewaffnet, mitten in Andalusien, in Begleitung eines bekifften Fremden?

„*Go back?*", fragte der Fahrer, als hätte er ihre Nervosität gespürt.

„*Yes, please*", antwortete sie und konnte es kaum erwarten, wieder unter Menschen zu sein.

Maike Ebling, hatte die Kommissarin beschlossen, musste eine ziemlich mutige Frau gewesen sein. Ganz offensichtlich war das *Barrio bajo* so etwas wie ein Armenviertel gewesen. Als privilegierte Ausländerin unter den Außenseitern der Gesellschaft zu leben, war sicher keine leichte Aufgabe gewesen. Kein Wunder, dass sie fortgegangen war, nachdem das Feuer gewütet hatte. Allzu deutlich war sichtbar geworden, zu welcher Seite sie gehörte: ihr Haus war das einzige, das noch stand. Wer auch immer dafür verantwortlich gewesen war, er hatte verbrannte Erde hinterlassen.

Nach ihrem Ausflug war Inge Nowak erschöpft auf ihr Hotelbett gesunken und eingeschlafen. Stunden später wurde sie vom Telefonklingeln geweckt. Verónica Sanz erwartete sie im Foyer.

„Entschuldigen Sie bitte, ich bin nach der Sightseeing-Tour eingeschlafen."

„Granada ist anstrengend, vor allem, wenn man es nicht gewöhnt ist. Deshalb muss man auch dauernd essen und trinken. Um sich zu stärken." Sie ging zum Ausgang des Hotels. „Kommen Sie!"

Verónica führte sie tief in den Stadtkern, die Gassen wurden immer enger, die Reisegruppen seltener. Einige Plätze erschienen ihr bekannt, aber sie hätte nicht sagen können, welche sie am Morgen bereits gesehen hatte und welche nicht. Der, der sich unvermittelt vor ihnen auftat, war jedenfalls mit einem Fahrradtaxi nicht zu erreichen. Ein winziger Durchgang führte zu einem Brunnen, hinter dem sich ein unscheinbares Restaurant befand. Die Sitzgelegenheiten davor machten einen eher improvisierten Eindruck, die Tische bestanden aus auf Bierfässer gelegte Holzplatten. Das Wassergeplätscher im Hintergrund, die Bougainvilleen, die üppig von den alten Mauern herunterhingen wie überreife Trauben, der blaue Himmel über der Stadt – ein perfektes Ambiente. Verónica begrüßte den Kellner wie einen alten Bekannten, kurz darauf hatte er eine weiße Tischdecke über eine der Holzplatten gelegt und die Kisten gegen echte Stühle ausgetauscht.

„Was haben Sie ihm denn erzählt?"

„Die Wahrheit: Dass Sie eine deutsche Kommissarin sind, bei der ich einen guten Eindruck hinterlassen will."

„Dafür müssen Sie eigentlich nicht viel mehr tun, bis jetzt ist Ihnen das voll und ganz gelungen!"

„Danke." Verónica wandte sich wieder dem Kellner zu. Ob er ihr Freund war? Dem Lachen nach zu urteilen, war es gut möglich. Das erklärte auch die Sonderbehandlung.

„Gibt es etwas, das Sie nicht mögen?"

Inge dachte kurz nach. „Fenchelbonbons, Innereien und Rosinen."

Verónica nickte und widmete sich weiter der Bestellung. Entweder sie diskutierte mit dem Kellner die ganze Speisekarte oder sie sprachen noch über etwas ganz anderes.

„Rotwein oder Weißwein zum Essen?"

„Überlasse ich alles Ihnen", antwortete Inge Nowak und lehnte sich weit zurück, um den Himmel zu betrachten. Er war noch immer blau und ungetrübt.

Kurze Zeit später brachte der Kellner zwei Gläser Bier und mehrere kleine Teller mit Vorspeisen.

„Wir beginnen traditionell mit *Tapas y Cerveza*, um das Warten auf das Abendessen zu verkürzen. Gut, dass sie das mit den Innereien gesagt haben, die Spezialität des Hauses sind nämlich Nieren in Sherrysauce", erklärte Verónica Sanz, bevor sie sich ein Stück frittierte Paprika in den Mund schob.

„Allmählich begreife ich, wieso Leute auf die Idee kommen, hierher auszuwandern", erwiderte Inge. „Ich würde allerdings Alkoholikerin werden und aufgehen wie ein Hefekloß."

Sie aßen sich plaudernd durch Hackfleischbällchen mit frischen Kapern, gebackenen Blumenkohl in Béchamel, gegrillte Tintenfische, marinierte Gemüsestreifen und Meeresfrüchtesalat. Als Inge gerade das Gefühl hatte, genug gegessen zu haben, brachte der Kellner das Hauptgericht: Zartes Kaninchenfleisch in Rotweinsoße mit Knoblauchbohnen und Backkartoffeln.

„Wer soll das denn alles noch essen?"

„Wir haben doch den ganzen Abend Zeit." Verónica rief dem Kellner etwas zu, der gleich darauf mit zwei Weingläsern und einer Flasche ohne Etikett zurückkam, die sich als ausgezeichneter, leichter Rotwein herausstellte.

„Sieht der Sonntagabend einer Polizeibeamtin in Granada immer so aus?"

„Nein. So sieht eher ein Abend aus, an dem man etwas zu feiern hat."

„Haben wir etwas zu feiern?"

„Die Ankunft einer deutschen Kollegin. Das passiert nicht alle Tage."

„Und was passiert alle Tage?"

„Normalerweise gehe ich gegen sechs oder sieben auf dem Weg nach Hause etwas einkaufen, koche, esse auf meiner Dachterrasse und lese, bis es dunkel wird. Oder treffe mich mit Freundinnen auf ein Bier. Aber eher selten. Ich mag es lieber ruhig."

„Leben Sie allein?"

„Ja."

„Niemand, der Ihnen Ärger macht, wenn Sie zu lange im Büro bleiben?"

„Das kommt nicht so oft vor. Ich arbeite im Innendienst und mein Chef betrachtet mich zwischen neun und sechs als seine persönliche Sekretärin. Früher wollte ich wie Sie Kommissarin werden, aber meine Ellbogen sind nicht hart genug, um mich durch den bürokratischen Filz zu schlagen. Trotz Weltausstellung, Olympia und Europa – willkommen im Patriarchat!"

„Bei uns ist die Chancengleichheit auch noch nicht angekommen. Aber wir arbeiten dran."

„Ganz offensichtlich. Sonst wäre wohl Ihr Chef hier."

„Ich bin die Chefin." Inge Nowak legte die Gabel beiseite und tupfte sich mit der Serviette die Lippen, um einen Schluck zu trinken. „Jedenfalls in manchen Dingen. Allerdings ist mein Aufenthalt hier halb privat. Bestimmte Freiheiten muss auch ich mir erkaufen." Sie hatte unbändige Lust zu rauchen und schaute sehnsüchtig zum Nachbartisch, an dem ein Herr mittleren Alters genüsslich an einer Zigarette zog. „Ich wollte mir die Gelegenheit nicht entgehen lassen, am Wochenende Sonne zu tanken, ganz abgesehen davon, dass mein Fall die Reise tatsächlich erfordert."

„Maike Ebling?"

„Sie wissen darüber Bescheid?"

„Ich schätze, ich bin die Einzige, die hier den Bericht wirklich gelesen hat. Glauben Sie nicht, dass man sich überschlagen wird, Ihnen zu helfen. Der Polizeipräsident macht gerade mächtig Druck wegen zwei unaufgeklärten Mordfällen an Touristen in den letzten vier Wochen. In den Hotels geht die Angst vor dem Fotomörder um. Der Typ lässt nämlich immer einen Schnappschuss seiner Opfer am Tag vor der Tat liegen."

„Mal was anderes. Woher weiß man, dass es ein Mann ist?"

„Weil ich Typ gesagt habe? Das war nur so eine Redewendung. Es könnte natürlich ebenso gut eine Frau sein." Sie hielt inne. „Jetzt, wo Sie es sagen, sogar viel wahrscheinlicher: Die Fotos sind nämlich gut!" Sie lachten, dann wurde Verónica wieder ernst. „Ich werde Ihnen, so gut ich kann, helfen. Ich denke, Melilla, mein Chef, gibt Ihnen völlig freie Hand und mir die Zeit, Sie zu begleiten. Ich stehe Ihnen jederzeit offiziell als Übersetzerin und inoffiziell als Ermittlerin zur Verfügung." Verónica schob den leeren Teller von sich weg und legte sich die Hand auf den Bauch. „Ich bin immerhin Polizeibeamtin, wenn es sein muss, auch in Uniform. Das wirkt hier manchmal noch Wunder. Wenngleich ich gerade nicht mehr sicher bin, ob ich noch hineinpasse. Gleich platze ich."

„Dann haben wir etwas gemeinsam!" Inge legte das Besteck zur Seite. „Bekommen wir auch einen Wagen?"

„Wir kriegen alles, sofern wir im Präsidium niemandem die Zeit stehlen, keine unnötigen Fragen stellen und am Ende einen Erfolgsbericht schreiben. So läuft das hier."

„Klingt verlockend."

„Glauben Sie, ich tue das hier alles umsonst? Ich setze auf vier abenteuerliche freie Tage außerhalb des Büros!"

„Ich hoffe, Sie sind am Ende nicht allzu enttäuscht von der Verbrecherjagd – ich weiß noch nicht einmal, wonach wir suchen!"

Als Inge zahlen wollte, winkte Verónica ab.

„Lassen Sie, bitte. Spesen. Melilla hat gesagt, ich soll Sie glücklich machen."

„Mit allem, was dazugehört?"

„Was fehlt Ihnen denn noch?"

Sie überlegte. „Ein Päckchen Zigaretten und eine Sonnenbrille."

„Wenn das alles ist!" Verónica holte aus ihrer Handtasche ein Päckchen Chesterfield mit einem Feuerzeug darin und legte es auf den Tisch. „Bedienen Sie sich. Die Sonnenbrille besorgen wir noch."

„Großartig."

Während sie zurück zum Hotel spazierten, erläuterte Inge Nowak ihrer neuen Kollegin, was sie bereits im Fall Maike Ebling wussten und wen sie in Granada und Umgebung treffen wollte.

„Dann hole ich Sie am besten gleich morgen früh um neun hier ab, einverstanden?"

Sie verabschiedeten sich im Foyer und fast hätte Inge Nowak die Frau, der sie erst vor wenigen Stunden begegnet war, wie eine gute Freundin umarmt.

Hola guapo,

Vielleicht sollte ich mit dem blauen Opel anfangen, der eines Tages neben mir hielt. Er hatte an den Seiten einen silberfarbenen Rallyestreifen und an der Heckscheibe den Aufkleber meines Sportvereins. Solche Dinge wecken Vertrauen.

Paul war nicht nur Lehrer, er war auch Fußballschiedsrichter. Wenn es ihm im Unterricht zu laut wurde, dann pfiff er einmal ohrenbetäubend mit seiner Trillerpfeife durch das Klassenzimmer und es herrschte sofort Ruhe. Wir mochten ihn. Er trug karierte Hemden mit kurzen Ärmeln, Jeans und Turnschuhe. Seine Hände fuchtelten stets kreideverschmiert in der Luft, seine Cordjacken hatten oft weiße Flecken davon und er trug keinen Ehering, obwohl er verheiratet war. Im Landschulheim spielte er abends auf der Gitarre Protestlieder, und seine Lieblingsschüler nannte er alle bei einem Kosenamen.

– Steig ein, Maikäfer, ich fahre sowieso in deine Richtung!

Es gab keinen Grund, misstrauisch zu sein, schon gar nicht, weil er nichts zu verbergen suchte, im Vorbeifahren grüßte er seine Kollegen grinsend und mit Handzeichen. Nein, nichts von dem, was du denkst, passierte an diesem frühen Nachmittag auf dem Weg durch die Stadt. Auch wenn es naheliegend war. 1978 wusste jedes Mädchen, dass es besser war, Abstand zu Männern zu halten. Wir lernten, eine bestimmte Abwehrhaltung einzunehmen, gewisse Verwandte zu meiden, dem Nachbarn nicht mehr in den Garten zu folgen und sich in engen Warteschlangen vor Frauen zu drängeln. Manchmal frage ich mich, ob sich daran etwas geändert hat, ob die Männer von heute alle anständiger oder die Mütter wachsamer sind oder ob Mädchen und junge Frauen im Geschlechterdschungel noch immer Freiwild sind. Immerhin gibt es inzwischen eine Tendenz hinzuhören, wenn Kinder und Jugendliche schweigen, zumindest bei denen, die sich für bildungsnah halten. Meine Eltern waren das ganz und gar nicht und schon deshalb wären sie niemals auf die Idee gekommen, dass ich bei Herrn Stenner nicht gut aufgehoben sein könnte. Im Gegenteil: Sie fürchteten mehr, ich könnte meinem Lehrer in seiner Freizeit auf die Nerven gehen.

Paul, den ich damals noch nicht so nannte, machte das Autoradio an und pfiff die Melodie von *The wall* mit. Er fragte, ob ich Hunger hätte und lud mich zum Essen. Seine Frau hätte bestimmt für drei gekocht und auf diese Weise könnte er mich endlich Geli vorstellen. Ich hatte Hunger und nichts dagegen, die Geli kennenzulernen. Was, wie sich viel später herausstellen sollte, ein folgenschwerer Fehler war. Fortsetzung folgt.

Un abrazo, K.

Comisario Javier Melilla machte am Montag morgen keinen Hehl daraus, dass er keine Zeit für seine deutsche Kollegin hatte und wenig Interesse an persönlicher Zusammenarbeit. Er glaubte ohnehin nicht an eine Beteiligung von Spaniern im Mordfall Ebling.

„Spanische Männer sind kampflustig wie Toreros. Schnell in ihrem Stolz gekränkte Machos. Sie rasseln mit den Säbeln, bedrohen ihre Opfer mit Messern oder lassen es tun, wenn sie gereizt sind, aber sie vergiften keine wehrlosen Frauen. Das geht gegen die Ehre."

„Und die Frauen?"

„Lassen schmutzige Arbeiten von solchen Männern erledigen."

Verónica übersetzte problemlos das Gespräch zwischen den Kommissaren, die schnell übereinkamen, dass Inge Nowak bei den Ermittlungen in Granada von Verónica Sanz begleitet und unterstützt würde. Melilla wollte sie offensichtlich mitsamt dem Fall so schnell wie möglich loswerden.

„Ist der immer so?“, fragte Inge, als sie eine halbe Stunde später die steinernen Treppen des riesigen Gebäudes wieder nach unten gingen.

„Wenn man Glück hat, ja. Er wird nächstes Jahr pensioniert. Bis dahin heißt es durchhalten.“ Sie ballte spielerisch die Hand zur Faust und lachte.

Dachten Berger und Erkner auch so von ihr? Dass sie, wenn sie Glück hatten, in Frührente ging? War sie eine schlechte Chefin? Sie gab doch auch die Aufgaben, die ihr lästig waren, lieber an andere ab. Setzte Prioritäten nach ihrem persönlichen Hormonhaushalt.

„Lassen Sie sich von Melilla bloß keine schlechte Laune machen!“, sagte Verónica, die Inges ernstes Gesicht bemerkt hatte.

„Nein, das ist es nicht.“ Sie fühlte sich ertappt. Mit einer Handbewegung auf ihre viel zu warme Strickjacke sagte sie: „Ich bräuchte nur etwas anderes zum Anziehen.“

„Aus dem Koffer oder neu?“

„Eher zweiteres.“

„Kein Problem.“ Verónica winkte ein Taxi heran. „Kommen Sie, wir fahren zum *Cortes Inglés*!“

Ehe sie sich versah, fand sich Inge Nowak im größten Kaufhaus der Stadt wieder und verließ es nach einer Stunde in nahezu neuem Outfit. In den Sandalen und der dünnen Jeans, zu der Verónica sie überredet hatte, und hinter der dunklen Sonnenbrille fühlte sie sich deutlich sicherer und gewappnet für den Termin mit Ramón Ferrera, dem ehemaligen Arbeitgeber von Maike Ebling und Inhaber von S.O.L.

„Er erwartet uns um 13.00 Uhr in seinem Büro.“

„Sie haben schon einen Termin vereinbart?“

Verónica zögerte. „Hätte ich das nicht tun sollen? Ist das nicht in Ihrem Sinn?“

„Aber natürlich. Außerdem sind Sie hier der Boss, soweit ich das sehe“, sagte Inge Nowak belustigt. „Sie beeindrucken mich einfach.“

„Wenn ich Sie jetzt duzen würde, würde ich sagen: Du spinnst!“

„Dann duzen wir uns und du sagst mir, dass ich spinne.“

„Du spinnst!“

Bevor Inge darauf etwas erwidern konnte, warf Verónica einen Blick auf die Einkaufstüten. „Ich schlage vor, wir bringen die Sachen in dein Hotel und machen, was alle um die Zeit tun.“

„Und das wäre?“

„*Cafelito*.“

Inge Nowak beschlich ein winziges schlechtes Gewissen. Während sie sich hier treiben ließ, saßen Berger und Erkner wahrscheinlich schon den ganzen Tag vor dem PC oder befragten schlecht gelaunte Anwohner, zerstreute Professoren und bockige Studenten. Andererseits konnte sie hier nichts anderes tun, als sich dem Rhythmus der Stadt anzupassen und sich der Führung ihrer Kollegin anzuvertrauen. Etwas, das ihr eigenartigerweise keine Mühe bereitete, obwohl sie es ganz und gar nicht mochte, über sich bestimmen zu lassen.

Verónica zerstreute ihre Bedenken, indem sie ihr eine Tüte mit geschälten Lychees hinhielt, die sie im Vorbeigehen einem Straßenhändler abgekauft hatte.

„*¡Toma!*“

„*Gracias*.“

„Du kannst spanisch?“

„Nein. Aber ich kann mich in etwa zehn Sprachen bedanken. Habe ich auf der Polizeischule gelernt.“ Sie leckte sich den süßen Saft der Frucht von den Lippen. „Apropos Sprachen. Wieviele Sprachschulen gibt es hier?“

„Wieso? Willst du einen Crashkurs machen?“

„Nur zu gerne. Aber ich fürchte, dazu habe ich leider keine Zeit. Nein, einer unserer Verdächtigen macht hier einen Spanischkurs. Könntest du herausfinden, wo?“

Verónica notierte den Namen von Steffen Eulenberg in einem roten Notizbuch und bat an der Hotelrezeption um die Gelben Seiten, *las páginas amarillas*.

Unterdessen nutzte Inge die Gelegenheit, sich frisch zu machen. Ihr war schleierhaft, wie man es bei diesen Temperaturen den ganzen Tag in denselben Kleidern aushalten sollte. Nach dem Duschen fühlte sie sich besser und beschloss, die neue weiße Bluse ungewaschen zu tragen. Oder würde sie sich damit vor Verónica lächerlich machen, weil sie sich benahm wie ein Teenager nach dem Shoppen? Sie betrachtete sich im Spiegel, war unschlüssig, wie viele Knöpfe sie offen stehen lassen sollte. Bei der Hitze würde sich vielleicht niemand wundern, wenn sie ein wenig nackte Haut zeigte. Wann hatte sie eigentlich das letzte Mal ein Kleid getragen? Warmen Wind an den nackten Beinen gespürt? Sie schaute hinunter auf ihre Füße und nahm sich vor, am Abend die Fußnägel zu lackieren. Überhaupt, sich zu schminken. Oder besser noch: sich schminken zu lassen. Sie würde zu einer der Kosmetikerinnen gehen, die ihre Kabinen in der unteren Etage des Kaufhauses hatten, in dem sie mit Verónica einkaufen gewesen war. Sie strich sich über die Taille. Ganz annehmbar. Jedenfalls um einiges besser als vorher. Für wen wollte sie eigentlich gut aussehen? Für einen spanischen Solarzellenhersteller, von dem sie nicht einmal wusste, wie alt er war? Für die Machos, in denen angeblich Toreros steckten und einer wie ihr sowieso nicht hinterherpfeifen würden? Für eine Lesbe namens Pilar Rivera? Sie schüttelte die noch nassen Haare. Lächerlich. Ihr war einfach heiß gewesen, das war alles.

„Ich sehe, Granada tut dir gut!“ Verónica wedelte ihr in der Lounge mit einem Notizzettel entgegen, auf dem eine Telefonnummer aufgeschrieben war: *CLA – Centro de Lenguas de Andalucía.* Hier macht dein Herr Eulenberg seinen Kurs. Täglich von Montag bis Freitag, vormittags von halb zehn bis um eins.

„Weiß er, wer ihn sucht?“

„Ich konnte nur mit der Sekretärin in der Schule sprechen. Sie wird ihn schon angerufen haben und damit dürfte er wissen, wer ihn sucht, ja.“

„Und dann?“

„Ruft er mich an.“

„Oder türmt.“

„Türmt?“

„Flüchtet“, erklärte Inge und freute sich ein wenig, dass sie Verónica ein Wort beibringen konnte.

„Hältst du ihn für den Mörder?“

„Alles ist möglich. Warten wir ab.“

Verónica überlegte. „Wenn er es nicht ist und einen netten Eindruck macht, frage ich ihn, ob er Lust auf einen *Intercambio* hat.“

„Was ist das?“

„Zwei Sprachstudenten mit unterschiedlichen Muttersprachen treffen sich zur Konversation. Ich mache das hin und wieder, um mein Deutsch aufzupolieren.“

„Was willst du denn aufpolieren?“

„Zum Beispiel habe ich neulich gelernt, was *abgefahren* bedeutet. Das hat mir meine Mutter nicht beigebracht. Ich rede manchmal wohl etwas antiquiert.“

„Ist mir noch nicht aufgefallen und *abgefahren* solltest du dir gleich wieder abgewöhnen, ist eher für Leute unter zwanzig.“

„Also genau richtig für mich.“ Verónica grinste und bugsierte Inge auf die andere Straßenseite.

Hola guapo,
Weißt du eigentlich, dass du der Erste bist, dem ich diese Geschichte erzähle? Seit ich damit angefangen habe, träume ich viel von zu Hause. Ich laufe durch Zuckerrübenfelder, an meinen Gummistiefeln bleibt die feuchte Erde kleben und ich wache davon auf, dass ich im schlammigen Boden versinke. Aus Scham? Meine persönliche Traumfabrik gibt mir darauf keine Antwort. Kurz bevor ich erfahre, dass ausgerechnet in meiner alten Heimat ein solarthermisches Demonstrations- und Versuchskraftwerk gebaut werden soll, katapultiert mich eine Begegnung in Berlin zurück in die dunkelste Zeit meiner Jugend. Zufall? Schicksal? Beidem kann ich nicht ausweichen, beides zwingt mich zu einer Entscheidung mit Folgen. Am liebsten würde ich weglaufen. So wie damals, als die Tür hinter mir zufiel und ich im Hausflur meines Physiklehrers stand. Ich sah an mir hinunter und dachte nur, dass ich nicht gut genug angezogen wäre für eine Einladung zum Essen, überlegte, ob ich die Schuhe ausziehen müsste und war besorgt um den Zustand meiner Tennissocken.

– Hallo! Ich hab einen Maikäfer zum Essen mitgebracht!

Kurz darauf kam eine Frau mit einem Küchenhandtuch über der Schulter durch die Tür, küsste ihn auf die Wange und streckte mir die Hand hin.

– Dann bis du also Maike? Ich bin die Geli.

Die Geli. Mir wurde schwindlig bei dem Gedanken, die Frau meines Lehrers zu duzen, und ich beschloss, sie am besten gar nicht anzusprechen. Während Paul mit meiner Mutter telefonierte, wich ich ihm nicht von der Seite.

Die Wohnung war für damalige Verhältnisse modern. Helle Regale voller Bücher an raufasertapezierten weißen Wänden, skandinavische Sitzmöbel mit riesigen Kissen auf hellen Wollteppichen ohne Fransen. Paul deckte den dazu passenden Kiefernholztisch, Geli brachte das Essen und dann saßen wir zusammen wie eine Familie zu Mittag. Ich erfuhr, dass Geli Physiotherapeutin war und halbtags arbeitete. Sie tauge nicht viel als Hausfrau, Paul müsse im Haushalt mithelfen. Ich versuchte, mir meinen Physiklehrer vorzustellen, wie er nach dem Unterricht staubsaugte, abwusch und die Betten aufschüttelte. Ein Bild, das dadurch komplettiert wurde, dass er es war, der die Teller abräumte und Kaffee kochte. Während er in der Küche klapperte, fragte mich Geli aus. Ob mir die Schule Spaß mache, ob ich wirklich so gut wäre in Physik, dass sie immer schlechte Noten in den naturwissenschaftlichen Fächern gehabt habe und was ich denn später einmal werden wolle.

– Entwicklungshelferin.

Das stimmte nicht, aber ich wollte nicht sagen, dass ich mir bis dahin wenig Gedanken darüber gemacht hatte, nur wusste, dass es etwas Wichtiges sein sollte, etwas, das mit meiner Bewunderung für Revolutionäre zu tun haben musste, weit weg und außergewöhnlich. In der Politgruppe meiner Schwester gab es einen Entwicklungshelfer und was er von seiner Arbeit in Nicaragua berichtet hatte, hatte mir gefallen.

Paul begann von der Schule zu erzählen. Ich hörte nur halb zu. Meine ganze Aufmerksamkeit galt ihr. Ich wusste nicht, was mir an diesem Dienstagnachmittag geschah. Bis dahin hatte sich meine Gefühlswelt zwischen den Besuchen in Brittas Wohngemeinschaft, meinem Leichtathletiktraining und den Wettkämpfen am

Wochenende abgespielt. Ich war für Frieden und gegen Atomkraft, ich hörte Joan Baez und Leonard Cohen und ich spürte, dass ich anders war. Jungs interessierten mich immer nur bis zum Flirt, ich hatte einen ausgeprägten Jagdinstinkt; aber immer, wenn einer mit mir gehen wollte, bin ich gegangen. Ich hatte ein paar von ihnen geküsst und mich ein einziges Mal hinreißen lassen, einem Jungen zwischen die Beine zu fassen. Das, worauf du heute stehst, ließ mich schon damals ziemlich kalt. Es war mir unheimlich, dass sich ein Körperteil von selbst bewegte, und es erschien mir gänzlich unangemessen, dass ich es dazu bringen sollte. Dass ich in den Vorabendserien die Ärztinnen, Raumfahrerinnen und Rockerbräute anhimmelte, betrachtete ich als logische Folge meines Desinteresses für das männliche Geschlecht. Mehr nicht. Ich hatte mich nie zuvor in ein Mädchen verliebt und obwohl mir meine Schwester zu Weihnachten einen alternativen Frauenkalender mit einschlägigen Bildern und Zitaten geschenkt hatte, wäre ich im Traum nicht darauf gekommen, dass ich mit Rita Sackville-West mehr gemeinsam haben sollte als die Liebe zu Hosen und Zigaretten. All das änderte sich mit einem Schlag, innerhalb von Sekunden, am Mittagstisch von Paul und Angelika Stenner. Ich schaute ihr beim Reden auf den Mund, lauschte ihrem Lachen, beobachtete sie aus den Augenwinkeln. Das Zimmer um mich herum wurde klein, in meinen Ohren rauschte es, mir war heiß. Etwas in mir kämpfte sich in mein Bewusstsein und während sich Paul und Geli über den bevorstehenden Supermarkteinkauf unterhielten, wurde mir klar: Ich bin lesbisch. Genauso habe ich es in Erinnerung, wie eine Erkenntnis, die schon lange in mir geschlummert hatte und dann über mich gekommen war, ebenso unvermittelt und vehement wie die Ehefrau meines Lehrers, die ohne mein Zutun zu alldem wurde, wovon ich geträumt hatte, ohne es zu wissen. Im selben Augenblick, in der mich diese unglaubliche Sehnsucht nach Liebe erfasste, überrollte mich eine Welle der Traurigkeit: Nie würden diese Hände mich berühren, diese Arme mich umfassen, niemals würden mich ihre Lippen küssen, es war völlig und ganz ausgeschlossen, dass sich die Achtundzwanzigjährige, die mir gegenübersaß, jemals für mich interessieren würde. Ich weiß nicht, ob du dich an deine erste große Liebe erinnern kannst. Manche Jugendliche verschießen sich in Popstars, andere in die großen Geschwister ihrer Schulkameraden und nicht wenige in ihre Klassenlehrer. Verrückte Träume, an denen der kindliche Starrsinn des eigenen Willens festhält, so lange, bis die Wirklichkeit ihnen einen Strich durch die Rechnung macht und sie dem neuen Nachbarsjungen, dem Mädchen im Konfirmandenunterricht oder dem jungen Handballtrainer begegnen. Dann wird aus dem Schwärmen echtes Herzklopfen, aus dem Verknalltsein ein Verliebtsein und du willst, dass es wahr wird. Auch mich hatte der Blitz getroffen, ich war durcheinander, mir war flau im Magen und zugleich jubilierte etwas in mir. Obwohl Angelika Stenner für mich unerreichbar wäre, so war sie doch die Antwort auf eine lang gestellte Frage. Zumindest dachte ich das an diesem Nachmittag, an dem Paul mich nach Hause fuhr und meiner Mutter an der Haustür erzählte, was ihre Jüngste für eine Intelligenzbestie sei. Dass ich unbedingt gefördert werden müsse und aus mir eine Professorin werden könnte. Meine Mutter errötete an meiner Stelle. Während ich wie in Trance die Treppe zu meinem Zimmer hinaufschwebte und dachte: Frauen, natürlich. Das ist es, was ich will. Ich musste also im Gegensatz zu dir nicht aus dem Schrank, weil ich nie drinnen eingeschlossen war.

Un abrazo, K.

Sie tranken den Kaffee an einem kleinen Platz im Schatten hoher Palmen.

„Was hat dich eigentlich ausgerechnet nach Granada verschlagen?"

Verónica stellte ihre Kaffeetasse ab und zündete sich eine Zigarette an. Sie hielt ihr das Päckchen hin. „Du auch?"

Inge bediente sich.

„Ich wollte möglichst schnell weg aus Málaga." Ihr Blick verdunkelte sich ein wenig. „Schwere Form von Liebeskummer."

„Und?"

„Und was?"

„Hat es funktioniert?“

„Hat was funktioniert?“

„Ich schätze, du wolltest Abstand gewinnen?“

Verónica überlegte einen Augenblick, zog an der Zigarette und blies langsam den Rauch aus. „Ja, Abstand habe ich gewonnen.“

Es schien besser, das Thema zu wechseln. Die Kommissarin hatte genug Verhöre in ihrem Leben geführt, um zu wissen, wann sie nicht mehr weiterkam. Bei Ramón Ferrera wollte sie mehr in Erfahrung bringen. Statt in einer privaten Angelegenheit weiterzubohren, die sie nichts anging, sollte sie mit ihrer Kollegin besser über die Arbeit reden. Sie erklärte Verónica, was sie sich von dem Gespräch mit Ferrera versprach und dass sie mehr über Maike Ebling wissen wollte.

„Gehört dazu auch die Geliebte?“

„Unbedingt.“

„Pilar Rivera.“ Verónica lächelte matt. „Sie wohnt nicht weit von hier.“

„Woher weißt du das?“

„Ich kenne sie.“

„Gut?“

„Warum? Willst du wissen, ob ich befangen bin?“

„Zum Beispiel.“

Verónica schob ihre Sonnenbrille in die Stirn und sah Inge lange an. „Befangen? Nein. Aber mein Verhältnis zu ihr ist gut genug, dass sie sich mit uns treffen würde. Was sie nicht müsste.“

„Ist sie schwierig?“

„Das hast du gesagt.“ Sie legte ein paar Münzen auf den Tisch. „Pilar ist vor allem in Trauer.“ Damit erhob sie sich und bedeutete Inge, dass es Zeit war, aufzubrechen.

Sie erreichten das Büro von Ramón Ferrera pünktlich. Es lag in einem ruhigen Viertel, in der oberen Etage eines villenähnlichen Bürohauses. Die beiden Frauen wurden von Señora Gálvez freundlich empfangen und in einen kleinen Konferenzraum geführt, in dem bereits Kaffee und Gebäck bereit standen.

„*Buenos días, inspectora*!“

„*Buenos días, Señor Ferrera*“, erwiderte Inge Nowak und ließ sich von da an alles übersetzen.

„Sie wissen von Maike Eblings Tod?“

„Meine Sekretärin hat es mir erzählt, ja. Schaurige Geschichte. Wer ermordet einen solchen Menschen?“

„Wie meinen Sie das?“

„Kaya war vielleicht ein bisschen verrückt und sie konnte stur sein. Aber erstens konnte man über alles mit ihr reden und zweitens wollte sie grundsätzlich niemandem Böses.“

„Auch nicht denen, die sie verantwortlich machte für den Brand?“

Ferrera schluckte. „Doch, denen hat sie den Teufel an den Hals gewünscht. Aber sie hatte doch gar nichts in der Hand.“

„Gegen wen?“ Inge Nowak hatte viel Zeit, ihren Gesprächspartner zu mustern, während Verónica dolmetschte.

„Zuerst dachte Kaya, ich hätte meine Finger im Spiel gehabt. Darüber war ich ziemlich ärgerlich. Ich bin Geschäftsmann, kein Brandstifter. Natürlich wusste ich, dass es nicht einfach werden würde, die Leute dort wegzubekommen. Aber so etwas regelt man durch Entschädigungszahlungen. Ich war bereits in Verhandlung mit der Stadt. Die Verwaltung ist sehr am reibungslosen Bau dieser Siedlung interessiert, weil sie ein technologisches Vorzeigemodell wird, die Universität beteiligt ist und europäische Fördergelder fließen.“

„Wollten Sie die Leute dahin umsiedeln, wo sie jetzt wohnen?“

„Aber nein. Das ist eine Übergangslösung.“

„Das hat Frau Ebling aber nicht geglaubt.“

„Nein. Sie dachte, ich stecke mit der Baufirma unter einer Decke, die mit dem Rohbau beauftragt ist.“ Er stand auf, steckte die Hände in die Hosentaschen und stellte sich ans Fenster. „Ich konnte es ihr nicht einmal verübeln.“

„Wieso?“

Ferrera drehte sich um und nahm die Hände aus den Taschen. „Sehen Sie, wir sind hier in Andalusien. Ich selbst bin nicht von hier, ich komme aus Gerona, nahe der französischen Grenze. Europäischer, würde ich sagen. Und in manchen Dingen zivilisierter. Ich war über den Brand genauso geschockt wie Maike. Vielleicht war das wirklich kein Zufall. Entweder hat irgendjemand die Leute selbst dafür bezahlt, dass sie Feuer legen, oder es in Auftrag gegeben. Zu diesem Zeitpunkt befand sich kaum einer im Dorf, es passierte während einer *Feria* außerhalb. Man konnte also großen Sachschaden anrichten, ohne jemanden zu verletzen. Noch vor der Feuerwehr, die im Übrigen fast eine Viertelstunde Anfahrt benötigt hat, war ein Rettungswagen da, so, als hätte er an der Ecke gewartet."

„Konnten Sie Frau Ebling von Ihrer Unschuld überzeugen?"

„Ich denke, ja. Wir haben immerhin vier Jahre zusammengearbeitet. Sie kennt meine politische Überzeugung. Ich engagiere mich aktiv bei den Grünen, ich kämpfe gegen Umweltverschmutzung und trete für Menschenrechte ein. Denken Sie, ich würde ein Armenviertel niederbrennen und die Leute in abbruchreife Hochhäuser setzen? Sie können mir glauben, dass ich mehr als einmal darüber nachgedacht habe, den Kram hier hinzuwerfen. Aber es stecken nicht nur millionenschwere Investitionen in dem Projekt, sondern auch meine ganze Energie der letzten zehn Jahre. Ich habe keine Familie gegründet, ich wollte einen Traum verwirklichen."

„Wollte?"

„Kaya hatte recht. Alle sind mehr oder weniger korrupt. Auch wenn man das hier nicht so nennt. Man braucht Vitamin B – Beziehungen, das ist kein Geheimnis. Sie wissen nie, wem sie trauen können, und je höher das Amt, umso unberechenbarer die Träger. Wenn ich könnte, würde ich versuchen, die Täter zu finden. Aber auf dem Weg dahin würden sie mich mundtot machen, mich wirtschaftlich ruinieren. Wir sind in Granada, im Land der Familie und Traditionen. Man könnte es auch Mafia nennen, aber dafür wird man hier angezeigt. Also gehe ich einen anderen Weg."

„Und der wäre?"

„Ich versuche, bei den Behörden Druck zu machen. Die Leute umzusiedeln. Jedenfalls die, die wollen. Stellen Sie sich das nicht so einfach vor. Einige von ihnen wollen da gar nicht weg. Sie bleiben lieber in der Opferrolle, als für ihre Rechte zu kämpfen. Ein Bildungsproblem."

Inge Nowak schaute sich in dem Raum um. Er war geschmackvoll, aber nicht protzig eingerichtet. Funktional und schlicht, hier wurde kein unnötiges Geld ausgegeben. Ferrera selbst war leger gekleidet, ein wenig zu locker für einen erfolgreichen Geschäftsmann.

„Verdienen Sie gut?"

Er lachte. „Ich lebe noch auf Pump. Die Firma muss viel investieren, mit einer Menge Geld in Vorleistung gehen. Es ist eine Frage des Zahlenjonglierens. Bis jetzt hat mich das Projekt in etwa ein Drittel mehr gekostet, als Gelder geflossen sind. Aber wir haben ein Patent angemeldet, ich glaube immer noch an die Sache und wenn in zwei Jahren fünfzig Familien hier vorleben, wie gut man mit Solarenergie wohnen kann, dann hat es sich gelohnt. Politisch und wirtschaftlich auch."

Inge schrieb etwas in ihr Notizbuch. „Wie gut kannten Sie Frau Ebling?"

„So gut, wie man einen Menschen kennt, mit dem man eine Vision teilt. Sie war eine brillante Wissenschaftlerin und eine gnadenlose Realistin. Wie haben zusammen gearbeitet, manchmal zusammen gegessen und hin und wieder ein Bier getrunken."

„Bis wann?"

„Bis ziemlich genau zu dem Brand. Danach war sie wie ausgewechselt. Frustriert, enttäuscht und wütend. Nichts konnte sie besänftigen. Sie fühlte sich verraten."

„Sie hatte vor, den Brand anzuzeigen und die Missstände bei den Kooperationspartnern in Deutschland und den Geldgebern in Brüssel aufzudecken. Wussten Sie das?"

„Ja."

„Und das hat Sie nicht gestört?"

„Es hätte nichts geändert. Die bürokratischen Mühlen mahlen langsam. Bis dort jemand reagiert, hätten wir hier angefangen zu bauen. Und dann wäre jeder Baustopp zu teuer gewesen. Ganz egal, was passiert wäre."

„Das heißt im Grunde war Maike Ebling für niemanden eine echte Bedrohung, sondern nur eine hysterische Ziege, die man nicht so ernst nehmen musste?"

„Für einige Leute war sie wohl genau das. Für mich nicht. Ich habe es sehr bedauert, dass sie aufgegeben hat. Und versucht, sie zur Rückkehr zu bewegen."

„Wie denn?"

„Wir standen in regem Mailkontakt."

Inge Nowak dachte an den fehlenden Computer in Maike Eblings Wohnung.

„Bis wann genau?"

„Bis vor zwei Wochen etwa. Da hat sie mir erzählt, dass sie sich für einen neuen Job beworben hat."

„Wissen Sie, wo?"

„Ja, ich habe es mir im Internet angeschaut. Wenn Sie wollen, kann ich die Seite aufrufen."

Sie ließen sich von Ramón Ferrera zeigen, für wen Maike Ebling in Zukunft hatte arbeiten wollen, und die Kommissarin notierte sich den Link für Berger. Er sollte die ganze Sache checken.

„Wen verdächtigte Maike Ebling denn am Ende?"

„Manuel. Manuel Beltrán." Er zog eine Schublade an seinem Schreibtisch auf und holte einen Ordner hervor, in dem in Klarsichthüllen Visitenkarten abgeheftet waren. „Hier, seine Visitenkarte. Bauunternehmer und persönlicher Freund des Bürgermeisters. Versprechen Sie sich nicht zu viel."

„Sie mögen ihn nicht?"

„Nein. Er hat sich in das Projekt hineingedrängt. Der hält von Ökologie so viel wie ich von Atomkraft. Aber er sitzt im Stadtrat."

Sie verabschiedeten sich förmlich. Beim Hinausgehen bat Inge Nowak Ferrera um einen Plan des Solarhauses, in dem Maike Ebling gewohnt hatte.

„Es ist jetzt das Bauleiterbüro." Er griff in einen Prospektständer auf dem Empfangtresen. „Das ist unsere Infobroschüre, auf der Rückseite ist ein Plan, wie Sie hinkommen."

Ramón Ferrera bot sich nicht an, sie zu begleiten.

Hola guapo,
Wir haben nie viel darüber gesprochen, was es bedeutet, nicht so zu lieben wie fast alle anderen. Vielleicht, weil wir so unterschiedliche Erfahrungen gemacht haben. Du hast eine Ehe hinter dir, dein Coming-Out mit fast dreißig gehabt. Für mich

bestand von dem Tag, an dem ich mich in Angelika verliebt hatte, nicht der geringste Zweifel daran, dass ich niemals heiraten, niemals aus Liebe Kinder bekommen, niemals eine Familie haben würde, die man als normal bezeichnet. Ich habe in meinem Leben viel in Frage gestellt, zwei Dinge jedoch nie: Erstens glaube ich, dass die Natur uns beherrscht und nicht umgekehrt, und zweitens bin ich davon überzeugt, dass sich Begehren nicht steuern lässt. Man kann es unterdrücken, man kann es kanalisieren, man kann es ausleben oder nicht, aber man kann es nicht provozieren. Ich habe nie etwas mit Männern angefangen, denn ich wusste, dass ich kein Verlangen nach ihnen verspüren würde, so sehr ich mich auch bemüht hätte. Es ist, als ob mir dafür die Sensibilität fehlte. Auch mit dir könnte ich nie aus Leidenschaft schlafen, obwohl ich dich liebe. Damit will ich nicht sagen, dass Homosexualität angeboren ist. Beileibe nicht. Es scheint mir eher so, dass ein Körper im Heranwachsen seiner Sinne die Sinnlichkeit herausbildet. Und so, wie sich meine Beine nach Laufen, mein Kopf nach Zahlen und meine Haut nach Sonne sehnten, so sehnte sich mein Herz nach Brüsten, nach den Lippen einer Frau. So, wie mein Verstand begriff, dass ich einen Kopf zum Denken habe, so verstand mein Gefühl, dass allein der Bauch über meine Wünsche entscheiden kann. In dem Schmetterlinge flatterten, wenn ich daran dachte, von einer Frau verführt zu werden. Das ist noch immer so. Jedes Mal, wenn ich mich verliebe, bin ich fassungslos darüber, wie schön es ist. Ihre Haut zu berühren, ihren Duft zu atmen, ihre Hände zu erleben. Und es ist das, was mir jetzt am meisten fehlt, wenn ich nachts wach liege. Die Liebe einer Frau. Natürlich habe auch ich mehr als einmal Feindseligkeit erlebt. Wurde von Dumpfbacken (schöneres Wort für Idioten!) beschimpft, von Homophoben diskriminiert, von Konservativen behandelt wie eine Kranke. Konnte auf Klassentreffen nicht mitreden, meine Beziehung nicht mit nach Hause bringen und musste mir jede Menge reaktionäre Unverschämtheiten anhören. Doch ich kam nie in die Verlegenheit, mich dafür oder dagegen zu entscheiden. Denn lange bevor ich ein Wörtchen hätte mitreden können, hatte mein Innerstes für mich gesprochen. Verstehst du:

ich war an diesem Nachmittag, an dem ich mich in Angelika verliebt hatte, nicht überrascht, ich war nicht verwirrt, ich war nicht ängstlich. Ich war erleichtert, einen Namen für mein Anderssein gefunden zu haben. Auf das ich, unter uns gesagt, mit vierzehn mächtig stolz war.

Herrje – wieso lege ich ausgerechnet vor dir ein solches Bekenntnis ab?

Un abrazo, K.

Berger konnte den Link, den ihm seine Chefin telefonisch hatte durchgeben wollen, nicht checken. Er war am selben Tag, an dem Inge in Málaga gelandet war, in die Notaufnahme einer orthopädischen Klinik gefahren, im Glauben, man könnte ihm dort das Wochenende durch ein paar Spritzen erträglicher machen. Doch nach der Untersuchung hatte man ihm direkt ein Bett zugewiesen. Statt am Schreibtisch saß er am Montagmorgen um acht auf einer Gymnastikmatte in der Rückenschule. Die Wirbelsäulengruppe war ein zusammengewürfelter Haufen ehemaliger Ossis und ehemaliger Wessis mit oder ohne Platten im Kreuz, die sich nur deshalb nicht die Augen auskratzten, weil sie etwas vereinigte: Schmerz. Ausnahmslos alle waren liegend oder humpelnd hierher gebracht worden, niemand hatte seine Sachen selbst tragen können, jeder war sich selbst Last genug.

„Wenn Sie merken, dass Sie sich übernehmen, hören Sie sofort mit dem auf, was Sie gerade tun. Ganz gleich, ob Sie in einem wichtigen Meeting sitzen, am Fließband oder bei einem Rendezvous. Niemand wird Ihnen einen Vorwurf machen, wenn Sie erklären, dass Sie Schmerzen haben. Sie werden nichts verlieren, wenn Sie ehrlich sind. Doch wenn Sie sich selbst belügen, kommt Ihnen das Wichtigste in Ihrem Leben abhanden: Ihre Gesundheit. Stellen Sie sich vor, Sie können Ihr Handy nur noch einmal aufladen. Wenn Sie unaufmerksam Energie verschwenden oder ständig 0800-Nummern anrufen, ist es schnell leer. Dann haben Sie zwar vielleicht noch ein schickes Telefon, es ruft Sie nur keiner mehr an, weil Ihre Leitung tot ist. Was ich damit sagen will ist: Wenn Sie jetzt nicht besser auf sich aufpassen, dann brauchen Sie es bald gar nicht mehr zu tun. Haben Sie das verstanden?"

Er hatte es verstanden, zumindest hatte er zustimmend genickt. So wie alle anderen schuldbewusst zu Boden geschaut, weil ihnen Frau Dr. Leider, die Ärztin mit dem programmatischen Namen, klar gemacht hatte, dass sie alle hier saßen, weil sie über ihre eigenen Grenzen gegangen waren.

„Wir werden Sie noch ein paar Tage hierbehalten", verkündete die Ärztin in dem anschließenden Einzelgespräch. Sie war etwa in seinem Alter und sie sah müde aus.

„Glauben Sie, dass es mir danach besser geht?", fragte Berger zweifelnd.

„Nein. Aber vielleicht begreifen Sie bis dahin, dass Sie mitverantwortlich für Ihren Zustand sind."

Sie sah aus wie eine Ostblockagentin der siebziger Jahre in alten Bond-Filmen. Unantastbar zugewandt und eiskalt, wenn es darauf ankam. Unter dem weißen Kittel lugte ein fliederfarbener Angorapulli hervor, dessen Fusseln einen dünnen Rand an den Ärmelenden hinterließen. Er dachte darüber nach, wie es wäre, wenn sie ihn hier und jetzt verführen würde, obwohl ihm klar war, dass er unter dem weißen Neonlicht mit seinen kraftlos gewordenen Beinen alles andere als eine begehrenswerte Figur abgab. Dennoch ließ ihn der Gedanke, von ihr zu anderen Zwecken als der medizinischen Untersuchung berührt zu werden, nicht los, und dafür schämte er sich. Vielleicht, weil es zu sehr dem Klischee entsprach, dass Männer auf Doktorspielchen standen und das, obwohl er doch mit freiem Oberkörper vor ihr stand und nicht umgekehrt. Vielleicht verbot er sich die Vorstellung auch, weil ihm ähnliche Wünsche schon lange nicht mehr mit Ines gekommen waren.

„Sie finden, ich bin selbst schuld?"

„Ich finde, Sie haben die falsche Einstellung."

Er schluckte und bemühte sich um ein Grinsen, das ihm spürbar schief geriet.

„Sie lassen sich von der Medizin bespielen. Schmerzmittel, Spritzen und wenn nichts mehr geht, die Klinik." Sie sah ihn leicht verärgert an. „In der Sie weitermachen wie bisher. Sie rauchen unerlaubterweise am offenen Fenster, telefonieren mit Ihrem Handy, obwohl auch das hier verboten ist, und soweit ich das sehe, tragen Sie nicht wirklich dazu bei, Ihre Lebensweise und damit Ihren gesundheitlichen Zustand zu verbessern."

Er wollte protestieren, doch sie hob gebieterisch die Hand.

„Deshalb schlage ich vor, wir versuchen, professionell an Ihre Vernunft zu appellieren."

„Heißt?"

„Täglich Physiotherapie, Elektromassage, Bewegungsbäder, Wassergymnastik und psychologische Betreuung."

Wolf Berger sah sie ungläubig an.

„Sie wollen mich unter Beobachtung stellen?"

„Das dürfte Ihnen ja in Ihrem Beruf nicht fremd sein, oder?"

„Normalerweise bin ich aber derjenige, der andere observiert."

„Sie werden nicht observiert, Sie werden therapiert." Die Ärztin stand auf und klappte den Ordner, auf dem ein weißer Klebestreifen mit seinem Namen prangte, langsam zu. „Das ist so üblich bei beratungsresistenten Patienten."

„Und das liegt natürlich nur am Patienten", bemerkte er gereizt.

„Sie können selbstverständlich ablehnen", erwiderte sie ungerührt. „Dann schicken wir Sie nach Hause und spätestens in drei Wochen lassen Sie sich wieder von einem Krankenwagen abholen. Dann allerdings, um sich geradewegs unter ein Skalpell zu begeben."

Er wollte aufstehen und einlenken, doch statt sich mit einer beschwichtigenden Geste zu nähern, verließ ihn die Kraft im rechten Bein. Unschön musste er sich auf ein mit Büroutensilien gefülltes Schälchen stützen, das auf ihrem Schreibtisch gestanden hatte und nun wirkungsvoll auf den Linoleumboden gefallen war. Bevor er wieder ins Gleichgewicht kam, war sie bereits in die Knie gegangen und sammelte Büroklammern auf. Hilflos stand er daneben, stammelte etwas davon, wie leid es ihm tue, und versuchte, mit seinen Füßen den Tesafilm-Abroller unter dem Stuhl hervorzuholen. „Ich kann Ihnen leider nicht helfen, weil ich ja …“

Sie stand auf und stellte sich dicht vor ihn. „… weil Sie einen Bandscheibenvorfall haben, ja. Und es wird Zeit, dass Sie sich entsprechend benehmen. Ihretwegen, verstehen Sie?“ Sie ließ ihn stehen und rauschte zur Tür. Bevor sie die Klinke hinunterdrückte, drehte sie sich noch einmal zu ihm um. „Aber tun Sie's bald.“

Er blieb noch eine kleine Weile im Behandlungszimmer stehen. An der Wand hingen Tafeln mit Zeichnungen des Skelettapparates, der Wirbelsäule und den Gelenken. Er wusste genau, wo es ihn drückte. Aber er wollte nicht hören, weshalb. Und noch weniger wollte er im Präsidium anrufen, um dort mitzuteilen, dass sie ihn vorübergehend festgesetzt hatten.

Hola guapo,

Zurück nach Köln, in den Sommer, der nun zweiundzwanzig Jahre zurückliegt: Angelika hatte beim Abschied gesagt, ich solle sie ruhig nachmittags einmal besuchen. Ich schaffte es drei Tage, mir einzureden, dass es blanker Unsinn war, zu glauben, diese Einladung wäre mehr als nur eine höfliche Floskel gewesen. Danach konnte mich nichts mehr davon abhalten, das Haus, in dem die Wohnung der Stenners lag, mit dem Fahrrad in konzentrischen Kreisen zu umrunden. Ich hatte nicht vor zu klingeln, ich wollte sie beide nicht einmal sehen. Ich musste mich nur davon überzeugen, dass der Ort, an dem mich dieses Gefühl der Sehnsucht überfallen hatte, überhaupt existierte. Plötzlich hatte Angelika neben mir gehalten, die Scheibe der Beifahrertür heruntergekurbelt und gefragt, ob ich Lust hätte, mit hochzukommen, um ein wenig mit ihr zu plaudern. Paul wäre beim Fußball und käme erst am Abend wieder.

Du hältst das für unrealistisch? Glaub mir, ich habe diesen Tag in meinem Kopf mehr als tausendmal Revue passieren lassen. Mich gefragt, wie viel davon jugendlicher Fantasie entsprungen sein könnte und was tatsächlich geschehen ist. Aber ich versichere dir, ich bin immer wieder zu dem gleichen Ergebnis gekommen. Sie war es, die mich zu sich gerufen hat.

Ich half ihr, die Einkaufstüten in den dritten Stock zu tragen, sie räumte die Lebensmittel ein und ich saß zum zweiten Mal in der Wohnung meines Physiklehrers. Diesmal nicht am Tisch, sondern auf dem Sofa und fühlte mich vollkommen fehl am Platz. Am liebsten wäre ich in einer Ritze verschwunden und kurze Zeit später, drei Jahre älter, mit schicken Klamotten, einem perfekten Haarschnitt, braungebrannt und mit sauberen Fingernägeln, wieder aufgetaucht. Mein Aussehen entsprach ganz dem Einfluss meiner großen Schwester, ich lief herum wie eine Mischung aus Hippie und Popper: wilde Locken bis in die Stirn, ausgefranste Wrangler, knöchelhohe rote Lederboots und über dem karierten Arbeiterhemd eine schwarze Weste. Daran steckten eine Handvoll Bekenntnis-Buttons von *Nichts geht über Frauenpower* über *No war nowhere* bis zu *Atomkraft, nein Danke.* Wenn ich einen guten Tag hatte, kam ich ins Kino für über Sechzehnjährige, ich hatte im Jugendzentrum mit den Älteren ein paar Joints geraucht, ansonsten war ich meinem Alter entsprechend unbedarft. In der Küche klapperte Geschirr und ich dachte, dass Angelika Kaffee kochte, mir vielleicht ein Stück Kuchen anbieten würde, der eigentlich für den Sonntag gedacht gewesen wäre, und den ich höflich ablehnen wollte. Gut erzogen zu wirken, erschien mir damals unglaublich erwachsen, ich habe erst später gelernt, dass Etikette oft nur ein Deckmantel für Schlimmeres ist. Der Kannibale, zum Beispiel, der neulich seine Nachbarin aufgegessen hat, soll dazu sein bestes Geschirr, eine weiße Tischdecke und eine Stoffserviette aufgelegt haben.

Angelika machte weniger Aufhebens. Sie stellte eine Flasche Weißwein und zwei Gläser auf den Wohnzimmertisch und setzte sich neben mich. Dann schenkte sie ein und reichte mir ein Glas. Wir tranken auf meinen ersten Besuch bei ihr, der Wein schmeckte zuckersüß. Es muss eine Auslese gewesen sein, heute bekäme ich davon keine zwei Schlucke hinunter. Doch damals hielt ich mich daran fest, meine Lippen klebten förmlich am Glasrand.

Angelika redete wie ein Wasserfall und stellte mir aus heiterem Himmel Fragen. Wie ich mich mit meinen Eltern verstünde, was ich am liebsten essen würde, welche Musik ich hörte, wann ich das letzte Mal im Kino war und wo in Urlaub. Ob ich schon einmal verliebt gewesen wäre. Dass ich es ihr ruhig sagen, dass ich ihr vertrauen könnte. Sie würde schweigen wie ein Grab.

Sollte ich lügen? War es nicht immer besser, die Wahrheit zu sagen? Was würde sie von mir denken? Würde sie es Paul erzählen? Und dann platzte es aus mir heraus. Vor der Schrankwand, in die der Fernseher eingebaut war, in dem wir uns beide in Miniatur spiegelten. Aus meinem Kopf, in dem dieser Satz längst zum Echo geworden war.

– Ich liebe Frauen.

Angelika schaute mich an, ungewöhnlich lange, wie mir schien und wollte wissen, ob ich damit Erfahrung hätte. In ihrer Stimme lag etwas Bittendes, eine Art unausgesprochene Hoffnung, die mich selbst hoffen ließ. Noch bevor ich nachdenken konnte, nickte ich. Und im selben Moment wurde mir heiß und kalt. Natürlich wollte sie mehr wissen. Mein Kopf arbeitete rasend schnell. Ich hatte nie wirklich gelogen, nur manchmal meine Eltern angeschwindelt, wenn ich zu spät nach Hause gekommen war. Doch es ging erstaunlich gut. Wie in einem Zeitraffer ging ich die letzten Besuche bei Britta durch, ließ in Gedanken die Frauen an mir vorbeiziehen, die ich dort kennengelernt hatte, und blieb schließlich an einer hängen, die in meine Geschichte passte. Eine italienische Austauschstudentin, die nach einem Semester wieder nach Perugia zurückgegangen war.

Angelika rückte ein wenig näher und nahm meine Hand. Ob ich darüber sehr traurig gewesen sei?

Mir stockte der Atem. Ich hatte deutlich das Gesicht von Simona vor Augen, dabei hatte ich sie nur ein einziges Mal gesehen. Ich erinnerte sie so klar, dass es mir so vorkam, als wäre sie es, die meine Finger streichelte.

Unbeweglich saß ich auf dem Sofa. Was sollte ich jetzt bloß tun? Ich schloss die Augen. Bestimmt würde sie etwas sagen. Aufstehen. Oder weiterfragen. Doch sie tat etwas ganz anderes. Sie ließ meine Hand los, um mir ihre auf die Schulter zu legen. Ich spürte die Wärme ihres Körpers näher kommen, sie berührte mit ihren Lippen meine Stirn, meine geschlossenen

Lider, meine Nase, meinen Mund. Zum ersten Mal küsste mich eine Frau. Spielte eine Zunge zärtlich mit meiner. Hielten mich erfahrene Arme. Und ließen mich erst eine kleine Ewigkeit später wieder los, um zu sagen:

– Ich konnte nicht anders. Ich habe es mir schon gewünscht, als du mir vor ein paar Tagen gegenüber gesessen hast.

Wenn ich jemals dem siebten Himmel nah gewesen sein sollte, dann in diesen ersten Stunden, in denen mein Universum auf eine Fläche von einem Quadratmeter schrumpfte und alles Glück dieser Welt in den Händen lag, die mein Gesicht streichelten.

So, mein Lieber, genug für heute. Eigentlich wollte ich nicht so ins Detail gehen. Aber warum soll ich mir nicht auch das Schöne vergegenwärtigen, wenn ich das Hässliche schon nicht vergessen kann?

Un abrazo, K.

Wenn er eine E-Mail von seinem Computer schreiben würde, kämen sie ihm auf die Schliche. Und was hatte er eigentlich mitzuteilen? Dass er nicht gewusst hatte, wie es um sie gestanden hatte? Was machte das besser?

Den ganzen Nachmittag hatte er damit verbracht, lustlos an den Entwürfen für seinen neuen Kunden zu basteln, aber es fiel ihm nichts ein. Jedes Mal, wenn er es halbwegs schaffte, sich auf eine Headline zu konzentrieren oder ein Foto hochzuladen, drifteten seine Gedanken zu ihr ab. Welches Schicksal war dafür verantwortlich, dass er hier saß und lebte und sie bald unter der Erde vermoderte? Oder hatte man sie verbrannt? Er würde gern auf ihre Beerdigung gehen, sie musste bald stattfinden, aber es schien ihm zu gefährlich, Zeit und Ort herauszufinden. Und war es nicht so, dass die Kommissare auf Friedhöfen nur darauf lauerten, die Täter zu finden? Ihm würde man die Schuld sofort ansehen, er hatte das Gefühl, sie stünde ihm im Gesicht geschrieben. Zumindest hatte sie ihm das Lächeln gestohlen. Und wenn er in Tränen ausbrechen würde, machte er sich doppelt verdächtig. Er musste ihrer auf seine Weise gedenken. Gleich heute. Jasmin hatte ihren Wellnessabend und keine Zeit für ihn. Außerdem war er ein freier Mann, er musste sich vor niemandem rechfertigen.

Er schnitt ihr Foto aus der Zeitung aus, schweißte es in Plastik ein, wischte die Oberfläche ab und steckte es mitsamt dem Brillenputztuch in seine Jackentasche. Fingerabdrücke würde er nicht hinterlassen. Die Kirche kannte er von früher, als er noch in Schöneberg gewohnt hatte. Am frühen Abend war er oft hergekommen und hatte sich auf den Platz davor gesetzt, den Rollerskatern zugeschaut, Falafel gegessen und von seiner eigenen Firma geträumt. Keinem wollte er mehr Rechenschaft ablegen, und arbeiten, wenn es ihm passte. Sein Rhythmus war mit einem normalen Achtstundentag nicht kompatibel, seine kreative Energie entfaltete sich; wenn andere zu Bett gingen, vor zehn aufzustehen, machte ihm einfach nur schlechte Laune. Er hasste es, zu frühstücken, sein Tag begann mit dem Mittagessen. Seine Arbeitgeber machten das im Schnitt zwölf Monate mit, dann trennten sie sich von ihm. Auf etwa die gleiche Weise wie seine Freundinnen.

„Wir passen einfach nicht zusammen, Holger."

Die Arbeitslosigkeit nutzte er für eine Weiterbildung zum Webdesigner, die vielleicht beste Zeit seines Lebens. Er hatte sich ein Institut gesucht, in dem der Unterricht erst nachmittags begann, und hatte begeistert gelernt, was er schon immer hatte wissen wollen. Am Ende hielt er ein Zertifikat in der Hand und die Möglichkeit, sich mit staatlicher Hilfe selbstständig zu machen. Alles schien perfekt. Er zog um, mietete sich eine teilgewerbliche Wohnung, begann mit der Kundenakquise. Und musste feststellen, dass es Leute wie ihn wie Sand am Meer gab. Das Überangebot an Internetspezialisten, Webdesignern und Grafikern führte zu Dumpingpreisen und harter Konkurrenz. Nur wer sich selbst gut verkaufen konnte, bekam Aufträge. Doch um sein Können anzupreisen, hätte er früher aufstehen müssen. Telefonmarketing war ihm zuwider, Klinken putzen unter seinem Niveau und das Porto für Werbebriefe zu teuer. Also entwarf er einen Newsletter, in dem er zeigte, was er konnte, den aber niemand abonnieren wollte. Dennoch hatte er das erste halbe Jahr, solange das Übergangsgeld gezahlt wurde, genossen. War, obwohl er nicht mehr in der Gegend wohnte, regelmäßig zum Falafel-Essen hergekommen, hatte sein Notebook aufgeklappt und Arbeit gespielt. Dabei hatte er Jasmin kennengelernt. Er war mit ihr in die Kirche gekommen, wo sie vor dem Altar der Jungfrau Maria eine Kerze entzündet hatte.

„Sie hilft dir, wenn du in Not bist."

„Immer?"

„Du musst nur daran glauben."

Er hatte Glück, die schwere Holztür stand offen. Die wenigen Besucher saßen vereinzelt auf den Bänken und warteten auf den Beginn der Abendmesse, in der Nische der Mutter-Gottes-Figur war niemand. Verstohlen schaute er sich um, dann holte er schnell ihr Foto heraus und stellte es vor den Altar, vor dem schon andere Bilder oder Karten standen. Davor zündete er eine Kerze an. Er wusste nicht, wofür er bitten sollte. Für ihr Seelenheil? Für sein Seelenheil? Sie um Entschuldigung? Gott um Vergebung?

Es tut mir leid, dachte er, es tut mir so leid.

Doch er wusste, dass das nicht reichte.

„Was hältst du von Ferrera?" Inge Nowak war unsicher. Es war schwierig, einen Menschen einzuschätzen, wenn man Sprache und Gesichtsausdruck nicht miteinander in Verbindung bringen konnte.

„Ich glaube ihm. Absolut atypischer Unternehmer. Schätze, er ist schwul. Von wegen Familienverzicht. Würde mich nicht wundern, wenn er einen diskreten Freund hätte."

„Wieso? Sind die Männer in dem Alter hier alle verheiratet?"

„Ja. Außerdem ist er Katalane. Die sind weltoffener als die Andalusier. Heißt es. Fortschrittlicher."

„Das heißt ja nicht gleich, dass man homosexuell ist."

„Nein", Verónica strich sich eine Strähne aus dem Gesicht, „das heißt es nicht. Jedenfalls glaube ich, dass er Maike Ebling mochte. Und dass er vorsichtig ist. "

„Wegen Beltrán?"

„Wegen dessen guter Kontakte, er ist stadbekannt. Mit dem will sich niemand anlegen. Stammt aus einer schwerreichen Familie von Großgrundbesitzern. Ihnen gehört ein beträchtlicher Teil des Gebietes um die Stadt. Bauland, mit anderen Worten. Die Beltráns haben großen Einfluss, ohne sie wird hier praktisch nichts entschieden. Die Familie hängt überall mit drin. Ich glaube nicht, dass Manuel Beltrán ein Viertel niederbrennen lassen müsste, er hat genug freie Fläche im Angebot."

„Verstehe. Ob ich in den Genuss kommen könnte, einen echten Beltrán aus der Nähe zu betrachten?"

„Versprechen kann ich dir nichts. Aber ich versuche es." Sie schaute auf ihre Armbanduhr. „Wollen wir uns gegen drei wieder treffen?"

Inge stutzte. Sie hatte nicht im Geringsten damit gerechnet, dass Verónica sie alleine lassen könnte. Dabei war es natürlich an der Zeit, dass die Kollegin eine Pause machte, sie war immerhin nicht ihr Babysitter. Aber was sollte sie in der Zwischenzeit tun? Sie würde in ihr Hotel gehen, dort etwas essen und sich danach hinlegen. Schlafen.

„Oder willst du mich nach Hause begleiten? Ich muss auf den Elektriker warten. Bei mir fliegt dauernd die Sicherung raus. Dann könnte ich uns etwas kochen und du könntest dich auf der Dachterrasse ausruhen." Sie lächelte fragend. „Falls du dich überhaupt ausruhen willst?"

„Willst du nicht mal deine Ruhe?" Inge Nowak wusste nur zu gut, dass diese Frage nicht zu der Sorte gehörte, die man ehrlich beantworten konnte.

„Würde ich dich dann einladen?", gab Verónica zurück.

„Ich weiß nicht, wie höflich du bist."

„Höflich schon, aber nicht blöd. Also, was ist? Schlägst du meine Tortilla aus?"

„Bin ich blöd?"

Unterwegs kauften sie in einer Markthalle Eier, Kartoffeln, Petersilie, Paprika, eine Flasche Rotwein und Zitronenlimonade.

„Wir trinken *Tinto de Verano* dazu", erklärte Verónica, als sie Inges kritischen Blick auf die Getränke sah.

„Ich lass mich überraschen."

Kaum hatten sie die Wohnung betreten, klingelte das Telefon.

„Na toll, er kommt nicht."

„Wer?"

„Der Elektriker."

„O je, schlimm?"

„Grundsätzlich ja, aber im Besonderen nein. Dann können wir jetzt tun und lassen, was wir wollen."

„Auf der Dachterrasse?"

„Zum Beispiel. Du kannst ja schon mal hochgehen, ich komm dann gleich nach. Essenmachen dauert zwanzig Minuten. Aber verbrenn dich nicht, die Sonne ist jetzt unberechenbar."

Inge Nowak nahm kurz darauf Handtuch und Sonnencreme entgegen, die ihr Verónica hinhielt, und ging langsam die steinernen Stufen nach oben, die die Wohnung im fünften Stock vom Flachdach trennten. Am Ende musste sie eine schwere Eisentür aufstoßen. Vor ihr lag eine Terrasse von der Größe eines kleinen Fußballfeldes, die über eine niedrig gehaltene, weiß gekalkte Mauer den Blick über die Dächer Granadas freigab. Goldfarbene Kuppeln wechselten mit roten Kirchturmspitzen ab, ineinander übergehende Dachflächen mit und ohne Wäscheleinen reihten sich aneinander, über der Stadt stand die heiße Luft unter einem wolkenlosen Himmel vollkommen still. Inge betrachtete eine ganze Weile bewegungslos die beeindruckende Kulisse, bevor sie sich umsah und in einer Ecke einen Tisch mit zwei Stühlen und einer Hollywoodschaukel entdeckte. Sie standen auf einem gelb gestrichenen Untergrund, der von Palmen und anderen Pflanzen umgeben war. Inge zweifelte keinen Moment daran, dass dieses liebevolle Arrangement Verónicas Werk sein musste. Die Kommissarin legte sich auf die mit großen Rosenblättern gemusterten Kissen der Schaukel und stieß sich mit den Händen leicht ab. Atmete tief ein und aus, ließ ihre Fingerspitzen auf dem Boden hin und her gleiten.

Granada. Ferrera. Beltrán. Pilar. Verónica. Gab es eigentlich spanische Namen ohne den Buchstaben R? Sie schaffte es nicht, ihn über die Zunge rollen zu lassen, er blieb ihr förmlich im Hals stecken. Wie lange Maike Ebling wohl gebraucht hatte, um spanische Liebeserklärungen zu verstehen? Wie lange, um selbst welche zu machen? War ihr Spanien zum Verhängnis geworden? Ferrera schied als Täter aus. Er war kein Mörder und auch keiner, der andere dafür bezahlte. Sie glaubte ihm. Sie glaubte inzwischen auch, dass sie in Granada auf der völlig falschen Fährte war. Jedenfalls, was die Suche nach einem Täter anbelangte. Ansonsten, dachte sie und schloss die Augen, ansonsten bin ich auf dem absolut richtigen Weg.

Hola guapo,
Nein, es blieb nicht nur bei einem Kuss. Obwohl Angelika wochenlang versuchte, ihn als zärtlichen Freundschaftsbeweis herunterzuspielen. Sie schrieb Briefe, sie wolle mir eine große Schwester sein, und ich versuchte mir vorzustellen, Britta zu küssen. Wir schauten uns Händchen haltend *Bilitis* im Kino an – einen Film über erotisierte junge Frauen, die vor einer weichzeichnenden Kamera verschämt Zärtlichkeiten austauschten, und schließlich von Männern gevögelt wurden. Wenn ich es recht bedenke, ein schlechtes Omen.

Angelika arbeitete in einer Krankengymnastikpraxis mitten in der Stadt und ich holte sie regelmäßig ab. Paul wusste davon, wir taten vor uns selbst so, als gäbe es nichts zu verbergen, auch wenn wir uns in seiner Anwesenheit niemals berührten. Es schien ihm nichts auszumachen, dass seine Frau mehr Zeit mit mir verbrachte als mit ihm. Wäre ich ein paar Jahre älter gewesen, hätte ich sofort gewusst, warum. So begriff ich es erst, als ich es mit eigenen Augen sah: Ich hatte meine Turnschuhe in der Sporthalle vergessen und da ich am Nachmittag direkt von Angelika zum Leichtathletiktraining wollte, musste ich auf halbem Weg ins Zenrum noch einmal umkehren. Fast alle Autos waren vom Lehrerparkplatz verschwunden, das von Paul und zwei andere standen noch da. Es ist immer eigenartig, in ruhenden Gebäuden zu sein. Noch heute bin ich ungern nach Vorlesungsschluss in der Uni oder sonntags im Büro. Wenn die Menschen fehlen, verlieren die Räume ihre Bestimmung und ich die Sicherheit, mich in ihnen zu verhalten. Als ob ich nicht richtig angezogen wäre, aus der Rolle gefallen, fehl am Platz. Als ob ich ertappt werden könnte, ohne etwas Unrechtes zu tun. An diesem frühen Nachmittag war ich allerdings diejenige, der andere in die Falle gingen.

Die Lichter im Flur der Turnhalle waren gelöscht und ich drückte mich an der Backsteinwand entlang, um nicht die Orientierung zu verlieren. Problemlos fand ich den Mädchenumkleideraum, nahm meinen Turnbeutel und wollte wieder verschwinden. Ich hatte es eilig, Angelika wartete bestimmt schon auf mich. Auf dem Weg nach draußen hörte ich Geräusche und versteckte mich vorsichtshalber unter der Treppe. Wir durften nach der Schule das Gebäude nicht betreten und der Hausmeister war unerbittlich. Doch es war nicht der unrasierte, schlecht gelaunte Stohr, der in das Sportlehrerzimmer schlurfte, sondern zwei sich umarmende, auf dem Weg dorthin sich ausziehende Lehrer, die ich kannte: Paul Stenner und Sabine Liebold, die Sportlehrerin, die ich in der Sechsten gehabt hatte.

Er lachte und drängte sie an die Wand. Sie wehrte sich spielerisch, nahm die Arme nach oben, er schob ihr T-Shirt hoch und umfasste ihre Brüste. Sie drehte sich aus seinen Händen, schloss das Krankenzimmer auf und zog ihn zu sich. Die Tür fiel ins Schloss, der Schlüssel wurde herumgedreht.

Mein Herz raste. Ich wartete noch einen Moment, dann lief ich aus dem Gebäude, über den Schulhof, zu meinem Fahrrad und trat wie eine Gejagte in die Pedale. Ich war durcheinander. Einerseits fassungslos und wütend auf Paul – wie konnte er Angelika so etwas antun? Liebte er sie nicht? Andererseits war ich erleichtert. Dann konnte es nicht so schlimm sein, was wir taten. Im Gegenteil: Paul ging viel weiter, er betrog seine Frau mit einer Kollegin. Deshalb kam er so oft erst später nach Hause, musste länger in der Schule bleiben und war froh, dass ich Angelika ablenkte. Was sollte ich tun? Angelika davon erzählen? Würde sie mir glauben? Und wenn ja, wäre sie nicht fürchterlich traurig? Und wenn sie traurig wäre, würde sie sich dann ausgerechnet mit mir trösten wollen? Sich am Ende eine Affäre suchen statt einer zärtlichen Freundschaft? Angst. Das, was mich durchdrang, war die schreckliche Ahnung, nichts richtig machen zu können, nur abzuwarten, wie sich die Dinge entwickeln würden. Spielball der anderen zu sein.

Angelika war sichtlich besorgt, weil ich so viel später als sonst gekommen war, sie nahm meine Hand und strich mir auf offener Straße durchs Haar. Ich schloss mein Rad an einer Laterne an, wir stiegen in ihren roten R4 und Angelika fuhr nicht nach Hause. Sie wollte picknicken, mir eine Freude machen. Ich aber konnte mich nicht richtig freuen. Immer wieder sah ich Paul vor Frau Liebold stehen, ihre Brüste in seinen Händen. War es ein Zeichen gewesen, dass auch wir keine Rücksicht mehr nehmen mussten auf eine Ehe, die ich als unantastbar betrachtete?

– Was ist mit dir los, meine Kleine?

Ich hasste und ich liebte es, wenn sie mich ihre Kleine nannte. Es lag ein Gefühl darin, dass ich unbedingt wollte, aber auch eines, das nicht zu dem Begehren passte, wenn sie mich beim Namen nannte.

Sie trug eine lilafarbene Breitcordhose und ich weiß noch genau, wie sich meine schmalen Finger in die dünne Vertiefung des Stoffes gruben, um der Haut darunter näher zu sein. Sie legte ihre Hand auf meine, unsere Fingerspitzen tanzten umeinander, die Blicke starr geradeaus auf die Straße gerichtet. Wenn Angelika schalten musste, hielt sie meine Hand fest und die für das Auto so typische Pistolenschaltung zog mich ein wenig nach vorne. Doch Angelika schaltete selten, sie überholte nicht und wir fuhren ein ganzes Stück aus der Stadt hinaus auf der Landstraße, bis zum Waldrand. Erst als sie in einen Feldweg einbog, ließ sie meine Hand los.

Ich fragte sie nicht, woher sie die Lichtung kannte, vor der sie hielt. Ich wollte es nicht wissen. Auch nicht, wie lange sie Zeit hätte, ob sie Pauls Verhältnis ahnte oder wie ernst sie mich nahm. Alle Fragen, die ich innerlich formulierte, trieben in meinem Kopf umher, wanderten in einen dunklen Raum, in dem ich sie einsperrte, solange ich konnte. Ich wollte es still haben, um den Antworten zu lauschen.

Angelika hatte an alles gedacht und wäre ich ein Junge gewesen, hätte sie wahrscheinlich außer Wein, Wasser und belegten Broten auch noch Kondome eingepackt. Nach dem Picknick legten wir uns auf die Decke; zwei Körper, die sich nie zuvor ausgestreckt begegnet waren. Ob Paul Sabine Liebold auf der schmalen Liege geliebt hatte? Hatten sie sich ausgezogen? Würden wir uns ausziehen?

– Dein T-Shirt gefällt mir.

– Möchtest du es haben?

– Was willst du dafür?

– Deins.

Die heimliche Lektüre sämtlicher Konsalikromane meiner Mutter hatte sich gelohnt.

Wie soll ich einem Schwulen erklären, was es für eine heranwachsende Lesbe bedeutet, wenn sie zum ersten Mal eine halbnackte Frau auf sich spürt? Warme Haut, weiches Fleisch, heißer Atem, suchende Lippen – nichts, das zwischen den Beinen wächst, außer dem Verlangen, genau dort berührt zu werden. Mein Körper explodierte, ich war nicht mehr zu halten. Ich vergaß Paul, ich vergaß Frau Liebold und Dr. Sommer, ich vergaß *Bilitis*. Ich überließ mich meinen Händen, die mich dorthin führten, wo Angelika sie haben wollte. Meine Finger lernten den Weg von ihren Brüsten zu ihrem Bauchnabel und wie man einhändig einen Hosenknopf öffnet. Ich machte ihr vor, wovon ich Nacht für Nacht träumte und sie ließ es Wirklichkeit werden. Ameisen krabbelten über meinen Rücken, Grashalme kitzelten meine Füße, die Sonne brannte auf meine nackten Schultern. Ich schwebte.

– Wir dürfen das nicht tun.

– Warum nicht?

– Du bist zu jung.

– Quatsch. Du bist zu alt.

Wir tollten herum wie Kinder, bewarfen uns mit den Kissen, die Angelika mitgebracht hatte, tranken lauwarmen Wein aus der Flasche und ich drehte uns Zigaretten. Ich rauchte, seit ich dreizehn war. Alle Großen rauchten. Die Jungs in der Oberstufe, meine Schwester, selbst mein Trainer. Eines Tages hatte ich vor dem Zigarettenautomaten gestanden, zwei Mark hineingeworfen und ein Päckchen *Camel* gezogen. Dann bin ich damit zum Jugendzentrum gelaufen und habe alle Zigaretten hintereinander weggeraucht. Aufgehört habe ich tatsächlich erst, als ich

Pilar kennengelernt habe. Sie hat Asthma. Aber das weißt du ja. Paul wusste nicht, dass Angelika heimlich rauchte. Es war unser zweites Geheimnis.

Den ganzen Sommer über fuhren wir zur Lichtung. Im Herbst blieben wir im Auto und legten die Rückbank um. Im Winter mussten wir vorsichtiger sein. Und machten einen Fehler.

Bei Fehler fällt mir ein: Ramón schreibt mir neuerdings. Er möchte, dass ich meine Entscheidung noch einmal überdenke, noch sei die Stelle der Projektkoordinatorin frei. Für mich ist es aber zu spät. Es kommt mir so vor, als läge Granada schon Jahre hinter mir und vor mir ein neues Leben. Soll ich aus Berlin weggehen und mich auf den Job im Solarinstitut bewerben? Nadine vergessen?

Un abrazo, K.

Inge Nowak erwachte von leisen Klaviertönen. Im ersten Augenblick wusste sie nicht, wo sie war, dann erkannte sie die Dachterrasse und Verónica, die vor ihr stand.

„Siesta vorbei?"

„Ich bin einfach eingedöst."

„Ist doch genau richtig. Das gehörte hier früher zum Tagesablauf. Bei der Hitze kann man auch gar nichts anderes machen."

Inge setzte sich auf und reckte sich.

„Ich wusste gar nicht, wie müde ich bin, andauernd dämmere ich weg. Schlafen ist für mich Luxus pur! Wenn du so weitermachst, wirst du mich nicht mehr los."

„Ist das eine Drohung?"

Inge lachte. „Ich hoffe nicht, dass ich so schlimm bin."

„Nein, ganz im Gegenteil."

Sie aßen schweigend.

Inge lauschte. „Was ist das für eine Musik?"

„Mein Nachbar. Wenn nicht gerade seine Klavierschüler da sind, ist es sehr angenehm, ihm zuzuhören. Er spielt in einer Jazzband."

„Klingt schön."

„Sein Lieblingsstück." Verónica grinste. „Aber man kann hinuntergehen und sich etwas anderes wünschen, wenn es nervt."

„Sehr lecker, übrigens. Zauberst du immer so schnell etwas Gutes zum Essen?"

„Ich habe sogar dabei noch telefoniert. Señor Beltrán Junior erwartet Doña Nowak morgen zum Nachmittagskaffee auf seiner Finca vor den Toren der Stadt."

„Huh. Wie hast du das denn gemacht?"

„Ich habe ihm erzählt, die Polizeichefin aus Berlin wolle aus Ermittlungsgründen in einer delikaten Angelegenheit die drei wichtigsten Männer der Stadt kennenlernen. Ich nehme an, er lädt den Bürgermeister dazu ein."

„Großartig!" Inge setzte sich auf. „Lass mich nur nicht mit denen allein!"

„Angst?"

„Höchstens davor, mich falsch zu benehmen!"

Verónica setzte sich neben Inge auf die Hollywoodschaukel.

„Ich glaube, das kannst du gar nicht."

„Hast du eine Ahnung!"

„Du machst einen viel zu weltgewandten Eindruck. Du wirkst irgendwie souverän."

„War das ein Kompliment?"

„Durchaus."

Verónica legte den Arm auf die Lehne, den Kopf nach hinten und schloss die Augen.

Sie seufzte „Ich bin froh, dass du da bist."

„Wieso?"

„Ich glaube, das ist mein erster guter Tag seit Monaten. Ich schaue nicht dauernd auf die Uhr, renne nicht ständig zum Kühlschrank und hänge nicht vor dem Fernseher."

„Und woran liegt das?" Die Kommissarin, die bekannt dafür war, jedes Wort auf die Goldwaage zu legen, hörte sich reden und verstand die Welt nicht mehr. Sie kokettierte!

„An deiner Gesellschaft." Verónica öffnete die Augen. „An dir."

Inge sah hin. In die Augen ihrer spanischen Kollegin und in sich hinein. Konnte es sein? War es möglich, dass sie mit einer

Frau flirtete und dass ihr das Spaß machte? Oder verwirrte die brütende Hitze ihren Verstand? Interpretierte sie alles falsch und Verónica war lediglich gastfreundlich und genoss es, sich nach langer Zeit des Rückzugs auszutauschen? Sie dachte an ihren Traum mit dem Dönerjungen und Nadine. Zufall?

„Hab ich etwas Falsches gesagt?" Verónica beugte sich ein wenig nach vorn.

„Nein, überhaupt nicht. Im Gegenteil." Sie stotterte. „Ich bin nur ein wenig verwirrt."

„Schön verwirrt oder schlimm verwirrt?"

„Ganz schön schlimm verwirrt."

Sie war dreiundvierzig. Erwachsen genug, um zu tun, was sie wollte. Und sie wollte es. Inge streckte ihren Arm aus und Verónica rückte näher an sie heran.

„Ich bin eigentlich nicht so schnell", sagte sie.

„Ich bin eigentlich gar nicht so", erwiderte Inge.

„Wie so?"

Die Luft zwischen ihnen vibrierte. Unten auf der Straße hupten Autos, ein Flugzeug kreiste über der Stadt, der Nachbar improvisierte auf der helleren Seite der Klaviatur. Sie konnte aufstehen und alles ungeschehen machen. Das Tablett mit den Tellern und Gläsern nach unten tragen, beim Geschirrspülen helfen und später in ihrem Hotelbett schlafen. Den Schalter, der in ihrem Kopf alarmierend leuchtete, umlegen und so tun, als hätte sie nichts bemerkt. Weitermachen wie bisher. Oder ganz neu anfangen.

„So", sagte Inge, zog Verónica an sich und küsste sie.

Warum? Weshalb hatte er seinen Mund nicht halten können? Einmal mehr alles kaputtgemacht. Aber er hatte es nicht mehr ausgehalten. Es war ein perfekter Moment gewesen: Sie sprachen über die Zukunft. Wie gut es war, einander vertrauen zu können, niemals alleine zu sein, im Guten wie im Bösen, vielleicht für immer. Jasmin hatte das erste Mal von Heirat gesprochen, von Kindern und einem gemeinsamen Leben. Sie lagen auf dem Sofa, das er ihretwegen gekauft hatte, die Balkontür stand offen und er schaute auf die Kastanie, deren Blätter kaum merklich im Wind schaukelten. Sie hatten sich im Wohnzimmer geliebt, er war in der Art Stimmung, in der man Dinge sagt, die man später bereut. Es war ganz schnell gegangen, er hatte sie nicht vorgewarnt, hatte sich im verträumten Kopf die Worte brutal klar zurechtgelegt, um es kurz zu machen. Denn er war sicher, sie würde ihn danach in die Arme nehmen, er könnte weinen und die Last auf seiner Brust wäre nur noch halb so schwer.

Aber Jasmin sprang auf, als er fertig war, und griff nach ihrer Bluse. Sagte hässliche Sachen zu ihm, nannte ihn einen Versager. Dass sie es die ganze Zeit geahnt habe, dass etwas nicht stimmt. Schimpfte ihn einen Lügner und Betrüger. Und drohte ihm. Sie würde zur Polizei gehen, sie würde ihn nicht decken. Er sei ekelhaft, sie wolle ihn nie wieder sehen. Er erschrak, sah sie zuerst nur überrascht an und schaute ihr schweigend beim Anziehen zu. All das gefiel ihm nicht. Sie sollte bei ihm bleiben, nah bei ihm und nackt. Als sie den Ring vom Finger zog und ihn damit bewarf, hatte er genug. Er stellte sich ihr in den Weg, wollte sie zur Vernunft bringen. Doch sie wurde nur noch wütender. Beschimpfte ihn laut, so laut, dass es die Nachbarn hören konnten. Wie sie nur so dumm hatte sein können, dass alle ihre Freundinnen recht gehabt hätten, dass sie auf ihn hereingefallen war. Dass er ihr nichts bieten, sie niemals glücklich machen könne, weil er gar nicht begreife, wer sie sei. Dass sie ihn niemals geliebt habe.

„Nimm das zurück!“, sagte er und hielt ihre Handgelenke fest.

„Ich denke nicht daran, lass mich los!“

„Du sollst das zurücknehmen“, wiederholte er, und dann lachte sie. „Und wenn nicht?“, fragte sie und lachte weiter, lachte ihn aus, machte sich lustig über ihn, und da schlug er zu. Ihr Kopf gab nach und prallte gegen die Flurwand, sie nahm die Hände vors Gesicht und rannte an ihm vorbei, wollte zur Tür, wollte fort, das konnte er nicht zulassen, wenn sie jetzt ginge, käme sie nie wieder, deshalb musste er ihre Flucht verhindern. Mit drei großen Schritten war er bei ihr.

Er beschwor sie: „Beruhige dich.“

„Lass mich gehen“, zischte sie, „ich will hier raus.“

„Halt den Mund!“
„Ich schreie!“
„Das tust du nicht“, sagte er gefährlich leise.
Dann schrie sie. Ohrenbetäubend. Bis er ihr die Hand auf den Mund legte, sie zur Garderobe zog, ihr Seidentuch nahm und sie knebelte. Erst als er ihr mit seinem Wollschal die Hände auf dem Rücken zusammenband und sie auf das Sofa setzte, hörte sie auf, sich zu wehren.
Jetzt konnte er ihr alles in Ruhe erklären.

Hola guapo,
Habe gerade meine Bewerbung an das Solarinstitut weggeschickt. Halt mir die Daumen, dass es klappt! Inzwischen bin ich mir sicher, dass ich Berlin so schnell wie möglich verlassen sollte. Die Stadt tut mir nicht gut, lässt mich zu viel Grübeln. Ich kann mich nicht schützen, gegen all die Impulse, die an jeder Ecke lauern, es fällt mir schwer, mich abzugrenzen. Gegen das Elend, das hier ein graues Gesicht hat und mich, obwohl es oft weniger existentiell als in Spanien erscheint, deprimiert. In Granada habe ich der Alten an der Ecke mit ihren Rosmarinzweigen jeden Abend etwas zu essen gekauft und niemand hat sich darüber gewundert. Hier würde sie nicht einmal vor meiner Haustür warten dürfen – ich kann dir nicht einmal erklären, wieso. Alles bleibt hier flüchtig, je weniger darüber geredet wird, umso besser. Die Menschen funktionieren nach ungeschriebenen Regeln, die mir missfallen, ohne dass ich sie kenne. Meine Fußmatte vor der Tür musste ich wegnehmen, weil der Hausmeister befürchtete, jemand würde sie anzünden. In einem Café bin ich nicht bedient worden, als ich einem Obdachlosen einen Tee spendieren wollte. Wenn ich in einer Bäckerei nach Brötchen vom Vortag frage, fühlt sich die Verkäuferin beleidigt. Mein Fahrrad darf nicht am Kellertreppengeländer angeschlossen sein, weil darum. Und gestern hat mich ein Nachbar darauf hingewiesen, dass ich die Mieter im Haus nicht angemessen grüße. Ich störe ganz offensichtlich eine Gemeinschaft, von deren Existenz ich bis vor kurzem nichts geahnt hatte und die ich zu bedrohen scheine: die Solidarität der unteren Mittel-

schicht. Hier kauft man in Billigsupermärkten, obwohl Etikette so wichtig ist wie der volle Tank im Kleinwagen. Teilen ist ungeil und miteinander ein Fremdwort. Ich habe zu lange unter der Sonne neben Menschen gewohnt, die lebenslustig von der Hand in den Mund lebten, um den Geiz der verbitterten Neider in einem grauen Alltag zu ertragen. Man ist sich hier nicht wohlgesinnt. Nicht in der neuen Mitte, wo sich Diplomaten, Jungunternehmer, Touristen und andere vorübergehend Zahlungskräftige die Hand geben, nicht im alten Westen, wo soziale Absteiger ihren alten Pfründen hinterhertrauern, und schon gar nicht im ehemaligen Osten, wo früher alles besser gewesen sein soll. Auf diesem Pflaster ist einfach jeder gegen jeden und die, die es nicht sind, nennen ihre Haltung Kunst und verschanzen sich in heruntergekommenen Ateliers und abbruchreifen Wohnungen. Wer nach Berlin kommt und bleibt, tut es, weil alles so schön billig ist und ich sage dir, das ist es nicht, weil unser Oberbürgermeister die soziale Gerechtigkeit mit Löffeln gefressen hätte. Die Stadt befindet sich im totalen Ausverkauf. Um das, was nichts kostet, muss man sich nicht kümmern, und genauso sieht es hier auch aus, abgesehen von den aufpolierten Ecken für die Touristen. *Big-City-Syndrom?* Mag sein. Aber auch die Verantwortungslosigkeit der Menschen, die damit einhergeht. Die schöne Welt spielt sich in den eigenen vier Wänden ab, gelebt wird drinnen. Draußen wird derweil aufgeteilt. Zieht der Globalisierungsscanner durch die Viertel und verpasst ihnen nach und nach sein Einheitsgesicht. In zwanzig Jahren wird es egal sein, ob du in London, Berlin, New York oder Paris spazieren gehst. Alle werden die gleichen Klamotten tragen, die in Billiglohnländern hergestellt sind, alle trinken Sojamilch, für deren genmanipulierten Anbau der halbe Regenwald samt Bewohner herhalten muss, und die, die es sich leisten können, jetten zwischen den großen Flughäfen umher, fühlen sich megamultikulturell, zahlen für die Kerosinsünde Ablass und leben in Solarsiedlungen. Ja, ja, ich höre schon auf, klinge schon fast wie meine Großmutter. Natürlich war früher nicht alles besser und ich sollte auch unsere ökologischen Errungenschaften nicht in den Dreck ziehen. Aber die schöne neue Welt provoziert mich.

Berlin provoziert mich. Mit seiner betont lässigen Art, die ich niemandem abnehme, weil ich noch keinen getroffen habe, der in dieser Stadt wirklich glücklich wäre. Hier ist es cool, spannend, geil, hip und total urban. Aber nichts ist schön. Das macht mich aggressiv und deshalb muss ich weg von hier. Denn es färbt auf mich ab. Ich mutiere zur Egozockerin. Denke nur noch an mich und über mich nach. Das muss aufhören.

Wahrscheinlich werde ich auf dem Land irre. Regen mich die abgezirkelten Grundstücke und eingezäunten Gartenparzellen genauso auf wie die Berliner Shoppingcenter. Aber das kenne ich, dagegen kann ich mich besser wehren. Mich wehren – ob ich jemals einen Ort finde, an dem ich damit aufhören kann, an dem ich zur Ruhe komme? Gibt es ihn überhaupt? Den Platz an der Sonne, ein Stück Land mit einer Handvoll Bäumen drauf, ein solides kleines Haus, klares Wasser, Ziegen, Hühner, eine Katze auf dem Fenstersims, nette Nachbarn und die Gesellschaft von guten Freunden? Ich wüsste außer dir keinen Menschen, mit dem ich mir das vorstellen könnte. Pilar? Nichts als Selbstbetrug. Ich wollte geliebt werden und habe aus ihr eine Frau gemacht, die sie nie war. Unverzeihlich, eigentlich. Noch immer diese Sehnsucht, Daniel. Ankommen wollen. Wenn es dort ein Grundstück gibt, das mir gefällt, dann baue ich mir ein Haus. Fragt sich nur, wovon.

Un abrazo, K.

Pilar Rivera erwartete sie in einer kleinen Bar, ein wenig abseits vom Zentrum. Soweit Inge erkennen konnte, saßen nur Frauen am Tresen und an den Tischen vor den weit geöffneten Glastüren. Das Lokal war winzig und nicht besonders gut besucht.

„Es ist noch früh. Ab Mitternacht wird es voller", erklärte Verónica. Sie waren eingehakt durch die Straßen gelaufen und Inge hatte jedes Schaufenster dazu genutzt, unauffällig zu schauen, wie sie zusammen aussahen.

„Alles gut?"

Inge nickte und löste sich von ihr. „Ich müsste jetzt keine andere Frau treffen, aber ansonsten ist alles bestens."

„Das sagst du jetzt. Warte ab, bis du sie kennengelernt hast."

„Wieso?", fragte Inge alarmiert.

„Da", Verónica zeigte mit den Augen zum Tresen, „die Diva erwartet uns bereits."

Hellblond gefärbte Haare, dunkelroter Lippenstift, tief ausgeschnittene Bluse, enge Jeans. Pilar Rivera zog offenbar gerne die Blicke auf sich. Dabei war ihr Lachen, als sie Verónica erkannte, noch augenfälliger als ihre Aufmachung.

Sie stellten einander vor und setzten sich an einen der Tische. Pilar bestellte einen zweiten Longdrink, Verónica ein Bier und Inge erinnerte sich, dass sie nun wirklich im Dienst war. Sie trank Mineralwasser.

„Die Kommissarin spricht kein spanisch, ich übersetze euer Gespräch, ja?"

Pilar nickte und wandte sich an Inge Nowak. Sie hatte eine angenehme Stimme und machte einen freundlichen Eindruck.

„Sie kommen wegen Kaya. Also Maike. Nicht wahr?"

„Ja. Es tut mir leid, was passiert ist. Sie waren ihre Partnerin?"

„Ich war noch ihre, sie war nicht mehr meine."

„Frau Ebling hatte sich von Ihnen getrennt?"

„Sie ist einfach eines Tages gegangen. Von heute auf morgen für immer."

„Und Sie hatten keine Ahnung, warum?"

„Natürlich. Sie hatte ihren Job gekündigt. Fühlte sich verraten, war besessen von der Idee, dass irgendjemand Feuer gelegt hätte und ihre Schäfchen vertrieben."

„Welche Schäfchen?"

„Kaya spielte die Mutter Teresa für das *Barrio bajo*, hat sich benommen wie eine Entwicklungshelferin im tiefsten Afrika. Sie hat bloß nicht gemerkt, dass ihre Armen sie gar nicht brauchten. Die kommen nämlich ganz gut alleine klar. Die haben sich die Häuser selbst abgebrannt, wenn Sie mich fragen. Wegen der Entschädigung. Und dann einen auf Opfer gemacht. Doppelt kassiert."

„Harte Worte."

„Hartes Pflaster. Hören Sie, ich bin hier groß geworden. Hier schlägt sich jeder so gut durch, wie er kann. Kaya war eine Träumerin. Sie hat das alles durch eine romantische Brille gesehen."

„Und was war mit Ihrer Romantik?"

„Wie meinen Sie das?"

„Hatten Sie sich damit abgefunden, dass Frau Ebling Sie verlassen hatte?"

„Sie hatte mich nicht verlassen, sie war ohne Erklärung gegangen."

„Und das haben Sie akzeptiert?"

„Was hätte ich denn machen sollen?"

„Ihr hinterherfahren, sie zurückholen."

„Dazu bin ich mir zu schade." Sie nippte an ihrem Drink.

„Sie haben sie also nicht mehr gesehen, nachdem sie Granada verlassen hatte?"

„Nein."

„Mit ihr gesprochen?"

„Nein."

Inge nahm ihre Handtasche und holte eine zusammengefaltete Kopie heraus, die sie nun auseinanderklappte.

„Auch nicht drei Tage vor ihrem Tod im Hotel *Merkur* in Berlin?"

Verónica hatte das Fax am Vortag in ihrem Büro abgeholt. Wie Erkner an die Hotelrechnung gekommen war, wie er überhaupt herausgefunden hatte, wann genau Pilar Rivera in Berlin gewesen war, blieb seiner Chefin ein Rätsel, aber ihm galt ihre volle Bewunderung.

Pilar Rivera senkte den Blick, drehte ihr Glas. Schaute wieder auf, zündete sich eine Zigarette an.

„Doch", sagte sie leise. „Aber nicht lange."

„Wo?"

„Im Hotel. Ich hatte sie angerufen, ihr gesagt, wo ich bin und dass ich mit ihr reden wolle. Sie war empört, wollte sich zuerst nicht mit mir treffen und sagte dann, sie käme vorbei. Ich habe den ganzen Nachmittag auf sie gewartet. Als sie schließlich da war, blieb sie nicht einmal eine Stunde."

Verónica übersetzte das, was Maike Eblings Exfreundin sagte, weit weniger dramatisch, als es sich für Inge in der fremden Sprache anhörte.

„Haben Sie gestritten?"

„Ja."

„Worüber?"

„Kaya hatte mit allem abgeschlossen. Mit Ferrera, mit Granada, mit mir. Sie sprach über unsere Zeit hier, als hätten wir eine nette Affäre gehabt, die jetzt eben vorbei war. Sie hatte längst neue Pläne, wollte dorthin zurück, wo sie groß geworden war, ein Haus kaufen, in ihrer alten Heimat sesshaft werden."

„Allein?"

„Ich glaube schon."

„Was haben Sie dazu gesagt?"

„Ich war unsagbar gekränkt. Ich hatte gedacht, wir hätten eine gemeinsame Zukunft, würden zusammen alt werden. Wir waren so glücklich, haben nie gestritten, viel unternommen, Spaß gehabt, nette Freunde. Vor dem Brand in dem Viertel war alles in Ordnung gewesen. Danach war Kaya wie ausgewechselt. Als hätte man einen Knopf betätigt und sie wäre eine andere Person geworden. Plötzlich zog sie sich zurück, war feindselig, aggressiv, wurde laut. Nachdem sie fortgegangen war, wurde mir klar, wie viel sie mir bedeutete. Sie war dagegen, dass ich nach Deutschland käme, aber ich wollte nichts unversucht lassen."

„Und was haben Sie dann gemacht, allein in Berlin?"

„Begriffen, dass es tatsächlich aus war. Ich habe mich schrecklich betrunken, geweint, getobt und am nächsten Tag meinen Rausch ausgeschlafen. Habe das Hotelzimmer kaum verlassen. Und am Sonntagabend bin ich wieder zurückgeflogen. Es war nur ein langes Wochenende."

„Haben Sie nicht noch einmal versucht, Frau Ebling zu treffen?"

„Doch. Ich habe sie ständig angerufen, bis sie ihr Telefon ausgestellt hat. Da wusste ich, sie würde nicht mehr mit mir reden. Sie hatte mich wirklich verlassen."

„Sie haben sich nicht noch einmal mit ihr zum Picknick getroffen?“

„Nein, wieso?“ Sie klang tatsächlich überrascht. Inge Nowak ignorierte die Frage.

„Woher wissen Sie eigentlich, dass Frau Ebling tot ist?“

Verónica übersetzte diese Frage nicht, sondern beantwortete sie selbst: „Ich habe Pilar angerufen. Ich wusste ja, dass sie ein Paar waren.“

„Das heißt du kanntest Maike Ebling?“

„Nur vom Sehen.“

„Warum hast du mir das nicht gesagt?“ Inge war mehr als irritiert.

Pilar Rivera schaute von der einen zur anderen.

Verónica senkte die Stimme. „Können wir darüber später sprechen?“

„Müssen wir, ja.“ Die Hauptkommissarin war sichtlich verstimmt. „Würdest du deine Bekannte noch fragen, wo sie am Dienstag war? Dir wird sie es ja wohl sagen.“

Nach einem kurzen Wortwechsel übersetzte Verónica: „Sie führte zwei Reisegruppen durch die Alhambra. Am Vormittag eine irische, am Nachmittag eine amerikanische.“

„Es wäre nett, wenn du dich an meiner Stelle bedankst und das Alibi für mich überprüfen könntest. Ich finde allein in mein Hotel.“ Inge Nowak stand auf und verabschiedete sich von beiden Frauen mit einem knappen *Buenas noches* und verließ das Lokal.

An der Straße hielt sie das nächste Taxi an.

„*Hotel Estrella, por favor*.“

Wieso hatte Verónica ihr verschwiegen, dass sie Maike Ebling gekannt hatte? War ihre Begegnung vielleicht gar kein Zufall? Hatte am Ende jemand Verónica Sanz auf sie angesetzt? Beltrán? Ferrera? Blödsinn, beruhigte sich die Kommissarin. Ich bin nicht James Bond. Es wird schon einen vernünftigen Grund geben, weshalb sie nichts gesagt hatte. Und sie hoffte inständig, es wäre nicht derselbe, der Verónica dazu bewegt hatte, sie zu küssen.

Hola guapo,
Ich kürze die Geschichte ein wenig ab. Jetzt beginnt der weniger erfreuliche Teil: Paul war auf einer Fortbildung, zumindest hatte er das behauptet. Angelika und ich trafen uns zum Frühstück bei ihr und obwohl wir das bis dahin vermieden hatten, landeten wir im Ehebett. Ich war inzwischen fünfzehn, Paul immer noch mein Lehrer, Angelikas Zweifel an der Richtigkeit unserer Beziehung waren weniger geworden, vielleicht, weil sie begonnen hatte zu träumen. Sie wollte ihr Abitur nachholen, Medizin studieren, Ärztin werden und ein neues Leben beginnen. Ohne Paul und mit mir. Weißt du, Daniel, in den letzten Tagen habe ich in der U-Bahn, in Kaufhäusern oder Cafés auf Teenager geachtet. Auf heranwachsende Mädchen, die heute einen viel erwachseneren Eindruck machen als ich damals. Sie scheinen insgesamt größer zu sein, was bestimmt an den Fastfood-Hormonen liegt. Sie kleiden sich betont sexy und schminken sich älter als sie sind. Sie wollen wie erwachsene Frauen wirken und manchen gelingt es auch. Ich habe versucht mir vorzustellen, ob ich mit einer von ihnen schlafen könnte, ob es mir möglich wäre, die zwanzig Jahre Altersunterschied zu vergessen, wenn ich ihr den Spitzen-BH von *H&M* öffnen würde, sie den Mund hielte oder stöhnte und ich einen makellosen Körper liebte. Es ist mir nicht gelungen. Und das, obwohl sie das glatte Gegenteil von dem Kind sind, das ich damals noch war. Ich trug weder verführerische Unterwäsche noch hatte ich überhaupt schon Brüste, ich hätte eher als Knabe Modell stehen können. Doch selbst wenn es mir glückt, diese Details auszublenden, wenn ich mich auf eines dieser Mädchen konzentriere und sie in Gedanken mit geschlossenen Augen küsse, dann hört meine Fantasie da auf, wo ich ihr eine gemeinsame Zukunft versprechen könnte. Bei aller Liebe zur Jugend, auch wenn mein Kinderwunsch noch so unermesslich wäre, mein Kopf müsste ernstlich erkranken, um die Leidenschaft für eine Minderjährige so ernst zu nehmen. Um den unfertigen Menschen dahinter als gleichwertigen Partner zu betrachten. Angelika tat das eine Weile. Mag sein, dass ihr der Gedanke, Paul zu verlassen, unmöglich erschien und sie eine noch absurdere

Idee brauchte, um die bloße Vorstellung zu wagen. Möglich, dass sie bewusst das Risiko einging, sich offenbaren zu müssen, weil sie es aus sich heraus niemals getan hätte. Ich jedenfalls glaubte ihr. Mit fünfzehn glaubst du alles, wenn du verliebt bist, und einem Erwachsenen sowieso.

Dabei liegen Einbildung und Wirklichkeit so nah beieinander. Als ich hörte, wie sich der Schlüssel im Schloss herumdrehte, bemerkte, dass Angelikas Körper steif wurde, war ich überzeugt davon, mitten in einem Film zu sein. So oft hatte ich im Fernsehen gesehen, wie der eifersüchtige Ehemann seine Frau mit ihrem Geliebten überraschte, dass ich den szenischen Ablauf bereits im Kopf hatte. Die Drehbücher sahen an dieser Stelle die Flucht des Geliebten vor. Doch Angelika machte mir einen Strich durch die Rechnung. Sie war es, die aufsprang, sich ins Badezimmer flüchtete, die Tür hinter sich verschloss und mich einfach liegen ließ. Ich tat, was Kinder tun, die im Bett Angst bekommen: Ich zog mir die Decke über den Kopf. Paul rief nicht nach Angelika, er kam wortlos ins Schlafzimmer. Ich lauschte seinen sich nähernden Schritten, starrte in die matte Dunkelheit und wartete auf den Moment, in dem er mir die Bettdecke wegreißen würde und ich unbekleidet vor ihm läge. Er tat es mit versteinertem Gesicht; er war nicht überrascht, er war wütend.

– Zieh dich an und verschwinde!

Das war alles, was er zu mir sagte, bevor er sich der Badezimmertür zuwandte und drohte, sie einzutreten, wenn Angelika nicht öffnete. Sie reagierte nicht. Für einen Augenblick dachte ich, sie wäre vielleicht durch das Fenster entwischt, wartete draußen im Auto auf mich, käme durch die Haustür, um mich zu retten. Doch die Frau, die noch Minuten vorher behauptet hatte, ohne mich nicht mehr leben zu können, hatte sich nur selbst in Sicherheit gebracht.

Draußen wehte ein scharfer Wind. Trotz meiner dicken Winterjacke, der Handschuhe, des Schals und meiner gefütterten Stiefel klapperte ich mit den Zähnen. Es brauchte Tage, bis die Wärme in meinen Körper zurückkehrte. Doch auch dann hörte ich nicht auf zu frieren, in meinem Innern war alles kalt, ich war bis auf die Knochen entblößt. Erinnerst du dich, dass du mich einmal gefragt hast, weshalb ich bei der Affenhitze in Granada immer im Pyjama schlafe? Jetzt weißt du es.

Un abrazo, K.

Sie sollte keine Angst vor ihm haben, aber sie sollte auch nicht schreien. Wenn er ihr das Tuch aus dem Mund nähme – würde er ihr vertrauen können? Während er redete, sah sie ihn mit großen Augen an.

Als er sagte: „Ich liebe dich", zuckte sie.

„Willst du etwas trinken?"

Sie nickte. Er lockerte das Tuch ein wenig, nur so weit, dass er ihr Wasser einflößen konnte. Jasmin verschluckte sich, hustete, bis er das Tuch schließlich abnahm.

„Leise sein", flüsterte er und legte seinen Zeigefinger an die Lippen. Sie nickte wieder. „Du musst keine Angst haben, wenn du nicht schreist, in Ordnung? Alles wird wieder gut."

Er streichelte ihr Gesicht. Sie lächelte schwach.

„Mach mich los", bat sie ihn.

„Wirst du bei mir bleiben?"

„Aber ja."

„Warum?"

„Ich bin doch deine Freundin."

„Immer noch?"

„Immer noch."

„Die Polizei?" Die Nachricht machte Steffen Eulenberg sichtlich nervös.

„Eine Kommissarin aus Berlin wartet draußen auf dich."

Waren sie ihm auf die Schliche gekommen? So schnell? Das war eigentlich völlig unmöglich. Hatte ihn jemand verraten? Hatte sich Andreas verplappert? Spekulieren brachte nichts, er musste in Erfahrung bringen, was sie wussten. Je schneller, umso besser. Oder sollte er flüchten? Sollten sie ihn doch suchen, bis dahin hätte er sämtliche Spuren verwischt. Nein, er würde sich weniger verdächtig machen, wenn er sich stellte. Danach würde er sofort verschwinden.

Wenn es gar nicht die Polizei war, die ihn angerufen hatte? Wenn es eine Falle war? Er war unvorsichtig gewesen, er hätte jemandem Bescheid sagen müssen. Doch die Einzigen, die er hier kannte, waren Bekannte von Maike. Er war noch nicht lange genug hier, er hatte noch keine Freundschaften geschlossen. Jedenfalls keine, die ihm jetzt helfen konnten.

Vor dem Eingang der Sprachschule parkte kein Polizeiwagen, weit und breit waren keine Uniformierten zu sehen. Die Straße war eng, es gab hier keine Geschäfte, die Apotheke hatte ihre Gitter heruntergelassen. Zwei Männer kamen die Straße herauf, liefen aber am Eingang der Schule vorbei und gingen in ein Café an der Ecke.

Plötzlich sprach ihn eine Frau mittleren Alters mit Sonnebrille an und hielt ihm einen Ausweis hin.

„Herr Eulenberg? Ich bin Hauptkommissarin Nowak von der Kripo Berlin. Ich würde Ihnen gern ein paar Fragen stellen."

Kurz darauf fuhr ein Wagen vor, die Scheibe wurde heruntergekurbelt und eine Frauenstimme mit leichtem Akzent fragte: „Wollen Sie einsteigen?"

Die Kommissarin schien zuerst überrascht, nickte dann aber, öffnete ihm eine der hinteren Türen und stieg selbst vorne ein. Er ließ sich auf den Rücksitz des klimatisierten Wagens fallen. Der Schweiß stand ihm auf der Stirn, die feuchten Hände wischte er sich unauffällig an seiner Hose ab.

„Bringst du uns an einen Ort, wo ich mich in aller Ruhe mit ihm unterhalten kann?", fragte die Kommissarin mit einem Seitenblick.

„Genau das hatte ich vor." Verónica lächelte versöhnlich.

Sie durchquerten schweigend die halbe Stadt und fuhren schließlich auf den bewachten Parkplatz eines großen Hotels. Dort gingen sie in die *Cafetería* an einen separaten Ecktisch. Verónica bestellte an der Theke Kaffee und Inge Nowak begann ohne Umschweife, Steffen Eulenberg zu befragen.

„Wissen Sie, weshalb wir hier sind?"

„Ich kann es mir denken."

„Und?“

Er schwieg.

„Haben Sie Maike Ebling getötet?“

„Getötet? Maike? Ich?“ Er glaubte, sich verhört zu haben.

„Weshalb sonst sollten wir Sie befragen wollen?“

Steffen Eulenbergs Gehirn arbeitete schnell. Sie waren gar nicht hinter ihm her. Sie wussten überhaupt nichts von seinen Plänen. Es ging um etwas ganz anderes.

„Ich habe keine Ahnung.“

„Eben schienen Sie noch eine Idee zu haben.“ Inge Nowak ließ nicht locker.

„Das kommt Ihnen nur so vor.“ Er hatte sich wieder unter Kontrolle. „Aber was ist mit Maike? Sie ist tot?“

„Wo waren Sie am Dienstagvormittag?“

„In der Schule.“

„Am Montag waren Sie aber noch bei Maike Ebling in der Sprechstunde.“

„Virtuell, ja.“

„Wie meinen Sie das?“

„Wir haben uns per E-Mail unterhalten. Offiziell bin ich noch in Berlin und hatte bei ihr einen Termin.

„Sie gehen nicht mehr zur Uni?“

„Nein. Ich brauche keine Scheine mehr, meine Diplomarbeit ist fast fertig, ich muss mich nur noch zur Prüfung anmelden.“

„Seit wann sind Sie denn hier?“

„Seit drei Wochen.

„Und warum?“

„Eigentlich wollte ich in diesem Semester ein Projektseminar an der Uni anbieten. Doch dann kam Maike und bekam den Lehrauftrag. Ich war zuerst total sauer. Dann hat sie mir aber alles erklärt. Sie wusste nicht, dass sie mich ihretwegen rausgekickt haben. Nach dem Gespräch mit ihr haben wir uns dann angefreundet. Ich wollte auf keinen Fall die Prüfung vorziehen. Also hat sie mir vorgeschlagen, hierher zu fahren und bei ihrer alten Firma ein Praktikum zu machen. Vorher muss ich aber mein rudimentäres Spanisch aufbessern. Deshalb habe ich den Intensivkurs in der Sprachschule belegt.“

„Ihre Eltern wissen nichts davon?"

Er fuhr sich durch die Haare. „Nein. Sie leben in München, kriegen nichts mit von mir. Das einzige, was sie interessiert, ist mein abgeschlossenes Studium."

„Und Sie wollen es nicht abschließen?"

„Noch nicht. Wenn ich fertig bin, soll ich die Firma meines Vaters übernehmen. Nanotechnologie. Sie bauen winzige Teilchen für Minimaschinen. Stecknadelkopfgroß und kleiner."

„Und?"

„Interessiert mich nicht. Die Firma nicht und schon gar nicht das Leben, was damit verbunden ist. Ich will meinen eigenen Weg gehen. Bisher haben meine Eltern es noch nicht gemerkt und den großen Knall will ich hinauszögern, solange es geht."

„Sie lassen sich finanzieren und wollen nichts zurückgeben?"

Steffen Eulenberg lachte auf. „Ich weiß, was Sie jetzt denken. Sohn reicher Eltern, verantwortungslos und verzogen."

Inge Nowak widersprach ihm nicht.

„Es stimmt. Aber jedes Mal, wenn ich es versucht habe, auf eigenen Füßen zu stehen, hat sich mein Vater eingemischt und mir den Weg versperrt. Er ist ziemlich cholerisch und autoritär. Und meine Mutter ist krank", er zögerte, „alkoholkrank. Sie können sich das wahrscheinlich nicht vorstellen, aber die beiden sind verrückt. Man kann nicht mit ihnen reden. Deshalb habe ich ihnen nichts davon gesagt, dass ich hier bin. Mein Mitbewohner, Andreas, sendet mir alles nach. Sagt mir Bescheid, wenn meine Mutter mich angerufen hat. Dann rufe ich zurück."

„Wann haben Sie von Maike Ebling das letzte Mal etwas gehört?"

„Am Montag. Wir haben jeden zweiten Montag gemailt. Ich will versuchen, hier Fuß zu fassen, einen Job zu finden, ein eigenes Leben aufzubauen. Maike hat mir sehr geholfen, alle meine Kontakte hier habe ich über sie und das Praktikum natürlich auch."

„In der Firma von Ramón Ferrera?"

„Ja. Woher wissen Sie das?"

Die Geschichte war haarsträubend, aber Inge Nowak glaubte ihm. So etwas dachte sich niemand aus, es war einfach zu unrealistisch.

„Maike Ebling wurde vermutlich am Dienstagmorgen im Berliner Tiergarten vergiftet und wir versuchen herauszufinden, wer ein Interesse gehabt haben könnte, sie zu töten. Haben Sie eine Vermutung?"

Statt einer Antwort starrte Steffen Eulenberg unbeweglich auf den Boden. Man konnte förmlich sehen, wie sein Kopf arbeitete, und Inge Nowak hätte zu gern gewusst, was er nicht sagte.

Hola guapo,
Was macht ein Lehrer, der seine Frau mit seiner Lieblingsschülerin im Bett erwischt? Er denkt, was sie haben kann, das steht ihm auch zu. Paul setzte mich unter Druck. Der Deal war denkbar einfach: Entweder, ich würde mich auch ihm zuwenden, oder er würde meinen und ihren Eltern erzählen, was er gesehen hatte. Ich hatte nur einen einzigen Gedanken: sie nicht zu verlieren. Paul verhielt sich ihr gegenüber vermeintlich fair, er wartete ab, was ich tun würde, während Angelika alles daransetzte, ihn zu besänftigen. An diese Tage danach kann ich mich nur dunkel erinnern. Schneematsch auf den Straßen, kalte Finger trotz dicker Handschuhe, kurze graue Tage und nicht enden wollende, schlaflose Nächte. Angelika wollte mich erst einmal nicht mehr sehen, Paul konnte es nicht erwarten, sich mit mir zu treffen. Ich trainierte jetzt zusätzlich im Kraftraum für die deutsche Jugendleichtathletikmeisterschaft, erhöhte mein Laufpensum um ein Drittel, versuchte meinen Körper so zu ermüden, dass ich zu erschöpft wäre, um nachzudenken. Paul wartete. Nach jeder sechsten Stunde auf dem Parkplatz. Doch ich fuhr eisern mit dem Fahrrad durch Schnee und auf Eis. Nach einer Woche rief mich Angelika an. Sie hielte es nicht mehr aus, sie müsse mich sehen, sie könne ohne mich nicht leben. Sie denke über Scheidung nach. Ja, mein Lieber, ich war fünfzehneinhalb. Und ich glaubte an die große Liebe. An die Prinzessin, die ich aus den Klauen des Drachen befreien müsste, den ich einmal die Woche

donnerstags zur zweiten Stunde vor mir sah und dem ich mich statt ihrer zum Fraß vorwerfen konnte. Der mich jederzeit mit in seine Höhle nehmen würde, wenn ich mich nur weit genug vorwagte. Ich glaubte, er ließe sie in Ruhe, wenn ich ihren Platz einnähme. Bis auf Weiteres – zweieinhalb Jahre lang. Dann wäre ich volljährig, Angelika und ich würden ein neues Leben beginnen und Paul könnte uns nicht mehr schaden. Ich traf also eine Entscheidung: Montags, mittwochs und freitags traf ich mich mit ihr, dienstags oder donnerstags mit ihm. Etwa zwei Monate hatte ich es geschafft, ihm auszuweichen, dann gab es kein Zurück mehr. Der erste Mann, mit dem ich schlief, war ein schlecht rasierter Mittdreißiger mit grobschlächtigen Händen und unansehnlicher Brustbehaarung. Dass er mein Physiklehrer war, betrachtete ich als das kleinste Übel; dass er mit Angelika Tisch und Bett teilte, verursachte mir echte Übelkeit. Am Wochenende schrieb ich Briefe, die ich nach der letzten Zeile sofort zerriss, fuhr zu Wettkämpfen und wartete auf Montag, der erste Angelikatag der Woche. Sie versicherte mir, dass nichts zwischen ihr und Paul laufe, sie nebeneinander einschliefen wie gute Freunde. Ich zählte die Wochen. Hundertdreiundzwanzig lagen noch vor mir, vierzehn bereits hinter mir.

An einem Samstag klingelte es an der Haustür. Meine Mutter rief nach mir, Frau Stenner sei da. Angelika strahlte, ich hatte sie selten so gut gelaunt gesehen. Sie kam in mein Zimmer, schloss die Tür, setzte sich auf mein Bett und es war ihr anzusehen, dass sie mir eine gute Nachricht zu überbringen hatte. Sie wolle mir etwas Wunderbares erzählen, ich sei die Erste, die es erfahren würde. Ich hoffte, ich wünschte, ich sehnte. Sie möge sich getrennt haben. Eine eigene Wohnung gemietet. Sich entschieden haben, ihr Abitur zu machen.

– Ich bin schwanger!

Hundertmal? Tausendmal? Immer wieder, in verschiedenen Phasen meines Lebens, habe ich diesen Moment Revue passieren lassen, weil ich seither weiß, wie es sich anfühlt, wenn man den eigenen Körper verlässt. Es war anders, als das innerliche Mich-Verschließen, wenn mein Vater mir den Hustensaft hineinprügelte oder Paul sich an mir zu schaffen machte. Es war ein Moment des absoluten Stillstands. Vor mir verstummte Angelikas sich öffnender und sich wieder schließender Mund, in meinen Ohren begann es zu rauschen und ich spürte, wie sich mein Körper zweiteilte. Ich schwebte in Zeitlupe unter die Decke und blickte auf mich hinunter. Nicht ich sprach, mein Verstand tat es. Ich sah mich lächeln, Angelika umarmen, ihre Hand halten.

– Du weißt, Kleines, dass wir uns von nun an anders benehmen müssen?

– Klar.

– Da bin ich aber froh.

Ich sah uns aus der Vogelperspektive durch meine Zimmertür gehen, folgte uns bis in den Flur, an die Haustür, wartete, bis sie in den Wagen gestiegen und ich zurück ins Haus gegangen war, begleitete mich in gebührendem Abstand zurück in mein Zimmer. Dort glitt ich zurück in meinen Körper. Augenblicklich durchzuckte mich der Schmerz, ein gellender, stechender Schrei durch Mark und Bein, ich schnappte nach Luft, mir wurde schlecht. An alles danach kann ich mich nicht erinnern, ich fiel in eine Art Wachkoma.

Schon lange bin ich wieder bei Sinnen. Ganz erholt habe ich mich davon jedoch nie.

Un abrazo, K.

„Wieso hast du mir nichts gesagt?" Inge fragte Verónica, sobald sie wieder ohne Steffen Eulenberg im Wagen saßen.

„Was meinst du?

„Das weißt du genau."

„Dass ich Maike flüchtig kannte?" Verónica holte tief Luft. „Du hättest mir vielleicht nicht getraut."

„Und jetzt soll ich dir vertrauen?"

„Ich dachte, ich hätte dir bewiesen, dass du das kannst."

„Weil du mit mir im Bett warst?"

Verónica zuckte mit den Augenbrauen, erwiderte nichts, heftete den Blick fest auf die Straße. Sie schwiegen. Die Nachmittagssonne brannte unerbittlich auf die Stadt, die Autos glitten im gleißenden Licht aneinander vorbei. Inge starrte aus dem geöffneten Seitenfenster, spürte die warme Luft auf ihrem Gesicht und der Schulter und wünschte, sie hätte nichts gesagt. Sie hatte sich ausgebootet gefühlt. Wie ein Eindringling in einem Leben, das sie nichts anging. Wer weiß, was Verónica mit Pilar tatsächlich zu tun hatte? Hatte sie mit ihr auch auf der Hollywoodschaukel gelegen? Sie spielerisch in den Hals gebissen? Deckte sie am Ende eine Mörderin? Absurd, natürlich tat sie das nicht. Es war etwas anderes, das Inge verschreckt hatte. Pilar und Verónica teilten etwas Wirkliches, etwas, das hierher gehörte. Dagegen waren die beiden Tage, die sie miteinander verbracht hatten, ein Traumgebilde, zerbrechlich und kaum zu glauben.

Inge erschrak, als Verónica ihre Hand nahm. Sie hatte den Wagen in einer schattigen Seitenstraße geparkt, den Motor ausgemacht.

„Entschuldige. Ich hätte es dir von Anfang an sagen sollen. Glaub mir, ich habe nichts zu verbergen. Mit Pilar hatte ich eine kurze Affäre und Maike bin ich tatsächlich nur zweimal begegnet."

Inge zog ihre Hand nicht weg.

„Schon gut. Ich habe überreagiert. Wahrscheinlich war ich mit den Gedanken noch ganz woanders. Ihr wart euch so vertraut und ich fühlte mich ausgeschlossen. Irgendwie allein gelassen." Die Kommissarin traute ihren Ohren nicht: Was erzählte sie da? War sie verrückt?

Verónica löste ihren Gurt und drehte sich zu ihr. Legte ihr den Arm um die Schultern und küsste ihre Schläfe. „Das wollte ich nicht." Sie sah ihr in die Augen. „Das ist das Letzte, was ich will."

„Und was willst du?"

„Dahin zurück, wo ich dich aus den Armen verloren habe."

Inge nickte. Ihre Augen füllten sich mit Tränen.

„Nicht traurig sein."

„Ich bin nicht traurig. Ich bin erleichtert."

Einen Moment lang sagten beide nichts.

„Wollen wir eine Runde spazieren gehen?“, fragte Verónica schließlich.

„Gute Idee“, erwiderte Inge, obwohl sie ein wenig enttäuscht war.

Als er aus dem Badezimmer kam, saß sie nicht mehr auf dem Sofa, der Schal lag auf dem Boden. Die Balkontür stand offen. Sie hatte ihm also die ganze Zeit nur vorgemacht, gefesselt zu sein, hatte ihn an der Nase herumgeführt, nur auf eine günstige Gelegenheit gewartet, von ihm fortzukommen! Langsam ging er auf die Glastür zu. War sie gesprungen? Aus dem fünften Stock? Oder versuchte sie, zu den Nachbarn zu klettern? Dann hörte er sie schreien.

„Hilfe“, schrie sie, „bitte helfen Sie mir! Ich werde hier festgehalten!“

Wie in Trance ging er auf sie zu, als sie ihn sah, verstummte sie sofort und machte sich klein. Nahm die Hände schützend vor das Gesicht. Stammelte, flehte. Es war ein Elend, sie so zu sehen. Die Frau, die er liebte für ihr anmutiges Lächeln, für ihr makelloses Aussehen, saß verheult und mit zotteligen Haaren vor ihm wie ein Tier. Am liebsten hätte er sie genommen und über die Brüstung geworfen. Aber er war ja kein Mörder. Jedenfalls nicht einer von der vorsätzlichen, brutalen Sorte. Er griff sie unsanft am Handgelenk und zog sie hinter sich her in die Wohnung. Da fing sie wieder an zu schreien. Er musste ihr den Mund zuhalten, bis sie drinnen waren. Sie wehrte sich, er drehte ihr den Arm auf den Rücken, bis sie damit aufhörte. Ruhiger wurde. Sich willenlos ins Badezimmer führen ließ, wo er den Bademantelgürtel aus den Schlaufen zog. Sie gluckste und starrte ihn mit Glupschaugen an. Hässlich. Wie hässlich sie plötzlich war. Ihre Maske war abgefallen und darunter war nichts als unansehnliche Schwäche. Rotz und Wasser. Unter größter Anstrengung band er ihr mit dem Frotteegürtel den Mund zu, ihre Handgelenke hatte er fest im Griff. Schnürte sie mit dem schmalen Gürtel aus Leder, den er ihr aus der Hose zerrte, zusammen. Ließ sie dann los. Erbärmlich. Sie stand vor ihm wie ein dreckiges kleines Mädchen. Was sollte er jetzt bloß mit ihr machen? Ihr die Kleider vom Leib reißen und sich an ihr vergehen? Die Vorstellung ekelte ihn an und machte ihn geil. Widerlich. So tief war er also gesunken. In so kurzer Zeit. Er ließ sie einfach im Bad stehen und ging ins Wohnzimmer zurück. Holte aus dem Glasschrank die Flasche Whiskey, die er seit Jahren für besondere Anlässe aufbewahrt hatte. Zweifellos der richtige Augenblick für ein Glas davon.

Der Spaziergang hatte sie direkt zum Hotel geführt. Das Fenster des Zimmers ging auf eine Straße hinaus, die erwachte, als die beiden Frauen gerade eingeschlafen waren. Kurze Zeit später war Inge aus einem wirren Traum hochgeschreckt, der keine Bilder hinterlassen hatte, nur ein Gefühl des freien Falls. Nun wanderten ihre Augen unruhig in der Dunkelheit herum, um sich wieder zu erden. Ein Stuhl mit hingeworfenen Kleidern, ein Aschenbecher auf dem Nachttisch. Der Ventilator surrte leise, von draußen drangen Wärme und das Leben fremder Menschen herein. Granada. Inge setzte sich vorsichtig auf, lehnte sich mit dem Kopf an die Wand. Neben ihr atmete Verónica ruhig und gleichmäßig, ihr Gesicht war in den Kissen vergraben, sie hatte die nackten Beine leicht angewinkelt. Zum ersten Mal betrachtete Inge ihre Füße. Sie schauten unter der dünnen Decke hervor, die rot lackierten Fußnägel stachen dunkel auf dem weißen, zerknitterten Laken hervor. Sie ist wunderschön, dachte Inge, was will sie ausgerechnet von mir? Und was soll daraus werden? Ihnen blieben noch ein Tag und eine Nacht, dann würde sie zurück nach Berlin fliegen. Zurück in ihren Alltag, in dem eine erwachsene Tochter und noch ein ungelöster Fall mehr auf sie warteten. Würde sie sich in Zukunft nach Frauen sehnen? Oder würde Verónica eine Ausnahme bleiben, ein Urlaubsflirt ohne Folgen? Sie hatte sich ohne Scheu von ihr lieben lassen, ihren Körper nicht zurückgehalten, nicht genug bekommen können von den weichen Lippen, dem Duft ihrer Haut. Das Feuer, das in ihr entbrannt war, ließ sich in jedem Moment wieder entfachen. Ein Blick genügte, ein Streifen mit den Fingerspitzen über ihren Arm, ihre Stimme, wenn sie ihren Namen sagte oder Dinge, die Inge nicht glaubte, aber immer wieder hören wollte.

„*Te quiero*."

„*¿Por qué?*"

„Weil du ein Wunder bist. *Un milagro*."

Sie hatten einander langsam entdeckt. Sich behutsam erkundet, erstaunt über die Vehemenz, mit der sie aufeinander reagierten, hatten sich neugierig genähert, mit Zungen und Händen gesprochen, nur vorsichtig Fragen gestellt und leise geantwortet. Die Zeiger der Uhr nicht angehalten, aber ihre Geschwindigkeit verstellt. Sich in die Abenddämmerung hineingeliebt, einander tastend gesehen. Inge fürchtete das Licht, Vorgeschmack auf den nächsten Tag; es würde die Wirklichkeit beleuchten und den Grund ihres Hierseins, die Pflicht und die Zeit, die sie mit jeder Minute ihrem Abschied ein Stück näher brachte. Darüber hatten sie kein Wort verloren. Sie taten so, als ob die Ewigkeit ihnen gehörte.

„Schläfst du nicht?" Verónica streckte die Hand nach ihr aus.

„Ich bin nicht wirklich müde."

Verónica stützte sich auf ihren Ellbogen, erwartungsvoll. „Ich auch nicht mehr. Was machen wir?"

Statt einer Antwort strich Inge ihr über die Nase, umfuhr mit dem Zeigefinger ihren Mund.

„Komm", Verónica setzte sich auf und schlug das Laken zurück, „ich zeig dir Granada bei Nacht."

„Wir müssen morgen ausgeschlafen sein."

„Das werden wir. Versprochen!"

Sie musste Inge nicht lange überreden, sie ließ sich widerstandslos führen. Verónicas große warme Hände, ihre langen Finger, die ihre eigenen angenehm fest umschlossen und verschwinden ließen, ein Gefühl der Sicherheit. Sie schoben sich durch die belebte Stadt, Inge war überrascht, wie viele Menschen sich noch kurz vor Mitternacht traubenförmig vor den überfüllten Bars drängelten, Bier tranken, Tapas aßen, rauchten, lachten und beim Reden wild gestikulierten. Sie betrachtete die Szenerie wie einen Film, sie hatte kein Bedürfnis teilzuhaben, es war gut, an Verónicas Seite daran vorbeizulaufen, eine perfekte Kulisse für das Aufgewühltsein in ihrem Inneren. Vor einer niedrigen Holztür blieben sie stehen.

„Mein Lieblingsplatz, wenn ich nicht schlafen kann. Willst du ihn sehen?"

„Gern."

Sie mussten sich ein wenig bücken, eine steinerne Treppe führte in ein kellerartiges Gewölbe. Es roch nach Orangen und würzigen Düften, es war angenehm warm, aber nicht stickig, orientalische Klänge erfüllten den Raum, der Boden war mit bunten Mosaiken ausgelegt. Nach und nach gewöhnten sich die Augen an das Kerzenlicht und Inge sah, dass trotz der Stille viele Menschen auf kleinen Podesten an flachen Tischen saßen, sich vor Tonschalen, Wasserpfeifen und metallverzierten Gläsern gedämpft unterhielten. Verónica deutete auf einen mit bunten Perlen verhangenen Durchgang und sie durchquerten den Raum. Dahinter führten steinerne Treppen wieder nach oben und unvermittelt stand Inge in einem Innenhof. Er war durchzogen von schmalen Säulen, auf denen der runde, nach oben offene zweite Stock ruhte. In der Mitte des *Patios* floss einem steinernen Löwen Wasser aus dem aufgerissenen Maul, es mündete in zwei mit bunten Mosaiken ausgelegten Becken und glitzerte silbrig. Außer ihnen hatte es sich nur ein Pärchen in den Korbstühlen bequem gemacht, die zwanglos um kleine Beistelltische gruppiert waren. Sie setzten sich in die Nähe des Löwen, Inge hielt ihre Hand in das Becken.

„Das ist ja wunderschön hier!"

„Gefällt es dir? Falls du mich nachts mal suchen solltest – mit großer Wahrscheinlichkeit wirst du mich hier finden."

„Telefonisch?"

Inge hatte es kaum ausgesprochen, schon bereute sie es. Sie hatte nicht damit anfangen wollen.

Sie bestellten frischen Pfefferminztee und wechselten das Thema.

„Ich glaube, wir sind auf dem Holzweg. Ich sehe niemanden hier, der ein Motiv gehabt hätte, Maike Ebling zu vergiften."

„Du hältst Pilar für unschuldig?"

„Du nicht?", fragte Inge erstaunt.

Verónica überlegte lange, bevor sie antwortete. „Ich glaube, ich kann das tatsächlich nicht neutral beantworten, aber in einem hatte Melilla recht: Die andalusische Art ist es nicht, seine Feinde heimtückisch zu vergiften. Bei uns tötet man tatsächlich eher im Affekt. Schnell, blutig, drastisch. Ich kann mir einfach nicht vorstellen, dass hier jemand auf die Idee kommt, seine Wut, Eifersucht oder was auch immer für Emotionen als Teig zu verarbeiten, zu backen und in aller Gemütsruhe zu verabreichen. Pilar ist dafür zu impulsiv. Und sie ist nicht dumm. Ich bezweifle, dass sie für eine Frau ihre Freiheit aufs Spiel setzen würde."

„Klingt überzeugend. Außerdem war sie ja, wenn man dem Reisebüro, für das sie arbeitet, trauen kann, am Dienstag tatsächlich nicht mehr in Berlin. Ich halte es für ziemlich unwahrscheinlich, dass Maike Ebling einen zwei oder drei Tage alten Marmorkuchen ihrer Ex verspeist hat, die sie loswerden wollte. Oder?"

„Kaum vorstellbar, nein. Zumal Marmorkuchen nicht gerade das ist, was man hierzulande backt." Verónica grinste. „Nicht süß genug."

„Was ist mit Ferrera? Der ist Katalane. Sind die beherrschter als ihr hier? Süßer?" Inge grinste zurück.

„Zu smart. Nicht zu Mord fähig. Schon gar nicht, wenn sich die Durchführung so lange hinzieht. Und er war nachweislich zur Tatzeit hier, hat einen Vortrag gehalten."

„Warum hat er uns nicht erzählt, dass Steffen Eulenberg bei ihm anfangen wird?", bohrte die Kommissarin weiter.

„Hat er vielleicht ganz vergessen. Möglicherweise war die Sache mit Eulenberg nur ein Gefallen und er dachte, er könnte sie noch überreden, wiederzukommen. Seine Sekretärin hat gesagt, die Nachricht von Maike Eblings Tod habe ihn total schockiert."

„Woher weißt du das?"

„Ich habe heute morgen noch einmal mit ihr telefoniert. Wegen des Alibis. Und ein bisschen mit Señora Gálvez geplaudert."

„Gute Arbeit, würde ich jetzt zu meinen Kollegen sagen."

„Und wenn Eulenberg nur eine Art letzte Verbindung zu ihr war, die mit ihrem Tod für ihn unwichtig wurde? Er würde doch hier an der Uni unzählige qualifizierte Studenten finden, die händeringend ein Praktikum oder eine Stelle suchen! Kann es sein, dass Ferrera nicht nur geschäftliche Interessen hatte, sondern tiefere Gefühle für Maike Ebling gehegt hat?", fuhr Verónica unbeirrt fort.

„Ich denke, er ist schwul und sie ist lesbisch?"

„Da wären sie nicht die Ersten, die sich zusammentun."

„Und deshalb bringt er sie um?"

„Deshalb bringt er sie nicht um", schloss Verónica.

„Und Eulenberg?" Inge trommelte mit dem Feuerzeug auf der Zigarettenpackung herum.

„Schon eher."

„Kann es sein, dass du nationalistisch bist?"

„Ich muss gestehen, es würde mir besser gefallen, wenn es niemand aus Granada wäre."

„Wieso?"

„Damit du keinen schlechten Eindruck von uns bekommst."

Inge beugte sich nach vorn und berührte fast ihr Ohr. „Ich glaube, mein Eindruck ist schon ziemlich gut." Sie streifte mit den Lippen flüchtig Verónicas Wange und lehnte sich wieder zurück.

„Eulenberg war die ganze Zeit hier." Die Kommissarin zündete sich eine Zigarette an. „Wir brauchen den verdammten Computer von Maike Ebling. Von irgendwo muss sie doch an Ferrera und Eulenberg geschrieben haben. Sie ist Wissenschaftlerin. Haben die nicht alle einen Laptop?"

„Eigentlich ja. Wo ist er?"

„Wenn ich das wüsste. Spurlos verschwunden."

„Lass ihn suchen."

„Wie denn?"

„Über die IP-Adresse. Das ist quasi die Hausnummer eines Computers. Dadurch lässt sich möglicherweise der Standort ermitteln. Mit ein bisschen Glück fährt irgendwann irgendwo jemand den PC hoch und du kannst ihn orten. Glaube ich jedenfalls."

„Lernt ihr so etwas auf der Polizeischule?"

„Nein, im Photoshopkurs. Mit dem Argument versuchen sie uns davon abzuhalten, Raubkopien auf den Computer zu laden, weil man das angeblich zurückverfolgen kann."

„Das sag ich Erkner. Aber wahrscheinlich weiß er das längst und funkt schon nach dem PC."

„Wir haben noch Beltrán. Den lernst du ja morgen kennen. Aber selbst wenn er es war, hat er sich nicht die Finger schmutzig gemacht."

„Auftragsmord?"

„Ja. Aber siehst du, das kann ich mir einfach nicht vorstellen. Wenn Beltrán einen damit beauftragt, dann sagt er zu ihm: *A bajar!* Heißt soviel wie: Umlegen. Keiner seiner Handlanger hätte genug Grips, um jemanden zu vergiften. Geschweige denn in Deutschland, wo er kein Wort verstünde. Und so international kriminell ist unser andalusischer Möchtegernmafioso nicht."

Inge seufzte. „Ich fahre also unverrichteter Dinge wieder nach Hause?"

Allmählich füllte sich der *Patio* mit Menschen, es war kurz vor eins, Zeit für einen Absacker, die Nacht war bald zu Ende, am nächsten Morgen wartete die Arbeit.

„Vielleicht kannst du ja das eine oder andere noch erledigen?" Verónica schaute auf und Inge wusste jetzt, was sie so verunsicherte und zugleich berührte, was sie wollte und fürchtete, wonach sie fieberte und wovor sie am liebsten davongelaufen wäre. Es war etwas in Verónicas Blick, das sie lange vermisst hatte und nun, da es in ihren Augen geschrieben stand, kaum glauben konnte: Sie war gemeint.

Hola guapo,
Sonntag. In Granada wäre ich nach dem Aufstehen Kaffee trinken gegangen, über den Flohmarkt gelaufen und hätte bei Juan aus der Küche einen Teller Paella stibitzt. Hätte mich treiben lassen, durch die Stadt, in Pilars Arme oder in die Berge. Wenn ich hätte nachdenken müssen, dann über das, was ich dabei gesehen, gehört und gefühlt hätte: Körper, Landschaften, Stimmen. Hunger, Durst, Begehren, Freude, Wut. Unmittelbar und ohne zu grübeln. Mein Gehirn arbeitet bei Hitze gradliniger, bei weniger als fünfundzwanzig Grad drehe ich mich nur im Kreis. So wie jetzt. Sich selbst zu bedenken, sich zu betrachten wie unter einem Mikroskop, macht auf die Dauer krank. Mir

ging es besser, als ich direkt auf meine Bedürfnisse reagieren konnte, statt sie hin- und herzubewegen, sie zu überprüfen und in Frage zu stellen. Je einsamer, desto egozentrischer werde ich. Wenn ich mit dem Heute nicht weiterkomme, wende ich mich dem Gestern zu und bemitleide mich. Das Los der Überlebenden. Anstatt sich zu freuen, davongekommen zu sein, katapultiert es uns immer wieder in die Todesangst zurück. Es hätte nicht viel gefehlt und ich wäre an jenem Frühlingsnachmittag, als ich von Angelikas Schwangerschaft erfahren habe, von der Brücke gesprungen. Ich stand schon bereit. Eine Fünfzehnjährige, die die Welt nicht mehr verstand. Mein Kopf war leer, meine Augen ausgeweint, mein Schluchzen verstummt. Ich fühlte mich ausgenommen: kein Inneres mehr, nur noch eine zitternde Hülle Verzweiflung. Verraten, betrogen, ausgenutzt. Das Schlimmste war die Überzeugung, nicht enttäuscht sein zu dürfen. Angelika sollte sich keine Vorwürfe machen. Ich war sicher, Paul hatte sie zum Sex gezwungen. So wie er mich eines Tages an den Handgelenken festgehalten und, als ich mich wehrte, gelacht hatte.

– Das gefällt dir doch, Maikäfer!

Jahre später hat eine Geliebte mich aus Spaß in die Kissen gedrückt, etwas Ähnliches gesagt und hatte danach ein blaues Auge. Ich war so außer mir, wie ich damals mit Paul in mir verschwunden bin. So ist das wohl immer, die Wut trifft zeitverzögert die Falschen.

Ich bin nicht gesprungen, weil ich Angelika nicht traurig machen wollte. Sie hätte sich als Schuldige betrachtet, etwas, das ich nicht zulassen konnte, weil sie in meinen Augen das Opfer war. Und auf eigenartige Weise freute ich mich auf ihr Kind. In meinen verwirrten, von der Wirklichkeit beunruhigten Gedanken hatte sich die Idee festgesetzt, dass es eigentlich von mir war: Wäre ich ein Mann gewesen, Angelika wäre schon viel früher von mir schwanger gewesen und Paul hätte uns nicht ignorieren können. Es war also auch mein Kind und es sollte seine zweite Mutter kennen lernen – mich. In gewisser Weise rettete mir ein Ungeborenes mein Leben: Statt zu springen, bevor der Zug unter die Brücke fuhr, stellte ich mir vor, wie ich Angelikas

Baby in den Armen halten, es wickeln würde, wie ich mit dem Kind spazieren ginge, ihm, wenn es laufen könnte, die ersten Turnschuhe schenken würde. Irgendwann, wenn es alt genug wäre, würde ich ihm erzählen, wer ich wirklich war, und dann würde sich auch Angelika auf ihre Liebe zu mir besinnen. Doch Angelika besann sich eines Besseren. Paul und sie zogen noch vor der Geburt fort. Ohne mir ein Wort davon zu sagen. Als ich aus dem Sommerurlaub, zu dem meine Eltern mich gezwungen hatten, zurückkam, lag ein Brief von Angelika im Briefkasten. Es sei für uns alle besser, wenn wir Abstand gewinnen würden. Paul habe eine neue Stelle angetreten und dort, wo sie nun lebten, bauten sie für sich und die Kleine ein Haus. Die Kleine. Sie hatte mich einfach ausgetauscht und ausgeschlossen. Ich war zu geschockt, um noch einmal zur Brücke zu gehen, brach auf der Stelle im Hausflur zusammen. Kam ins Krankenhaus, wo man mich tagelang untersuchte und keine organische Ursache fand. Kein Mensch ahnte, dass meine Seele zerfetzt war. Dort, in dem weißen Bett ohne Geschichte, neben einer stillen, abgemagerten Frau, die wie ich niemals den erhofften Besuch bekam, wartete ich Tag und Nacht. Vergeblich. Nach drei Tagen wurde ich entlassen. Blass und geschwächt, aber von meinem Irrglauben geheilt. Ich wusste, dass ich mich von nun an nur noch auf einen einzigen Menschen verlassen konnte: auf mich selbst.

Dieses Gefühl der grundlegenden Einsamkeit hat mich nie wieder losgelassen. So groß die Liebesschwüre meiner Freundinnen, so deutlich ihre Liebesbeweise auch gewesen sein mögen, ich habe bis heute nicht gelernt, einem anderen Menschen zu vertrauen. Selbst dir, Daniel, dem ich mein Leben in die Hände legen würde, traue ich zu, dass du es im letzten Moment fallen lassen könntest. Vielleicht ist das ja gesund, bewahrt mich meine Vorsicht vor Herzbruch. Aber sie versagt mir auch die Blindheit, die es vielleicht braucht, um die große Liebe mit geschlossenen Augen zu erkennen. *Esperar* –im Spanischen gibt es ja nur ein Wort für Warten und Hoffen. Ich habe beides verlernt.

Un abrazo, K.

Er verstand gar nichts mehr, sich am allerwenigsten. Als ob ein anderer in ihm gewütet und ihn dann so schnell verlassen hätte, wie er über ihn gekommen war? Über ihn gekommen? Niemand würde ihm das glauben und es fühlte sich auch nicht so an. Eher, als wäre etwas in ihm hochgestiegen, das schon immer da gewesen war, in ihm gelauert hätte, auf den richtigen Augenblick, eine passende Gelegenheit. Vielleicht war er im Grunde seines Herzens schlecht und es war ihm bloß gelungen, das Böse über all die Jahre im Zaum zu halten? Hatten Erziehung und sein Glaube Spuren in ihm hinterlassen und ihn stark gemacht? Vor ein paar Tagen dann war er schwach geworden. Niedere Beweggründe hatten sein Handeln geleitet. Man würde ihn dafür bestrafen und das geschähe ihm recht.

Er zuckte zusammen, als sie aus dem Badezimmer getorkelt kam. Sie versuchte etwas zu sagen, doch es kamen nur undefinierbare Laute aus ihrer Kehle. Sie sollte ihn in Ruhe lassen.

„Halt's Maul. Geh mir aus den Augen. Hau ab."

Er hörte sich all diese Dinge sagen und empfand nichts dabei. Sie verschwand wieder im Bad. Was würde als Nächstes passieren? Würde sie versuchen, sich mit der Nagelschere zu befreien? Sich aus dem Badezimmerfenster zu stürzen? War es nicht immer nur eine Frage, wie lange man abwartete? Das ganze Leben, ein Geduldsspiel. Er hatte noch nie gut warten können. Immer hitzig eingegriffen, unüberlegt gehandelt. Der Zeit nicht getraut. Sich selbst überschätzt. Oder belogen? So wie mit Jasmin? Natürlich hatte er immer gewusst, dass sie nicht ihn liebte, sondern die Aussicht auf ein angenehmes Leben. Im Bett war sie langweilig, im Kopf einfach strukturiert, eine Vorzeigeverlobte für seine Eltern und die paar Kumpels, die sich sonst über ihn lustig gemacht hätten. Er hatte sich so gut er konnte eingeredet, sie zu wollen. Eine andere gab es nicht, es war nicht schwer gewesen. Aber jetzt nicht mehr aufrechtzuerhalten. Er hatte nicht übel Lust, die dumme Kuh, die sich von ihm hatte fesseln lassen, in Grund und Boden zu schreien. Ihr zu sagen, was er von ihr hielt. Wer eigentlich der Versager war. Wer hier wen brauchte. Sockenverkäuferin, das war sie. Daran änderte auch die Tatsache nichts, dass sie es im angesehensten Kaufhaus der Stadt tat.

Nichts gelernt außer eintüten, Zettelchen abreißen, Geld kassieren und Päckchen packen. Englisch für Anfänger. *Can I help you?* Nein, schrie eine innere Stimme in ihm, nein, mir kann keiner mehr helfen. Dann ging er zu ihr.

Beltrán. In riesigen goldenen Lettern prangte das Schild neben der vergitterten Toreinfahrt zu seinem *Cortijo*, einem andalusischen Gutshaus mit Reiterhof. Das kaum zu überblickende Anwesen war bis in den letzten Winkel gepflegt, nichts wuchs hier zufällig, der Oleander rankte sich akkurat um die offene Eingangstür, aus der Don Manuel Beltrán heraustrat, um seine Gäste mit offenen Armen hereinzubitten. Er sah aus, als wäre er aus einer argentinischen Soap herausgefallen: Beigefarbene Reithosen, schwarze, blank polierte Stiefel, helles Hemd und das unvermeidliche, locker gebundene, weinrote Seidentuch um den Hals.

„*¡Señora Novack!*" Er sprach ihren Namen fast russisch aus. „*¡Bienvenido!*"

Die Begrüßungszeremonie fiel recht kurz aus, es stellte sich heraus, dass der Gastgeber noch einen dringenden Termin wahrzunehmen hatte, doch für einen *Cafelito* reiche es noch. Die Damen könnten sehr gerne noch zum Essen bleiben, seine Gattin kümmere sich mit Freude um ihr Wohlergehen.

Inge lehnte dankend ab, sich zu setzen. „Kurz gesagt: Maike Ebling, hier besser unter dem Namen Kaya bekannt, wurde ermordet. Kommt Ihnen ihr Tod zupass?"

Er lächelte, bis Verónica ihm die Frage übersetzt hatte. „Wie kommen Sie darauf? Natürlich nicht! Arme *señorita*!"

„Aber sie hat Ihnen doch Schwierigkeiten gemacht, oder?"

Beltrán neigte den Kopf ein wenig zur Seite, zog die Augenbrauen nach oben und lächelte wieder.

„Schwierigkeiten? Da müssen andere kommen, um mir Schwierigkeiten zu machen. Sie meinen ihre fixe Idee, ich hätte das Viertel niederbrennen lassen?"

Sie nickte. „Zum Beispiel."

„Passen Sie auf: Erstens habe ich damit nichts zu tun und wenn es so wäre, hätte ich es weniger auffällig getan. Zweitens habe ich andere Mittel und Wege, Leute zum Schweigen zu bringen als sie töten."

„Die da wären?"

„Ich überzeuge sie."

„Und wer sich nicht einschüchtern oder bestechen lässt?"

„Hässliche Worte, die Sie da gewählt haben. Ob sich jemand kaufen lässt oder nicht, hängt nicht von seiner moralischen Einstellung ab, sondern von der Höhe des Angebots. Glauben Sie mir, ich habe bisher noch jeden mit Geld überreden können, seine Meinung zu ändern." Er schaute aus dem Fenster auf den Hof, den eine elegant gekleidete Reiterin mit zwei Pferden überquerte, schlug ein wenig die Hacken zusammen und machte die Andeutung einer Verbeugung. „Und jetzt müssen Sie mich leider entschuldigen, die Pflicht ruft."

Mit einer leichten Handbewegung zeigte er in den Salon, in dem der Kaffeetisch gedeckt war. „Meine Frau ist gleich bei Ihnen. Fühlen Sie sich ganz wie zu Hause." Er stellte sich in die Tür und rief: „Gloria?"

Aus dem Nichts erschien eine junge Frau mit weißer Schürze.

„Don Beltrán?"

Inge, die auch ohne Sprachkenntnisse verstand, was er seiner Bediensteten befahl, hob abwehrend die Hand. „Vielen Dank für die Einladung, Herr Beltrán, aber unsere Pflichten rufen ebenfalls. Ich muss heute noch nach Brüssel, in Erfahrung bringen, was Frau Ebling vor ihrem Tod mit den Projektverantwortlichen besprochen hat."

Für einen Augenblick verlor er die Contenance. „Mit wem, zum Teufel, soll sie da geredet haben?"

„Wieso? Hatten Sie alle auf Ihre Weise davon überzeugt, nicht mit ihr zu sprechen?" Sie wartete seine Antwort nicht ab, sondern fuhr fort: „Es war mir ein Vergnügen, Herr Beltrán, Sie persönlich kennenzulernen. Vielleicht sehen wir uns einmal wieder!"

Sie reichte ihm die Hand, die er perplex schüttelte, ohne zu wissen, was sie zuletzt gesagt hatte. Verónica wartete mit der Übersetzung, bis er sie wieder losgelassen hatte und folgte dann Inge aus der Haustür, ohne ihm die Möglichkeit zu einem weiteren Wort zu geben.

„Das vergisst er nicht so schnell", bemerkte Inge, als sie auf den Feldweg zur Landstraße einbogen.

„Melilla auch nicht."

„Oh, du meinst, du kriegst Ärger deshalb?"

„Hausarrest." Verónica grinste. „Aber keine Sorge, das war mir sein Gesicht wert. So hat wahrscheinlich noch nie eine Frau mit ihm geredet." Und mit einem Seitenblick: „Wie gut du lügen kannst!"

„Bluffen. Lügen kann ich gar nicht gut." Sie angelte sich aus der Handtasche auf dem Rücksitz ein Päckchen Zigaretten und zündete sich eine an, die ihr Verónica gleich darauf aus der Hand nahm.

„Danke." Sie zog daran und gab sie Inge zurück. „Und was hältst du nun von ihm?"

„Maike Ebling hätte sich nicht von ihm kaufen lassen, da bin ich mir sicher, aber ich glaube nicht, dass er Angst vor ihr hatte. Ehrlich gesagt frage ich mich, ob ihr Vorwurf berechtigt war. Denkst du, er hat etwas damit zu tun? War es überhaupt Brandstiftung?"

„Wenn es Brandstiftung war, dann war sie von ganz oben abgesegnet und niemand wird es jemals beweisen können. Ich halte es für möglich. Genauso gut kann ich mir vorstellen, dass es ein Unfall war, fahrlässiges Betreiben von elektrischen Geräten zum Beispiel. Was glaubst du, wie die Leute da gelebt haben? Während Maike ihre Sonnenkollektoren ausrichtete, haben ihre Nachbarn illegal Stromleitungen angezapft und überirdisch Kabel verlegt, wo sie gerade welche brauchten."

„Kommen wir an Unterlagen?"

„Willst du aufklären, warum es hier gebrannt hat, oder willst du deinen Mörder finden?"

„Vielleicht hat das eine mit dem anderen ja zu tun?"

Verónica wechselte an einer Ampel die Spur. „Dann machen wir einen kleinen Umweg zu einer Kollegin von mir, Laura. Sie dürfte Akteneinsicht gehabt haben."

„Du bist ein Schatz."

„Sagst du das nur, wenn ich dir einen Gefallen tue?"

„Soll ich es öfter sagen?"

„Besser nicht."

Wann hatte sie zum letzten Mal ein Kosewort benutzt? Verniedlichungen waren ihr immer kindisch vorgekommen, Tiernamen albern. Sie selbst konnte sich weder als Fröschlein, Maus, Liebling noch als Baby sehen. Wie solche Dinge wohl auf spanisch klangen? Wollte sie es wissen? War sie dazu nicht viel zu vernünftig? Andererseits war das, was sie hier tat, alles andere als erwachsen. Zwischendurch ertappte sie sich bei dem Gedanken, Verónica vorzuschlagen, einfach an den Strand zu fahren. Niemand würde es merken, sie könnte ihr Handy ausschalten und behaupten, keinen Empfang gehabt zu haben. Schwindeln wie mit vierzehn, als sie statt mit Frauke Mathe zu lernen, mit Friedbert ins Freibad ging und eine Klassenarbeit mehr verhaute. Maike Ebling hatte mit Sicherheit keine Nachhilfe gebraucht. Sie hatte später sogar eine Zeit lang Mathematik studiert. Erkner hatte auch eine Übersicht ihrer Studienzeit zusammengestellt. Daraus war zu entnehmen, dass sie ein Talent für Naturwissenschaften gehabt zu haben schien. Nach ihrem Diplom hatte sie sie sich auf Solartechnik und Solarbau spezialisiert und promoviert. Danach war sie an die Universität Granada gegangen, um im Auftrag der Europäischen Union wissenschaftlich ein Solarprojekt zu begleiten. Nach Ablauf eines Jahres hatte sie die Koordinationsstelle übernommen, die sie mit Ferrera zusammenbrachte. Den Veröffentlichungen nach zu urteilen, hatten die beiden sehr erfolgreich zusammengearbeitet, sich in Forschungsberichten, Essays und Fachartikeln gegenseitig lobend erwähnt. Was musste wirklich passiert sein, damit Maike Ebling ihre Karriere aufs Spiel setzte, nach so vielen Jahren in leitender Funktion wieder als Dozentin arbeitete? Oder war es tatsächlich nur ein Übergang? Hatte sie längst von der Stelle im Solarinstitut gewusst und nur einen Grund für ihre Kündigung gebraucht? Am Ende, überlegte die Kommissarin, war es viel banaler: Liebeskummer. Sie sah doch selbst, wie einfach man in die Situation kam, hin- und hergerissen zu sein zwischen Pflichtbewusstsein und Gefühlen. Es wäre doch möglich, dass es eine Unbekannte in Deutschland gäbe, eine Frau, wegen der Maike Ebling alles aufgegeben hatte, eine Verbindung, die sie – aus welchen Gründen auch immer – geheim halten wollte. Eines stand fest: In Berlin wartete noch eine Menge Ermittlungsarbeit auf Inge Nowak.

Hola guapo,
Ich habe einen Fehler gemacht. Ich habe Nadine geküsst. Nur flüchtig, beim Abschied, auf den Hals. *Puro morbo*. Ja, eine Mischung aus Begehren, Leidenschaft und innerer Abwehr. Die Lust, etwas gänzlich Verbotenes zu tun, die Hand in die Schlangengrube zu halten und abzuwarten, was passiert. Ich werde es nie lernen. Das Schlimme daran ist, es geht überhaupt nicht um Nadine. Sie steht für ein Geheimnis, das ich ihr nicht verraten kann. Ich bin nicht verliebt in sie, sondern in die Erinnerung, die sie in mir weckt. Nadine ist das Echo eines längst verklungenen Schreis. Florian spürt, dass ich mich zu ihr hingezogen fühle, er spielt den aufgeschlossenen Ehemann. Dabei hätte er mich heute Abend am liebsten erwürgt. Oder bilde ich mir das nur ein? Sehe ich Gespenster, bloß weil es in mir angefangen hat zu spuken?

An Tagen wie diesen wünschte ich, nicht wieder zurückgekommen zu sein. Ich dachte, meine Wunden wären zugewachsen, die Narben verheilt. Aber ich konnte ja nicht ahnen, dass sich das Schicksal vorgenommen hatte, sie wieder aufzubrechen. Ich frage mich, ob das alles passiert wäre, wenn ich in Granada nicht den Aufstand geprobt hätte. Natürlich weiß ich, dass ich mich in etwas verrannt habe. Selbst wenn Beltrán tatsächlich schuld ist – ich hätte anders reagieren können. Besonnener. Weniger persönlich gekränkt. Intelligenter eben. Zusammen mit Ferrera hätte ich mehr für die Leute tun können. Und für mich und mein berufliches Weiterkommen ohnehin. Warum muss ich immer die Welt der anderen retten statt meiner?

Ferrera will mich immer noch zurückhaben. Doch ich kann nicht so tun, als wäre nichts gewesen. Inzwischen habe ich ihm auch Steffen Eulenberg als Praktikanten geschickt. Schon wieder eine gute Tat. Hast du nicht einmal gesagt, Mutter Teresa sei hochgradig autoaggressiv und nur deshalb könne sie so selbstlos sein? Ich bin nicht selbstlos, ich bin feige. Kann keine Schwäche zugeben.

Der Bildschirm flimmert. Würde mich nicht wundern, wenn gerade jetzt mein Laptop schlappmacht. Ich bin selbst kurz davor: Angelika hat sich nach über zwanzig Jahren bei mir gemeldet. Sie will mit mir reden. Und ich weiß auch, worüber.

Un abrazo, K.

„Kannst du im Auto bleiben? Ich sehe schnell nach, ob Laura da ist. Ich finde hier keinen Parkplatz."

„Kein Problem."

Verónica ließ den Schlüssel stecken und verschwand zwischen den Autos. Inge rückte auf den Fahrersitz. Um sie herum tobte der Berufsverkehr. Transporter, Mofas, Kleinwagen, sich zwischen den Fahrzeugen hindurchschlängelnde Passanten, alle drängelten um die Wette. Wie überall an jedem Ort galten auch hier ungeschriebene Gesetze, die, wenn man sie befolgte, das System aufrechterhielten. Wäre sie eine Weile hier, würde auch Inge sie mühelos verstehen, wüsste, wann man über welche rote Ampel gehen, wie nah man auffahren, wie lange im Parkverbot stehen konnte. Wo man billig essen, nach Ladenschluss einkaufen und Kondome bekommen könnte. Oder bräuchte sie die hier nicht mehr? Sie schloss die Augen, einmal mehr überkam sie diese bleierne Müdigkeit. Und Verónica. Wie sie die Arme nach hinten nahm, um ihren BH zu öffnen. Eine Geste, die Inge kannte, sie wusste, wie sich die kleinen Häkchen in den Fingern anfühlte und wie schwierig es manchmal war, seitenverkehrt zu denken. Doch nun war aus der alltäglichen Handlung ein erotisches Spiel geworden. Verónica ließ sie dabei nicht aus den Augen und sich Zeit. Wollte, dass sie hinsah, wollte sehen, wie Inge sie mit ihren Blicken verschlang. Wartete, bis sie ihr die losen Träger von den Schultern streifte und ihren Kopf zwischen ihren nackten Brüsten vergrub. Endlich. Es war ein neues, völlig unbekanntes Verlangen, das in Inge erwacht war. Sie wollte diesen Körper überall berühren, in ihn eindringen, und gleichzeitig ersehnte sie nichts anderes, als an ihm ruhen, sich in seinen Nischen verstecken. Verónica ließ sie gewähren, schaute ihr zu, wie man einem Kind zuschaut, das die Welt entdeckt. Bis das Spiel Inge zur Begehrenden machte, bis sie sich fast verzweifelt zueinander kommen ließen, dann, wenn es nicht mehr auszuhalten, nicht mehr hinauszuzögern war, wenn sie offen voreinander lagen, wenn sie die Augen schließen musste, um die heißen Tränen zu behalten, die in ihr aufstiegen. Inge hatte beim Orgasmus nie geweint. Früher war es wie die Erklimmung eines Berges gewesen, den sie unter großer Anstrengung bestieg und dessen Gipfel sie einsam erreichte. Mit Verónica war es anders. Sie hielt ihre Hand, sie streichelte ihr Gesicht, sie war auf seltsame Weise dabei. Das war es, was sie weinen machte.

Hinter ihr hupte es. Ein kleiner Lastwagen klebte an der hinteren Stoßstange, der Fahrer fuchtelte mit den Armen. Offensichtlich wollte er in die Ausfahrt, vor der sie stand. Inge schaute sich um, weit und breit war nichts von Verónica zu sehen. Sie ließ das Seitenfenster hinunter, beschwichtigte den Fahrer hinter ihr mit einer beruhigenden Geste und startete den Wagen. Verónica hatte in zweiter Reihe geparkt und Inge blieb nichts anderes übrig, als sich in den Verkehr einzufädeln. So musste sich Make Ebling gefühlt haben, als sie das allererste Mal in dieser Stadt mit dem Wagen unterwegs gewesen war. Keine Orientierung, aber ein Gefühl maximaler Freiheit. Nicht zu wissen, wohin man unterwegs war, machte Angst, aber es bescherte auch eine besondere Art von Herzklopfen. Eine Welle von aufregendem Ungehorsam und prickelndem Leichtsinn trieb den Körper an. Statt an der nächsten Kreuzung zu wenden, gab Inge Gas und fuhr weiter geradeaus. Über eine Ampel und noch eine und noch eine. Sie war Kommissarin. Sie fuhr mit einem schicken Auto, versteckt hinter einer getönten Sonnenbrille durch ein fremdes Land und jagte Verbrecher. Während ein Mensch, der ihr vertraute, sich vielleicht fragte, ob ihr etwas geschehen wäre. Sie hielt inne. Sie musste umdrehen. Sofort. Verónica würde ihr mit Recht eine Szene machen. Was war nur in sie gefahren? Sie benahm sich wie ein Kleinkind.

Ihr Handy klingelte.

„Entschuldige, ich musste ausparken und bin einfach geradeaus gefahren."

„Ist alles in Ordnung?“ Verónica klang besorgt.

„Ja. Ich hab mich nur verfahren.“

„Wo bist du denn jetzt?“

Inge schaute sich um und hielt Ausschau nach einem Schild. „Auf dem Weg nach Salobreña.“

„Willst du ans Meer?“

„Wie kommst du denn darauf?“

„Wenn du eine Dreiviertelstunde immer geradeaus fährst, bist du am Strand. Aber da würde ich gerne mitkommen.“ Verónica klang kein bisschen verärgert.

„Gleich kommt so ein Supermarkt mit einem Parkplatz. Da fahr ich drauf.“ Inge manövrierte den Wagen auf die rechte Spur und bog ab. „Sieht so aus, wie das Kaufhaus, in dem wir neulich waren. Grün-weiß.“

„Dann weiß ich, wo du bist. Da bleibst du jetzt und wartest bis ich komme. Am besten gehst du rein, ganz vorne gibt es eine *Cafetería*. Ich nehme mir gleich ein Taxi und hole dich da ab, einverstanden?“

Inge nickte. „In Ordnung.“ Ihr war schon wieder zum Heulen. So konnte das nicht weitergehen.

Hola guapo,
Schreibe dir schnell von unterwegs, genauer gesagt aus einem Internet-Café in Köln. Ich bin auf dem Rückweg nach Berlin, heute morgen hatte ich das Bewerbungsgespräch auf dem Solarcampus. Die Leute im Institut sind ziemlich ausgeflippt und sehr nett, alles Wissenschaftlerinnen und Wissenschaftler mit ausgesuchtem Hintergrund, Studierende aus aller Welt, durchaus interdisziplinär. Das gefällt mir gut, immer nur deutsche Ingenieure um mich herum – ein Albtraum. Hier geht es zwar auch um technische Lösungen in der regenerativen Energienutzung, aber mit Hinblick auf die Praxis, also das richtige Leben. In der Ausschreibung für die Stelle steht so etwas wie: „… die Entwicklung anwendungsorientierter Lösungen auch für den Export in sonnenreiche Regionen“. Jetzt weiß ich, warum sie so interessiert an mir sind – ich komme von da, wohin sie verkaufen wollen. Aber daran muss ich mich wohl ein für alle Mal gewöhnen, dass

es immer ums Geld geht. Vielleicht sollte ich lieber versuchen herauszufinden, was ich eigentlich gegen das Verdienen habe?

Jedenfalls ist alles gut gelaufen, glaube ich. Wenn es klappt, würden sie mir für den Anfang eine kleine Wohnung zur Verfügung stellen, aber wie du dir sicher vorstellen kannst, habe ich mich gleich nach einem Haus umgeschaut. Und weißt du was? Am Ortsrand, nicht weit von einem kleinen Bach entfernt, direkt angrenzend an ein Zuckerrübenfeld (das heißt dort wird in absehbarer Zeit nicht gebaut!), steht eines zum Verkauf. Ich glaube, hier haben früher zwei Schwestern gewohnt. Ein gutes Vorzeichen, oder? Das Haus ist in einem katastrophalen Zustand, das Dach muss neu gedeckt werden, aber das müsste es sowieso für die Anbringung von Sonnenkollektoren. Dafür könnte ich sicher staatliche Zuschüsse beantragen. Es ist alles ziemlich verwildert, aber es macht den Eindruck, als ob jemand hin und wieder danach sähe. Ich habe durch ein Fenster nach drinnen geschaut, soweit ich erkennen konnte, ist die Bausubstanz in Ordnung, es steht wohl noch nicht so lange leer. Das Haus ist umgeben von einem kleinen Garten mit ein paar Apfelbäumen, vielen Sträuchern, einem vernachlässigten Gemüsebeet und einem Schuppen. Ich habe gleich angerufen und für morgen Abend einen Termin gemacht. Ich weiß, alles viel zu schnell, aber so bin ich eben. Mein Gefühl sagt mir, dass ich die Stelle bekomme und das Haus ebenfalls. Und inzwischen weiß ich auch, wie ich zumindest an die Anzahlung käme, die ich für einen Kredit bräuchte. Aber das schreibe ich dir, wenn alles unter Dach und Fach ist. Mein Laptop ist übrigens wirklich krank. Habe ihn zu einem Computerladen gebracht, hoffentlich kriegen die ihn wieder hin. Nein, ich habe natürlich nicht alle Daten gesichert, spar dir den Kommentar!

Un abrazo, K.

„Wäre es sehr kitschig, wenn ich sagen würde, die letzten drei Tage und Nächte zählen zu den schönsten in meinem ganzen Leben?"

„Ja. Aber es wäre wunderbar, wenn es stimmte."
„Es stimmt."
Hinter ihnen lag ein Sonnenuntergang am Strand, eine romantische Nacht auf der Dachterrasse, ein Morgenspaziergang im Paradiesgarten, eine Autofahrt nach Málaga mit einer ernsthaften Bestandsaufnahme des Falls Maike Ebling. Laura, Verónicas Kollegin, hatte glaubhaft versichert, dass eine Gasexplosion die Ursache für den Brand im *Barrio bajo* gewesen war. Durch die Trockenheit hatte sich das Feuer rasend schnell ausgebreitet und die anderen Gasflaschen, mit denen die Anwohner ihr Wasser erhitzt hatten, entzündet.
„Kein Brandbeschleuniger?"
„Nicht aktenkundig."
Beltrán und Ferrera schieden als Täter vorerst aus, beide hatten ein Alibi, ein Auftragsmord würde erst mit dem Täter nachgewiesen werden können. Verónica würde sich Steffen Eulenberg noch einmal vornehmen, diesmal in Uniform, vielleicht wusste er doch mehr als er zugab.
„Gibt es eigentlich überhaupt keine Zeugen, die Maike Ebling vor ihrem Tod gesehen haben? Ich meine, um zu wissen, ob sie zuletzt mit einem Mann oder einer Frau zusammen war?"
„Nein." Inge schaute auf die wartenden Flugzeuge. Sie hatte nach dem Frühstück mit Erkner gesprochen, auch in Berlin waren sie nicht maßgeblich weitergekommen.
Den Fall Inge Nowak und Verónica Sanz hatten die Betroffenen bis jetzt noch nicht angerührt. Es blieb ihnen noch eine halbe Stunde bis zum Einchecken, sie hielten sich im Stehen an Espressotassen fest.
„Sehen wir uns wieder?" Verónicas Stimme zitterte ein wenig.
„Willst du?"
„Ich will dich."
„Was macht dich da so sicher?"
„Mein kriminalistischer Instinkt, Frau Kommissarin."
„Dem traust du?"
„Du nicht?"
„Mein Instinkt sagt mir, dass der erste Eindruck einer gründlichen Prüfung unterzogen werden muss." Sie schob die Tasse

von sich weg, faltete die Hände auf dem Tisch, holte tief Luft. „Ich rede Unsinn, Verónica. Die Vorstellung, morgen alleine in Berlin aufzuwachen, ist schrecklich. Ich will überhaupt nicht weg von hier, verstehst du?"

„Si Mahoma no viene a la montaña, la montaña va a Mahoma."

„Verstehe ich nicht."

Verónica schob den Barhocker zwischen ihnen zur Seite und legte den Arm um sie.

„Aus der andalusischen Sprichwortkiste: Wenn der Prophet nicht zum Berg kommt, dann kommt der Berg eben zum Propheten."

Eine Mischung aus Freude und Angst überkam Inge. „Und wann komm er?"

„Schon bald. Ich habe ab Freitag Urlaub."

Sie meinte es ernst. Was würde Marit dazu sagen? Hatte Marit etwas dazu zu sagen? Wollte sie überhaupt, dass Verónica ihren Alltag betrat? Natürlich wollte sie das: Rund um die Uhr die Nähe des Menschen, der sie glücklich machte. Inge Nowak war durcheinander.

„Du würdest wirklich nach Berlin kommen?"

„Ich würde bis ans Ende der Welt fahren, um mit dir zusammenzusein."

„Warum?"

„Weil ich zu lange auf dich gewartet habe, um dich jetzt einfach so gehen zu lassen."

Sie sahen einander an und mussten lachen.

„Haben wir zu viele amerikanische Spielfilme gesehen?"

„Vielleicht haben wir zu wenige erlebt?"

Verónica ließ ein paar Münzen auf einem Teller liegen und sie gingen zum Abflugschalter. Ein paar Schritte davor blieb Inge stehen.

„Geh jetzt. Ich hasse Abschiede."

„Ist gut."

Sie umarmten sich, küssten sich in der Abfertigungshalle fort. Gingen in entgegengesetzte Richtungen, ohne sich noch einmal umzusehen.

Hola guapo,
Ich habe den Job! Einer der Institutsleiter hat mich gerade angerufen. Nächsten Monat fange ich an. Gutes Geld, nettes Büro, passable Wohnung. Am liebsten würde ich gleich hier bleiben. Meine Sachen in Berlin verschenken und gar nicht mehr zurückfahren. Meinen Studenten ihre Scheine schicken und mich nicht mehr blicken lassen. Mich dort in Luft auflösen und die einzelnen Partikel hier wieder zusammensetzen. (Im Übrigen der einzig wahre Grund, Physik und Chemie zu studieren: um dem Geheimnis des *Beamens* auf den Grund zu gehen!). Ich möchte noch einmal ganz von vorne anfangen. Am liebsten hätte ich einen neuen Namen, einen neuen Pass und keine Vergangenheit. Außer dir soll niemand wissen, wo ich bin. Nein, das stimmt nicht ganz. Vor allem Nadine soll mich nicht finden, falls sie mich sucht.

Doch bevor ich in Berlin meine Zelte abbreche, habe ich noch etwas zu erledigen. Nach all den Mails über Angelika und Paul ist mir klar geworden, dass noch eine Rechnung zu begleichen ist, wenn ich Frieden schließen möchte. Ich will ein für alle Mal sämtliche Geister vertreiben und endlich aufhören, das Opfer zu sein. Dafür muss ich in gewisser Weise zur Täterin werden. In meiner persönlichen Bilanz als Gewinn verbuchen, was bis jetzt in meinen Büchern nur als Verlust auftaucht. Schadensersatz für meine verwundete Seele, Behinderung über sechzig Prozent. Meine darauf begründeten Einschränkungen im Leben sind schlimm, noch schlimmer aber ist es, bis heute dafür keine Entschädigung bekommen zu haben. Oder einfacher gesagt: Ich will, was mir zusteht. Angelika und Paul sollen endlich für alles bezahlen. Gerechtigkeit walten zu lassen, ist eben mein Tick – versuch bloß nicht, mich davon abzubringen!

Un abrazo, K.

Unschlüssig. Er war unschlüssig, was er mit ihr machen sollte, nachdem er sie in die Badewanne gesetzt und ihr auch die Beine zusammengebunden hatte. Für den Moment sollte sie einfach nur still sein. Vielleicht würde er fortgehen können, sie hier zurücklassen mit all dem anderen, was einmal zu seinem Leben gehört hatte. Die Espressomaschine und sein Squashschläger, die gesammelten Spiegelausgaben der letzten dreißig Jahre, die Erinnerungen an nichts Bedeutendes. Was geschah mit einer Wohnung, die man aufgab? Wann kam die Polizei? Mit dem Verwesungsgeruch einer Leiche? Wenn der Gasableser zum wiederholten Mal keinen Zutritt zur Wohnung bekam? Wie viele Mahnungen später brachen sie die Tür auf? Und wohin sollte er überhaupt gehen? Unwillkürlich musste er an das bunte Spielbrett mit dem Gitter auf einem der Eckfelder denken: Begib dich ins Gefängnis. Gehe direkt dorthin. Gehe nicht über Los. Ziehe nicht viertausend Mark ein. Das Spiel war aus. Er drehte den Hahn zu, als das Wasser bei gerecktem Hals ihr Kinn berührte.

Erst, wenn sie fehlen, schätzt man die wirklich wichtigen Menschen, dachte Inge Nowak und schloss den Dienstwagen vor dem Klinikgebäude ab. Wolfram Berger und sie waren schon lange ein Team. Ein gutes Team. Obwohl sie seit drei Jahren seine Chefin war. Wenn man zwei, die bei der Arbeit literweise Kaffee tranken, regelmäßig Überstunden machten und sich gegenseitig zu selbstausbeuterischen Höchstleistungen antrieben, so bezeichnen konnte. Ob auch für Arbeitsbeziehungen die Regel mit dem siebten verflixten Jahr galt? War Wolf deshalb krank geworden? Weil sie ihn permanent forderte, obwohl sie wusste, dass seine Ehe an einem seidenen Faden hing? Oder hätte er sich schon längst von Ines getrennt, wenn ihm sein Job nur dafür Zeit gelassen hätte?

Inge hatte seine ständigen Rückenprobleme nicht ernst genommen. Sich daran gewöhnt wie an ihre Migräne, von der sie ebenfalls kein Aufhebens machte, gerade weil sie mit zuverlässiger Regelmäßigkeit auftrat. Sie tat die Kopfschmerzen ebenso leichtfertig als hormonelle Störung ab wie Wolf seine Bandscheibe als Ischiasprobleme. Und selbst, als er sie aus dem Krankenhaus angerufen hatte, war sie sicher gewesen, dass es sich nur um eine vorübergehende Verschlimmerung handeln konnte, die in wenigen Tagen behoben wäre.

Das Haupthaus der Klinik war ein altes Gründerzeitgebäude aus rotem Backstein, daneben erstreckten sich mehrere moderne Anbauten, in denen die Patientenzimmer untergebracht waren. Wolf erwartete sie bereits am Eingang. Er stand an einen Mauervorsprung gelehnt und sie erschrak darüber, wie dünn und zerbrechlich er in dem sichtlich neuen Trainingsanzug aussah. Sie umarmten sich zur Begrüßung flüchtig und waren beide ein wenig von so viel plötzlicher Intimität verunsichert.

„Na? Wieder fit?"

„Erzähl ich dir gleich. Lass uns in die Cafeteria gehen und uns mit Kamillentee betrinken."

„Gibt es dort auch Haferschleim oder etwas ähnlich Nahrhaftes?"

„Die haben da was Passenderes für dich: Buletten." Er grinste.

Nach der ersten Tasse Kaffee auf der Sonnenterrasse hatten sie nach einigen Floskeln schnell die Fakten ausgetauscht. Inge hatte immer noch keine Ahnung, wie es ihm ging, aber er war wieder auf dem Laufenden.

„Da fehlt was."

„Etwas? Da fehlt noch so gut wie alles!"

„Ich meine das Motiv. Reicht alles nicht aus, um jemanden zu vergiften. Also mit Vorsatz und von langer Hand geplant zu töten. Das riecht weder nach Eifersuchtsdrama noch nach Auftragskiller. Da steckt eine Geschichte dahinter."

„Es steckt doch immer eine Geschichte dahinter."

„Etwas Persönliches. Eine Abrechnung, Vergeltung."

Inge legte spielerisch die Stirn in Falten. „Also doch die Rache der Enterbten?"

„Hast du dich in Spanien etwa erholt?"

Inge nickte. „Absolut."

Er schaute sie verblüfft an und stand abrupt auf.

„Ist das so schlimm?", fragte Inge.

„Quatsch. Ich kann nur nicht mehr sitzen. Lass dich davon nicht stören, ich muss einfach ein bisschen herumstehen." Er nahm die Tasse vom Tisch und nippte an dem kalt gewordenen Rest Cappuccino. „Verschaff mir ein schnelles Notebook und das Zugangswort zum klinikinternen Server." Und bevor sie ihm widersprechen konnte: „Ich weiß, was gut für mich ist: Mich nützlich zu fühlen und nicht behindert. Alles, was mich vom Grübeln abhält, bringt mich mit Körper und Geist einen Schritt nach vorn."

„Sicher?"

„Ich flehe dich an, Inge: Lass mich mitspielen. Wenigstens diskret im Hintergrund. Sonst werde ich zwischen Beckenbodengymnastik und Nachmittagsfernsehen wahnsinnig."

„Beckenbodengymnastik für Männer?"

„Nicht zum Gebären, sondern zur Stärkung der Muskulatur!", empörte er sich. „Außerdem muss ich ab morgen zur Seelenklempnerin!" Er rollte die Augen nach oben.

„Ist das so schlecht?"

„Jetzt fang du auch noch an."

„Wieso? Wer fängt denn noch so an?"

„Die Frau Doktor. Sie findet, ich muss meine Bandscheibe überzeugen, dass sie sich wieder zurückzieht, statt mir auf die Nerven zu gehen."

„Und das scheint dir so falsch?"

„Nein, natürlich nicht. Aber ich hab keine Lust, ich meine, ich kann doch nicht …", er holte tief Luft.

Inge sah ihn an. „Was? Das, was wir alle irgendwann tun müssen, wenn wir groß sind? Unser Leben überprüfen? Alte Wunden lecken? Bilanz ziehen?"

Wolf schwieg. Einerseits hätte er ihr gerne erzählt, was ihn bedrückte. Bedrückte? Was sein verdammtes Problem war! Andererseits spürte er, wie schon der Gedanke daran, es auszusprechen, den Boden unter seinen Füßen zum Wanken brachte.

„Nimm dir Zeit, Wolf. Betrachte es als Chance. Du weißt doch: Schlimmer geht immer!" Sie nickte ihm aufmunternd zu.

„Eben. Deshalb lass mich arbeiten. Das baut mich auf."

„Erkner bringt dir vorbei, was du brauchst. Aber nur, wenn du mir versprichst, dich hier um deine Gesundheit zu kümmern. Ich brauch dich noch, klar?"

„Verstanden." Er lächelte schwach. „Und gib dem Kollegen ein Päckchen Zigaretten für mich mit, ja?"

Zuerst erschrak Holger Westhoff, als es an der Tür klingelte. Dann war er erleichtert. Endlich Rettung. Was auch immer jetzt geschehen würde, es wäre besser als das, was sich gerade abspielte. Er warf einen letzten Blick auf die gefesselte, verängstigte Frau in der Badewanne, die er noch vor wenigen Stunden hatte heiraten wollen. Wie schnell sich alles ändern kann, dachte er und ließ von ihr ab, um sich die Haare zu kämmen und das Hemd in die Hose zu stopfen. Er wollte dem Besuch ordentlich gegenübertreten.

Inge Nowak wurde bereits dringend im Büro erwartet. Kaum hatte sie die Tür geöffnet, nahm Erkner sie auch schon zur Seite. „Frickel schreit nach dir. Aber vorher musst du dir den Kerl ansehen, der seine Freundin ertränken wollte."

„Was hat der mit uns zu tun?"

„Die Freundin behauptet, er habe Maike Ebling beraubt."

„Und stimmt das?"

„Zumindest haben wir auf einem Tausender in seinem Portemonnaie eine Übereinstimmung mit den Fingerabdrücken auf einigen der Geldscheine der Ebling gefunden."

„Frau Ebling, bitte." Inge Nowak konnte es nicht ausstehen, wenn man Tote nur bei ihrem Nachnamen nannte. „Ansonsten, gute Arbeit. Wie habt ihr ihn denn gefunden?"

„Zufall, Chefin. Die Freundin hat um Hilfe geschrien und ein Passant hat gesehen, wie sie vom Balkon gezerrt wurde. Die Kollegen haben geklingelt, er hat aufgemacht und sie konnten seine gefesselte Freundin gerade noch vom Untergehen in der Badewanne abhalten. Da kann man mal sehen, was Zivilcourage bewirken kann."

„Was hat das denn mit Courage zu tun? Kriegt man neuerdings einen Orden fürs Telefonieren?" Inge Nowak schüttelte verständnislos den Kopf. Das Marghariten, das sie in der Woche zuvor im Supermarkt aus Mitleid gekauft hatte, war vertrocknet, auf ihrem Schreibtisch türmte sich ein Stapel neuer Unterlagen.

„Sonst irgendetwas Neues?", wollte sie wissen.

„Ja“, verkündete Erkner stolz. „Wir haben eine Zeugin ausfindig gemacht. Eine Jurastudentin, die am Dienstag im Tiergarten für ihre Prüfungen gelernt hat. Sie will Maike Ebling mit einer Frau auf der Wiese sitzen gesehen haben.“

„Glaubwürdig?“

„Ziemlich.“

„Phantombild anfertigen lassen?“

„Nein.“

Inge verzog das Gesicht. „Dann muss sie wohl noch mal kommen. Kümmerst du dich?“

Erkner nickte schuldbewusst. Das Ganze war ihm über den Kopf gewachsen: Seine Chefin in Spanien, Berger im Krankenhaus und Frickel schlecht gelaunt.

„So. Und jetzt zu unserem Räuber!“ Inge blickte durch die Scheibe des Verhörraums. Holger Westhoff saß kerzengerade auf dem Stuhl und hatte die Hände auf die Oberschenkel gelegt. Er machte einen sehr ruhigen Eindruck. Als die Kommissarin den Raum betrat, sah er auf und wartete, dass sie das Wort an ihn richtete. Er machte alles andere als den Eindruck eines Mannes, der Frauen im Park überfällt. Aber das konnte wie immer täuschen. Sie schaltete das Aufnahmegerät an.

„Nowak, Hauptkommissarin. Ihre Freundin sagt aus, Sie hätten Maike Ebling beraubt.“

Er schwieg.

„Haben Sie deshalb versucht, sie umzubringen?“

„Wen?“

„Jasmin Preuss. So heißt doch Ihre Freundin?“

„Exfreundin.“

„Verstehe. Haben Sie also Ihre Exfreundin versucht zum Schweigen zu bringen, weil sie zu viel wusste?“

„Nein.“

„Sondern?“

„Ich habe nicht versucht, sie umzubringen.“

„Und wie nennen Sie das, wenn man eine Frau fesselt und knebelt, in die Badewanne legt und das Wasser aufdreht?“

„Eine Lektion.“

„Und was genau sollte sie dabei lernen?“ Inge Nowak hatte Mühe, sich zu beherrschen. Holger Westhoff gehörte genau in das Täterschema, bei dem die Kommissarin sich zusammenreißen musste, um ihn nicht anzubrüllen.

„Wie es sich anfühlt, wenn einem das Wasser bis zum Halse steht.“

„So wie Ihnen?“

Er antwortete nicht.

Inge klappte die Akte zu und schob sie von sich weg. Dann faltete sie die Hände, legte sie mitten auf den Tisch und beugte sich leicht nach vorn.

„Sie wissen schon, dass Sie nicht nur wegen versuchten Mordes, sondern auch wegen Raubüberfall mit Todesfolge hier sitzen?“ Sie lehnte sich zurück. „Oder in Zahlen ausgedrückt: Knast, bis Sie alt und grau sind.“

„Erklären Sie mir das.“ Seine Stimme war tonlos.

Inge rief Erkner herein und fragte ihn leise: „Steht der unter Drogen?“

Erkner schüttelte den Kopf und flüsterte: „Der Doc sagt: unter Schock. Eigentlich dürfen wir ihn gar nicht vernehmen.“

„Verdammt.“ Sie verdrehte die Augen.

Sie wandte sich wieder Westhoff zu, diesmal etwas sanfter.

„Wir machen mit der Befragung später weiter. Sie statten jetzt zuerst der Krankenstation einen Besuch ab.“

Draußen knallte sie die Akten auf ihren Schreibtisch.

„Seid ihr bescheuert? Wieso sagt mir keiner, dass der Mann medizinisch nicht lupenrein ist? Dann ist seine Aussage absolut nichts wert!“

Erkner schaute kleinlaut zu Boden, die andern im Raum taten so, als hätten sie nichts gehört.

„Wir nehmen ihn uns heute Abend noch mal vor. Die Freundin will ich auch erst sehen, wenn ihr Zustand das erlaubt. Also so bald wie möglich, mit ärztlicher Erlaubnis. Wo ist sie überhaupt?“

„Im Krankenhaus. Sie steht unter Beruhigungsmitteln, ist unterkühlt, aber ansonsten unverletzt.“

„Dann gehe ich da heute Nachmittag vorbei.“ Inge deutete auf Bergers Schreibtisch. „Und du fährst zu unserer neuen Außenstelle. Bring ihm ein Notebook in die Klinik und häng ihn ans Internet, am Tropf hängt er schon. Lass ihn alles im Netz recherchieren, was wir brauchen. Und herumtelefonieren soll er auch. Ich muss mehr über Maike Ebling wissen. Bring ihm den Ordner mit ihren Papieren. Vielleicht findet er noch was. Über ihre Vergangenheit. Was war, bevor sie nach Spanien ging. Studium, Schule, Kindheit, alles. Er soll sich noch mal mit der Schwester in Verbindung setzen. Schulfreundinnen – na ja, du weißt schon."

„Ist er nicht krank?", fragte Erkner vorsichtig.

„Doch, aber nicht im Rücken." Inge ging an Bergers Schreibtisch, holte aus einer der Schubladen Zigaretten und warf sie Erkner zu. „Bring ihm die mit und kauf auf Staatskosten noch ein paar Blumen."

Hola guapo,
Läuft alles wie am Schnürchen. Dass ich darauf nicht früher gekommen bin! Wenn alles gut geht (und es muss gut gehen, ich habe den Kaufvertrag für das Haus unterschrieben, yippie!), bin ich demnächst einige Sorgen los. Es fühlt sich gut an, Ballast abzuwerfen, innen wie außen. Von den Möbeln, die noch bei meiner Mutter stehen, nehme ich nur die alte Kommode mit. Praktisch, dass sie fast um die Ecke wohnt. Überhaupt freue ich mich, nach all der Zeit wieder so nah bei meiner Familie zu sein. Hat ja auch lange genug gedauert, bis ich mir eingestehen konnte, dass ich kein Fernweh mehr habe, sondern Heimweh. Es ist eigenartig, zurückzukehren an den Ort, von dem aus man aufgebrochen ist, und zu sehen, dass man etwas ganz anderes mitgebracht hat als beabsichtigt. Wie Kolumbus. Er hatte vor, einen Seeweg nach Indien zu finden und nicht einen neuen Kontinent zu entdecken, als er damals von Spanien aus lossegelte. Ob er enttäuscht war? Bin ich enttäuscht von meiner Fracht? Nicht wirklich. Im Grunde könnte man auch denken, ich hätte viele meiner Wünsche und Träume erfüllt. Doch das Ergebnis fühlt sich anders an. Es erfüllt mich nicht mit Stolz, dass ich eine einigermaßen erfolgreiche Wissenschaftlerin bin, die Jahre im Ausland waren weniger speziell als erwartet, ich bin erwachsen geworden und habe vergessen, was ich alles tun wollte,

wenn es denn so weit wäre. Einen Baum pflanzen, ein Gedicht schreiben, ein Kind in die Welt setzen. Nichts davon habe ich bis heute vollbracht. Mit dem Baum fange ich nächste Woche an. Das Gedicht dürfte mir von allem am leichtesten fallen. An dem Rest arbeite ich bereits. Wie findest du das?

Un abrazo, K.

Verónica traf sich mit Steffen Eulenberg in der *Cafetería* der Sprachschule. Auf diese Weise konnten alle sehen, dass er mit der Polizei zu tun hatte und sie wollte wissen, ob es ihm unangenehm war. Er war erstaunt, sie in Uniform zu sehen, machte aber nicht den Eindruck, deshalb nervös zu werden.

„*Cafelito?*“, fragte er und sie nickte.

Sie suchten einen ruhigen Tisch am hinteren Ende des *Patios*, Eulenberg ging zum Tresen und kam mit zwei Gläsern *Cortado* zurück.

„Was wollen Sie noch von mir? Ich weiß nichts über Maikes Tod.“

„Erzählen Sie mir von Frau Ebling.“ Verónica wollte das Bild überprüfen, das sie von Maike gehabt hatte, als sie damals an der Seite von Pilar im *Tías* aufgetaucht war.

„Sie war eine Stipendienjägerin. Eine Art Streberin, der man das nicht anmerkte. Sie hat ihre Doktorarbeit mit summa cum laude abgeschlossen und hätte wohl an jedem Lehrstuhl für angewandte Solartechnik anfangen können. Stattdessen hing sie in Berlin rum, um sich mit Pfeifen wie mir zu beschäftigen.“

„Warum tat sie das?“

„Der Unizirkus ging ihr auf die Nerven. Im Elfenbeinturm fühlte sie sich eingesperrt. Außerdem war sie frustriert. Die Landung in Deutschland nach so langen Jahren hier muss hart gewesen sein. Mir reicht jetzt schon nur der Gedanke daran und ich bekomme sofort schlechte Laune.“

„Wieso haben Sie beide sich so gut verstanden?“

„Haben wir am Anfang gar nicht. Ich hätte sie auf den Mond schießen können.“ Er machte eine Pause, sah sich um, stand auf und fragte die junge Deutsche am Nebentisch nach einer *Fortuna*.

„Am Anfang wollte ich überhaupt nicht mit ihr reden. Als ich mich ein bisschen abgeregt hatte, bin ich zu ihr gegangen, um ihr die Meinung zu sagen. Ich hatte wahnsinnig viel vorbereitet für mein Projektseminar und dann kam sie und nahm mir die Stunden weg. Stocksauer war ich."

„Und dann?"

„Dann stand ich in ihrem Büro und…", an dieser Stelle lächelte er, „und es roch nach Marihuana. Maike saß grinsend hinter ihrem Schreibtisch und war megabreit."

„Wie haben Sie darauf reagiert?"

„Erst einmal gar nicht. Ich war fassungslos. Bevor ich den Mund aufmachen konnte, sagte sie ungefähr: Fang erst gar nicht zu wettern an, okay? Du hast nämlich recht. Lass uns einen Joint zusammen rauchen und überlegen, was wir aus dieser beschissenen Lage machen." Er zog an seiner Zigarette und formte mit dem Rauch kleine Ringe. „Das haben wir dann gemacht."

„Nur dieses eine Mal?"

„Nein. Einmal die Woche. Immer nach ihrer Sprechstunde. Dabei haben wir meine Bewerbung für das Praktikum geschrieben, über Kapitalismus und Globalisierung diskutiert, irrsinnig viel gelacht und uns Dinge erzählt."

„Was für Dinge?"

„Sachen, die man nur guten Freunden sagt."

„Was denn, zum Beispiel?"

„Sind wir gute Freunde?"

Verónica ließ sich nicht provozieren. „Waren Sie in Maike Ebling verliebt?"

„Quatsch. Maike war lesbisch. Sie interessierte sich nicht für Männer. Also nicht für Sex aus Lust."

„Sondern?"

Er zögerte. Verónica fühlte, dass sie nahe an einer interessanten Entdeckung war.

„Haben Sie mit ihr geschlafen?"

Er nickte.

„Wollte Sie das?"

„Was wollen Sie mir denn jetzt anhängen?" Steffen Eulenberg brauste auf. „Denken Sie, ich bin ein Vergewaltiger?" Er fuhr sich mit den Händen durchs Haar. „Ich hab gleich gewusst, es gibt nur Ärger, wenn ich mit Ihnen rede."

„Bis jetzt haben Sie noch keinen Ärger. Der Einzige, der sich gerade ärgert, sind Sie." Dafür, dachte sie, dass ich noch nie in meinem Leben ein eigenständiges Verhör geführt habe, mache ich die Sache gar nicht schlecht.

„Na gut", seufzte er. „Maike wollte unbedingt ein Kind. Wir haben es aus Scheiß einmal versucht."

„Aus Scheiß?"

„Wir waren bei mir, haben gekocht, geraucht, gekichert und irgendwann gevögelt, Herrgott. Danach haben wir uns darüber kaputtgelacht und Witze gemacht. Wie wir das Kind nennen würden, dass es in Spanien aufwachsen müsste, was meine Mutter dazu sagen würde und solches Zeug."

„Wann war das?"

„Ein paar Wochen, bevor ich hierher kam. Es war sozusagen unser Abschiedstreffen."

„Hat Sie Ihnen danach gesagt, ob sie schwanger war?"

„Sie hat mir gesagt, ich sei aus dem Rennen."

„Welches Rennen?"

„Maike wollte es mit jedem Mann nur einmal versuchen."

„Und das war für Sie ein Problem."

„Nein, verdammt noch mal." Er schlug leicht mit der Faust auf den Tisch. „Im Gegenteil. Ich war froh. Ich wollte überhaupt kein Kind und ich wollte nichts von ihr. Jedenfalls nicht körperlich." Er drückte die bis ans Ende gerauchte Kippe in einem bereits übervollen Aschenbecher aus. „Außer Andreas, meinem Mitbewohner, habe ich nicht viele Freunde. Die meisten sind hinter meiner Kohle oder den Kontakten zur besseren Gesellschaft her. Außerdem bin ich nicht gerade einfach."

„Wer ist schon einfach?" Verónica gelang es nicht einzuschätzen, ob er sie gerade belog oder nicht.

„Die meisten sind aushaltbar. Ich kann unerträglich sein. Ich bin kein Sonnenscheinchen, verstehen Sie? Ich bin depressiv.

Klinisch. Mein Platz ist auf der Schattenseite des Lebens. Maike hat das verstanden, ohne mich zu bemitleiden."

„Und was haben Sie ihr gegeben, außer dem Versuch, der Vater ihres Kindes zu werden?"

„Ich habe mit ihr den verrückten Teil ihrer Persönlichkeit geteilt. Kiffen, Motorrad fahren, nachts spazieren gehen. Und das hier." Er machte eine ausladende Geste. „Granada. Wir haben irgendwie die Plätze getauscht."

„Wer hätte ein Motiv gehabt, sie zu töten?"

„Keine Ahnung. Ich jedenfalls nicht. Für mich ist ihr Tod ein echter Verlust." Es klang ehrlich. „Und jetzt kann ich doch niemanden einfach so des Mordes beschuldigen."

„Zwischen jemanden beschuldigen und einen Verdacht äußern gibt es einen Unterschied."

Steffen Eulenberg dachte nach, dann schien er sich einen Ruck zu geben. „Maike hat eine ihrer Studentinnen angebaggert. Nadine. Sie hatte ein komisches Verhältnis zu ihr. Einerseits gefiel ihr Nadine, andererseits tat sie alles, um ihr nicht zu nahe zu kommen. Meistens jedenfalls. Aber Nadine hat es bemerkt und ist auf das Spiel eingegangen. Florian, ihr Mann, auch ein Kommilitone, war ziemlich genervt davon. Dabei wollte Maike am Ende gar nicht mehr. Ich habe versucht, ihr zuzureden. Ich hätte es in Ordnung gefunden, wenn die beiden etwas miteinander angefangen hätten."

„Obwohl Nadine verheiratet ist?"

„Verheiratet ja, glücklich nein. Die beiden haben doch nur geheiratet, damit Florian an sein Erbe kommt. Seine Großmutter hatte zur Bedingung gemacht, er müsse heiraten. Wahrscheinlich dachte sie, er wäre schwul. Oder führte ein Lotterleben. Auf jeden Fall ging es um eine Viertelmillion, die seine Großmutter im Lotto gewonnen und für Florian angelegt hatte. So stand es in ihrem Testament: Das Erbe wird nach drei Jahren Ehe ausgezahlt. Florian und Nadine haben daraufhin Hals über Kopf geheiratet, damit sie möglichst schnell an das Geld kommen. Ich nehme an, Nadine bekommt einen Teil davon, quasi als Provision. Wenn sie sich vorher scheiden lässt, ist für Florian der Traum der finanziellen Sorglosigkeit nach dem Studium geplatzt."

Eine laute Klingel schepperte durch das ganze Gebäude, die große Pause war vorbei. Steffen Eulenberg ging in den Unterricht zurück und Verónica Sanz beeilte sich, zu ihrem Wagen zu kommen und sich durch den dichten Stadtverkehr ins Präsidium zu quälen. Von dort musste sie unverzüglich Inge Nowak anrufen.

Berger hatte aus seinem Krankenzimmer ein Büro gemacht. Um ihn herum standen Ordner, Ablagekästen mit Papieren und Klarsichthüllen. Er selbst hatte halb sitzend im Bett auf einem ausgeklappten Frühstückstablett einen Schreibblock und das Telefon vor sich. Das Notebook bewahrte er in seinem Nachtschrank auf. Von Zeit zu Zeit nahm er einen Schluck Wasser, alle zwei Stunden Schmerztropfen, ansonsten konzentrierte er sich auf Maike Ebling. Oder Kai. Oder Kaya. Neben sich im Bett hatte er eine Pinnwand liegen, an die er kleine Erinnerungszettelchen heftete, um an ein zu erledigendes Telefonat oder eine Internetrecherche zu denken. Der Server des Krankenhauses war nicht der schnellste, und um online zu gehen, musste er nach unten zum Pförtner, der Anweisung hatte, ihm pro Tag höchstens eine Stunde Zugang zu gewähren. Berger musste seine Anliegen also bündeln, um in der Kürze der Zeit und trotz der Behäbigkeit des Modems alles innerhalb von sechzig Minuten zu erledigen.

Er hatte durch das genaue Studium der Bescheinigungen und Zeugnisse in dem Ordner, den Maike Ebling akribisch geführt und mit dem Wort Werdegang beschriftet hatte, bereits eine Menge herausgefunden. Zum Beispiel, dass Maike schon als Kind in den naturwissenschaftlichen Fächern herausragend gewesen war. Als Gewinnerin des bundesweiten *Jugend-forscht*-Wettbewerbs hatte sie mit dreizehn Jahren erstmals bewiesen, wo ihre Talente lagen. Ein Zeitungsartikel mit Foto zeigte sie neben ihrem Physiklehrer im Versuchslabor. Berger fragte sich, wie ein Mädchen in diesem Alter auf die Idee kam, sich für die elektrische Leitfähigkeit anorganischer Stoffe zu interessieren und eine nicht ungefährliche Versuchsreihe zu starten, die er einer Tochter in diesem Alter verboten hätte. Hatte sie einen Experimentierkasten geschenkt bekommen? Etwa von dem kleinbürgerlichen Postbeamten oder der sich aufopfernden Mutter? Oder war es die radikale Schwester gewesen, die zur selben Zeit an Molotow-Cocktails bastelte? Erhielt sie Unterstützung durch den Lehrer? Er schrieb auf einen Zettel: Wer förderte das Opfer als Schülerin? Maike hatte bis zum zweiten Halbjahr 1979 in Physik, Mathe und Chemie immer eine Eins im Zeugnis gehabt. Eigenartig, dass im ersten Halbjahr 1980 die Leistungen der begabten Schülerin drastisch zurückgegangen waren: Physik und Chemie ausreichend. Auch in den restlichen Fächern hatte sie nur durchschnittliche Zensuren bekommen. Insgesamt, rechnete Berger aus, war der Notendurchschnitt von 1,2 auf 3,0 gefallen. Sie hatte damals kurz vor ihrem sechzehnten Geburtstag gestanden, war also mitten in der Pubertät gewesen. Lag darin der Grund für eine plötzliche Leistungsverweigerung? Warum, wenn es ihr doch vorher leichtgefallen war? Selbst, wenn sie nicht mehr gelernt hätte, keine Hausaufgaben gemacht – für eine offensichtlich hochbegabte Schülerin hätte es für eine Zwei minus im Schnitt allemal reichen müssen. Es musste eine andere Erklärung geben. Vielleicht hatte sie auf sich aufmerksam machen, mit ihren schlechten Noten auf etwas ganz anderes verweisen wollen. Berger notierte: Leistungsabfall 1980 – wieso? Er würde die Mutter und die Schwester fragen. Oder besser gleich bei der Schule anrufen. Vielleicht hatte er Glück und der eine oder andere Lehrer arbeitete noch dort und konnte ihm Auskunft über Maike Ebling geben. Er schrieb die Namen der Klassenlehrer, die die Zeugnisse unterschrieben hatten, und den des Lehrers, der mit ihr in der Zeitung abgebildet war, unter den Namen der Schule, deren Adresse er sicher im Internet finden würde. Möglicherweise verfügte das naturwissenschaftlich ausgerichtete Gymnasium bereits über eine eigene Homepage. Letzter Zettel: Schule im Netz checken.

Wolfram Berger betrachtete die Pinnwand mit den darangehefteten Notizen, allmählich verschwammen sie vor seinen Augen. Er war erschöpft, die Medikamente entfalteten ihre

Wirkung. Er schaffte es gerade noch, das Tablett zusammenzuklappen und zum Bettende zu schieben, dann überfiel ihn eine bleierne Müdigkeit und er schloss, die Brille fest in der rechten Hand, vorerst die Augen.

Marit deutete auf ein Nigiri. „Darf ich?"
„Nimm ruhig, ich habe keinen Hunger."
„Dann steht der Durchbruch kurz bevor."
„Wieso?"
„Ist immer so."
Marits Mutter wusste, dass es diesmal nicht so war. Ihre Appetitlosigkeit hatte nichts mit dem Mordfall zu tun, sondern mit Verónica. Sie hatten kurz bevor Inge zum Sushiladen aufgebrochen war, telefoniert. Allein ihre Stimme zu hören, war überwältigend gewesen, die Neuigkeiten über Nadine und Florian Siebert aufschlussreich. Persönliche Worte waren kaum möglich, immerhin hatten beide in ihren Büros gesessen.
„Gut geflogen, Inspectora?"
„Unsanft gelandet. Ist es in Granada immer noch so heiß?"
„Nein. Es ist merklich abgekühlt. Und in Berlin?"
„Urlaubswetter."
„Das passt ja gut."
„Wieso?"
„Ich habe gerade einen Flug gebucht."
Inges Herz, das seine Schlagfrequenz ohnehin deutlich erhöht hatte, hatte einen Freudensprung gemacht. „Wann?"
„Samstagmorgen, 9.50 Uhr, Tegel."
„Wunderbar."
Sie hatte eine Weile gebraucht, ihre Gedanken zu ordnen, nachdem sie aufgelegt hatte. Samstag – das bedeutete übermorgen!
„Erde an Mutter? Bist du noch da?"
„Entschuldige." Inge Nowak überlegte hin und her, ob sie Marit von Verónica erzählen sollte oder lieber nicht. Einerseits ging es um etwas sehr Privates, andererseits wäre es lächerlich, ausgerechnet vor ihrer Tochter ihr Liebesleben verheimlichen zu wollen. Auch war sie nicht sicher, ob sie zögerte, weil es um eine Frau ging. Trotz Marits Offenheit. Oder gerade deswegen?

„Alles in Ordnung mit dir?“ Marit sah sie ernst an.

„Ja und nein.“ Sie legte die Stäbchen weg, faltete die Hände über dem mit Sojasoße gefüllten Schälchen, holte Luft und sagte: „Ich habe mich in Granada in eine Frau verliebt.“

Inge errötete, Marit lächelte: „Na endlich!“

„Was meinst du denn damit?“

„Dass es an der Zeit ist, dass du dein Leben genießt!“ Sie winkte dem Kellner und bestellte zwei Prosecco. „Ja, ja, ich weiß: Du bist im Dienst. Ich trinke eineinhalb, keine Sorge. Aber darauf müssen wir anstoßen.“

Inge überkam plötzlich eine Welle der Zuneigung für ihre Tochter. Sie war tatsächlich das Beste, was ihr in diesem Leben bisher passiert war. Und sie war erwachsen. Erwachsener jedenfalls, als sie sich gerade benahm.

„Sie heißt Verónica und ist Ermittlerin im Innendienst.“ Inge hatte das Gefühl, ein Staatsgeheimnis verraten zu haben. „So, jetzt weißt du alles.“

„Alles? Du spinnst wohl. Ich will heute Abend eine ausführliche Sonderberichterstattung über den Fall.“

„Über welchen?“

„Über beide.“

„Der berufliche gestaltet sich kompliziert. Wir haben inzwischen Grund zur Annahme, dass die Studenten doch verstrickt sind. Es könnte sein, dass Florian aus Angst, Nadine zu verlieren, ausgeflippt ist.“

„Glaube ich nicht.“

„Aber du weißt nicht, dass die beiden …“

„Glaube ich trotzdem nicht. Mami, kein Mensch in meinem Alter, der halbwegs seine Neuronen beisammen hat, vergiftet jemanden mit Schierling. Die Tatwaffe ist zu unmodern für diese Generation. Dein Täter muss älter sein. Eine Oma zum Beispiel.“

„Die einzige Großmutter, die dafür in Frage käme, ist bereits tot.“

„Wer ist noch im Spiel?“

„Ein komischer Vogel. Er hat Maike Ebling bestohlen, als sie schon nicht mehr reagiert hat, sagt er.“

„Sagt er die Wahrheit?"

„Ich gehe nach wie vor davon aus, dass das Opfer mit dem Täter oder der Täterin vorher zusammen war. Wir haben eine Zeugin, die aussagt, Maike Ebling mit einer Frau im Park gesehen zu haben."

„Ihre Ex?"

„Hat ein Alibi. War zur fraglichen Zeit nicht mehr in Berlin."

„Ihre Studentin?"

„Fehlt mir das Motiv."

„Die Schwester?"

„An die hab ich auch schon gedacht. Ihren Schilderungen nach gab es nie Ärger zwischen den beiden. Ein Herz und eine Seele. Das kann ich mir überhaupt nicht vorstellen."

„Erbt sie etwas?"

„Nein. Das Erbe geht an einen Australier, mit dem wir seit Tagen vergeblich versuchen, in Kontakt zu treten. Er lebt in Melbourne und macht angeblich Urlaub in Neuseeland. Das sagt zumindest seine automatische Abwesenheitsmeldung."

„Super. Dann setzen wir Tom auf ihn an!"

Inge schaute auf. „Vermisst du ihn?"

„Ich hätte nichts dagegen, wenn er alle drei Wochen mal bei mir vorbeischauen würde, aber ich glaube, das fällt nicht wirklich in die Kategorie Sehnsucht." Marit sah auf die Uhr an der Wand gegenüber. „Mist, ich muss los. Heute kommt das Hauptstadtfernsehen zu mir. Sie wollen einen Beitrag über die *Trau-dich-Werkstatt* machen."

„Das hast du mir gar nicht erzählt!"

„Erzählst du mir alles?" Sie stand auf und umarmte ihre Mutter zum Abschied.

„Nein", murmelte Inge und fragte sich, wann sie Marit von Verónicas bevorstehendem Besuch unterrichten würde.

Von dem Australier gab es keine neue Spur und Erkner hatte mit der Zeugin, Sibille Duhr, gerade erst begonnen, das Phantombild am Computer zusammenzusetzen. Inge hatte inwischen Jasmin Preuss im Krankenhaus befragt.

„Ich nehme mir noch mal Herrn Westhoff vor. Seine Freundin sagt, auch ihr habe er nur erzählt, dass er Maike Ebling bestohlen hätte und sich Vorwürfe mache, den Krankenwagen nicht eher gerufen zu haben. Allerdings traut sie ihm, nachdem er sie beinahe umgebracht hat, alles zu."

Die Kommissarin rief den zuständigen Arzt an und erkundigte sich nach Westhoffs Zustand. Sie könne ihn, so hieß es, in etwa einer Stunde verhören. Sie überlegte, ob sie die Zeit nutzen sollte, Berger einen Besuch abzustatten, oder ob sie besser mit ihm telefonierte, als Erkner, der mit der Zeugin vor dem Computer saß, plötzlich zu ihr aufsah.

„Schau dir das Bild an. Das glaubst du nicht!"

Sie ging um ihren Schreibtisch herum, stellte sich hinter ihren Kollegen auf der anderen Seite des Zimmers und schaute ihm über die Schulter. Man brauchte ein wenig Fantasie, doch das Gesicht, das sich auf dem Phantombild zeigte, sah ohne Zweifel Nadine Siebert sehr ähnlich.

„Sieh mal einer an." Inge Nowak wandte sich an Sibille Duhr. „Sieht so die Frau aus, die Sie mit Maike Ebling im Park gesehen haben?"

„Das Bild trifft sie einigermaßen, ja."

„Wären Sie zu einer Gegenüberstellung bereit?"

„Wenn es hilft, natürlich." Die Jurastudentin lächelte. „Ist ja in gewisser Weise auch eine Vorbereitung auf mein Examen."

„Wieso, wollen Sie sich auf Gewaltverbrechen spezialisieren?"

„Staatsanwaltschaft."

„Dann sollte ich Sie vielleicht gleich zum Essen einladen, damit ich in einigen Jahren schneller an Haftbefehle komme?"

„Ich bin unbestechlich!"

„Noch." Inge Nowak grinste. „Haben wir Ihre Telefonnummer? Dann rufen wir Sie an. Wahrscheinlich heute am späten Nachmittag. Geht das?"

„Gibt es hier eine Kantine?"

„Im Gebäude gegenüber. Wieso?"

„Dann lerne ich einfach da weiter und Sie sagen mir Bescheid, wenn es so weit ist. Ich wohne am anderen Ende der Stadt."

„Sehr gut, vielen Dank." Und zu Erkner: „Lässt du alles vorbereiten? Für in etwa drei Stunden? Ich kümmere mich um Frau Siebert."

Sie schienen einen großen Schritt weitergekommen zu sein. Zwei dringend Tatverdächtige, einer mit Motiv und nachweislich am Tatort, die andere noch ohne Motiv, aber durch eine Zeugenaussage belastet. Ein gutes Ergebnis für die kurze Zeit. Eigentlich der richtige Moment, um Frickel abzupassen. Doch etwas gefiel Inge Nowak nicht. Weder Nadine Siebert noch Holger Westhoff waren in ihren Augen Tätertypen, die ihr Opfer vergifteten. Hatte Marit Recht? Und wenn Nadine es genau deshalb so getan hatte? Wenn sie ein Motiv hatte, dann wäre es ein Leichtes gewesen, die Tat zu planen und langsam durchzuführen. Sie kannte das Opfer, Maike Ebling brachte ihr genug Vertrauen entgegen, um bedenkenlos alles zu essen, was Nadine ihr vorsetzen würde. Aber weshalb? Sie wählte ihre Nummer.

„Frau Siebert? Ich möchte Sie gerne noch einmal ins Präsidium bitten."

„Wann?"

„Heute noch. Wo sind Sie jetzt?"

„In der Staatsbibliothek."

„Wie lange haben Sie dort noch zu tun?"

„Vielleicht zwei Stunden."

„Dann hole ich Sie um fünf dort ab. Warten Sie am Haupteingang auf mich."

Die Kommissarin fand Holger Westhoff weniger apathisch vor als noch am Vormittag, einen besonders klaren Eindruck machte er dennoch nicht. Inge Nowak beschloss, keine Zeit mehr zu verlieren.

„Wir haben bei Ihnen Geld gefunden, das einer Frau gehört, die jetzt tot ist. Maike Ebling. Und es liegt nahe zu glauben, Sie hätten sie deshalb vergiftet."

Geistesabwesend sah er auf. „Vergiftet? Wegen des Geldes? Ich wusste überhaupt nichts von dem Geld. Ich habe sie nicht einmal gekannt."

„Aber Sie haben das Geld an sich genommen?"

Er nickte.

„Erklären Sie mir noch einmal, wann, wie und wo.“ Der Befehlston schien bei ihm am besten zu funktionieren.

„Ich bin im Park spazieren gegangen, ich weiß nicht, wie spät es war. Da habe ich sie halb auf der Bank liegen sehen. Und vor ihr ausgebreitet, auf dem Boden, lauter Geldscheine. Ich glaubte zuerst, sie wäre betrunken, aber als ich näher kam, war klar, dass etwas nicht stimmte. Ich war hin und her gerissen. Ich dachte, es reicht, wenn ich ein paar Minuten später den Krankenwagen rufe. Und wenn ich das Geld nicht nehmen würde, täte es ein anderer.“ Er senkte den Kopf. „Ich weiß, das war falsch. Und vielleicht hätte ich sie retten können, wenn ich erste Hilfe geleistet hätte. Jedenfalls habe ich das Geld aufgesammelt, bin Richtung U-Bahn gelaufen und habe den Krankenwagen gerufen. Dann bin ich zum See zurück und habe beobachtet, wie die Sanitäter kamen und sie zugedeckt wurde.“ Während er redete, strich er sich mit beiden Händen über die Oberschenkel. „Seitdem mache ich mir Vorwürfe. Ich habe nicht versucht, ihr Leben zu retten, obwohl ich dafür ausgebildet bin. Ich bin Rettungsschwimmer, wissen Sie.“ Er ließ die Schultern hängen und fügte fast unhörbar hinzu: „Und Christ.“

„Sie haben die Frau also nicht angefasst?“

„Nein.“

„Wo lag das Geld?“

„Auf dem Boden, vor ihr. Da lag auch ihr Portemonnaie, und die Scheine waren herausgerutscht.“

„Wie viel war es?“

„Neunzehntausend in Tausendern.“

„Eine Menge Geld“, bemerkte die Kommissarin. „Was haben Sie damit gemacht?“

„Meine Schulden bezahlt.“ Immer mehr sackte er jetzt in sich zusammen, von seiner anfänglich guten Haltung war nicht viel übrig geblieben. „Dann habe ich meiner Freundin einen Verlobungsring geschenkt und sie groß ausgeführt.“

„Wusste sie damals schon davon?“

Er schüttelte den Kopf.

„Und das soll ich Ihnen alles glauben?“ Inge Nowak sah ihm in die Augen.

„Es ist die Wahrheit."

„Vielleicht wussten Sie ja, dass Maike Ebling so viel Geld bei sich tragen würde. Dann haben Sie dafür gesorgt, dass sie stirbt und sie beraubt."

Es dauerte einen Moment, bis er begriff. „Sie denken, ich habe sie ermordet? Wie denn? Ich hätte ihr helfen müssen, ja, das weiß ich und das werde ich mir mein Leben lang vorwerfen, aber ich habe sie nicht absichtlich sterben lassen. Und schon gar nicht getötet."

„Das werden wir herausfinden. So lange bleiben Sie hier."

„Ich bin doch kein kaltblütiger Mörder!" Er verlor die Fassung.

„Und mit Ihrer Exfreundin haben Sie auch nur gespielt?" Sie stand auf. „Was wäre denn passiert, wenn meine Leute ihr nicht zu Hilfe gekommen wären?"

Er fuhr sich mit der Hand über den Mund. „Ich hätte ihr nichts getan."

„Das haben Sie bereits."

„Das tut mir auch leid", flüsterte er, mehr zu sich selbst, und vergrub den Kopf in seinen Armen.

Reue auf der Tischplatte, dachte Inge, wie oft habe ich das schon gesehen. Aber sie glaubte ihm.

Hola guapo,
Schreibe dir aus der Unibibliothek. Wieso haben Typen eigentlich immer Angst, dass man ihnen die Frau ausspannt? Und wieso reden sie dann nicht mit ihr, sondern mit der vermeintlichen Rivalin? Wenigstens ist mein Glaube an das lustige Studentenleben wieder zurückgekehrt: Florian und Nadine haben nicht aus Liebe geheiratet, sondern wegen eines Erbes. Das ist mir sympathisch. Dafür müssen sie allerdings drei Jahre verheiratet sein und Florian fürchtet, dass Nadine die Lust an ihm und dem Deal der Scheinehe verlieren könnte. Meinetwegen. Kolossal, oder? Ich dachte, solche Episoden gäbe es nur in *Telenovelas*. Es schmeichelt mir. Immerhin scheine ich noch nicht zu alt für diese Art von Liebesspiel zu sein. Beruhigend. Dabei will ich nichts von Nadine, jedenfalls nicht das, was er denkt, das ich

wollte. Als ich Florian aus Spaß gefragt habe, wie viel er mir dafür bezahlt, dass ich von hier verschwinde, hat er mir glatt ein Angebot gemacht: fünf Prozent vom Gesamterbe! Ich dachte, es wäre ein Klischee, dass die Studenten von heute nur noch Dollarnoten im Auge hätten. Florian, Nadine und Mark, davon war ich überzeugt, wären anders als der Rest. Doch sie sind es nur an der Oberfläche. Sie tragen Che Guevara genauso als poppigen Aufkleber auf der Unimappe und das Palästinensertuch zu Armani wie die anderen Muttisöhnchen und -töchter. Mich macht das fassungslos. Augerechnet Steffen, von dem alle behaupten, er hinge am Tropf seiner Eltern, ist derjenige, der versucht, einen eigenen Weg zu gehen. Inzwischen haben wir uns angefreundet und wie das mit meinen Freunden so ist – sie verlassen mich immer schnell. Und statt sie aufzuhalten, helfe ich ihnen auch noch dabei. Ich habe ihm ein Praktikum bei Ramón vermittelt, vielleicht kann er ja in meine Fußstapfen treten. Dafür lernt er schon in Granada spanisch. Hinter dem Rücken seiner steinreichen Familie, die ihn sicher nach Madrid in das teuerste Sprachinstitut geschickt hätte, wenn sie von seinen Plänen wüsste. Er aber will unabhängig sein, obwohl sie ihn dauernd versuchen zu kaufen. Das Geld, das sie ihm monatlich überweisen, rührt er kaum an. Er nimmt nicht einmal Miete von seinem Mitbewohner, obwohl ihm die Wohnung in Berlin gehört. Wenn ich auf Jungs stünde – ich glaube, ich würde mich in ihn verlieben. Schon, um seine Familie zu ärgern, die ihn zu gerne standesgemäß verkuppeln würde. Aber vielleicht reicht es ja, ihnen ein Enkelkind zu bescheren. Steffen sieht gut aus, ist jung, verantwortungsvoll und würde ein Leben lang problemlos Unterhalt zahlen. Einen besseren Vater kann ich mir kaum vorstellen. Aber zurück zu Florian. Am liebsten hätte ich ihm auf den Kopf zugesagt, was mich eigentlich mit Nadine verbindet, aber das hätte den armen Kerl nur noch mehr verwirrt. Ganz abgesehen davon, dass Nadine es nicht erfahren soll. Noch nicht. Es gibt Geheimnisse, die nur Schaden anrichten, wenn sie gelüftet werden. Wie ein unter Verschluss gehaltenes Gift, das bei Kontakt mit Sauerstoff zu einer tödlichen Substanz wird. Oder wie Atommüll. Es ist nur eine Frage der Zeit, wann er das

Grundwasser verseucht. Das Böse, ganz gleich, welchen Namen es hat, kommt früher oder später immer ans Licht. Denn es ist die Schattenseite von Sonne und Glück, es spiegelt sich darin.

Es gibt also jede Menge Gründe, hier so bald wie möglich die Segel zu streichen. Ich habe schon einen Termin mit der Stadtmission gemacht. Sie kommen am Monatsende und holen alles ab. Ich reise wie üblich nur mit Rucksack, ordentlich umziehen ist einfach nicht meine Stärke. Lieber beginne ich wieder bei Null. Volles Herz in leerem Raum.

Wenn ich angekommen und eingerichtet sein werde, musst du mich unbedingt besuchen kommen. Mit mir am Kamin sitzen – ich werde mir einen schwedischen Allesbrenner aus Gusseisen mitten ins Zimmer stellen –, *Veterano* trinken und spanische Lieder singen. Wenn wir dann betrunken sind, erzähle ich dir das Ende der Geschichte von Angelika und mir. Es steht nämlich kurz bevor.

Un abrazo, K.

Nadine Siebert stand schon draußen vor dem eigentümlichen Betongebäude, das durch Wim Wenders weltweit berühmt geworden war. Hierhin hatte der Engel einen alten Mann begleitet, der in Büchern nach seiner Vergangenheit gesucht hatte und später orientierungslos im Niemandsland an der Mauer herumgelaufen war, wo Jahre später Tausende von Menschen täglich ihren Einkauf erledigen sollten. Die Staatsbibliothek hatte die Wende unversehrt überstanden, alles war noch so, wie es der Architekt einst geplant hatte: Der Parkplatz vor dem Haus, die Drehtüren in ein weitläufiges Foyer, die Fahrradständer links und rechts, vor denen Nadine auf- und abging. Dabei schaute sie auf ihre Schuhspitzen, als müsste sie aufpassen, nicht auf die Fugen zwischen den Platten zu treten. Sie sah aus wie ein zu groß geratenes Mädchen beim Gummitwist. Inge Nowak schaute ihr vom Parkplatz aus eine ganze Weile zu. Sie war davon überzeugt, dass man Menschen, die getötet hatten, ihre Tat ansehen konnte. Etwas legte sich ihnen danach auf die Haut oder um den

Körper, eine Aura, die sichtbar wurde, wenn sie sich unbeobachtet fühlten oder wenn sie aufgaben. Die Kommissarin hatte das bei fast jedem überführten Täter sehen können. Sie hupte.

„Haben Sie den Mörder von Maike gefunden?", fragte Nadine, nachdem sie eingestiegen war.

„Vielleicht."

„Kenne ich ihn?"

„Was macht Sie so sicher, dass es ein Mann war?"

„Nichts eigentlich. Ist irgendwie nahe liegender."

Sie fuhren schweigend am Potsdamer Platz vorbei, Inge Nowak vermied das Gespräch mit ihrer Beifahrerin. Zermürben, nervös machen, keine Sympathie zeigen. Isolieren. Die beste Methode, um Verdächtige zu provozieren. Viele verloren dann die Kontrolle. Wenn die Zeugin sie wiedererkennen würde, reichte das nur für eine vorläufige Festnahme, nicht für eine Anklage. Sollte Nadine Siebert keine Erklärung liefern, keinen Fehler machen, fehlte ihnen das Motiv. Das durfte die Studentin auf keinen Fall bemerken. Schon deshalb musste die Kommissarin sich jetzt zurückhalten.

„Warum muss ich überhaupt mitkommen? Ich habe Ihnen doch schon alles gesagt, was ich weiß."

„Eine Gegenüberstellung. Eine Zeugin hat Maike Ebling im Park mit einer Frau gesehen." Sie sah auf die Ampel, die sie zum Anhalten gezwungen hatte. „Der Einfachheit halber haben wir alle weiblichen Bekannten von Maike Ebling, die dafür in Frage kommen, zu einer Gegenüberstellung eingeladen. So wie Sie."

„Aber ich war nicht mit Kai im Park. Jedenfalls nicht an dem Tag, an dem sie dort tot gefunden wurde." Sie suchte Inges Blick. „Sie glauben mir nicht, oder?"

Inge lächelte. „Glauben ist in meinem Beruf eine Haltung, die ich mir nicht erlauben darf. Es gibt Annahmen und dafür Beweise oder nicht. Den Rest überlasse ich Priestern, Schriftstellern und Wahrsagern."

„Muss ich das mitmachen?"

„Wenn Sie es nicht tun, machen Sie sich ziemlich verdächtig."

„*No win*, ja?"

„Angst?"

„Irgendwie schon. Obwohl ich eigentlich keinen Grund dazu habe."

„Und uneigentlich?"

„Auch nicht."

Als sie das Präsidium erreichten, hatte Erkner schon alles vorbereitet. Wie immer spielten eine Sekretärin aus der Drogenfahndung, eine Beamtin, die gerade Dienst hatte, eine Praktikantin und seine Schwester mit, die seit zwei Semestern in Berlin studierte. Letztere erhielt dafür von ihm eine Aufwandsentschädigung in Form eines üppigen Abendessens in einem Restaurant ihrer Wahl, was Inge Nowak geflissentlich übersah. Sie fand es rührend, wie Erkner den großen Bruder spielte. Sibille Duhr saß ebenfalls bereits mit aufgeschlagenem BGB auf den Knien und Kopfhörern in den Ohren im Flur.

Erkner kümmerte sich um die Aufstellung der fünf Frauen hinter der Glasscheibe, bat sie nach vorne zu schauen, und drückte jeder eine Nummer in die Hand. Inge Nowak holte die Jurastudentin in den Raum davor.

„Lassen Sie sich Zeit. Sehen Sie genau hin. Es kann sein, dass die Person, die Sie gesehen haben, gar nicht dabei ist."

Sibille Duhr studierte die Gesichter eindringlich.

„Wäre es möglich, die Frauen im Profil sehen zu können?"

Inge nickte Erkner neben ihr zu, der veranlasste, dass die fünf sich seitlich aufstellten.

Noch einmal schaute Sibille Duhr von einer zur anderen. Dann sagte sie:

„Im Profil bin ich mir ganz sicher. Es war die Vier. Von vorne könnte ich nicht meine Hand dafür ins Feuer legen. Sie sieht so jung aus, scheint ungefähr in meinem Alter zu sein. Ich hatte den Eindruck, dass die beiden Frauen, die ich gesehen habe, älter waren. Also um die vierzig. Daran erinnere ich mich deshalb, weil ich mir überlegt habe, in welchem Verhältnis sie wohl zueinander stehen. Meistens sieht man solche Frauen um diese Uhrzeit doch mit Kindern. Hausfrauen. Oder Arbeitskolleginnen in der Mittagspause. Die beiden machten aber einen anderen Eindruck. Eher wie Touristinnen."

„Wie weit waren Sie denn entfernt?"

„Ein paar Meter. Ich habe nicht gehört, was sie geredet haben, weil ich Musik hörte."

„Überlegen Sie noch einmal, bitte. Könnte es die Nummer vier gewesen sein, ja oder nein?"

„Mit achtzigprozentiger Sicherheit. Mehr kann ich nicht sagen."

Inge Nowak reichte ihr die Hand.

„Vielen Dank, Frau Duhr, Sie haben uns sehr geholfen."

„Gerne." Sie zögerte. „Werde ich ihr gleich auf dem Gang begegnen?"

„Nein, keine Sorge. Mein Kollege begleitet Sie nach draußen."

Sie wartete, bis Erkner mit ihr den Raum verlassen hatte, und bedeutete dem Beamten an der Tür, Nadine Siebert in das Vernehmungszimmer zu bringen.

Hola guapo,

Vielleicht bekomme ich wirklich einen Millionärsenkel, ich bin schon zwei Wochen überfällig. Ob es eine gute Idee wäre? Wer weiß, wozu solche Leute fähig sind – Steffen meint, seine Eltern würden ausrasten und sich mein Schweigen erkaufen. Nach zwei Joints haben wir uns ausgemalt, wie es wäre, wenn ich in Granada mit dem Kind in einem der Solarhäuser wohnen würde, die Steffen mitgebaut hätte. Dann würde sich der Kreis wieder schließen. Ist es nicht eigenartig, wie viele Leute wollen, dass ich die Klappe halte oder verschwinde? Zuerst Ramón, dann Beltrán, jetzt Florian und bald vielleicht die Eulenbergs. Obwohl ich fast schon entschieden habe, es nicht noch einmal mit Steffen zu versuchen. Ich bin mir nicht mehr sicher, ob er nicht doch mehr Gefühle für mich hegt, als er vor sich selbst zugibt. Wir unterhalten uns einmal die Woche per E-Mail und beim letzten Mal hat er eigenartige Andeutungen gemacht, komische Fragen gestellt. Woher ich eigentlich wisse, dass ich Frauen liebe (das klingt so, als wäre ich hinter allen weiblichen Personen auf der Welt gleichzeitig her!), ob es nicht vielleicht so sei, dass alle Menschen bisexuell wären und es nur wegen gesellschaftlicher Zwänge nicht zulassen könnten. Postmoderner Unsinn, um seine Chancen bei mir abzuklären? Schon wittere ich Verrat: Ich bin immer so misstrauisch, befürchte stets das Schlimmste.

Hab-Acht ist meine Grundeinstellung. Dabei hat ihn vielleicht einfach nur ein granadinischer Schönling angebaggert, ihm den Kopf verdreht und er entdeckt die Homoerotik. Ich werde ihn demnächst einfach fragen.

Heute Mittag war Nadine bei mir zu Hause. Hat sich unter einem dürftigen Vorwand ein Buch ausgeliehen. Manchmal denke ich, sie ahnt etwas. Aber das kann eigentlich nicht sein. Es ist völlig unmöglich.

Gut, dass ich bald die Stadt verlasse. Meine Familie weiß noch nichts von ihrem Glück. Britta und meine Mutter sollen erst dann erfahren, dass ich wieder in ihrer Nähe wohne, wenn ich eingezogen bin. Die Vorstellung, dass ich mich kaum vor guten mütterlichen Ratschlägen und schwesterlicher Hilfe retten kann, macht mich nervös, auch wenn es nett gemeint ist. Ich bin nicht daran gewöhnt, dass man sich um mich kümmert, ich habe bis heute alles alleine geschafft und das soll tunlichst so bleiben. Obwohl ich sicher nichts dagegen haben werde, als Alleinerziehende mein Kind gelegentlich in die Obhut von Tante und Oma zu geben. Manchmal wache ich frühmorgens auf und frage mich, ob es richtig ist, was ich im Begriff bin zu tun. Gehöre ich zu den frustrierten Singles, die durch ein Kind die Liebe kompensieren wollen, die sie in Beziehungen nicht bekommen haben? Der Traum vom trauten Heim sitzt tief, wie ein Stachel, der sich nicht ziehen lässt, das Fleisch, das ihn hält, ist fest verwachsen mit der Haut. Bei jedem Darüberstreichen ist das Darunterliegende schmerzhaft spürbar, das Fehlende drängt als Verdecktes an die Oberfläche – wessen Sehnsucht lebe ich eigentlich? Die meines Vaters, der kein Glück empfinden konnte? Die meiner Mutter, die keinen Raum hatte? Die meiner Schwester, die nach Freiheit sucht? Die meiner ersten großen Liebe, die ihr Begehren in einer Lüge verpacken musste? Die des außer Kontrolle geratenen Verlangens meines Physiklehrers? Die der ungesteuerten Wissbegierigkeit meiner Studenten? Was will ich eigentlich mit einem Haus und einem Kind und einem Baum? Meine Vorstellung davon hört auf, wenn ich mich dazudenke. In meinem Kopf gibt es für mich auf dieser Welt keinen Platz. Solange ich in Bewegung bin, solange sich meine Gedanken um Probleme und Visionen drehen, ist das Denken meine Heimat. Wenn die Ruhe kommt, verliere ich meine Daseinsberechtigung. Sterben. Ich denke oft darüber nach, was es für einen Unterschied macht, ob ich lebe oder tot bin. Mein Platz wäre schnell neu besetzt, Menschen wie ich sind austauschbar. Wir stehen für das, was wir tun und lassen, nicht für das, was wir sind. Denn wir sind immer allein. Ich will damit sagen: nimm mich mit all dem, was ich gerade mache, nicht allzu ernst. Ob ich mich reproduziere oder mich töte – dazwischen liegt keine große Differenz. Die Leere ist dieselbe. Es ist nur die Frage, wie ich sie fülle. Dass ich sie überhaupt fülle.

Ich habe mich schon einmal wegen eines Kindes nicht umgebracht. Damals habe ich mich ähnlich gefühlt: Aufgeblasen über den anderen. Zu groß, um ungesehen vorbeizuschweben, zu anders, um mich unter Menschen zu mischen. Ein zu groß geratener Fremdkörper, der sich selbst abhanden gekommen ist. Bis heute habe ich den Weg in mich hinein nicht ganz zurückgelegt. Noch immer stehe ich meist neben mir und betrachte die Frau, die versucht, ein Leben zu gestalten. Erlebe ihren Starrsinn, ihre Streitsucht, ihre Unberechenbarkeit, ihre Wut als dunkle Wolke, die bedrohlich am Himmel hängt. Ihr Kampf ist meine Müdigkeit, ihre Rastlosigkeit mein Untergang. Ihre Unfähigkeit zu lieben meine Vereinzelung. Depression macht einsam – aber wem sage ich das? Deshalb schlucken wir ja die kleinen gelben Pillen, die uns schlafen lassen und uns Gleichmut vorgaukeln, wo Verzweiflung ist. Bis vor drei Wochen habe ich täglich fünfzig Milligramm genommen. Damit kam ich einigermaßen gut klar. Ich habe damit aufgehört, um für den Ernstfall einer Schwangerschaft zu proben. Welche Auswirkungen das hat, kannst du ja lesen: Die Selbstzerstörungsmaschinerie läuft schon warm. Was würdest du an meiner Stelle tun?

Un abrazo, K.

Inge Nowak spürte es: Sie waren nah dran. Es fehlten höchstens noch zwei Teile, dann würde sich das Puzzle zu einem vernünftigen Bild zusammensetzen lassen.

„Vernimm du sie."

„Ich?"

„Wieso nicht? Mich kennt sie schon, ich war ein paar Mal zu nett zu ihr. Du hast den Männer- und den Fremdenvorteil. Macht bestimmten Frauen in solchen Situationen in der Regel Angst." Sie grinste. „Aber schüchtere sie nicht ein, okay?"

Erkner war restlos überfordert von der Situation.

„Ist sie denn unsere Täterin?"

„Möglich ist alles." Die Kommissarin nahm ihre Tasche vom Stuhl und kramte nach dem Autoschlüssel. „Finde es heraus! Ich besorge mir unterdessen einen Durchsuchungsbefehl für die WG. Besonders Florian Siebert sollten wir uns noch mal vorknöpfen, er hat seiner Frau schließlich ein Alibi gegeben. Vorher statte ich aber unserer Außenstelle einen Besuch ab. Kollege Berger hat Neuigkeiten." Sie klopfte ihm beruhigend auf die Schulter. „Du schaffst das schon. Nicht länger als eine Stunde, danach Sicherheitsverwahrung. Wenn sie will, darf sie ein Telefongespräch führen. Von meinem Apparat aus, klar?"

Erkner nickte. Die Schweißflecken auf seinem dunklen Hemd hatten gigantische Ausmaße angenommen. Inge zeigte darauf und fragte: „Hattest du nicht immer ein Hemd zum Wechseln dabei?"

„Heute nicht. Nur meine Sportsachen."

„Dann zieh dir wegen mir einen Trainingsanzug an. Vielleicht verschafft dir das den nötigen Respekt."

Er war sich nicht ganz sicher, ob sie den Ratschlag ernst gemeint hatte. Zehn Minuten später saß er Nadine Siebert jedoch in einem hellblauen Poloshirt gegenüber, in dem er gewöhnlich Badminton spielte. Zwar fühlte er sich dadurch nicht lockerer, aber er roch frischer.

Anders als Berger, der zwischen den Krankenhausbettlaken, die nur einmal die Woche gewechselt wurden, schwitzte, was das Zeug hielt.

„Ich hab was für dich!", begrüßte er Inge freudestrahlend.

„Ein Königreich für eine gute Nachricht", erwiderte sie seufzend.

„Läuft es etwa nicht rund?"

„Eine Zeugin will Nadine Siebert mit Maike Ebling kurz vor ihrem Tod im Park gesehen haben. Die schwört aber Stein und Bein, dass sie nicht dort war."

„Alibi?" Er betrachtete eine Kopie des Phantombilds.

„Kein ernstzunehmendes."

„Was glaubst du?"

„Hat mich heute schon mal jemand gefragt und ich habe gesagt, glauben führe zu nichts in unserem Beruf."

„O je. Die Kommissarin hat keinen guten Tag." Berger setzte sich mühevoll und unter Stöhnen auf. „Ich sage dir, im Liegen ermitteln ist auch nicht schön." Er griff nach der Nackenrolle und schob sie sich unter die Knie. „Aber effizient. Man hat endlich mal Zeit, die Dinge genau unter die Lupe zu nehmen."

„Und was siehst du?"

„Sieben große Buchstaben."

„Wolf – mach es nicht so spannend! Ich bin schon angespannt genug!"

„Ich dachte, du hättest gerade Spanienurlaub hinter dir?" Er grinste.

„Und du hast gleich noch ein paar Monate länger Krankenhaus vor dir, wenn du mir nicht endlich sagst, was du herausgefunden hast!"

„Na gut. Was sagt dir der Name Stenner?"

„Stenner? Hab ich unlängst mal gehört oder gelesen."

„Genau. Weißt du auch noch, wo?"

„Sag's mir."

„Auf einer Visitenkarte."

„Die mir der Mörder heimlich zugesteckt hat?"

„Vielleicht nicht der Mörder persönlich, möglicherweise aber seine Tochter."

„Herr Gott noch mal, würdest du …"

„Ist ja gut. Nadine Siebert hat uns die Visitenkarte ihres Vaters gegeben, damit wir wissen, wo wir sie finden, falls sie zu ihren Eltern fährt, richtig?"

„Richtig."

„Ihr Vater heißt Paul Stenner."

„Und?"

„Nun rate mal, wie der Physiklehrer hieß, der mit Maike Ebling einen *Jugend-forscht-Wettbewerb* 1978 vorbereitet hat?"

„Paul Stenner?"

„Bingo. Er hat sie zwei Schuljahre an einem Kölner Gymnasium unterrichtet. Im darauffolgenden Jahr ist seine Frau schwanger geworden und die Kleinfamilie ist nach Bonn gezogen. Dort hat Paul Stenner eine Stelle als Chemie- und Physiklehrer in einer neuen Schule angenommen. Maike Eblings Leistungen haben sich von diesem Moment an drastisch verschlechtert. Sie hat sich erst in der Oberstufe wieder gefangen und ein exzellentes Abitur hingelegt."

„Woher weißt du das alles?"

„Ich habe in Maike Eblings Unterlagen gestöbert und …", es war nicht zu übersehen, dass er auf diesen Teil seiner Ermittlungen besonders stolz war, „durch ein paar Telefonate ihre damals beste Freundin aufgetan. Betty Hinrichs. Sie hat hier in Berlin eine Boutique für schwarze Mode."

„Jetzt sag nicht, du bist ausgebüxt und warst in einem Dessousladen?"

„Es ist kein Dessousladen. Man kann dort auch andere Fetische erwerben. Und Betty Blacks eigene Oberbekleidungskollektion."

„Bist du noch klar im Kopf?"

„Laut Beipackzettel dürfte ich nicht Auto fahren. Sonst klappt alles." Die Sache schien ihm Spaß zu machen. „Zurück zu Betty: Sie sagt, Maike habe ein sehr enges Verhältnis zu ihrem Physiklehrer gehabt. Er habe sie manchmal nach der Schule mit dem Auto mitgenommen, sie sei bei ihm zu Hause gewesen, einmal hätten sie sogar ein Wochenende zusammen verbracht. Maike hätte behauptet, der Grund sei ein Schülerwettbewerb, aber das habe niemand geglaubt. Die ganze Schule habe gemunkelt. Vor allem, als Stenner plötzlich nach den Sommerferien nicht mehr aufgetaucht ist. Maike sei daraufhin zusammengebrochen und eine Woche nicht in die Schule gekommen. Danach sei sie praktisch monatelang krank gewesen. Mehr weiß Betty nicht, sie ist nach der Elften abgegangen und hat eine Lehre gemacht."

„Ich fasse es nicht."

„Was?"

„Dass du aus dem Krankenhaus abhaust, um auf eigene Faust zu ermitteln. Du bist krankgeschrieben, Wolf!"

„Ja, ja. Kommt nicht wieder vor. Also, was hältst du davon?"

„Wenn Paul Stenner die Verbindung zu Nadine Siebert ist, dann muss Maike Ebling etwas gegen ihn in der Hand gehabt haben."

„Denke ich auch."

„Ein Liebesverhältnis zwischen einem Lehrer und seiner minderjährigen Schülerin?"

„Zum Beispiel. Er hat die Beziehung vernünftigerweise beendet, hat sich versetzen lassen und sie bitter enttäuscht. Zwanzig Jahre später trifft sie aus Zufall auf seine Tochter. Zuerst bemerkt sie es nicht, weil Nadine den Namen ihres Mannes angenommen hat. Es fällt ihr erst auf, als sie sich vertrauter werden und Nadine von ihrem Vater erzählt. Maike sieht ihre Chance auf späte Rache und droht damit, die Geschichte an die große Glocke zu hängen."

„Erpressung?"

„Möglich."

„Nadine will ihren Vater schützen und räumt sie aus dem Weg."

„Oder Paul Stenner benutzt seine Tochter, um Maike aus dem Weg zu räumen."

„Wie das denn?" Inge griff in die Tüte Gummibärchen auf dem Nachtschrank und pickte die roten heraus.

„Weiß ich auch noch nicht. Aber es will mir nicht in den Kopf, dass eine junge Frau, um den Ruf ihres Vaters zu schützen, zur Mörderin ihrer Dozentin wird. Da gibt es etwas, was wir noch nicht wissen."

Inges Handy klingelte.

„Nowak?"

Es war Erkner.

„Was gibt's?"

„Nadine Siebert ist zusammengeklappt."

„So hart hast du sie rangenommen?" Inge zwinkerte Berger zu.

„Quatsch, ich hab nur, ich meine …“, stotterte Erkner, „plötzlich war sie käseweiß und ist fast vom Stuhl gefallen. Wahrscheinlich die Hitze.“

„Die Hitze, klar. Wo ist sie jetzt?“

„Ich hab die Sanitäter geholt.“

„Sehr gut. Lass sie bloß nicht aus Mitleid gehen. Ich brauche sie im Präsidium. Und lass sie in Ruhe.“

Sie wandte sich wieder Berger zu, der mit den Kissen kämpfte.

„Kann ich dir irgendwie helfen?“

„Leg mich mal flach.“

„Bitte?“

„Drück mal da auf den Knopf, damit das Kopfende runtergeht, ich kann nicht mehr sitzen.“

„Wie geht es dir eigentlich?“

„Wie nett, dass du mich das auch mal fragst! Großartig, siehst du doch.“ Er streckte seine Beine aus und kickte dabei die Nackenrolle weg. „Kannst du die mal aufheben? Danke.“

„Und wirklich?“ Sie reichte ihm das mit Kunststoff überzogene Kissen.

„Mit den Tabletten einigermaßen, ohne ist es die Hölle. Wahrscheinlich komme ich als Junkie wieder.“

Die Tür öffnete sich und die Schwester kam mit einer kleinen Spritze in der Hand herein. Inge Nowak machte Anstalten, das Zimmer zu verlassen, aber Berger winkte ab. „Du kannst bleiben. Falls du meinen nackten Bauch erträgst.“ Er nahm der Schwester die Spritze ab. „Mach ich selbst, danke.“

Als sie draußen war, spritzte er den Inhalt in ein Wasserglas. „Thrombosespritze. Die brauch ich nicht. Ich bewege mich genug.“

„Machst du täglich heimliche Ausflüge? Ich denke, du kannst nicht laufen?“

„Beruhige dich, ich nehme jede zweite. Das reicht allemal. Außerdem soll ich so oft aufstehen wie möglich und bin nicht bettlägerig.“

„Und wie nennst du das sonst hier?“, fragte Inge und deutete auf das Bett.

„Ruhezone“, antwortete er.

Inge stand auf, nahm die Gummibärchentüte mit ans Fenster und widmete sich den gelben. Sie resümierte: „Paul Stenner, der Vater von Nadine Siebert …"

„Geborene Stenner", warf Berger ein.

„…war also der Lehrer von Maike Ebling und hatte möglicherweise ein Verhältnis mit ihr."

„Frag die Siebert, ob sie das wusste."

„Frau Siebert", verbesserte sie. „Ich weiß nicht, ob das so eine gute Idee ist?"

„Du willst den Vater zuerst alleine befragen? In Bonn?"

„Wenn es sein muss."

„Du bist letztlich so reiselustig. Muss ich etwas wissen?"

Inge dachte: Nur nichts anmerken lassen und spürte, wie ihr die Röte ins Gesicht stieg. Sie starrte weiter nach draußen auf die Wiese und zählte die Bänke, auf denen Patienten mit ihren Besuchern saßen. Als das Blut wieder aus ihren Wangen gewichen war, drehte sie sich um.

„Nicht du, sondern wir müssen etwas wissen." Sie lächelte vielsagend. „Und zwar, welches Verhältnis Paul Stenner zu seiner Tochter hat."

Berger hatte sich auf die Seite gedreht und sich die Bettdecke zwischen die übereinander liegenden, angewinkelten Knie geschoben. Die Augen hatte er geschlossen. Er sah erbärmlich aus. Wie ein überdimensional großes Baby in einer zu kleinen Wiege.

„Hast du gerade starke Schmerzen?", fragte sie vorsichtig.

Er nickte. „Eigentlich wie immer."

Sie blieb noch eine Weile neben seinem Bett sitzen, bis er eingeschlafen war. Dass er das tat, rührte sie. Und zeigte ihr, wie schlecht es wirklich um ihn bestellt sein musste.

„Florian! Hallo!", Angelika Stenner war überrascht, die Stimme ihres Schwiegersohns am anderen Ende der Leitung zu hören, und im nächsten Moment besorgt: „Ist etwas mit Nadine?"

„Ja und nein. Sie ist bei der Polizei."

„Was? Wieso das denn?"

„Sie wird beschuldigt, eine unserer Dozentinnen vergiftet zu haben."

„Um Himmels willen! Welche Dozentin?"

„Wir hatten nur ein Seminar bei ihr. Maike Ebling."

Angelikas Gedanken überschlugen sich. Maike war tot? Und Nadine sollte sie getötet haben? Das ergab überhaupt keinen Sinn. Selbst wenn Maike ihr doch alles erzählt haben sollte, hätte Nadine dazu keinen Grund gehabt. Und wann hätte sie das tun sollen? Sie selbst hatte Maike doch noch vor ein paar Tagen getroffen.

„Bist du noch da?", fragte Florian in ihr Schweigen hinein.

„Ja, natürlich. Es ist nur, ich verstehe das nicht."

„Es gibt eine Zeugin, die angeblich gesehen hat, dass Nadine mit Kai am Dienstag im Park war. Danach wurde sie gefunden. Tot, auf einer Parkbank."

„Am Dienstag?", fragte sie nach, als hätte sie sich verhört. Ihr Herz begann wild zu schlagen.

„Ja. Da war Nadine aber mit mir in der Bibliothek, Bücher für die Hausarbeiten suchen."

Angelika Stenner nahm die Hand vor den Mund, um nicht aufzuschreien. Wie oft hatte sie sich darüber gefreut, dass ihre Tochter ihr so ähnlich sah. Nicht Nadine war mit Maike gesehen worden, sondern sie!

„Kannst du kommen?" Florian hörte sich verzweifelt an. „Ich bin nicht sicher, was ich jetzt tun soll. Braucht sie einen Anwalt? Auch, wenn sie unschuldig ist?"

Angelika hörte sich wie von fern sagen: „Ich komme. Heute noch. Und dann reden wir über alles. Keine Sorge, das wird sich ganz schnell aufklären."

Sie vereinbarten, sich am Abend in der Wohngemeinschaft in Berlin zu treffen und am nächsten Morgen gemeinsam zur Polizei zu gehen.

Nachdem Angelika aufgelegt hatte, wusste sie nicht, was sie zuerst tun sollte. Nachdenken, ermahnte sie sich, denk nach. Irgendetwas stimmt hier nicht. Sie zwang sich, ein Glas Wasser zu trinken und lehnte sich an die Arbeitsplatte in der Küche. Wenn Maike nach dem Picknick an einer Vergiftung gestorben war, dann musste sie entweder vorher oder währenddessen etwas Vergiftetes gegessen oder getrunken haben. Angelika versuchte, sich an jede Einzelheit zu erinnern. Maike hatte nicht schlecht ausgesehen.

„Eigentlich ist mir nicht nach Essen", hatte sie gesagt, „aber ich habe noch nicht gefrühstückt. Und du?"

„Greif zu. Ich krieg nichts runter. Die Aufregung, weißt du?"

Dann hatte Maike ein Stück Kuchen gegessen.

„Ganz schön süß."

„Früher mochtest du ihn so."

„Früher mochte ich einiges, was ich heute nicht mehr mag."

Sie hatten sich nicht gestritten, waren beide bemüht, die Situation im Griff zu behalten. Angelika war nach dem Treffen erleichtert gewesen. Maike hatte nicht den Anschein erweckt, als ob sie beabsichtigte, sie weiterhin zu erpressen. Es war eher so, als ob sie zusammen etwas abgeschlossen hätten. Angelika war sich sicher gewesen, dass sie einander nicht noch einmal begegnen würden. Sie hatten belanglose Floskeln ausgetauscht, Maike hatte die eine oder andere Spitze fallen lassen, auf die Angelika nicht eingegangen war. Maike war diejenige gewesen, die plötzlich die Thermoskanne und die Tassen einpackte und aufbrechen wollte. Angelika hatte ihr die silberne Dose hingehalten, darauf bestanden, dass sie den restlichen Kuchen mitnahm.

„Ich hab ihn für dich gebacken. Und deine Freundin. Falls du eine hast."

„Meine Studenten werden sich freuen", hatte Maike trocken erwidert und die Dose in den Rucksack gesteckt.

Angelika ging zum Telefon und wählte Florians Nummer.

„Hör mal, womit wurde eure Dozentin denn eigentlich vergiftet?", fragte sie ihn, noch bevor er seinen vollen Namen sagen konnte.

„Offenbar mit einem Kuchen. Jedenfalls war heute Morgen die Polizei hier, hat die ganze Wohnung auf den Kopf gestellt und all unsere Backformen mitgenommen."

„Aha." Sie rang um Worte. „Also, bis später dann."

Nadine Siebert sah mitgenommen aus. Ihr Mascara war vom Weinen verwischt, ihre Haare hatten an Halt verloren, lose Strähnen hingen ihr ins Gesicht. Wenn Inge Nowak nicht innerhalb der nächsten Stunden etwas einfiel, mussten sie sie gehen lassen.

„Wussten Sie, dass Ihr Vater früher ein Lehrer von Maike Ebling war?"

„Mein Vater? Wann?", fragte sie überrascht zurück. Wenn sie spielt, spielt sie gut, dachte die Kommissarin.

„Von der siebten bis zur neunten Klasse, in Physik." Sie schob den Zeitungsausschnitt über den Tisch.

„Nein", sagte Nadine Siebert leise, „das wusste ich nicht."

„Haben Sie jemals mit Frau Ebling über Ihren Vater gesprochen?"

„Klar. Wir haben uns manchmal über unsere Familien unterhalten. Wie wir aufgewachsen sind."

„Und wo sind Sie aufgewachsen?"

„In Bonn."

„Und Sie haben sich nichts dabei gedacht, dass Ihre Eltern einmal dort gewohnt haben, wo Maike Ebling zur Schule gegangen ist?"

„Nein, warum sollte ich?"

„Hat Frau Ebling Ihnen gegenüber jemals erwähnt, Ihren Vater oder Ihre Mutter zu kennen?"

„Nein, nie. Sie hätten sich aber beinahe einmal kennengelernt." Nadine überlegte. „Meine Mutter kam mich an meinem Geburtstag besuchen. Im März. Ich hab alle meine Freunde zum Essen zu mir nach Hause eingeladen. Maike wollte uns kochen helfen, dann wurde sie krank und musste absagen." Etwas in Nadines Kopf begann zu arbeiten. „Aber warum fragen Sie mich das alles? Denken Sie, mein Vater hat etwas mit dem Mord zu tun?"

„Ich denke, er könnte Sie dazu angestiftet haben." Inge Nowak lehnte sich abwartend zurück, Nadine Siebert beugte sich vor, stützte beide Arme auf die Tischplatte.

„Mein Vater? Mich angestiftet? Sind Sie verrückt? Warum sollte er das tun?"

„Sagen Sie es mir!"

Sie kam nicht weiter. Etwas sperrte sich in Inge Nowak dagegen, Nadine als Täterin zu akzeptieren.

„Wie stehen Sie zu Ihrem Vater?"

„Ich habe seit Weihnachten kein Wort mehr mit ihm gewechselt."

„Warum?"

„Ich bin aus Versehen dazugekommen, als er meine Mutter fertig gemacht hat. Wie ein Obermacho. Er hatte zu viel getrunken und hat ihr lauter Unverschämtheiten an den Kopf geworfen. Ich habe ihm gesagt, wenn er sich nicht bei ihr entschuldigt, muss er es bei mir gar nicht erst versuchen. Daraufhin ist er handgreiflich geworden und hat mir fast eine geknallt."

„War er an Ihrem Geburtstag auch dabei?"

„Nein, ich hatte ihn nicht eingeladen."

Die Tür ging auf und Erkner hielt sich einen unsichtbaren Telefonhörer ans Ohr.

„Die Außenstelle. Sagt, es ist dringend."

„Wir machen eine kleine Pause", sagte Inge Nowak zu Nadine Siebert. „Ich bin gleich zurück."

Auf dem Weg zu ihrem Schreibtisch streckte sie sich. Ihr ganzer Rücken war verspannt, der Kopf vermeldete angehendes Beben. Während sie Berger am Telefon begrüßte, zog sie ihre Schubladen auf und suchte nach einer Aspirin.

„Geh mal ins Internet." Berger diktierte ihr die Adresse des deutschen Osteopathenverbandes.

„Warum?"

„Da ist auch Angelika Stenner gelistet. Schau dir mal ihr Foto an."

Inge reichte Erkner, der neben ihr stand, den Zettel weiter.

„Und dann?"

„Dann, Chefin, sind wir ein Stückchen weiter! Wirst schon sehen. Bis später!" Damit legte er auf.

Sie kramte weiter in der Schublade, bis sie schließlich ein lädiertes weiß-grünes Tütchen mit einer zerbrochenen auflösbaren Kopfschmerztablette fand. Sie schüttete die Brösel in einen der fast leeren Kaffeebecher auf ihrem Schreibtisch und ging zum Waschbecken, um die unappetitliche Mischung mit Wasser aufzufüllen.

Als sie sich zu Erkner setzte, hatte er schon gefunden, wonach er suchen sollte.

„Hammerhart", sagte er und drehte den Bildschirm so, dass Inge das Bild sehen konnte.

Sie pfiff anerkennend, nippte an dem Becher und verzog das Gesicht.

„Sind das die zwanzig Prozent Ältersein, die unserer Zeugin zur sicheren Wiedererkennung fehlten?", fragte sie.

„Ganz offensichtlich", antwortete er und wählte bereits die Nummer von Sibille Duhr.

Es war lange her, dass Angelika spontan weggefahren war. Als Nadine noch klein war, hatten sie öfter Wochenendausflüge unternommen, wenn das Wetter schön war. Nadine hatte es geliebt, auf Campingplätzen zu zelten und unter freiem Himmel zu kochen. Und Paul hatte sich noch ab und an für sie interessiert. Inzwischen behandelte er sie wie einen Wohnungsgegenstand. Sie gehörte zu seinem Leben wie der Fernseher; wenn sie ihn langweilte, schaltete er einfach ab. Die Wochenenden verbrachte er inzwischen fast ganz bei Simone, er versuchte gar nicht mehr, es zu kaschieren.

„Lass dich doch scheiden", sagte er, wenn sie davon anfing.

Solange Nadine zu Hause gewohnt hatte, hatte sie nicht darüber nachgedacht. Sie wollte ihrer Tochter keine Trennung zumuten. In ihrer Anwesenheit hatte Paul sich immer zusammengerissen. Das Bild als liebevoller Familienvater war ihm wichtig gewesen. Später, als Nadine ausgezogen war, hatte Angelika eine immer größer werdende Lethargie überfallen. Der bloße Gedanke, sich eine eigene Wohnung suchen zu müssen, umzuziehen, machte sie innerhalb von Sekunden so müde, dass sie abends darüber einschlief. Tagsüber beschäftigte sie sich mit der Arbeit und dem Garten. Außer ihrer Tochter und einer Kollegin gab es keinen Menschen, dem sie sich nahe fühlte, und lieber ertrug sie Pauls Gleichgültigkeit als die Einsamkeit mit sich allein. Angelika führte ihr Leben an ihrem Mann vorbei. Sie ging täglich eine Stunde joggen, machte eine berufliche Weiterbildung nach der nächsten und konzentrierte sich auf ihre Zusatzausbildung zur Osteopathin: Spannungen spüren, Blockaden auflösen. Am Anfang hatte sie die Lehrgänge nur aus Langeweile gemacht und um am Wochenende nicht auf Paul zu warten. Dann waren ihre Hände immer sensibler geworden, sie lernte, die Energie der Patienten durch Berührung zu steuern. Die ungeheuere Sehnsucht nach Zärtlichkeit und die jahrelange Entsagung von Liebe waren einem Feingefühl für Schwingungen gewichen, mit denen sie sich blind auf jeden kranken Körper einlassen konnte. Nach Abschluss der Ausbildung war ihr Terminkalender immer voll, fünf Tage die Woche saß sie vor, neben oder hinter der Behandlungsliege und horchte in Fremde hinein. Es hatte sich herumgesprochen, dass sie Schmerzen linderte, dass man nach einem Termin bei ihr in Tränen ausbrechen oder plötzlich wieder aufrecht gehen würde. Darauf war sie stolz, es gab etwas, das sie gut machte im Leben und das ihr keiner nehmen konnte. Auch Paul nicht. Sie machte sich nur aus einem Grund nicht selbstständig: Die Praxis, in der sie seit fast fünfzehn Jahren arbeitete, war ihr Zuhause. Hier empfing man sie freundlich, hier war man besorgt, wenn sie erkältet war, hier bekam sie einen Nikolausteller und die besten Wünsche zum Geburtstag. Was würden sie nun von ihr denken? Was würde aus ihren Patienten werden? Was aus ihr? Wie sollte sie sich selbst jemals wieder in die Augen sehen können?

Schlafen. Sie wollte nichts als schlafen. Lange und traumlos. Eine Ewigkeit. Wie in Trance ging sie ins Badezimmer, öffnete den Medikamentenschrank, nahm die Tabletten heraus und packte sie ein. Sie musste fort.

Inge Nowak brachte Nadine Siebert einen Kaffee mit.

„Milch und Zucker?", fragte sie.

„Nur Zucker, danke." Sie nahm der Kommissarin ein Tütchen aus der Hand, riss es auf und ließ die weißen Kristalle in die schwarze Flüssigkeit rieseln.

„Sie sehen Ihrer Mutter zum Verwechseln ähnlich."

„Kommt jetzt meine Mutter an die Reihe?" Nadine Siebert war sichtlich gereizt. „Soll sie mich nun angestiftet haben, Kai umzubringen?"

„Was ist Ihre Mutter für eine Frau?"
„Eine wunderbare Physiotherapeutin und eine zuverlässige Freundin."
„Wie schlimm wäre es für sie, wenn ihr Mann in einen Skandal verwickelt wäre?"
„Ziemlich schlimm. Was die Leute sagen, ist ihr total wichtig. Sie wohnen in einem piefigen Viertel in Bonn. Da weiß der Nachbar schon, mit wem Sie schlafen, noch bevor Sie sich ausgezogen haben. Aber was soll die Frage?"
„Wir werden Ihre Mutter hierher bitten."
„Das müssen Sie nicht, sie dürfte schon unterwegs sein. Florian wollte mit ihr telefonieren und sie bitten, nach Berlin zu kommen."
„Das heißt sie weiß, dass wir Sie festgenommen haben und warum?", fragte Inge Nowak alarmiert.
„Natürlich, wieso denn nicht?"
„Können Sie Ihre Mutter jetzt telefonisch erreichen?"
„Nein, sie hat kein Handy."
„Dann können Sie jetzt gehen."
„Wie, gehen?"
„Wir haben keine weiteren Fragen mehr an Sie."
„Sie meinen, Sie verdächtigen mich nicht mehr?"
„Das habe ich nicht gesagt."
„Muss ich wiederkommen?"
„Möglich ist alles." Inge Nowak schaute fragend zu Erkner, der schweigend neben ihr saß.
„Wahrscheinlich statten wir Ihnen noch einen Besuch ab", fügte er hinzu. „Wir haben inzwischen Ihre Wohnung durchsucht und diverse Gegenstände beschlagnahmt. Die bringen wir natürlich zurück."
Bevor Nadine Siebert etwas entgegnen konnte, standen die beiden Kommissare auf.
„Mein Kollege fährt Sie jetzt nach Hause und wartet dort mit Ihnen auf Ihre Mutter."
„Und wenn ich das nicht will?"
Inge seufzte. „Dann ist das bedauerlich, aber leider nicht zu ändern." Beim Hinausgehen fragte sie sich, wie sich Marit in

einer ähnlichen Situation verhalten würde. Ob ihre Tochter versuchen würde sie zu warnen, und wenn ja, wie. Sie musste sie unbedingt heute Abend danach fragen. Sofern sie ihr begegnen würde, natürlich. Dabei fiel ihr ein, dass sie ihr immer noch nichts von Verónicas Besuch gesagt hatte. Morgen würde sie landen und Inge hatte weder die Wohnung geputzt noch eingekauft. Sie müsste spätestens um sechs Uhr aufstehen, um alles noch rechtzeitig zu schaffen. Blieb erstens zu hoffen, dass Nadines Mutter bald auftauchte. Zweitens, dass einige Fingerabdrücke auf der in Maike Eblings Rucksack sichergestellten Kuchendose und den Geldscheinen aus ihrem Portemonnaie mit denen von Angelika Stenner identisch waren. Und drittens, dass sie es dann noch schafften, vor Mitternacht ein passendes Motiv aufzutun, um einen Haftbefehl zu beantragen. Inge horchte in sich hinein. Nein, für sehr wahrscheinlich hielt sie das alles nicht.

Als Angelika vor drei Wochen ihre Stimme am Telefon gehört hatte, war ihr fast das Herz stehen geblieben. Obwohl mehr als zwanzig Jahre vergangen waren, hatte sie Maike sofort wiedererkannt. Ein erster Impuls hatte Freude vermeldet, dann hatte sich sofort die Angst eingeschaltet.

„Wie geht es dir?“, hatte sie unsicher gefragt.

„Das willst du doch nicht wirklich wissen. Das hat dich vor einem Vierteljahrhundert auch nicht interessiert. Wieso jetzt?“ Sie hatte feindselig geklungen.

„So war das nicht“, hatte Angelika zu beschwichtigen versucht.

„Nein, es war natürlich ganz anders. Das musst du mir aber nicht erzählen. Das kannst du deiner Tochter demnächst sagen. Dann, wenn sie dich fragen wird. Und das wird sie, wenn ich ihr ein paar Anekdoten aus meiner Vergangenheit erzähle.“

„Lass Nadine aus dem Spiel.“

„Ich habe Nadine nicht ins Spiel gebracht. Sie kam ganz von selbst. Sie ist meine Studentin. Und sie mag mich, stell dir vor. Ich sie übrigens auch. Aber keine Angst – ich spann sie dir nicht aus, bei mir gibt es Grenzen.“

„Also, was willst du?“

„Entschädigung. Die unbeschwerte Jugend, die ihr mich gekostet habt, könnt ihr mir nicht wiedergeben. Aber das viele Geld, das ich in all den Jahren dafür ausgegeben habe, um euch zu verarbeiten, will ich zurückhaben. Ungefähr zwanzigtausend. Dafür verschwinde ich für immer aus Nadines Leben und sie wird niemals erfahren, was für pädophile Egomanen ihre Eltern waren." Sie lachte bitter auf. „Oder noch sind?"

„Du willst uns erpressen?"

„Nenn es, wie du willst. Überlegt es euch. Ich rufe dich die Tage wieder an."

Angelika war schockiert gewesen, hatte sofort Paul angerufen.

„Die kleine Schlampe", hatte er gesagt, aber dafür plädiert zu zahlen. „Von deinem Konto erst mal."

„Ihr möchtet euch also freikaufen", hatte Maike einige Tage später am Telefon gesagt. „Schön. Ich will, dass du es mir persönlich übergibst. Wie wäre es mit einem Picknick im Park? Das hast du doch früher schon so gerne mit mir gemacht."

Nicht erinnern, nicht erinnern, nicht erinnern, war alles, was Angelika Stenner in diesen Tagen gedacht hatte. Nach all den Jahren mühevollen Verdrängens, dem Bitten und Flehen, dass Paul endlich aufhörte, immer wieder davon anzufangen, wenn sie sich stritten, nach den vielen Versuchen, die eindringlichen Bilder, die in ihr auftauchten, unkenntlich zu machen und zu überlagern mit weniger verfänglichen – nach all der Zeit wollte sie nicht, dass die Erinnerung über sie hereinbräche wie ein Wasserfall. Sie hatte sich nicht von unkontrollierbaren Emotionen mitreißen lassen wollen, durfte nicht noch einmal in ihrer Gefühlswelt untergehen.

Jetzt war alles anders. Maike war tot und sie war schuld daran. Sie lag angezogen auf einem fremden Bett mit buntem Blümchenüberwurf und versuchte, sich das Gesicht des Mädchens ins Gedächtnis zu rufen, das ihr so lange nicht aus dem Kopf gegangen war. Es dauerte eine Weile, ihr Gehirn hatte ganze Arbeit geleistet, hatte die Momentaufnahmen in einem tief versteckten Archiv abgelegt. Jedes Mal, wenn sie die Jugendliche vor sich zu sehen glaubte, kam ein anderes Bild dazwischen oder

der Film riss einfach, und sie fand sich wieder in dem kleinen Pensionszimmer mit den altmodischen Möbeln, den weißen Rüschengardinen und den Plastikblumen auf dem Tisch. Wie damals roch es nach Raumspray. Und wie damals war ihr alles entglitten. Vernunft, Verantwortung und Selbstachtung. Erst durch die Schwangerschaft war sie zur Besinnung gekommen. Besinnung? Konnte man das so nennen? Pure Angst war es gewesen. Furcht um sich selbst und um das Kind in ihrem Bauch. Sie hatte nicht glauben wollen, dass auch Paul sich mit Maike traf. Mit ihrer Kleinen, die sie doch beschützen wollte. Dann war sie ihm doch eines Nachmittags hinterhergefahren. Hatte gewartet, bis er eine Stunde später mit ihr zusammen herausgekommen war, aus derselben Pension, in der sie nun wieder eine verzweifelte Nacht verbrachte, genau wie damals. Um nachzudenken, so wie jetzt.

An einem anderen Ort zusammen neu anfangen – sie hatte das mit Paul nicht gewollt. Sie wäre am liebsten mit dem Ungeborenen davongelaufen, fort von Scham und Schuld, fort von einem Begehren, das nicht sein konnte, weil es nicht sein durfte. Dabei war ihr die zärtliche Liebe zu dem Mädchen immer unschuldiger vorgekommen als Pauls rachsüchtige Annäherungsversuche an seine Schülerin. Auch wenn sie tief im Innern wusste, dass sie Maike nicht weniger verletzt hatte als er.

Das Mädchen hatte nicht wissen können, dass Angelika Paul verlassen wollte. Aber er hatte sie nicht gehen lassen. Hatte gedroht, seine Frau wegen Verführung Minderjähriger anzuzeigen. Hatte in ihren Sachen gewühlt, die Liebesbriefe und ihr Tagebuch an sich genommen, Beweismittel, wie er sagte, die er vor jedem Scheidungsgericht gegen sie verwenden könnte.

„Ich lasse dir das Sorgerecht für dein Kind entziehen", hatte er gedroht. Da hatte sie nachgegeben.

Zum ersten Mal dachte Angelika Stenner wirklich darüber nach, wie es der damals Sechzehnjährigen ergangen sein konnte. Wie sich Maike gefühlt haben musste, als sie bemerkt hatte, dass sie verlassen worden war. So einsam und verraten wie sie selbst, zwei Jahrzehnte später in diesem fremd-vertrauten Zimmer? So mutlos und verzweifelt, so abgrundtief gekränkt, so hintergangen? Hatte auch Maike Schluss machen wollen? Und was hatte sie daran gehindert?

Es regnete. Florian würde sich bald wundern, dass sie nicht anrief. Den Wagen hatte sie in einem Parkhaus in der Innenstadt abgestellt. Sie war eine Viertelstunde zu Fuß hierher gelaufen, hatte sich unter ihrem Mädchennamen in die Gästekartei eingetragen und sofort bar bezahlt. Sie würde niemandem etwas schuldig bleiben.

So fühlen sie sich also an, dachte Angelika Stenner, die letzten Stunden meines Lebens. Sie hatte keine Angst mehr. In ihr war alles zerbrochen und mit dem letzten bisschen Rückgrat würde sie geradestehen, für das, was sie getan hatte.

Frauen. Eine schlimmer als die andere. Wo zum Teufel steckte Angelika? Es hätte so gut laufen können, wenn sie nicht wieder alles kaputtgemacht hätte. Es hätte ausgesehen wie Mord und Selbstmord. Wenn die Polizei zu ihm gekommen wäre, um ihm die traurige Nachricht vom Tod seiner Frau zu überbringen, hätte er den hintergangenen Witwer gemimt. Hätte ihnen Angelikas Tagebuch und Maikes Liebesbriefe von damals zugespielt, die er hütete wie einen Schatz, und erzählt, wie verzweifelt seine Frau gewesen wäre. Dass Maike ihn erpresst hatte und dass er, der verständnisvolle Ehemann, seiner Frau längst verziehen hatte und natürlich zu ihr gehalten hatte. Nie hätte er gedacht, dass sie sich deshalb umbringen würde. Wenn er es nur geahnt hätte!

Sie hatte ihm einen Strich durch die Rechnung gemacht. Am Abend einfach wieder auf dem Sofa gesessen. Fast hätte er sich verraten, als er sie zu Hause angetroffen hatte. Und wie schwer war es gewesen, herauszubekommen, ob Maike auch nicht von dem Kuchen gegessen hatte. Noch einmal würde sie ihn nicht an der Nase herumführen, jetzt war er vorbereitet, hatte an alles gedacht. Plan B würde funktionieren. Man würde ihm glauben, alle Indizien sprachen gegen sie. Am Ende wäre das Glück wie immer auf seiner Seite. Paul hatte plötzlich so gute Laune, dass er sich ein Bier vor dem Abendessen gönnte. Niemand würde ihm zukünftig vorschreiben wollen, wann er trinken durfte und wann nicht. Kein Gemecker, keine gequälten Blicke, kein Gejammer mehr. Er hatte sie alle zum Schweigen gebracht. Angelika würde ihre Vorwürfe schon bald gegen dicke Wände schreien, und Maike konnte nichts mehr sagen. Das hatte schwarz auf weiß in der Berliner Zeitung gestanden, die er am Flughafen gekauft hatte. Er war nämlich clever. Und endlich ein freier Mann. Das Einzige, wofür er jetzt noch sorgen musste, war eine Haushälterin, die für ihn putzte, kochte und sich um seine Wäsche kümmerte. Den Fehler zu heiraten, würde er nicht noch einmal begehen.

Erkner saß mit Mark auf dem Sofa im Wohnzimmer, Florian lag nebenan mit Nadine auf ihrem Bett. Die Tür stand offen und von Zeit zu Zeit warf Erkner einen Blick hinüber.

Angelika Stenner war seit zwei Stunden überfällig. Gegen zehn klingelte das Telefon.

„Laut stellen", ordnete Erkner an.

Nadine hob ab. „Ja, bitte?"

„Hallo, mein Schatz! Wie geht es dir?"

Nadine bemühte sich, möglichst unaufgeregt zu klingen: „Hallo, Papa. Weißt du, wo Mama bleibt?"

„Wie meinst du das?"

„Sie wollte um acht Uhr hier sein."

„Bei dir in Berlin?" Seine Stimme überschlug sich fast. „Davon weiß ich ja gar nichts! Was ist denn los?"

Nadine sah fragend zu Erkner, der vehement den Kopf schüttelte und den Zeigefinger an die Lippen legte.

„Nichts Besonderes. Frauensachen. Ich hab Mama gebeten zu kommen."

„Und da setzt sie sich ins Auto und fährt einfach nach Berlin, ohne mir etwas zu sagen?", polterte er los.

„Sie wird dich schon anrufen, wenn sie hier ist."

„Und zwar als Erstes, ist das klar?" Sein anfangs wohlwollender Ton war einer unmissverständlichen Schärfe gewichen.

Nadine biss sich auf die Lippen, schwieg. Er versuchte einzulenken.

„Jetzt sei nicht böse, Kleines."

„Ich bin nicht böse und ich bin nicht klein. Und ich bin schon gar nicht deine Befehlsempfängerin." Ihre ganze Wut, die sich im Laufe der letzten zwei Tage aufgestaut hatte, richtete sich plötzlich gegen ihn. Erkner begrüßte das, es machte das Gespräch authentisch. Aus irgendeinem Grund, den er sich noch nicht erklären konnte, wollte er unbedingt vermeiden, dass Paul Stenner wusste, was gespielt wurde.

„Ist ja gut. Ich mache mir eben Sorgen."

„Um wen genau?"

„Um Mama. Und um dich", beeilte er sich zu sagen.

„Seit wann?"

„Nadine, ich will mich jetzt nicht mit dir streiten."

„Dann tu es nicht. Ich richte Mama aus, dass sie sich bei dir melden soll. Ciao." Dann drückte sie ihn weg.

„Pascha", murmelte sie. Und zu Florian gewandt: „So redest du ein einziges Mal mit mir und ich lass mich am nächsten Tag scheiden, das schwöre ich dir!"

Sie gingen in die Küche.

„Willst du auch einen Tee?", fragte er.

Sie nickte, setzte sich auf einen Stuhl und zog die Beine an.

„Papa war Kais Lehrer", sagte sie plötzlich.

„Was? Woher willst du das wissen?" Erstaunt ließ Florian den Teebeutel sinken.

„Behauptet die Kommissarin. Vor meiner Zeit. In Physik." Sie umschlang mit den Armen ihre Beine und legte den Kopf auf ihre Knie. „Warum hat sie mir das nie erzählt?"

„Vielleicht hat sie nicht mitgekriegt, wer dein Vater ist."

„Doch."

„Wie denn?"

„Vor ein paar Wochen war sie hier, weißt du noch, als wir zusammen gekocht haben. Sie kam früher, weil sie nach der Uni nicht noch mal nach Hause wollte. Auf meinem Schreibtisch lagen die Fotos, mit denen ich Mama den Kalender gebastelt habe. Sie hat sie sich alle genau angesehen. Gefragt, ob das meine Eltern wären. Wollte ihre Vornamen wissen."

„Hast du das der Polizei erzählt?"

„Mehr oder weniger."

„Und?"

„Die Kommissarin glaubt, meine Eltern hätten etwas mit dem Mord an Kai zu tun. Oder hätten mich dazu angestiftet."

„Krass."

„Krass? Das ist völlig absurd!"

Er holte Tassen aus dem Schrank, Milch aus dem Kühlschrank und stellte alles auf den Tisch. „Aber Zufall ist das irgendwie auch nicht, oder?"

Nadine antwortete nicht. Sie traute ihrem Vater einiges zu. Doch sie erlaubte sich nicht, ernsthaft darüber nachzudenken. Es gab nur einen einzigen Grund, weshalb ein Lehrer eine ehemalige Schülerin zum Schweigen hätte bringen wollen.

„Was denkst du?"

„Ach, nichts. Ich frage mich, wo Mama bleibt. Vielleicht ist etwas passiert."

Ihre Mutter war zuverlässig. Wenn sie eine Panne hätte, würde sie von der nächsten Telefonzelle aus anrufen. Es entsprach ihr überhaupt nicht, sich so lange nicht zu melden, wenn sie wusste, dass sie erwartet wurde. Außerdem kam sie nie zu spät. Sie war die Pünktlichkeit in Person. Etwas stimmte nicht. Plötzlich war sie sich sicher, dass ihre Mutter Hilfe brauchte. Mit schnellen Schritten lief sie ins Wohnzimmer, stellte sich vor Erkner und sagte unvermittelt: „Ich glaube, etwas ist nicht in Ordnung, meine Mutter müsste längst hier sein."

Erkner schaute auf die Uhr. „Wir warten noch eine halbe Stunde. Dann lassen wir nach ihr suchen."

Inge Nowak stand im Bademantel im Flur und fluchte. Auch das noch, ihre Hauptverdächtige war wie vom Erdboden verschluckt. Wenn sie Glück hatten, brachte die Fahndung nach dem Auto etwas, wenn sie Pech hatten, hatte sich Angelika Stenner bereits ins angrenzende Ausland abgesetzt. Nach Belgien oder in die Niederlande, im schlimmsten Fall hatte sie von dort einen Flieger irgendwohin genommen. Sofern sie auf der Flucht war. Sofern sie tatsächlich etwas mit dem Mord zu tun hatte und nicht einfach auf der Autobahn im Stau stand. Es war Zeit, den Ehemann zu befragen. Höchste Zeit. Wenn Angelika

Stenner die Gesuchte war – und Sibille Duhr war sich bei dem Foto hundertprozentig sicher, dass es sich um die Frau handelte, die sie im Park gesehen hatte –, steckte sie wahrscheinlich mit ihrem Mann unter einer Decke. Sie mussten herausfinden, warum sich Maike Ebling mit Angelika Stenner getroffen hatte.

Es war kurz vor dreiundzwanzig Uhr. Ihre ausgiebige Körperpflege mit Maniküre, Pediküre und Enthaarung war jäh von Erkners Anruf unterbrochen worden; seitdem lief sie planlos umher und wusste nicht, was sie zuerst tun sollte.

„Du bist ja noch auf?" Marit stand in der Durchgangstür zu ihrer Wohnung und sah sie überrascht an. „Wollte mich gerade an deinen Kühlschrank schleichen, um zu sehen, ob er mehr hergibt als meiner."

„Mit Sicherheit nicht."

„Gibt's ein Problem?"

„Das Chaos in der Wohnung."

„Und was ist daran so problematisch? Das stört dich doch sonst vor dem Wochenende auch nicht."

Inge war versucht, die Schublade in der Kommode aufzuziehen und nach dem Päckchen Zigaretten zu greifen, das sie dort versteckt hielt. Stattdessen steckte sie die Hände in die Bademanteltasche, und ließ sich in den großen Ohrensessel fallen, über dem gewöhnlich ihre Jacken und Mäntel lagen.

„Verónica kommt morgen früh an."

„Du wolltest mir verheimlichen, dass deine Liebste kommt?"

„Sie ist nicht meine Liebste!"

„Wieso, gibt's noch eine andere?", grinste Marit. Dann sah sie sich um. In der Wohnung herrschte die übliche Freitagabendunordnung, die bis in den Eingangsbereich ausuferte. Einzelne Schuhe lagen herum, Altglas wartete geduldig in Tüten auf seine Entsorgung, die Garderobe, der Spiegel, die Läufer – alles war mit einer dünnen sommerlichen Staubschicht überzogen. Inge Nowak putzte samstags, genoss die Ordnung sonntags und montags und ließ ab Dienstag alles verlottern.

„Verstehe", sagte Marit. „Du bist schlecht vorbereitet."

„Allerdings."

„Eingekauft?"

„Ha-ha!"

Marit zog die dünne Jacke aus, die sie über einem Trägerhemd trug, und warf sie ihrer Mutter im Sessel entgegen.

„Ich übernehme das Kommando und wir schaffen das zusammen."

„Quatsch, du musst dir darüber keine Gedanken machen. Ich …"

„…krieg das schon alleine hin, ich weiß." Marit lachte. „Ich kenne dich schon ein bisschen länger, Mama." Sie nahm ihre Hände und zog sie an den Armen, dass sie aufstehen musste. „Los: Du ziehst dir sofort was an und fährst zu *Ullrich* am Bahnhof Zoo. Der hat bis Mitternacht offen. Da kriegst du alles, was du brauchst. Toast, Lachs, Prosecco, Wein, Käse, Schinken, Delikatesstiefkühlpizza, Obst, sogar frische Sushi haben die da. Die könntest du mir mitbringen. Als Belohnung für's Putzen."

Die Kommissarin stand unschlüssig im Flur. Marit bugsierte sie Richtung Schlafzimmer. „Zieh dich an, in dem Tempo wird das nichts. Komm schon. Oder willst du beim ersten Besuch einen schlampigen Eindruck machen und statt im Bett herumzuliegen, dauernd essen gehen?"

Inge gab sich geschlagen. Marit hatte recht. Und wie oft war es andersherum gewesen? Wie oft hatte sie ihr die Sachen hinterher geräumt, hatte eingekauft und Essen gekocht, das Marit dann als Beispiel ihrer hausfraulichen Eigenschaften ausgab? Es war an der Zeit, dass sie sich wirklich von ihrer Tochter emanzipierte. Von zu Hause auszog.

Zehn Minuten später saß sie in ihrem Wagen Richtung Bahnhof Zoo zum Mitternachtseinkauf. Manchmal war es einfach ein Segen, in Berlin zu wohnen. Die Stadt war eingestellt auf die Chaoten, die sie bewohnten.

Berger lag wach. Nicht die Schmerzen, sondern das Schnarchen seines Nachbarn ließen ihn nicht schlafen. Er machte Licht, setzte sich auf und holte das kleine Schachspiel aus der Schublade, das Ines ihm mitgebracht hatte. Er war davon gerührt gewesen. Als sie sich kennengelernt hatten, hatte er zu den besten Spielern in Deutschland gezählt und regelmäßig an Turnieren teilgenommen. Seine ganze Jugend hatte er damit verbracht, vor dem Brett zu sitzen und Strategien nachzuspielen. Wenn die anderen Jungs zum Fußball gingen, nahm er sein Reiseschachbrett mit in die Felder und legte sich damit ins Gras; wenn es darum gegangen wäre, in der Disko Mädels aufzureißen, knipste er seine Schreibtischlampe an und brütete über einem Zug, mit dem Anatoli Karpow einen Gegner mattgesetzt hatte. Er dachte in seiner Pubertät kaum an Sex, seine Leidenschaft galt den hellen und dunklen Kästchen, in denen er die Figuren bewegen konnte, wie er wollte. Die Übung, sich in den Kopf seines Gegenübers zu versetzen, hatte ihn auf die Idee gebracht, zur Polizei zu gehen. Seine Mutter war entsetzt gewesen, sein Vater hatte ihn unterstützt. Er hatte gern – wenn überhaupt – Krimis gelesen, die Fälle forderten seine Vorstellungskraft heraus, er liebte das gelbliche Licht im nächtlichen Büro des Fernsehkommissars, der nachdenklich am Fenster saß und nicht eher aufhörte, sich den Kopf zu zerbrechen, bis er eine Lösung gefunden hatte. Gut und Böse war für Wolfram Berger immer eine Frage der Logik gewesen, nicht der Ethik. Gefühle standen für ihn an zweiter Stelle. Das hatte ihn zu einem guten Ermittler gemacht. Und zu einem schlechten Ehemann. So sehr er sich auch bemühte, er begriff die emotionale Welt seiner Umgebung nicht. Am Anfang hatte er gedacht, es läge am Unterschied zwischen Männern und Frauen. Seine Liebe zu Ines bestand darin, dass sie ins Kino gingen und danach ins Bett. Seinen Körper außer Kontrolle zu erleben, war ihm einerseits unheimlich, andererseits genoss er den Moment des Außer-sich-Seins. Danach schlief er zufrieden ein. Am nächsten Morgen überfiel ihn gewöhnlich eine Art Unbehagen. Ines' warme Haut kam ihm bei Tag zu nahe, er mochte den Geruch ihres Atems nicht und schämte sich dafür. Er fühlte sich bedrängt, wenn sie ihn fragte, wie er geschlafen habe, er hasste es, wenn sie ins Badezimmer kam, ohne anzuklopfen. Und doch hatte er sie geheiratet. Es schien dazuzugehören, so wie es dazugehörte, dass er befördert wurde, sich ein Motorrad kaufte und Schach spielte. Zwar nicht mehr in jeder freien Minute, aber doch genug, um von Zeit zu Zeit hinter den Figuren zu verschwinden. Er wollte Ines glücklich machen, denn er dachte, es sei seine Aufgabe. Er ermunterte sie, ihr Abitur nachzumachen und zu studieren, er war stolz darauf, dass seine Frau klug und erfolgreich war. Doch statt sich mit dem herausragenden Diplom in die Arbeit zu stürzen, jobbte Ines weiterhin im Reisebüro und wollte ein Kind.

„Ich kann doch halbtags arbeiten", sagte sie.

Die Vorstellung, ein Baby im Haus zu haben, machte ihm Angst. Er brauchte seine Ruhe. Wenn ihn zu viele Geräusche umgaben, wurde er nervös. Ein kleines Kind war unkontrollierbar. Man konnte nicht mit ihm reden, es verstand keine Erklärungen. All das sagte er Ines nicht.

„Lass uns noch ein paar Jahre warten", bat er sie. „Bis wir ein paar Rücklagen haben, vielleicht ein eigenes Häuschen mit Garten."

Das war vor drei Jahren gewesen. Nun hatten sie Rücklagen, Ines hatte eine sichere Stelle bei der Stadtverwaltung angetreten, ihr dreiunddreißigster Geburtstag stand bevor.

„Ich will keine Großmutter für mein eigenes Kind sein. Außerdem steigt das gesundheitliche Risiko." Sie warf ihm vor, kein Interesse an ihr und einer Familie zu haben, an nichts anderes denken zu können als an Mord und Totschlag und sein verdammtes Schach.

Damit hatte sie recht, genauso war es. Er war vollkommen zufrieden mit seiner Arbeit und wenn er nach Hause kam, zog er sich nach dem Essen am liebsten zum Spielen zurück. Er hatte kein Bedürfnis, sich mit ihr auszutauschen, es war ihm egal, welche Blumen sie im Garten pflanzte, und wenn der Rasen gemäht werden musste, tat er es. Er fuhr auch mit zum Einkaufen, aber er wollte nicht mit ihr über das Essen diskutieren. Seinetwegen könnten sie jeden Abend irgendwo essen gehen, indisch, türkisch, italienisch – in ihrem Viertel gab es doch alles und es kostete nicht die Welt. Sie konnten es sich leisten. Aber auch das konnte er ihr nicht sagen. Er wusste, dass er sie damit verletzen würde, obwohl er nicht wirklich verstand, weshalb.

„Bist du eigentlich völlig gefühllos?", hatte sie ihn immer wieder gefragt und er hatte geschwiegen, denn er wusste keine Antwort darauf.

Er holte aus dem zusammengeklappten Schachbrett die weiße Dame, die schwarze Dame und den weißen König heraus und stellte sie auf das Tablett am Beistelltisch, das er nah an sich heranzog. Er probierte sämtliche Variationen aus: Die weiße Dame neben der schwarzen Dame und umgekehrt, einmal mit dem König links und einmal mit dem König rechts. Schließlich stellte er den König zwischen beide Damen. So erschien es ihm am logischsten. Paul Stenner hatte sowohl mit Angelika Stenner als auch mit Maike Ebling Kontakt. Wenn er ihn aus dem Spiel nahm, rückten die beiden Frauen näher zusammen, wenn er ihn stehen ließ, stand er zwischen ihnen. Er legte die schwarze Dame um, Maike Ebling war tot. Blieben der weiße König und die weiße Dame. Ohne die Dame setzte der König niemanden matt. Im Gegenzug wurde die Dame oft geopfert. Berger tauschte die schwarze Dame durch einen kleinen schwarzen Bauern aus. Maike Ebling war die Schülerin von Paul Stenner gewesen. Er stellte den Bauern links neben den weißen König, rechts von ihm seine Dame. Angenommen, die beiden hatten ein Verhältnis. Dann musste Angelika Stenner davon nichts wissen. Wenn Maike Ebling ihn Jahre später erpresst hätte, würde er seiner Frau nichts davon gesagt haben. Wenn Angelika Stenner aber in Berlin war, um Maike Ebling zu treffen, mussten die beiden Frauen ein eigenständiges Verhältnis gehabt haben. Seit wann? Schon damals? Er stellte den schwarzen Bauern zwischen die beiden weißen Figuren. Vati, Mutti, fremdes Kind. Berger dachte nach.

Im selben Augenblick leuchtete das Lichtsignal auf seinem Handy, das er leise gestellt hatte. Unbekannte Nummer. Er nahm das Gespräch an, es knisterte in der Leitung.

„Hallo?"

Es klickte und rauschte, die Verbindung war schlecht.

„Hallo? Hier spricht Daniel Rosenbaum aus Melbourne. Sie haben versucht, mich zu erreichen. Ich muss dringend mit Ihnen sprechen."

Zehn Minuten später stand Berger auf wackligen Beinen im Badezimmer und putzte sich die Zähne. Er musste auf den

Nachtportier einen anständigen Eindruck machen, sonst würde der ihn nie und nimmer um diese Zeit an den Computer lassen.

Inge Nowak legte sich gegen drei Uhr morgens schlafen. Als sie vom Einkaufen gekommen war, hatte Marit bereits das Badezimmer gewienert, die Betten überzogen und gestaubsaugt.

„Wie gut, dass wir in Kreuzberg wohnen. In Charlottenburg hätten die Nachbarn sicher schon die Polizei geholt."

„Nicht, wenn sie wüssten, dass du von der Polizei bist!"

Sie hatten sich zusammen über die Sushis hergemacht, die Küche aufgeräumt, dann war Inge Nowak erschöpft, aber froh in ihr Bett gefallen. Am nächsten Morgen würde sie Verónica vom Flughafen abholen und mit ihr einen Ausflug nach Bonn machen. Immerhin war es irgendwie auch ihr Fall und Inge freute sich, sie dabeizuhaben. Die Kommissarin war gerade eingeschlafen, als das Telefon klingelte.

„Wolf? Weißt du, wie spät es ist?", fragte sie schlaftrunken. Dann besann sie sich, dass er sich im Krankenhaus befand, und war schlagartig wach. „Ist etwas passiert? Geht es dir nicht gut?"

„Doch, alles bestens. Ich weiß jetzt, warum Angelika Stenner in Berlin war."

„Und das fällt dir mitten in der Nacht ein?"

„Willst du es nun wissen oder weiterschlafen?"

„Eigentlich weiterschlafen." Sie setzte sich auf. „Schieß los."

„Sie hatte was mit Maike Ebling."

„Was? Wann?"

„Vor ungefähr zwanzig Jahren. Und jetzt halt dich fest: Er auch."

„Woher weißt du das?"

„Der Australier hat sich bei mir gemeldet. Er stand in regem E-Mail-Kontakt mit Maike Ebling und hat mir die gesammelte Korrespondenz geschickt. Das musst du dir unbedingt ansehen."

„Wo um alles in der Welt bist du?"

„In einem Büro der Krankenhausverwaltung. Da fliege ich aber mit Sicherheit gleich raus. Ich schicke dir das ganze Zeug per E-Mail ins Büro. Du musst dir vor allen Dingen die letzten Briefe von ihr durchlesen."

„Gut. Ich meine – super! Und jetzt mach, dass du wieder ins Bet kommst, du bist krank."

„Ist gut, Mami", scherzte er und legte auf.

Halb vier. Schlafen würde sie jetzt sowieso nicht mehr können. Inge Nowak stand auf und kochte sich einen Espresso. Wenn Maike Ebling als Jugendliche mit ihrem Lehrer und seiner Frau ein Verhältnis gehabt hatte und wenn sie zufällig zwei Jahrzehnte später als Dozentin auf deren Tochter getroffen war, dann lag die Vermutung nahe, dass sie die beiden erpresst hatte. Die Frage war nur, ob sie schon vorher mit Nadine befreundet gewesen war oder ob sie sich mit ihr angefreundet hatte, um glaubwürdiger zu wirken. Und wen hatte sie erpresst? Ihn, sie oder beide? Wer hatte der Frau Gift in den Kuchen gerührt? War es eine Gemeinschaftstat oder ein Alleingang von einem der beiden? Und wo war Angelika Stenner? Sie musste die E-Mails lesen, um sich ein genaues Bild zu verschaffen. Die Kommissarin wischte die Tropfen weg, die sie beim Eingießen aus der Espressokanne verschüttet hatte und kippte das braune Zeug hinunter. Es war unwahrscheinlich, dass sie noch einmal nach Hause käme, bevor sie Verónica vom Flughafen abholte. Sie musste sich also jetzt schon dafür schick machen. Wie gut, dass Marit sie auch dabei beraten hatte. Duschen, Zähne putzen und sich anziehen. Auf die Uhr sehen. Nur noch sechs Stunden. Inge Nowak war aufgeregt.

Hola Guapo,
heute ist es so weit. Du fährst nach Neuseeland und ich treffe mich mit Angelika. Ich bin nervös. Als wir uns das letzte Mal verabredet haben, war sie jünger als ich heute. Verrückt, nicht wahr? Sie hatte sich nichts anmerken lassen, ich wusste nicht, dass ich sie danach nicht wiedersehen würde. Und ich konnte nicht ahnen, dass ich dem Kind in ihrem Bauch so viele Jahre später als Dozentin begegnen würde. Zwar habe ich Paul und Angelika gedroht, ihrer Tochter alles zu erzählen, um sie dazu zu bringen, Schweigegeld zu zahlen. Aber ich würde es niemals tun. Für Nadine würde eine Welt zusammenbrechen und es reicht, dass meine eigene

damals in sich zusammengefallen war. Sie hält große Stücke auf ihre Mutter. Wenn sie von Angelika erzählt, dann kann ich mir vorstellen, wie sie aussieht. Lachend, begeistert, verärgert. All diese Gemütszustände habe ich selbst mit ihr erlebt und es gab eine Zeit, in der uns nicht die Angst beherrschte. Neulich habe ich gelesen, dass derselbe Mann, der vier Frauen vergewaltigt und getötet hat, ein liebevoller Familienvater sei. Wie viele Persönlichkeiten doch in einem Menschen stecken. Dieselben Hände, die mich Leidenschaft lehrten und mich ohne Vorwarnung fallen ließen, heilen heute Menschen. Und Paul. Wie sehr muss er verdrängen. Ich war sicher nicht die Einzige, mit der er sich in der Pension getroffen hat. Mit mir hatte er nur leichtes Spiel, weil er mich in der Hand hatte. Es ist ein gutes Gefühl, den Spieß jetzt umzudrehen. Am längeren Hebel zu sitzen. Und doch bin ich froh, wenn es vorbei ist. Manchmal überfällt mich ein schlechtes Gewissen. Mir das eigene Leid bezahlen zu lassen, kommt mir trotz allem schäbig vor. Als ob es damit getan wäre. Vielleicht hatte ich gehofft, sie würden sich entschuldigen. Auf die eine oder andere Weise Reue zeigen. Doch sie bereuen nichts. Sie wissen nämlich gar nicht, was. In ihren Augen gibt es nichts zu bedauern. Für Angelika und Paul war ich nicht mehr als eine Episode in ihrem Leben, die Überbrückung zum Nachwuchs. Lückenbüßerin in einem langweiligen Eheleben. Wahrscheinlich hoffe ich immer noch, Angelika besäße den Mut, zu ihren Fehlern zu stehen. Für mich wäre es von Bedeutung, wäre es befreiend, ihr zu verzeihen. Für sie vielleicht auch. Ich weiß nicht, wie Menschen es schaffen, sich ein Leben lang selbst zu belügen, ich stelle mir vor, dass man sich dabei von innen heraus vergiftet. Immerhin ist ihnen mein Schweigen viel Geld wert. Zwanzigtausend. Ich hatte nicht gedacht, dass sie so kampflos zahlen würden.

In einer Woche bin ich weg aus Berlin. Vielleicht kaufe ich mir bald einen Hund. Es kann nicht schaden, zukünftig einen Aufpasser zu haben. Aber vielleicht willst du ja mal wieder für eine Weile diese Rolle übernehmen? Überleg es dir und sag mir Bescheid, wenn du wieder zurück bist!

Un abrazo, K.

Zwei Stunden hatte Inge Nowak benötigt, um Maike Eblings per E-Mail versendete Briefe an Daniel Rosenbaum zu lesen. Nun gab es zwei mögliche Täter, die beide ein Motiv hatten. Angelika Stenner war flüchtig, Paul Stenner hielt sich vielleicht noch in seiner Wohnung auf. Er durfte ihnen nicht auch noch entwischen. Sie griff zum Telefon und veranlasste die Kollegen in Bonn, ihn vorläufig festzunehmen. Sie selbst käme am Nachmittag zum Verhör.

Dann rief sie Berger an.

„Wer war's: sie, er oder beide?"

„Wie sagt meine Chefin immer? Möglich ist alles."

„Komische Chefin hast du. Aber in diesem Fall hat sie wahrscheinlich recht."

„Und was macht sie jetzt?"

„Spurensicherung. Ich lass das ganze Haus der Stenners auf den Kopf stellen. Fingerabdrücke checken, Backformen analysieren, Giftspuren verfolgen. Ich persönlich setze außerdem auf unnachgiebiges Verhören. Falls sich mal einer von beiden mit mir unterhält."

„Ist sie immer noch nicht bei ihrer Tochter aufgetaucht?"

„Nein. Erkner hat die ganze Nacht auf dem Sofa verbracht. Außer Muskelkater hat er nichts vorzuweisen."

„Hat er mir heute Nacht erzählt. Wir haben ein bisschen geplaudert wegen der E-Mails. Zwei schlaflose Männer in fremden Betten. Und was ist mit Herrn Stenner?"

„Wird hoffentlich gerade von den Kollegen in Bonn festgenommen. Ich fahr später hin."

„Hat das nicht Zeit bis Montag?"

„Ich habe ein ungutes Gefühl."

„Die Nowak und ihre Gefühle. Darauf musst du natürlich hören."

„Sehr lustig. Worauf würdest du denn hören?"

„Auf meinen Verstand."

„Der sollte dir sagen, dass wir ihn spätestens morgen wieder laufen lassen müssen, wenn wir nicht mehr gegen ihn in der Hand haben."

„Meinst du, er setzt sich ab?"

„Möglich. Seine Frau ist uns ja schon entwischt."

„Dann werden wir wohl doch am Wochenende arbeiten müssen!"

„Wir?"

„Wir. Bis dann!"

Es klickte in der Leitung, Berger hatte aufgelegt. Manchmal fehlte ihm jede Sensibilität für den Moment. Wie ein Elefant im Porzellanladen. Dafür war er witzig und verfügte über einen Scharfsinn wie kein anderer. Er funktionierte wie ein Roboter. So lange, bis er eine Antwort auf eine Frage hatte, ganz gleich wie lange es dauerte. Wolfram Berger lebte für Lösungen. Und damit auch für Probleme. Er kannte keine Grenzen, ging über seine eigenen ständig hinweg und überschritt auch die der anderen mühelos. Dafür konnte man sich hundertprozentig auf ihn verlassen. Berger war so etwas wie ein netter wandelnder Computer, der die Spezies Mensch zwar nur bedingt verstand, aber immer durchschaute.

Inge Nowak schaute auf die Uhr und dann in den Spiegel. Sie würde die letzten zwei Stunden lieber am Flughafen verbringen als in ihrem Büro. Sie könnte in dem sündhaft teuren Café vor der großen Tafel mit den Ankunftszeiten an einem der Stehtische frühstücken. Schon bei dem Gedanken rebellierte ihr Magen. Ihr war leicht übel. Würden sie einander sofort erkennen? Natürlich würden sie das, sie hatten sich ja erst vor ein paar Tagen das letzte Mal gesehen. Wäre sie in ihrer gewohnten Umgebung, im Beisein ihrer Kollegen und vor allem im Beisein ihrer Tochter eine andere als in Granada? Würde Verónica die staubige, schnelle Hauptstadt mit ihrer holprigen Vergangenheit, den Spuren einer gewaltsamen Trennung und einer fragwürdigen Wiedervereinigung gefallen? Wie lange würde sie überhaupt bleiben? Zwei Tage, drei, eine Woche? Und sie, Ingeborg Nowak, Hauptkommissarin, dreiundvierzig, wohnhaft in Berlin, würde sie die Nähe eines anderen Menschen in ihrer Wohnung, ihrem Badezimmer, ihrem Bett überhaupt aushalten?

Sie befestigte das Polizeischild mit ihrer Dienstnummer gut sichtbar von innen an der Windschutzscheibe und stellte den Wagen direkt vor einen der Eingänge in absolutes Halteverbot.

Inge Nowak hatte keinerlei Probleme damit, die wenigen Vorteile, die ein Beruf mit sich brachte, in dem man regelmäßig sein Leben für einen Hungerlohn aufs Spiel setzte, in aller Gänze auszunutzen.

Die Kommissarin zwang sich, ein französisch anmutendes Hörnchen zuerst in ihren Cappuccino und dann in den Mund zu stecken, zu kauen und zu schlucken. Sie musste etwas im Magen haben, bevor Verónica landete, danach würde sie sicher überhaupt keinen Bissen mehr hinunterbringen. Wann war ihr das zum letzten Mal passiert? Mit dreizehn, als sie unsterblich in den Bademeister verliebt war und tagelang um das Schwimmerbecken herumgeschlichen war, während sich die anderen mit Pommes und Gummibärchen vom Büdchen vollgestopft hatten? Mit fünfzehn auf Klassenreise, als Roland Mosch einfach nicht begriff, dass sie mit ihm gehen wollte und sich im Bus neben Bodil Sängerfeld gesetzt hatte? Wann war sie jemals danach mit Leib und Seele verliebt gewesen? Immer nur, wenn es aussichtslos war? War eine Beziehung mit Verónica aussichtslos? Beziehung? Schon das Wort verursachte ihr Unbehagen. Es klang nach Körben voller schmutziger Wäsche, nach bitteren Vorwürfen, Streit am Feierabend und verzweifelt schönen Wochenenden. Ganz davon abgesehen, dass eine Distanz von mehreren tausend Kilometern zu überbrücken war. Man konnte sich mit dem Flugzeug nicht so einfach besuchen wie mit der U-Bahn. Außerdem war sie zu alt für etwas ganz Neues. Zu bequem und angepasst für ein Außenseiterleben. Oder stimmte es, was Marit sagte? Am Ende waren gleichgeschlechtliche Paare längst in der Gesellschaft angekommen und die Vorurteile spielten sich allein in ihrem eigenen Kopf ab. Immerhin berieten die politischen Parteien aller Lager bereits über ein Gesetz zur Eingetragenen Partnerschaft, das Homosexuellen eine eheähnliche Verbindung ermöglichen könnte. Erst kürzlich hatte sie aufmerksam eine Talkrunde verfolgt, in der das Thema kontrovers diskutiert wurde. Als nicht normal hatte der Vertreter der CDU/CSU die Neigung zum gleichen Geschlecht genannt. Solchen Leuten wollte sie im Dunkeln lieber nicht begegnen. Nein, einfach würde das alles nicht werden.

Aber was im Leben der Inge Nowak war bis dato schon einfach gewesen?

Just landed. Gate B. Inge stieß beinahe den Barhocker um, bei dem Versuch, möglichst elegant von ihm herunterzurutschen,. Im nächsten Leben würde sie einen Antrag auf längere Beine stellen. Und auf weniger Adrenalin im Blut.

Elf Uhr mittags und die Frau aus Zimmer sieben war immer noch nicht zum Frühstück erschienen. Dabei hatte sie einen ordentlichen Eindruck gemacht, gar nicht wie eine Nutte gewirkt. Obwohl die, die hierher kamen, ausnahmslos von der besseren Sorte waren. Sie kamen nicht vom Strich, sondern aus ihren Wohnungen, waren nicht selten verheiratet und besserten sich so ihr Haushaltsgeld auf. Oder sie studierten. Eine Kunststudentin kam zweimal pro Woche, ihre Kunden waren Geschäftsmänner oder kamen aus Bonner Diplomatenkreisen, manche sahen aus wie Politiker. Also wie die im Fernsehen. Christel Stauder führte die Pension seit über zwanzig Jahren allein. Nach dem plötzlichen Tod ihres Mannes hatte sie die Zimmer renoviert und den Frühstücksraum aufgemöbelt. Dann hatte sie eine Anzeige geschaltet, die alles verändern sollte:

Pension Sonnenschein. Günstige Zimmer gerne auch tageweise zu vermieten, mit und ohne Frühstück. Zentral und sauber.

Am Anfang hatte sie sich bloß gewundert über den großen Zulauf. Dann war es ihr schon komisch vorgekommen, dass die wenigsten mit Frühstück wollten. Bis sie begriff, dass die Paare, die getrennt kamen und zusammen gingen oder umgekehrt, selten über Nacht blieben, dass die Frauen immer dieselben waren, die Männer aber wechselten. Sie war zuerst entsetzt gewesen. Dann aber hatte sie vernünftig überlegt: Die Kasse stimmte, sie hatte keinen Ärger und die Zimmer wurden nie in einem schlechten Zustand verlassen. Wenn die Nachbarn reden sollten, dann bitte schön! Sofern sie es überhaupt bemerken würden. Denn ihre Gäste waren außerordentlich diskret, sie waren die Letzten, die auffallen wollten. Und die Pensionswirtin selbst war die Zurückhaltung in Person. Sollte doch jeder seinem Geschäft nachgehen und sich nicht in die Angelegenheiten anderer mischen. In der nächsten Anzeige fügte sie ein kleines Wörtchen hinzu: *diskret*.

Christel Stauder hob die Preise ein wenig an und investierte: Sie stattete die Zimmer mit einer Minibar aus. Wenn die Gäste gingen, und sie blieben selten länger als zwei Stunden, säuberte sie die Zimmer sofort. Daraufhin blieben die Frauen manchmal auf ein Käsebrot und eine Tasse Kaffee, die sie inzwischen ebenfalls anbot, und warteten im Frühstücksraum auf ihren nächsten Kunden. Daneben beherbergte sie natürlich auch die üblichen Gäste, die kamen, um den ehemaligen Bundestag zu besichtigen oder sich auf der Durchreise befanden. Durch die unterschiedlichen Belegszeiten kam sich niemand ins Gehege, sofern die Gäste um elf Uhr das Zimmer räumten.

Die Pensionswirtin klopfte mehrmals an die Tür von Zimmer sieben – nichts rührte sich. Nach dem dritten Mal wollte sie vorsichtig die Klinke herunterdrücken und hineinlugen, ob die Dame noch schlief; zu ihrem Leidwesen war die Tür verschlossen. Nun wurde Christel Stauder etwas lauter. Doch auch ihr Rufen brachte nicht den erwünschten Erfolg. Schließlich ging sie hinunter und holte den Zweitschlüssel. Vorsichtig steckte sie ihn ins Schloss, aber er wollte nicht ganz hinein. Der andere musste von innen stecken. Christel Stauder versuchte es noch einmal mit Klopfen und Rufen. Dann war sie sicher, dass hier etwas nicht mit rechten Dingen zuging. Die Polizei würde sie auf keinen Fall alarmieren, das wäre schlecht fürs Geschäft. Sie würde den Schlüsseldienst anrufen. Die Kosten würde sie der Dame, die sich eingeschlossen hatte, auf die Rechnung setzen. Und ihr gehörig die Meinung sagen.

Wieder trafen sie sich am Flughafen, wieder stiegen sie in ein Auto, wieder saßen sie nebeneinander auf der Weg in ein Stadtzentrum. Nur die Rollen waren diesmal anders verteilt. Inge Nowak fuhr keinen klimatisierten Wagen, die Sitze und die Innenverkleidung hatten sich aufgeheizt, sie fuhren bei offenem Fenster. Verónicas Haare verfransten sich im rauschenden Fahrtwind; sie schwiegen, denn sie hätten ihr eigenes Wort nicht verstanden.

Erst an der Ampel, kurz bevor sie das Zentrum erreichten, sagte Inge: „Willkommen in Berlin!“

Verónica lächelte und nahm ihre Hand. Die Berührung löste bei beiden ein Beben mittlerer Stärke aus, der Fahrer hinter ihnen musste sie mit einem Hupen darauf aufmerksam machen, dass es bereits grün leuchtete.

„Ist ja gut!“ Inge schaute in den Rückspiegel, gab dem Mann ein Handzeichen und fuhr an. „Hier haben es immer alle eilig“, sagte sie mit einem Seitenblick. „Hast du schon gefrühstückt?“

„Im Flieger gab es Gummicroissants mit Plastikkaffee.“

„Lecker! Ich hoffe, das kann ich toppen!“

Verónicas Gepäck war zwar übersichtlich, aber es konnte sich auch um das Nötigste für zwei Wochen handeln. Inge hegte den hoffnungsvollen Gedanken, es könnte Letzteres sein. Sie bestand darauf, den Rollkoffer über das Kopfsteinpflaster zu ziehen. Den Wagen hatte sie in einer Seitenstraße am Kanal geparkt und Inge wusste, wie beschwerlich es war, mit den Rollen nicht in den Ritzen hängen zu bleiben. Lieber zerrte sie selbst das sperrige Gepäck über den Bordstein und den unebenen Straßenbelag, als Verónica dabei zusehen zu müssen. Eine ihrer Schwächen: Sie schämte sich oft anstelle der anderen.

Als sie im fünften Stock angekommen waren, atmeten sie schwer.

„Das legst du jeden Tag zurück?“, fragte Verónica außer Puste.

„Mindestens zweimal, ja. Ist billiger als der Mitgliedsbeitrag im Sportstudio und weniger aufwändig als Joggen!“

Inge stellte den Koffer im Flur ab und schloss die Tür.

„Fühl dich ganz wie zu Hause“, sagte sie mit einer einladenden Handbewegung.

Verónica rührte sich nicht vom Fleck. Sie stand einfach nur da und lächelte. Zwei Schritte und sie könnten einander in die Arme nehmen. Nur die Lust, es zu tun, und die Zeit, die sie einander warten ließen, stand noch zwischen ihnen.

„Ist es wahr?“

Inge nickte.

„Darf ich?“ Verónicas Augen wanderten an ihr auf und ab und ruhten auf ihrem Mund.

„Ja."
„Wann?"
„Jetzt."
Im selben Moment klingelte es an der Tür. Verónica drehte sich erschrocken um.
„Soll ich öffnen?"
„Ich weiß gar nicht, wer das sein könnte. Ja, mach mal auf."
Verónica öffnete die Tür und eine Hand streckte sich ihr entgegen.
„Hallo. Ich bin Marit, Inges Tochter. Ich wollte nur kurz Hallo sagen."
Verónica reichte ihr die Hand. „Verónica Sanz, freut mich."
„Seit wann klingelst du an der Tür?", rief Inge und stellte sich neben Verónica.
„Wollte nicht stören. Bin auch gleich wieder weg. Hab verschlafen." Sie grinste. „Hatte heute Nacht so viel zu tun und bin so spät schlafen gegangen! Schönen Tag noch!" Damit verabschiedete sie sich und rannte die Treppen hinunter.
Verónica wartete diesmal nicht, bis die Wohnungstür wieder geschlossen war. Sie zog Inge an sich und hielt sie fest. Inge vergrub den Kopf an ihrer Schulter und umfasste sie mit beiden Armen. Ertastete mit den Händen ihre Schulterblätter, ihren Rücken, die Hüfte. Drückte sich mit aller Kraft an sie, spürte, wie Verónica zuckte, das Becken an sie presste und die Lippen über ihren Hals wandern ließ. Inge stieß mit dem Fuß die Tür zu, dass es knallte. Sie lehnten sich an die Wand und lösten sich leicht voneinander.
„Du hast mir gefehlt."
„Du mir auch."
Verónica umkreiste mit den Fingern ihren Mund, Inge schloss die Augen, berührte mit der Zungenspitze ihre Fingerkuppen, abwartend, dann fordernd, bis Verónica sich zu ihr hinunterbeugte und ihre Lippen leicht zwischen die Zähne nahm, sie endlich küsste. Ungeduldig öffneten sie Blusen- und Hosenknöpfe, streiften einander die Kleider ab, taten etwas, wovon Inge Nowak ein Leben lang geträumt hatte – sich selbstvergessen auf dem Boden lieben.

Es konnten Stunden vergangen sein, vielleicht auch nur Minuten, bis sie die Augen wieder öffnete. Sie lag auf dem roten Teppich in Verónicas Armen, schaute über ihre Schulter hinweg, an ihrem Hals vorbei, unter die Kommode und dachte, wie gründlich Marit doch geputzt hatte. Dann sah sie, dass Verónica sie beobachtete.

„Das war das beste Frühstück", sagte sie, „das ich jemals hatte. Könnte es jetzt Kaffee geben?"

„Alles, was du willst."

„Sag das nicht."

„Wieso?"

„Dann stehen wir hier heute nicht mehr auf!"

„Wäre das so schlimm?"

„Nicht wirklich."

Verónica rollte sie herum, setzte sich auf Inges nackten Körper und sah auffordernd zu ihr hinunter.

Da vibrierte und summte es in Inges Hose, die neben ihnen lag.

„Da will noch jemand etwas von dir", bemerkte Verónica schmunzelnd, während sie die Kommissarin an ihr Handy ließ.

„Nowak?"

„Kripo Bonn, Hauptkommissar Hartmut. Wir haben die Frau, die ihr zur Fahndung ausgeschrieben habt."

„Super. Wo ist sie denn jetzt?"

„Auf dem Weg ins Kühlhaus. Sieht nach Selbstmord aus. Schlaftabletten, Pulsadern offen, Badewanne. Der Klassiker."

„Verdammt." Inge setzte sich auf und ordnete sich die Haare. „Ich meine, trotzdem: Danke! Habt ihr denn den Ehemann festgenommen?"

„Ja, etwa zur gleichen Zeit. Soll er es schon wissen?"

„Nein. Ich komme ihn heute noch selbst verhören." Sie sah auf die Uhr. „So am frühen Abend. Ich versuche gegen sechs da zu sein."

Sie klärten noch einige Einzelheiten, er versprach, die Obduktion der Leiche umgehend zu veranlassen.

Nachdem sie aufgelegt hatte, schaute Verónica sie fragend an.

„Schlechte Neuigkeiten?"

„Wie man es nimmt: Unsere Hauptverdächtige ist tot."

„Wer denn?"

„Die Mutter der Studentin, mit der Maike Ebling befreundet war."

„Was? Das musst du mir erklären."

„Mach ich. Aber zuerst gibt es Frühstück auf Rädern und ich zeige dir das schöne Rheinland."

„Wunderbar." Sie umarmte Inge und küsste sie auf die Stirn. „Und danach machen wir da weiter, wo wir gerade aufgehört haben?"

„Unbedingt", murmelte sie und stand auf. Die Kommissarin war mit ihren Gedanken bereits in Bonn.

Erkner bestand darauf, mitzukommen, und Berger hatte Ausgang.

„Nein", war Inges Antwort. „Es reicht, wenn ich mir das Wochenende mit dem Fall um die Ohren schlage. Und Berger ist krank, verdammt noch mal."

„Du hast selbst gesagt, dass sein Problem nicht der Rücken sei."

„Und was ist sein Problem?"

„Seine Ehe."

„O je. Hat er eine andere?"

„Schlimmer."

„Sie hat einen andern?"

„Nein. Er will weder sie noch eine andere."

„Berger ist schwul?" Inge war inzwischen auf alles gefasst.

„Nicht mal das. Berger ist Autist."

„Sagt er das selbst?"

„Nicht so deutlich, aber er denkt, dass er auf einem anderen Planeten unterwegs ist als der Rest der Welt. Er versteht sich besser mit seinen Schachfiguren als mit Menschen, meint er."

„Und das fällt ihm alles jetzt erst ein?"

„Nein, aber jetzt will seine Frau ein Kind und er wird panisch. Familie, sagt er, kann er nicht."

Seine Chefin runzelte die Stirn. „Na, da ist er nicht der Einzige. Darf ich dir übrigens vorstellen: Verónica Sanz, unsere Kollegin aus Granada. Sie spricht fließend deutsch."

Sie gaben sich die Hand und Erkner fragte: „Hat Sie unser Fall hierher verschlagen?"

Verónica verneinte lächelnd. „Rein private Gründe. Ich wollte immer schon mal nach Berlin. Und da Inge so unvorsichtig war, mich in Granada einzuladen, habe ich nicht lange auf mich warten lassen."

„Sehr gute Idee", erwiderte Erkner. „Wie lange bleiben Sie denn?"

Inge blieb fast das Herz stehen. Bitte, dachte sie, sag jetzt nicht: nur übers Wochenende.

„Ich weiß noch nicht. Ich habe vier Wochen Urlaub. Die Familie meiner Mutter kommt aus Bayern, dort will ich auch ein paar Tage verbringen und vielleicht Freunde in Hamburg besuchen."

„Deutschlandferien. Auch nicht schlecht."

Inge war sichtlich erleichtert. „Jetzt fahren wir erst mal nach Bonn."

„Wir kommen dann nach", erwiderte Erkner. „Berger hat einen Transporter organisiert. Er muss liegen."

Verónica sah mit Unverständnis von einem zur andern.

„Ich habe kein Team", schnaubte Inge, „ich habe große Kinder als Kollegen! Du willst diesen Wahnsinnigen allen Ernstes heute den ganzen Tag durch die Gegend gondeln? Wozu?"

„Wahrscheinlich hat er Angst, dass wir etwas übersehen", entgegnete Erkner. „Außerdem bleiben wir über Nacht. Du weißt doch, ich hab dort ein paar Semester Jura studiert und mein ehemaliger Mitbewohner ist gerade in den Ferien. Wir können dort schlafen, Schlüssel ist schon organisiert."

„Kinder. Ich sag's ja." Inge musste trotzdem lachen. „Also wenn ihm soviel daran liegt, dann hol ihn in Gottes Namen aus der Klinik, aber sieh zu, dass du ihn am Montag wieder heil dort ablieferst." Sie ging zum Wagen. „Ohne meine Erlaubnis, klar?"

„Schon klar."

Während der Fahrt fragte Verónica Inge über ihre Arbeit und ihre Kollegen aus.

„Du magst sie, nicht wahr?"

„Wie kommst du darauf?"

„Weil du sehr liebevoll über sie redest."

„Sie sind beide sehr speziell. Nicht einfach, aber jeder auf seine Weise gut." Sie schüttelte den Kopf. „Möchte mal wissen, wie Berger sich so schnell einen Transporter organisiert hat!"

Die Kommissarin wusste nicht, dass Bergers Bruder Taxifahrer gewesen war und sich mit Krankentransporten selbstständig gemacht hatte. Er hatte ihm ein Auto mit komfortablem Liegesitz geliehen, der sich problemlos zum Bett umfunktionieren ließ. Die milchigen Scheiben tauchten das Hintere des Wagens in ein gedämpftes Licht und Berger schlief bereits nach zehn Minuten ein. Er hatte sich von seinem Nachbarn, der ebenfalls starke Schmerzmittel bekam, die Mittagsration Tabletten geborgt und sie sich beherzt einverleibt.

Erkner und er waren noch nicht lange befreundet. Wobei Berger ihr Verhältnis im Gegensatz zu seinem jüngeren Kollegen vielleicht nicht als Freundschaft bezeichnet hätte. Er schätzte ihn aufrichtig und arbeitete gern mit ihm zusammen; dass er ihm sein Herz ausgeschüttet hatte, war reiner Zufall gewesen. Erkner hatte ihn an jenem Nachmittag besucht, nachdem Ines weinend das Krankenzimmer verlassen hatte, und hatte gefragt, was los sei. Berger hatte es ihm erzählt, mehr nicht. Später hatte er überlegt, ob es vielleicht ein Fehler war, einem Arbeitskollegen von der Therapie zu erzählen, hatte die Bedenken aber rasch wieder beiseitegeschoben. Erkner war ein echter Kumpel, er würde es schon nicht an die große Glocke hängen.

Während die beiden Männer auf der rechten Spur eher gemächlich vorankamen, rasten die beiden Frauen auf der Überholspur gen Rhein. Inge war müde und je schneller sie ankämen, umso schneller wären sie am Abend fertig. Vorsichtshalber hatte sie ihren Kollegen gebeten, in einem Mittelklassehotel ein Doppelzimmer zu reservieren.

„Hast du wirklich vier Wochen Urlaub?"

„Angst, ich könnte nicht mehr gehen?", fragte Verónica zurück.

„Angst nicht, eher Hoffnung."

„Ich bleibe, bis du mich hinauswirfst."

Dann schreib schon mal deine Kündigung, dachte Inge.

Hauptkommissar Hartmut von der Kripo Bonn erwies sich als kooperativer Kollege. Er überließ den Berlinern sein Büro und machte Feierabend.

Verónica setzte sich vor die von innen verspiegelte Scheibe des Verhörraums und beobachtete Inge bei der Arbeit. Die Kommissarin saß mit dem Rücken zu ihr, dafür konnte sie das Gesicht des Mannes sehen. Die Lautsprecher waren eingeschaltet, Verónica konnte jedes Wort mithören. Sie fühlte sich wie in einem Fernsehkrimi.

„Wissen Sie, wo Ihre Frau ist, Herr Stenner?“ Inge Nowak klang weder freundlich noch scharf.

„Nein.“ Er sah sie mit funkelnden Augen an. „Ich weiß aber vor allem nicht, warum ich hier bin.“

„Sie stehen unter Mordverdacht.“

„Und wen, bitte, soll ich umgebracht haben?“

„Einen Maikäfer.“

Augenblicklich veränderte sich sein Gesichtsausdruck.

„Was meinen Sie damit?“

„Sie wissen ganz gut, wen ich damit meine, Herr Stenner. Oder haben Sie noch andere Schülerinnen außer Maike Ebling in Ihrem langen Berufsleben so genannt?“ Die Kommissarin war die Ruhe selbst.

„Maike Ebling? Von der habe ich ewig nichts mehr gehört.“

„So so. Dann haben Sie auch nichts davon gewusst, dass sich Ihre Frau letzte Woche mit ihr getroffen hat?“

Er tat sichtlich überrascht. „Was? Angelika hat sich mit Maike getroffen? Davon hatte ich keine Ahnung.“

„Und Sie können sich auch nicht vorstellen, was der Grund gewesen sein könnte?“

Er schaute Inge geradewegs an und senkte dann schuldbewusst den Blick. „Schon“, antwortete er gedehnt.

„Und?“ Inge Nowak ließ ihm keine Zeit. Falls er log, wollte sie ihm keine Gelegenheit geben, lange zu überlegen.

Es schien, als drehte und wendete er die Worte in seinem Kopf. Schließlich sagte er kurz: „Die beiden hatten vor vielen Jahren ein Verhältnis.“

„Wann?“

„Als ich Maike unterrichtete."

„Ihre Frau hat Sie mit einer Ihrer minderjährigen Schülerinnen hintergangen?" Nun war es die Kommissarin, die die Erstaunte mimte.

„Auch wenn es mir schwer fällt, es zuzugeben: Ja."

„Sie wussten also, dass Ihre Frau pädophil veranlagt ist?"

„Ja." Er nickte dazu.

„Haben Sie das Verhältnis unterbunden, nachdem Sie davon erfahren hatten?"

„Selbstverständlich. Ich hätte mich ja sonst strafbar gemacht. Maike war als Schülerin ja meine Schutzbefohlene."

Schutzbefohlene. Verónica notierte sich das Wort in ihrem Notizbuch. Es gab Vokabeln, die sie noch nie gehört hatte und die sich nur schwer aus dem Kontext erschlossen.

Inge Nowak sah ihn lange an. Sie hatte begriffen, worauf er hinauswollte. Sie war auf sein Spiel eingestiegen, aber sie wusste nicht, wie viele Trümpfe er in der Hand haben würde. Zappeln lassen, dachte sie. Hoch pokern. Sie lehnte sich zurück, faltete die Hände vor dem Bauch und ließ die Daumen gegeneinander schnippen.

Er wurde nervös. „Sie denken, ich hätte es verhindern müssen? Das sagt sich so leicht! Ich hätte nie gedacht, dass Angelika, dass meine eigene Frau so weit geht."

„Wie haben Sie denn davon erfahren?"

„Ich habe sie im Bett erwischt."

„Im Ehebett, nicht wahr?"

Er nickte, wirkte beinahe erleichtert, dass sie so einfühlsam war.

„Da lag aber nur noch Maike", fuhr die Kommissarin fort. „Ihre Frau war nämlich ins Badezimmer geflüchtet, als sie hörte, wie sich der Schlüssel in der Eingangstür herumdrehte."

„Woher wissen …" Er brach mitten im Satz ab.

„Ich weiß noch einiges mehr. Und wenn Sie bereit sind, mir die Geschichte so zu erzählen, wie sie wirklich war, dann unterhalte ich mich gerne mit Ihnen weiter." Mit diesen Worten stand sie auf, sagte zu dem Beamten an der Tür: „Führen Sie ihn bitte wieder ab", und verließ den Raum. Sie beachtete das

Rufen Paul Stenners nach ihr nicht, zwinkerte Verónica im Vorbeigehen zu und bedeutete ihr, mitzukommen.

Draußen auf dem Flur trafen sie auf Erkner und Berger. Letzterer humpelte stark, schien aber bester Laune.

„Hallo Chefin! Hast du ihn schon weich gekocht?“

Sie beschloss, seinen Zustand zu ignorieren. Wenn er unbedingt arbeiten wollte, obwohl er krankenhausreif war, würde sie ihn nicht auch noch bedauern.

„Geht so. Der lügt wie gedruckt. Versucht mir zu verkaufen, dass nur seine Frau was mit dem Mädchen hatte. Aber er weiß weder, dass seine Frau tot ist, noch dass wir Maike Eblings Version schriftlich haben. Und es spricht noch etwas gegen ihn.“

„Was denn?“, fragte Erkner, der befürchtete, etwas übersehen zu haben.

„Angelika Stenner hat einen Brief an ihre Tochter hinterlassen. Liegt auf dem Schreibtisch des Kollegen, in der Akte. Ihr könnt euch ja mal einlesen. Wir gehen schon mal was essen. Nebenan gibt es angeblich eine gute Pizzeria. Treffen wir uns da später?“ Innerlich musste sie über die verdutzten Gesichter der beiden Männer lachen, aber sie tat so, als ob es das Natürlichste von der Welt wäre, sie nachsitzen zu lassen. Das hatte Erkner nun davon, dass er sie immer Chefin nannte. Und Verónica beeindruckte es auch. Manchmal tat es richtig gut, Hauptkommissarin zu sein.

Berger fing sich als Erster. „Hat sie Hormonstörungen?“

„Keine Ahnung, ob es die Hormone sind, aber irgendetwas spielt in ihr verrückt. Seit sie in Spanien war, ist sie komisch. Frecher irgendwie.“

„Du meinst, sie hat sich in einen Matador verguckt und schwingt jetzt rote Tücher?“

„Die Nowak? Verknallt? Kann ich mir nicht vorstellen. Den Mann, der es mit ihr länger als drei Tage aushält, möchte ich sehen!“

„Sie war doch auch nur vier Tage weg, oder?“ Berger lachte. „Und so schlecht sieht sie doch gar nicht aus. Ist sie nicht auch sexy?“

„Sexy? Unsere Chefin?“ Erkner schaute ihn entgeistert an. „Die Tabletten tun dir gar nicht gut. Du hast Hallus.“

Er setzte sich zum Lesen an den Schreibtisch und schlug die Akte auf, Berger stellte sich hinter ihn und sah ihm über die Schulter:

Meine liebste Nadine,

wenn Du diese Zeilen liest, werde ich nicht mehr da sein. Es fällt mir nicht leicht, mein Leben zu beenden, aber ich sehe keinen anderen Ausweg.

Den Grund dafür wirst Du ohnehin erfahren, dennoch möchte ich es Dir selbst sagen: Als ich etwa in Deinem Alter war, war ich sehr unglücklich. Die Ehe mit Deinem Vater hielt ich für einen Fehler, ich fühlte mich nicht geliebt und hatte unglaubliche Sehnsucht nach Zärtlichkeit. Zu diesem Zeitpunkt lernte ich Maike kennen. Sie war jung, sie interessierte sich für mich, sie war verliebt. Bis heute weiß ich nicht, wie ich vergessen konnte, dass sie noch minderjährig war. Ich ließ mich einfach mitreißen von ihrer Leichtigkeit und Lebenslust und ging eine Liebesbeziehung mit ihr ein. Als ich mit Dir schwanger war, beendete ich das Verhältnis sofort. Es war, als wäre ich über Nacht erwachsen geworden, und mit der Verantwortung für Dein Leben hatte ich mich daran erinnert, was gut und was schlecht war. Für Maike und für uns. Um es allen einfacher zu machen, sind wir noch vor Deiner Geburt nach Bonn gezogen.

Ich hatte von Maike seither nichts mehr gehört. Vor einigen Wochen rief sie mich plötzlich an und vor ein paar Tagen habe ich sie in Berlin besucht. Wir haben uns ausgesprochen und ich habe ihr Geld gegeben. Sie brauchte es, um sich in Deutschland eine neue Existenz aufzubauen. Es war meine Art, mich – im wahrsten Sinne des Wortes – zu entschuldigen.

Es mag so aussehen, als hätte ich Maike getötet, weil sie mich erpressen wollte. Das ist nicht wahr. Ich will, dass Du zwei Dinge weißt und niemals vergisst: Ich habe sie nicht wissentlich getötet und ich liebe Dich von ganzem Herzen. Eine Mutter im Gefängnis will ich Dir ersparen, vor allem aber die schmutzige Wäsche, die manch einer waschen würde.

Ich wollte immer so leben, wie ich dachte, dass es mir entspräche. Aber es hat mir an Mut, Ausdauer und Festigkeit gefehlt. Dir soll es weder daran noch an dem Glück mangeln, das mir nicht beschieden war.

Pass auf Dich auf und mach es besser als

Deine Mama

„Mir kommen die Tränen!", kommentierte Erkner den Brief.

„Wieso?" Berger studierte aufmerksam die Schrift und hielt das Papier gegen das Licht.

„Selbstmord ist feige. Man erspart den anderen gar nichts, nur sich selbst die Konsequenzen für das, was man sich eingebrockt hat."

„Sehe ich anders. Ist doch sehr freundlich, eine Begründung dafür abzugeben, sonst denken die Hinterbliebenen noch, es wäre alles ihre Schuld."

„Das denken sie doch immer, mit Abschiedsbrief oder ohne."

„Ach ja?" Berger konnte sich nicht vorstellen, im Angesicht des Todes noch an andere zu denken. Außerdem war man doch immer selbst schuld an dem, was man tat oder ließ. Er würde mit Erkner darüber noch einmal reden müssen, aber nicht jetzt. Jetzt musste er sich hinlegen. „Weißt du was? Du gehst jetzt zu den Damen und ich leg mich ins Auto. Wäre schön, wenn du mir eine Margarita herbringen könntest. Und eine große Cola mit Zitrone und Eis, ja? Später geselle ich mich dann wieder zu euch."

Erkner nickte, es hatte sowieso keinen Zweck, Wolf zu widersprechen.

Paul Stenner hatte immer noch keinen Anwalt angerufen.

„Ich bin unschuldig, ich habe mir nichts vorzuwerfen. Wozu brauche ich einen Rechtsbeistand?"

„Wie Sie meinen. Ich hoffe, es macht Ihnen nichts aus, wenn ich Ihre Aussage wieder aufnehme?"

„Überhaupt nicht, nur zu. Das ändert nichts an dem, was ich Ihnen zu sagen habe."

„Da bin ich aber gespannt." Mit diesen Worten begrüßte ihn Erkner, stellte sich kurz vor und setzte sich neben Inge Nowak.

Sie öffnete zum zweiten Mal an diesem Tag die Akte Maike Ebling. „Machen wir es kurz: Sie hatten mit Maike Ebling 1979 ein sexuelles Verhältnis. Sie trafen sich mit ihr wiederholt in der Pension Sonnenschein, einem kleinen Stundenhotel am Stadtrand von Bonn. In dieser Pension, genauer gesagt in Zimmer Nummer sieben, hat Ihre Frau heute Nacht zwischen vier und fünf Uhr Selbstmord begangen. Mein Beileid."

„Angelika ist …", er stockte, „ …ist tot?"

Sie nickte und beobachtete ihn. In seinem Kopf arbeitete es. Keine Spur von Trauer. Nur Überraschung.

„Hat sie einen Abschiedsbrief hinterlassen?" Unübersehbar, dass ihm diese Vorstellung nicht gefiel.

„Hat sie, ja." Die Kommissarin ließ ihn weiterfragen.

„Und? Wo ist er?", fragte er ungeduldig.

„Er ist an Ihre Tochter gerichtet."

„Aber ich bin ihr Ehemann!", protestierte er.

„Eben", entgegnete sie trocken und fuhr fort: „Können Sie sich vorstellen, weshalb Ihre Frau sich das Leben genommen hat?"

Er biss die Zähne zusammen, seine Kieferknochen traten leicht hervor und ließen sein schmales Gesicht noch länger erscheinen. Obwohl er die Nacht in einer Gefängniszelle verbracht hatte, sah er einigermaßen gepflegt, ja beinahe verwegen aus. Er gehörte zu der Sorte Mann, die bestimmte Frauen Mitte vierzig attraktiv finden würde. Sie nicht. Sie versuchte, von dem zu abstrahieren, was sie von ihm wusste. Doch auch, wenn sie ihn als reine Bettgeschichte betrachtete, hätte er, wie alle Männer über vierzig, bei ihr keine Chance. Und Paul Stenner musste Ende Fünfzig sein. Interessierte sie sich deshalb plötzlich für Frauen? Weil die Anzahl der Männer, die in ihr Beuteschema passten und sich von ihr jagen ließen, immer geringer wurde? Interessierte sie sich überhaupt für Frauen oder hatte sie sich einfach nur in Verónica verliebt?

„Ich wusste, dass sie sich mit Maike treffen würde. Ich habe versucht, es ihr auszureden, aber sie ließ sich nicht davon abbringen." Er nahm seine Brille ab und rieb sich die Augen. „Maike wollte uns erpressen. Sie drohte damit, Nadine von ihrem Verhältnis zu ihrer Mutter zu erzählen, ihr alte, verfängliche Briefe von Angelika zuzuspielen."

Inge Nowak unterbrach ihn nicht. Auch wenn ihr die eine oder andere Frage unter den Nägeln brannte.

„Maike wollte Geld, viel Geld. Ich wollte nicht zahlen. Meinetwegen hätte sie Nadine alles erzählen könne. Die Geschichte gehörte zu den Jugendsünden meiner Frau, die ganze Sache war längst verjährt. Und ich hatte entgegen Ihren Vermutungen niemals ein sexuelles Verhältnis zu einer meiner Schülerinnen. Ich wäre ja wahnsinnig gewesen, hätte meinen Beruf und meinen Ruf aufs Spiel gesetzt. Das hätte ich niemals getan. Ich mochte Maike, wir hatten ein freundschaftliches Verhältnis, auch nachdem ich wusste, dass meine Frau … nun, dass sie zu weit gegangen war."

„Sie wollten also nicht zahlen?"

„Nein."

„Und Ihre Frau?"

„Hat Geld abgehoben, einen Kuchen gebacken und sich mit Maike in Berlin zum Picknicken verabredet." Er zuckte verständnislos mit den Schultern. „So etwas machen doch nur Frauen! Trinken noch Kaffee mit ihren schlimmsten Feinden."

„Haben Sie Ihre Frau darauf angesprochen?"

„Natürlich. Ich hab sie gefragt, ob sie noch alle Tassen im Schrank hat, dieser Schlampe auch noch einen Kuchen zu backen!" Bei diesen Worten tippte er sich an die Stirn, um danach die Hand auf den Tisch fallen zu lassen. „Entschuldigen Sie, aber meine Nerven liegen blank. Als Jugendliche hat sie versucht, meine Ehe zu zerstören, und als Erwachsene hat sie meine Frau auf dem Gewissen!"

„Wollen Sie damit sagen, die ermordete Maike Ebling wäre schuld an dem Tod Ihrer Frau?", fragte Erkner nach.

„Nein … oder doch, in gewisser Weise: Ja. Ohne sie würde Angelika jetzt noch leben." Er nahm die Hände kurz vor das Gesicht und atmete tief durch.

„Aha“, stellte die Kommissarin fest und war froh, ihn ein wenig verwirrt zu sehen. „Jetzt mal der Reihe nach: Ihre Frau hat also einen Kuchen gebacken. Was für einen?“

„Marmor, glaube ich.“

„Haben Sie ihn probiert?“

„Nein, wieso?“

„Könnte der Kuchen vergiftet gewesen sein?“, fragte Erkner.

„Woher soll ich das wissen?“

Die Kommissarin wechselte das Thema: „Wieviel Geld hat Ihre Frau Maike Ebling bezahlen wollen?“

„20.000.“

„Woher hatte Ihre Frau soviel Geld?“

„Wir hatten von Anfang an getrennte Konten und eine Gemeinschaftskasse. Ich zahle die Wohnung, Angelika den Einkauf, ich die eine Versicherung, sie die andere. Insgesamt finanziere ich mehr, zum Beispiel das Auto, weil ich mehr verdiene. Mit dem Rest machen wir, was wir wollen. Angelika hat in den letzten Jahren Einiges angespart. Sparbuch und Wertpapiere.“ Er redete, als würde sie noch leben. Das taten alle, wenn sie über Menschen sprachen, die gerade gestorben waren. Das menschliche Gehirn war offenbar nicht in der Lage, gespeicherte Existenzen ad hoc für tot zu erklären.

„Hat sie das Geld von Ihrem Konto abgehoben?“

„Ich hatte ihr angeboten, dass, wenn sie unbedingt zahlen will, ich die Hälfte übernehme. Aber das wollte sie nicht.“

„Haben Sie die Kontonummer Ihrer Frau im Kopf?“

„Nein. Das müsste ich zu Hause in den Unterlagen nachschauen.“

Die Kommissarin schaffte es nicht, ihn aus der Reserve zu locken. Er schien sich sehr sicher, mit seiner Darstellung der Dinge durchzukommen. Sie musste schneller die Themen wechseln, um ihn aus der Ruhe zu bringen.

„Als sie wiederkam aus Berlin, hat sie sich irgendwie auffällig verhalten? War sie anders? Nervös?“

Er überlegte kurz. „Ja, jetzt, wenn ich darüber nachdenke, war sie eigenartig. Wortkarg und abweisend. Als ich sie fragte, wie es mit Maike gewesen war, hat sie nur gesagt: Okay, und so etwas wie: Jetzt ist es vorbei.“

„Herr Stenner", Inge Nowak sah ihn eindringlich an, „wollen Sie mit all dem andeuten, Ihre Frau habe Maike Ebling vergiftet?"

Wieder ließ seine Antwort auf sich warten. In das Schweigen hinein tickte Erkners Armbanduhr. Schließlich faltete Paul Stenner die Hände auf der Tischplatte, wie es wenige Stunden zuvor die Kommissarin getan hatte, und hob zu einer Erklärung an.

„Ich hatte es schon befürchtet, als sie losfuhr. Sie war so nervös und fahrig. Als hätte sie Angst. Wie vor einer Prüfung. Als sie dann wieder zurück war, machte sie einen traurigen, fast niedergeschlagenen Eindruck. Es schien nicht gut gelaufen zu sein, aber sie wollte partout nicht darüber reden."

Erkner hatte sich unaufhörlich Notizen gemacht, hob jetzt den Kopf und sagte: „Aber Sie haben sie nicht konkret danach gefragt?"

„Nein." Seine Stimme wurde immer brüchiger. „Ich fürchtete mich wohl vor der Wahrheit."

„Verständlicherweise. Die Wahrheit ist ja meist auch zum Fürchten." Inge Nowak klappte die Akte wieder zu und lächelte angriffslustig: „Die Ihre ängstigt mich allerdings kein bisschen. Wahrscheinlich deshalb, weil ich Ihnen kein Wort glaube."

„Was wollen Sie damit sagen?" Von einem auf den nächsten Moment hatte sich sein Ton geändert, er klang nicht mehr erschüttert, sondern bedrohlich.

„Ihre Frau hat Maike Ebling einen Kuchen gebacken. Vergiftet hat sie ihn nicht."

„Und wer hat es dann getan?"

„Jemand, der beide umbringen wollte, Herr Stenner: Maike Ebling und Ihre Frau. Fällt Ihnen da jemand ein?" Die Kommissarin sah Erkner an. „Wir beide sehen uns jetzt mal in Ihrer Wohnung um."

„Und ich?" Paul Stenner wirkte verstört.

„Sie sollten sich wirklich einen Anwalt nehmen. Es könnte eng für Sie werden. Aber vergessen Sie nicht: es steht Ihnen nur ein Telefongespräch zu." Bevor sie den Raum verließ, drehte sie sich noch einmal zu ihm um. „Ach, noch eine Frage: Tut es Ihnen eigentlich leid, dass Ihre Frau tot ist?"

„Natürlich", entgegnete er empört, „ich habe sie geliebt!

„Natürlich“, wiederholte Inge Nowak und folgte Erkner in das fremde Büro.

Berger hatte es sich auf drei gepolsterten Stühlen bequem gemacht, die er sich aus dem Flur hatte bringen lassen. Die Dienst habenden Beamten waren sich nicht ganz sicher gewesen, ob es sich tatsächlich um einen Berliner Kollegen handelte, und er hatte seinen Dienstausweis zeigen müssen.

„Falls Frickel am Montag fragt, weshalb wir neuerdings im Liegen ermitteln, stehst du ihm Rede und Antwort, Wolf!“, sagte die Kommissarin, als sie ihn sah. Verónica saß neben dem ausgestreckten Berger, sie schienen sich gut unterhalten zu haben, denn sie grinsten beide.

„Und?“

„Lasst uns rekonstruieren, wie es gewesen sein könnte“, schlug Inge Nowak vor und zog einen Stuhl heran. Erkner tat es ihr nach und das Ganze kam Berger wie eine spontan einberufene Gruppentherapie vor.

„Nehmen wir an, sie war es allein.“

„Dann müssen wir nichts rekonstruieren: Ihre Fingerabdrücke werden sich auf dem Kuchen und den Geldscheinen finden. Nach Stenners Aussage hat sie das Geld von ihrem eigenen Konto abgehoben, wenn es nicht so wäre, würde er es uns nicht so unter die Nase reiben. Wir haben eine Zeugin, die sie kurz vor Maike Eblings Tod mit ihr zusammen im Park gesehen hat. Wir werden ihr auch noch die Fahrt dorthin nachweisen können.“ Inge Nowak rückte mit dem Stuhl ein wenig zurück und streckte ihre Beine aus. „Wenn wir sie als Täterin wollen, haben wir sie. Akte zu, Fall gelöst.“

„Bloß nicht!“, protestierte Erkner, „sie waren es zusammen! Hundertpro. Die Ebling …“

Seine Chefin fiel ihm korrigierend ins Wort: „Frau Ebling …“

„… Frau Ebling“, fuhr er leicht genervt fort, „hat mit Sicherheit beide erpresst. Ich wette, sie hatte auch etwas gegen ihn in der Hand.“

Berger grunzte und rollte sich seitwärts über zwei der Stühle, bis er fast zum Sitzen kam. Dann stellte er sich hin, hielt sich mit einer Hand den Rücken und stützte sich mit der anderen an Verónicas Stuhllehne ab. „Glaube ich nicht."

„Und was glaubst du?" Inge Nowak konnte es sich denken.

„Er war es. Und zwar alleine."

„Begründung?"

„Wenn Angelika Stenner wissentlich Maike Ebling getötet hätte, wäre es ein Leichtes gewesen, sie zu überführen. Es liegt auf der Hand, dass Maike Ebling vorher jemandem von dem Treffen erzählt hätte. Wie sie es ja auch per E-Mail getan hat. Auch das Risiko gesehen zu werden, war sehr groß. Wieso hat sich Angelika Stenner nicht an einem weniger öffentlichen Ort mit ihr getroffen?"

„Richtig", nickte die Kommissarin zustimmend.

„Sie wusste nichts von dem vergifteten Kuchen, weil er ihn ausgetauscht hatte", folgerte Erkner. „Wenn es geklappt hätte, wäre er auf einen Schlag seine Frau und seine ehemalige Schülerin los gewesen. Zwei Frauen, die ihn beide erpressen konnten."

„Er wird es nie zugeben." Inge Nowak hatte gespürt, wie sicher sich Paul Stenner seiner Sache war. „Wir werden es ihm nachweisen müssen."

„Schwierig", stellte Berger fest.

„Vielleicht sogar unmöglich. Clever eingefädelt, das Ganze."

„Höre ich da etwa Anerkennung?", fragte die Kommissarin ihren jüngsten Mitarbeiter. Sie stand auf und rückte den Stuhl wieder an seinen Platz.

„Denkpause", ordnete sie an. „Er läuft uns ja nicht weg. Wir haben genug, um ihn vorläufig festzuhalten, das hat mir Frickel am Telefon zugesagt. Obwohl er so beschäftigt ist." Sie formte die Hände zu einem Trichter und flüsterte: „Er spielt samstags immer mit einem unserer Richter Tennis."

Erkner grinste, Berger hob die Augenbrauen.

„Gibt es eine Hausdurchsuchung?", wollte Verónica wissen.

„Auf jeden Fall. Die Kollegen waren zwar schon dort, allerdings ohne zu wissen, wonach sie suchen sollen."

„Und wonach suchen wir?", fragten ihre Kollegen fast wie aus einem Mund.

„Kontoauszüge, Backutensilien, Gift, Briefe, Bilder." Sie warf einen Blick auf Berger, der sichtlich erschöpft war. „Wolf, du solltest dich wieder ausruhen. Wir treffen uns alle in einer Stunde an eurem Auto."

Erkner brachte Berger in sein Bett auf Rädern und die beiden Frauen nahmen sich an der Hand, sobald sie außer Sichtweite waren. Sie spazierten Richtung Rhein.

„Stört es dich, dass ich dabei bin?", fragte Verónica.

„Stören? Natürlich störst du mich nicht. Aber es macht mich ein wenig nervös." Sie drückte ihre Hand. „Ich denke dauernd, die zwei merken etwas."

„Wäre das so schlimm?"

„Grundsätzlich nicht, aber mitten in den Ermittlungen vielleicht etwas ablenkend?"

Verónica nickte. „Du hältst den Ehemann für schuldig?"

„Zumindest mitschuldig. Sie hat es auf keinen Fall allein gemacht, das kann ich mir nicht vorstellen. Das wäre sehr abgebrüht für eine Frau, die sich die Mühe macht, ihre Tochter von ihrer Unschuld zu überzeugen. Die sich lieber umbringt, als versucht, ungeschoren davonzukommen."

„Warum so spät?"

„Was?" Inge Nowak verstand nicht, worauf ihre Freundin hinauswollte.

„Warum bringt sie sich so spät um? Drei Tage, nachdem sie in Berlin war?"

Inge Nowak überlegte. Sie ließ sich die Fakten noch einmal durch den Kopf gehen. „Was, wenn sie erst dann erfahren hat, dass Maike tot ist?"

„Du meinst, sie hat überhaupt nicht gemerkt, dass sie Maike getötet hat?"

„Könnte doch sein, dass er sie hereingelegt hat."

„Dann muss er sie gehasst haben", stellte Verónca fest.

„Nicht unbedingt. Vielleicht war sie ihm einfach egal? Tot oder im Gefängnis, er wollte sie aus dem Weg haben."

„Wieso hat er sich dann nicht einfach von ihr getrennt?"

„Vielleicht hat sie ihn genauso unter Druck gesetzt wie sie später von Maike Ebling unter Druck gesetzt wurde. Ihm gedroht, auszupacken, wenn er sie sitzen lässt. Immerhin hat er sie vor zwanzig Jahren schon betrogen, da waren sie gerade mal ein paar Jahre verheiratet. Wahrscheinlich hat er damit weitergemacht."

„Du meinst, er hat eine Geliebte?" Verónica blieb stehen. „So eine wunderbare wie ich?"

„Bist du auch verheiratet?", fragte Inge und im nächsten Augenblick bereute sie es.

„Noch nicht." Verónica legte den Arm um sie. „Ich warte noch auf die Richtige."

„Aha." Sie drehte sich so, dass sie voreinander standen. Verónica war gut einen halben Kopf größer als sie. „Vielleicht sollten wir sie suchen?"

„Gute Idee", antwortete Verónica. „Wo fangen wir denn an?"

„Im nächsten Umfeld der Verdächtigen."

Sie lachten, umarmten sich und liefen weiter an der Uferpromenade entlang. Ein Stück vor ihnen hatte gerade einer der letzten Ausflugsdampfer für diesen Abend angelegt und eine große Reisegruppe wälzte sich über einen kleinen wackligen Steg an Land.

„Was denkst du?", fragte Inge.

„Dass ich noch nie so nah an einem Kriminalfall war." Sie blieb stehen. „Und dass mir die Arbeit im Außendienst hier Spaß machen würde."

„Glaubst du, sie unterscheidet sich so sehr von der Arbeit deiner Kollegen in Spanien?"

„Teamarbeit ist bei uns ein Fremdwort." Sie zeigte mit dem Daumen nach oben: „Entweder du bist ganz oben und tust nur das Nötigste", sie drehte den Daumen in die andere Richtung, „oder du bist eher unten und erledigst die Dreckarbeit."

„Und was ist mit der Mitte?"

„Dafür bin ich zu extrem."

„Du und extrem?" Inge umarmte sie flüchtig und küsste ihre Schläfe. „Kann ich mir gar nicht vorstellen."

„Du kennst mich ja auch nicht."

„Stimmt. Ich würde dich aber gern kennenlernen."

„Jetzt gleich?", fragte Verónica herausfordernd und knöpfte einen Knopf mehr an ihrer Bluse auf.

Die Kommissarin sah auf die Uhr. „Daraus wird leider nichts. Die Pflicht ruft. Es ist gleich acht." Sie knöpfte ihr die Bluse wieder zu. „Tu das nicht, das bringt mich durcheinander."

„Wunderbar", erwiderte Verónica und legte ihren Finger auf den Knopf.

Sie mussten sich beeilen, Berger lag schon abfahrbereit. Eine halbe Stunde später hielten ein Transporter und ein Wagen mit Berliner Kennzeichen vor der Einfahrt eines Bonner Einfamilienhauses mit Garten. *Familie Stenner* stand in geschwungenen Lettern auf einem aus Ton gebrannten Türschild am Eingang.

„Hast du eigentlich mit Nadine Siebert gesprochen?", wollte Inge Nowak wissen, während Erkner die Wohnungstür aufschloss.

„Gesprochen ist nicht ganz der richtige Ausdruck. Ich habe ihr gesagt, was los ist, dann hat sie aufgelegt."

„Hast du ihr jemanden vorbeigeschickt?"

„Wen denn?"

„Bestimmt nicht die Stadtreinigung. Einen Psychologen zum Beispiel." Inge sah ihn verständnislos an. „Kannst du dir vorstellen, wie es einer Zwanzigjährigen geht, die innerhalb von einer Woche ihre Mentorin und ihre Mutter verliert und deren Vater noch dazu im Knast sitzt?"

Sie nahm ihr Handy und wählte. „Lass mal, das mach ich selbst."

Erkner verschwand schnell hinter Berger in der Wohnung der Stenners. Das Telefonat mit Nadine Siebert war alles andere als gut gelaufen und das lag an ihm. Er hatte sich nicht überlegt, wie er ihr die Nachricht vom Tod ihrer Mutter mitteilen sollte und als es so weit war, hatte er etwas zusammengestammelt und ihr schließlich auch noch gesagt, dass ihr Vater unter Mordverdacht stand.

„Hat er etwas mit dem Tod meiner Mutter zu tun?", hatte sie erschrocken gefragt.

„Nein. Mit dem an Maike Ebling." Es war ihm herausgerutscht und bevor er noch etwas sagen konnte, hatte sie aufgelegt. Alles war so schnell gegangen, Berger hatte nach ihm gerufen, er war in die Pizzeria geeilt und hatte die ganze Sache schließlich vergessen. Verdrängt, korrigierte er sich selbst und hätte sich dafür ohrfeigen können. Natürlich hätte er daran denken müssen, einem Psychologen Bescheid zu geben, der sich mit der Studentin in Verbindung hätte setzen können. Wieso gingen immer bei ihm alle zu Boden, fielen in Ohnmacht oder brachen in Tränen aus, und er stand hilflos daneben?

Seine Chefin riss ihn lautstark aus seinen Gedanken.

„Warum liegt die Telefonliste von Maike Ebling seit Tagen in der Ablage und ich weiß nichts davon?" Die Hauptkommissarin ärgerte sich nicht oft über ihre Mitarbeiter. Doch wenn sie es tat, dann unüberhörbar.

„Mist, die haben wir ganz vergessen", gab Erkner zu.

„Wir." Inge tobte innerlich, versuchte aber, sich zu beherrschen. Ihre Nerven waren gerade nicht die stärksten. „Geht schon mal rein, ich komm gleich nach", sagte sie. Sie musste ein paar Schritte gehen, alleine sein.

Das Reihenhaus der Stenners lag in einer hübschen Wohngegend. Viele individuell gebaute Einfamilienhäuser mit netten Gärten, verkehrsberuhigten Straßen, ein gepflegter Spielplatz – ein Paradies für Familien mit Kindern. Ungefähr das Gegenteil davon wie Marit aufgewachsen war.

Inge Nowak setzte sich auf eine Schaukel und gab die Nummer ein, die Maike Ebling zuletzt, kurz vor ihrem Tod, gewählt hatte. Die Sekretärin hatte die Kommissarin auf die Liste aufmerksam gemacht, um die sich niemand gekümmert hatte, und ihr die Telefonnummern diktiert. Nach dem dritten Klingeln wurde abgenommen.

„Hallo?", fragte eine Männerstimme, die ihr bekannt vorkam.

„Nowak, guten Tag. Mit wem spreche ich?"

„Mit deinem Lieblingskollegen Wolfram Berger. Hattest du Sehnsucht oder warum rufst du bei Stenners an?"

„Weil Maike Ebling das einen Tag, bevor sie vergiftet wurde auch getan hat."

„Das hätten wir früher wissen sollen."

„Was du nicht sagst." Sie legte auf und ging zurück zum Haus. Im Grunde war sie wütend auf sich selbst. Sie hätte als Erste ein Auge darauf haben müssen, mit wem das Opfer zuletzt telefoniert hatte. Sie hatte nur die Handyabrechnung angefordert, aus der sie die ein- und abgehenden Telefonate entnommen hatte, und die keine überraschenden Ergebnisse gebracht hatte. Die Telefonnummer der Stenners auf dem Festnetz hingegen hätte sie bereits viel früher auf die Spur der beiden gebracht und Angelika Stenner wäre jetzt vielleicht noch am Leben. Unverzeihlich. Die ganzen Ermittlungen über war sie nur halb bei der Sache gewesen. Sie hatte in alle möglichen Richtungen gedacht, jedoch nie konsequent bis zum Ende. Die guten Ideen hatten ihr kranker Mitarbeiter und sein jüngerer Kollege. Außer, dass sie die Fäden in der Hand behielt, hatte sie noch nicht viel zur Aufklärung dieses Verbrechens beigetragen.

Sie nahm den Weg durch das geöffnete Garagentor in den Garten. Jemand hatte sich viel Mühe mit ihm gegeben. Wahrscheinlich Angelika Stenner. An den Seiten gab es Blumenbeete, weiter oben einen Kräutergarten und dazwischen wucherten am Zaun wilde Schlingpflanzen und andere Staudengewächse. Das hochgewachsene Gras kitzelte sie durch ihre Sandalen an den Füßen. Die Kommissarin lief aufmerksam das ganze Grundstück ab, pflückte hier eine Johannisbeere, dort eine Stachelbeere, lugte in die Zwischenräume von Büschen und Sträuchern, durchforstete den Steingarten, bis sie schließlich, ganz am Ende des Gartens, an der Mauer zur Garage das Gesuchte fand.

„Hier ist es!", rief sie und winkte Verónica, die es sich auf der Terrasse bequem gemacht hatte und eine Zigarette rauchte. Sie sprang auf und beeilte sich, die wenigen Meter zurückzulegen.

„Was?"

„Das Gift. Ich glaube, das ist Schierling."

Minuten später verglichen sie die hochgewachsenen weißen Blüten mit der Beschreibung, die sich Erkner damals bei dem Gespräch mit dem Pathologen notiert hatte.

„Scheint das Zeug zu sein." Erkner stand auf und klopfte sich die von der trockenen Erde staubigen Knie ab. „Ich sage denen von der Spurensicherung, sie sollen sich das mal genauer ansehen. Vielleicht finden wir Fingerabdrücke oder Faserreste oder Haare oder irgendetwas in der Richtung."

Inge Nowak nickte, obwohl sie dachte: Es wird uns nichts nützen. Er wird sagen, er hat Unkraut gejätet und fertig.

Drinnen erledigte die Spurensicherung bereits ihre Arbeit. Mit Pinzetten, Tesafilmstreifen und durchsichtigen Tütchen hantierend, sammelten ein Mann und eine Frau mit weißen Handschuhen alles ein, was sie in der Küche finden konnten. Auf vergiftete Kuchenreste, am besten in Verbindung mit Fingerabdrücken, waren sie wohl noch nicht gestoßen.

„Es ist die berühmte Stecknadel im Heuhaufen. Wenn du sie suchst, findest du sie garantiert nicht“, murmelte Erkner und verschwand im Schlafzimmer der Stenners.

Berger hatte es sich derweil auf dem Ledersofa im Wohnzimmer bequem gemacht und dachte nach. Inge setzte sich neben ihn in den Sessel.

„Und?“

„Wie ist es abgelaufen?“, fragte er. „Wie genau?“

„Sie backt am Montag einen Kuchen.“

„Und zwar vormittags.“

„Wieso?“

„Nachmittags war sie in der Praxis.“

„Woher weißt du das?“

„Berufsgeheimnis.“ Er grinste. „Glaub es mir einfach.“

„Also backt sie den Kuchen morgens.“

„Richtig. Wohin stellt sie ihn?“

„Auf die Anrichte. Deckt ihn ab oder wickelt ihn ein. Oder lässt ihn in der Form.“

„Gut.“ Inge überlegte. „Er kommt nach der Schule nach Hause. Backt einen neuen Kuchen, den er mit Schierling präpariert.“

„Was macht er mit dem ersten Kuchen?“

„Wirft er weg.“

„Viel zu riskant. Da könnte ihn seine Frau entdecken.“

„Möglich. Er legt ihn in einer Plastiktüte ins Auto.“

„Vorausgesetzt, sie nimmt das Auto am Abend oder nächsten Tag nicht.“

„Sie ist frühmorgens mit dem Zug nach Berlin gefahren.“

„Weißt du oder vermutest du?“

„Weiß ich. Die abgestempelte Fahrkarte liegt auf ihrem Schreibtisch. Im Übrigen wie auf dem Präsentierteller."

„Du meinst, jemand möchte, dass wir sie sehen?"

„Könnte gut sein."

Berger deutete auf das Sofaende. „Würdest du mir mal zwei Kissen von da unten geben? Für die Stufenlagerung."

Inge holte sie und half ihm, sie unter seine Knie zu schieben.

„Der vergiftete Kuchen steht also abends da, wo der andere vorher stand."

„Wahrscheinlich hilft er seiner Frau, die Stücke in Zellophan zu verpacken und stellt den Rest weg."

„Dazu braucht er einen Vorwand."

Sie überlegten.

„Er nimmt den Kuchen mit in die Schule für seine Kollegen." Verónica hatte ihnen zugehört.

„Gute Idee. Dann hat er jetzt zwei Kuchen im Auto."

„Die er am nächsten Tag einfach entsorgt."

„Während seine Frau Angelika Maike Ebling ein Stück Todeskuchen anbietet und selbst davon essen sollte."

„Keine Zeugen, keine Tatwaffe, kein Motiv. Der perfekte Mord!" Erkner sprach aus, was alle dachten, aber keiner wahrhaben wollte.

Die Kollegen von der Spurensicherung waren fertig, sie versprachen, gleich am nächsten Morgen die Schierlingspflanze im Labor zu untersuchen, ansonsten hatten sie kaum Verwertbares gefunden. Die Küche war blitzblank geputzt.

„Was ist mit der Kuchenform?"

„Spülmaschinensauber."

„Na, toll."

„Was machen wir jetzt?"

„Ein dummes Gesicht und einen guten Eindruck, würde meine Mutter sagen", seufzte Inge Nowak.

„Quatsch", sagte Berger und quälte sich vom Sofa auf die Beine. „Jetzt backt Erkner einen Kuchen."

Während Verónica und Inge nach den Zutaten suchten, instruierte Berger seinen Kollegen.

„Du tust so, als wären wir nicht da. Backst einfach einen Marmorkuchen."

„Sehr witzig! Der hatte bestimmt eine Backmischung", maulte Erkner, der noch nie in seinem Leben einen Kuchen gebacken hatte. „Oder ein Kochbuch!"

„Gute Idee, das mit dem Kochbuch. Gibt's hier eins?"

„Mehrere", antwortete Inge und zeigte in ein Regal zwischen den Hängeschränken. Was es hier aber nicht gibt, sind Eier."

„Dann gehst du halt zur Nachbarin", schlug Berger vor.

„Ich?" Inge schaute ihn an, als sollte sie unters Messer.

„Ich kann nicht laufen, Erkner muss hier vorbereiten und einer Ausländerin gibt man nicht einfach so ein Ei."

„Da hat er Recht", stimmte Verónica zu.

Inge nahm das Kochbuch und suchte nach einem Marmorkuchenrezept.

„Vier Eier!", rief sie, nachdem sie die entsprechende Seite gefunden hatte. „Ich frage doch die Nachbarin nicht nach vier Eiern!"

„Dann konfiszierst du sie eben zu Ermittlungszwecken", sagte Berger ungerührt.

„Oder wir backen einen kleinen Kuchen. Nehmen nur die Hälfte der Zutaten", schlug Erkner vor.

Inge gab sich geschlagen. Sie hasste das. Nicht einmal bei ihrer eigenen Nachbarin – und das war ihre Tochter – hätte sie um Backzutaten gebeten. Es gab Dinge, die tat sie einfach nicht. Fremde Leute nach Eiern fragen, gehörte eindeutig dazu. Und schon gar nicht abends nach der Tagesschau.

Glücklicherweise war die Nachbarin überaus kooperativ, als sich Inge Nowak als Besuch der Familie Stenner zu erkennen gab.

„Aber natürlich helfe ich euch aus. Allerdings können Sie dem Paul sagen, dass ich nur noch zwei Eier habe. Falls er diese Woche noch mehr braucht als drei." Die etwas ältere Frau im bunten Kittel lachte ein gesundes, lautes Lachen.

„Wieso drei?"

„Na, Anfang der Woche, da hat er doch schon eins für einen Kuchen gebraucht!" Sie winkte ab. „Aber sagen Sie lieber nichts, wir Frauen können ja froh sein, wenn unsere Männer überhaupt backen! Das mit den Zutaten kann man ihnen dann später noch beibringen." Sie lachte wieder.

„Wann hat denn der Paul einen Kuchen gebacken?"

„Am Montag, glaube ich, nach Mittag. Wieso?"

„Ach, nur so, dann war das bestimmt der leckere Marmorkuchen, den er mit in die Schule gebracht hat."

„Ja, genau. Einen Marmorkuchen wollte er backen. Hat er denn geschmeckt?"

„Geradezu unvergesslich!", versicherte Inge der interessierten Nachbarin, nahm die beiden Eier entgegen und lief zufrieden zurück. Wenn Berger nicht automatisch ihren Job bekäme, würde sie ihn glatt für eine Beförderung vorschlagen. Das sagte sie ihm allerdings nicht, als sie freudestrahlend die Küche betrat.

„Der Herr Stenner hat sich am Montag von seiner Nachbarin ein Ei zum Marmorkuchenbacken geborgt!", fiel sie mit der Tür ins Haus.

Die drei starrten sie an, als hätten sie sich verhört.

„Das ist unser Beweis!", rief Erkner.

„Reicht nicht", knurrte Berger.

„Ist ein Anfang", sagte ihre Chefin und legte die Eier neben die restlichen Zutaten.

Inzwischen hatte Erkner alles vor sich liegen, was er zum Marmorkuchenbacken brauchte, das aufgeschlagene Kochbuch inklusive.

Inge, Verónica und Berger stellten sich in einigem Abstand hinter ihn und beobachteten ihn. Es musste etwas geben, womit sie Paul Stenner überführen konnten, etwas, das die noch lückenhafte Indizienkette abschließen würde.

Erkner las und führte aus: „Zuerst die Eier mit Zucker und Vanillezucker schaumig schlagen."

Als er damit fertig war, erhitzte er Butter in einem Topf, rührte sie dazu und gab nacheinander Mehl, Backpulver und so viel Milch dazu, dass eine, wie es im Rezept hieß, „zähflüssige Masse" entstand.

„Kann jemand eine kleine Backform fetten?", fragte er und wischte sich die Hände an der Hose ab.

„Das machst du mal schön selbst. Unser Täter hatte auch keine Helfer“, entgegnete seine Chefin.

„Und wenn doch?“, gab Berger zu Bedenken.

„Möglich ist alles. Aber wir gehen im Moment nicht davon aus.“ Sie reichte Berger eine kleine Kastenform. „Es wird kein Gugelhupf, dafür hast du nicht genug Teig, tut mir leid!“

Erkner butterte meckernd die Form und gab die Hälfte des Teiges hinein.

„So, jetzt würde ich das Gift hinzugeben“, verkündete er.

„Hier“, die Kommissarin hielt ihm ein Tütchen mit Petersilie hin, die sie gefunden hatte. „Nimm das dafür.“

Erkner trocknete seine Hände an den Oberschenkeln, nahm das Tütchen entgegen und kippte das klein geraspelte Grünzeug in den verbliebenen Teig. Danach schüttete er den Kakao und ein wenig Milch dazu und rührte auf höchster Stufe, damit der Teig glatt würde.

„Scheiße!“, rief er plötzlich, stellte den Mixer aus und wischte sich die Hände an der Hose ab.

„Stopp, genauso stehen bleiben, nicht bewegen!“, rief Berger. „Das ist es.“

Erkner erstarrte, Inge und Verónica sahen Berger fragend an.

„Er muss das Zeug an seinen Klamotten haben. Er hat sich mit Sicherheit zehnmal die Hände an der Hose abgewischt, weil er kein Gift daran haben wollte. Oder beim Mixen hat er einen Spritzer auf sein Hemd bekommen. Vor allem, wenn er sonst nicht backt. Er muss mit dem Teig in Berührung gekommen sein.“

„Oder er hat Plastikhandschuhe benutzt“, gab Inge zu Bedenken.

„Selbst dann muss er es auf der Kleidung haben, oder?“

Erkner nickte und nahm seine gewohnte Haltung wieder ein. „Ja, bei mir stimmt das zumindest. Wenn ich koche, bin ich hinterher von oben bis unten eingesaut, ob ich will oder nicht.“

„Bleibt zu hoffen, dass die Stenners noch nicht gewaschen haben“, sagte Inge und faltete die Hände vor der Brust.

„Haben sie nicht.“ Niemand hatte bemerkt, dass Verónica verschwunden war und nun mit einem Weidekorb im Türrahmen stand. „Er ist voll mit schmutziger Wäsche.“

„Dann nehmen wir ihn so mit, wie er ist“, ordnete Inge an.

„Ins Bonner Präsidium oder nach Berlin?“ Berger sah von ihr zu Erkner und wieder zurück.

„Wenn es etwas gibt, finden sie es bei uns mit Sicherheit“, meinte Erkner.

Inge Nowak wusste, dass er recht hatte. Wenn jemand dazu in der Lage wäre, aus einem Haufen Schmutzwäsche nanogroße Beweisstücke herauszuholen, dann Helmut Frickels ganzer Stolz: das handverlesene Team seiner Spurensicherung, deren Kompetenz nicht selten von anderen Abteilungen angefragt wurde.

Inge suchte Verónicas Blick und traf auf ein Lächeln. Ist schon in Ordnung, sagte es, wir haben doch Zeit.

„Dann ab nach Hause“, sagte die Kommissarin.

Am nächsten Morgen weckte Berger seinen Kollegen früh auf.

„Los“, sagte er, „an die Arbeit!“

„Hä?“ Es dauerte einen Augenblick, bis Erkner wusste, wo er war: in der Wohnung seines ehemaligen Mitbewohners.

„Frühstück gibt es unterwegs. Wir haben noch eine Menge zu tun.“

Erkner rieb sich den Schlaf aus den Augen. „Und was genau, wenn ich fragen darf?“

„Befragung der Kollegen unseres lieben Lehrers.“

„Wozu? Die in Berlin gehen ihm doch morgen an die Wäsche.“ Erkner grinste.

„Nummer sicher. Wenn sie nichts finden, fangen wir wieder von vorne an. Die Eier der Nachbarin allein sind als Beweismittel zu zerbrechlich.“

Erkner nahm die Tasse Kaffee entgegen, die Berger ihm entgegenstreckte.

„Sag mal, wieso bist du eigentlich so scharf darauf, den Fall zu lösen? Man könnte gerade meinen, du hättest ein persönliches Interesse daran!“

Berger stellte sich ans Fenster. Die Blätter an den Bäumen begannen bereits, sich bräunlich zu verfärben. Bald würde der Sommer vorbei sein. Er mochte den Herbst, er liebte graue

Regentage, an denen er sich in der Wohnung verkriechen und Schach spielen konnte, statt lange Spaziergänge zu unternehmen oder an einem See herumzuliegen.

„Es wird vorerst mein letzter sein."

„Wieso?"

„Ich mach Pause. Ich bin krank."

„Was du nicht sagst." Erkner schob sich das Kopfkissen in den Rücken und lehnte sich an die ausgeklappte Bettcouch, auf der er geschlafen hatte.

„Nicht so krank", erwiderte Berger. „Anders krank."

„Wie anders?"

„Mein Leben ist nicht in Ordnung und alleine bekomme ich es nicht mehr in den Griff. Ich denke, ich werde mich scheiden lassen."

Die beiden Männer schwiegen eine Weile.

„Und weshalb willst du dann aufhören zu arbeiten?"

„Ich gehe in eine psychosomatische Klinik außerhalb von Berlin. Mindestens für vier, vielleicht auch für sechs Wochen. Täglich Gruppentherapie, alle zwei Tage Einzelsitzungen, Yoga, Chi Gong, Meditation, Hochseilklettern."

„Hochseilklettern?"

„Für Angstpatienten."

„Bist du ein Angstpatient?"

Berger überlegte. „Ich fürchte mich nicht vor der Höhe, ich fürchte mich vor der Tiefe." Er drehte sich zu Erkner um. „Vor den menschlichen Abgründen, die man Gefühle nennt."

„Wie Mr. Spock?"

Berger deutete ein Lächeln an. „So ähnlich, ja." Damit war für ihn das Gespräch beendet.

Während Erkner sich duschte und anzog, ging er die Adressen auf der Liste mit den Kollegen von Paul Stenner durch und suchte die Straßen auf dem Stadtplan. Als Erkner aus dem Bad kam, hatte er bereits die Route festgelegt.

„Wir beginnen mit der Sportlehrerin, mit der er damals seine Frau betrogen hat. Sie scheint geheiratet zu haben und wohnt in einem Vorort."

„Woher weißt du das? Woher hast du überhaupt die Adressen?"

Berger quälte sich vom Sofa. „Recherche. Du glaubst gar nicht, wozu man kommt, wenn man den ganzen Tag Zeit hat. Wenn ich meinen Dienst wieder antrete, plädiere ich für eine Sonderstelle für chronische Schmerzpatienten in Frührente. Die werden bezuschusst und sind happy, wenn sie Arbeit haben."

„Frickel wird begeistert sein."

Als sie losfuhren, begann es zu nieseln. Der erste Regentag in diesem Spätsommer. Berger war froh, es würde ein guter Tag werden. Erstens, weil die Sonne nicht schien und zweitens, weil die Tabletten ihn mehrere Stunden am Stück hatten schlafen lassen.

Die Wahl des Partners schien für die Sportlehrerin eine gute Partie gewesen zu sein. Sabine Liebold-Geisenheimer und ihr Mann Ingo Geisenheimer residierten in einem großzügigen Bungalow mit herrlicher Aussicht auf freies Feld. Der erwachsene Sohn war erst vor Kurzem aus dem Anbau ausgezogen und zum Studium an eine Filmhochschule gegangen.

„Mein Mann arbeitet auch beim Fernsehen. Er ist Sportreporter", erklärte sie auf Nachfragen und dann fiel es Erkner ein. Er kannte den Namen. Ingo Geisenheimer war Berichterstatter bei der letzten Leichtathletikweltmeisterschaft gewesen. Der ehemalige Zehnkämpfer hatte nach einer Bronzemedaille 1968 in Mexiko-City Karriere als Sportjournalist gemacht und 1980, so erfuhren sie nun in seinem Wohnzimmer, nach der Scheidung von seiner ersten Frau die damals vierunddreißigjährige Sabine Liebold geheiratet.

„War Ihre Affäre mit Paul Stenner zu diesem Zeitpunkt bereits beendet?", fragte Berger trocken.

„Welche Affäre?", fragte sie schnell zurück und errötete.

Berger warf Erkner einen kurzen Seitenblick zu, der daraufhin das Wort übernahm. Derlei Vernehmungen hatten sie schon etliche geführt.

„Wir interessieren uns nicht für Ihr Liebesleben, Frau Liebold-Geisenheimer, wir interessieren uns für Herrn Stenner. Er steckt in großen Schwierigkeiten. Mit jeder Falschaussage machen Sie sich strafbar."

„Paul. In welchen Schwierigkeiten?"

Es wirkte immer. Weder Berger noch Erkner erwiderten etwas.

„Ich habe mit Paul Schluss gemacht, als ich Ingo kennenlernte“, gab sie einen Moment später kleinlaut zu.

„Haben Sie danach je wieder etwas mit ihm angefangen?“

Sie lachte auf. „Er hat sich schnell mit einer anderen getröstet. Paul hat seine Frau mit wechselnden Geliebten betrogen.“

„Auch mit Schülerinnen?“

Sie sah erstaunt auf. „Nein, das glaube ich nicht.“ Sie verbesserte sich: „Also, ich weiß es nicht.“

„Hat er zurzeit eine Affäre?“, fragte Erkner.

„Keine Ahnung. Ich habe ihn Jahre nicht mehr gesehen.“

„Haben Sie noch gemeinsame Freunde?“

„Ich trainiere zufällig mit einer seiner Kolleginnen im gleichen Sportstudio. Hildegard Franzen, Deutsch und Geschichte. Wir trinken nach dem Pilateskurs manchmal einen Kaffee zusammen und tratschen ein bisschen. Daher weiß ich, dass er ein Anwärter für die frei werdende Direktorenstelle an seiner Schule ist.“

Erkner zog die Augenbrauen hoch. „Und da erzählt sie Ihnen nicht, ob er sich privat auch nach etwas Neuem umgesehen hat?“

Sabine Liebold-Geisenheimer seufzte und strich sich mit beiden Händen leicht über die Oberschenkel. „Es wird wohl gemunkelt, dass er mit einer der Referendarinnen etwas hat. Ich weiß nicht, wie sie heißt, aber sie macht Physik und Bio.“

„Haben Sie die Telefonnummer von Frau – wie heißt sie gleich: Frau Franz?

„Franzen, Hildegard Franzen. Ich habe Ihre Nummer, wieso?“

„Könnten Sie sie bitte anrufen? Wir möchten gerne mit ihr sprechen.“ Berger nahm die Aufforderung zum Anlass aufzustehen.

„Jetzt?“

„Jetzt.“

Es war nicht zu übersehen, dass es Sabine Liebold-Geisenheimer unangenehm war, in komplizierte Geschichten verwickelt zu sein, aber sie zeigte sich kooperativ. Kurze Zeit später reichte sie Berger das Telefon und der Kommissar kündigte Hildegard Franzen einen Besuch an. Dann verabschiedeten sich die beiden Männer von der Frau, die Maike Ebling eine halbe Ewigkeit zuvor mit ihrem Physiklehrer heimlich beim Stelldichein beobachtet hatte.

Berger und Erkner unterbrachen mit ihrem Klingeln brüsk das Klavierspiel der vierzehnjährigen Tochter von Hildegard und Jürgen Franzen. Das Mädchen trollte sich sofort, als die beiden Kommissare hereinkamen, und auch der Ehemann entschuldigte sich schnell, um sich in der Küche an einem auseinandergenommenen Elektrogerät zu schaffen zu machen.

„Mein Mann ist ein Tüftler", erklärte Hildegard Franzen entschuldigend und bat die Kommissare in das Wohnzimmer. „Setzen Sie sich doch." Dabei zeigte sie auf zwei Sessel, denen Berger lieber einen gepolsterten Stuhl vorzog, der vor einem holzverzierten Sekretär stand. Davon war sie leicht irritiert, fragte dann aber doch freundlich an ihn gewandt:

„Was kann ich für Sie tun?"

Berger erklärte in knappen Worten ihr Anliegen und Stenners Kollegin erwies sich als außerordentlich gesprächig.

„Paul? Ein Casanova, aber ein netter. Zuvorkommend, kollegial und immer zu einem Späßchen aufgelegt." Sie deutete auf eine Flasche Mineralwasser und die beiden leeren Gläser, die sie bereits auf dem Wohnzimmertisch bereitgestellt hatte. Die beiden Männer nickten dankend und sie schenkte ein.

„Sabine hat gesagt, Paul stecke in Schwierigkeiten?"

Statt zu antworten wollte Berger wissen, was es mit seinem Verhältnis zu der Referendarin auf sich hatte.

„Sabine Olbricht. Über zwanzig Jahre jünger als er. Paul betreut sie. Aber die beiden lassen sich nichts anmerken. Er will ja auch Schulleiter werden, da kann er Gerede nicht brauchen."

„Und woher wissen Sie dann davon?"

Die Deutschlehrerin, von der Erkner im Stillen dachte, dass sie überhaupt nicht aussah wie eine Lehrerin, sondern eher wie eine Bankangestellte, die tagein tagaus die gleiche Sorte Hosenanzug trug, schlug die Beine übereinander. Man sah ihrer Figur das Training im Sportstudio nicht gerade an, der blaue Hosenstoff spannte sich gefährlich stramm um die Oberschenkel.

„Ich war mit ihm im Landschulheim. Da hat sie ihn heimlich nachts besucht und ist vor dem Frühstück wieder verschwunden."

„Und sie haben ein wenig gelauscht?", vermutete Berger.

„Ich schlief nebenan. Ich musste nicht lauschen. Sie war auch mit Ohrstöpseln nicht zu überhören", entgegnete Hildegard Franzen spitz.

Erkner notierte alles und sah abwartend zu seinem Kollegen. Schließlich fuhr er selbst mit der Befragung fort:

„War Herr Stenner in den letzten Tagen irgendwie anders als sonst?"

„Wie meinen Sie das: anders? So gut kenne ich ihn auch nicht!"

„Ich meine, verhielt er sich auffällig? Besonders gereizt? Besonders nervös?"

„Im Gegenteil.", antwortete sie. „Er war sehr gut gelaunt. Vor ein paar Tagen hat er sogar einen Kuchen zur Lehrerkonferenz mitgebracht."

Berger und Erkner verzogen keine Miene.

„Gab es dafür einen Anlass?"

„Überhaupt nicht. Er hat gesagt, seine Frau sei nicht da, da hätte er mal selbst gebacken."

„Marmor?"

„Ja." Sie stutzte. „Woher wissen Sie das?"

„Selbsterfahrung", sagte Erkner, klappte das Notizbuch zu und leitete die Verabschiedung ein.

„Wir danken Ihnen, Frau Franzen." Er sagte einen der Sätze auf, die er auf der Polizeischule hundertmal in Rollenspielen einstudiert hatte: „Sie haben uns sehr geholfen. Ob Sie uns jetzt noch die Adresse von Frau Olbricht verraten würden?"

„Die habe ich nicht." Schnell fügte sie erklärend hinzu: „Ich habe nichts mit den Referendaren zu tun." Sie holte aus einer Aktentasche, die neben dem Sekretär stand, ein Adressbüchlein. „Aber ich kann Ihnen die Privatnummer des Schulleiters geben, er weiß sicher, wie sie zu erreichen ist."

Verónica Sanz war früh erwacht und blieb still neben der ruhig atmenden Frau liegen, mit der sie eine aufregende Nacht verbracht hatte. Nie war sie nach so kurzer Zeit so sicher gewesen, nie hatte sie so früh von Liebe gesprochen. Dabei war die deutsche Kommissarin alles andere als Verónicas Schönheitsideal: Sie war älter als sie, sie war nicht gerade schlank und die Art, sich zu kleiden, hätte sie bei jeder anderen gestört. Doch an Inge Nowak störte sie nichts, überhaupt nichts.

Nach der Katastrophe mit Luz hatte sie sich geschworen, besser aufzupassen. Die verliebte Offenheit, zu der ein vertrauensvoller Umgang mit ihren Kreditkarten, Passwörtern und Kontovollmachten gehört hatte, war ihr zum teuren Verhängnis geworden. Kurz bevor sie zusammenziehen wollten, hatte sich Luz mit einem Teil ihres Vermögens ins Ausland abgesetzt. Nicht, ohne einen kurze Nachricht zu hinterlassen, dass ihr der Betrug wirklich nicht leichtgefallen sei, weil sie sich in den wunderschönen gemeinsamen Wochen entgegen ihrer Absicht tatsächlich verliebt habe. Da sie jedoch echte Zweifel daran hege, sich jemals ändern zu können, bliebe ihr nur der Wunsch, Verónica möge ihr verzeihen und sie in guter Erinnerung behalten. Statt sie, wie geplant, um sämtliche Ersparnisse zu erleichtern und bis zur Ausschöpfung der Dispokreditgrenze zu verschulden, habe sie lediglich ihr laufendes Konto geplündert, um ihre Reise zu finanzieren.

Verónica hatte alles Menschenmögliche getan, um Luz zu vergessen. Sie hatte die Stadt gewechselt, sich neu eingekleidet, alles, was sie an die gemeinsam verbrachte Zeit erinnerte, weggeworfen. Doch ihr Lachen am frühen Morgen, ihre Hände am späten Abend und ihre Küsse in der Nacht konnte sie nicht einfach wegradieren. Es war, als hätte man ihr einen Teil des Herzens herausgerissen und die Wunde nur notdürftig vernäht. Jede kleinste Erschütterung brach die dünne Narbe wieder auf, es reichte, eine Melodie zu hören, einen bestimmten Geschmack auf der Zunge zu haben, ein gewisses Abendrot oder der Geruch von Orangenblüten, dann katapultierte die Sehnsucht sie trotz der immensen Wut zurück in die Arme der Frau, die sie verraten hatte.

Bis sie an jenem Morgen die deutsche Kommissarin vom Flughafen abgeholt hatte. Es war ihre Stimme gewesen, die sie vom ersten Augenblick an verzaubert hatte, die vertrauten Worte, die Verónicas Mutter zu ihr als Kind gesprochen hatte und die hellen, wachen Augen, die ihrem kritischen Blick neugierig standgehalten hatten. Inge Nowak war die Sorte Frau, die Verónica Sanz bewunderte, doch niemals anziehend gefunden hatte. Das hatte sich mit jeder Stunde, die sie zusammen waren, geändert. Schon am Abend des ersten Tages wusste sie, dass sie diese Deutsche in den Armen halten und von ihr geküsst werden wollte.

Leise stand sie auf, zog den Morgenmantel über, mit dem Inge in der Nacht aus dem Badezimmer ins Schlafzimmer gekommen war, die Haare noch nass, die Haut noch feucht. Verónica schlich sich in die Küche und suchte nach der Kaffeedose. Lächelnd stellte sie fest, dass Inge Espresso trank und ihn in einer *Cafetera* zubereitete. Während sich das Wasser in der silbernen Kanne auf offener Flamme erhitzte, setzte sie sich auf den Stuhl am Fenster und streckte die Beine auf dem niedrigen Fensterbrett aus. Saß Inge hier oft? Wie lebte sie überhaupt und wie sehr würde sie, Verónica, ihr Leben verändern? Würde sie es überhaupt beeinflussen? Selbst wenn sie sich viel Mühe gab, es wollte ihr nicht gelingen, Inge nur als aufregende Affäre zu denken, als vorübergehendes Verhältnis, das auf die Dauer wegen der Distanz zu anstrengend würde. Verónica versuchte, sich vorzustellen, jeden Morgen hier aufzuwachen. Neben Inge. Und jeden Abend mit ihr einzuschlafen. Du bist verrückt, Sanz, dachte sie. Du kennst die Frau noch keine zwei Wochen und überlegst schon, wie es wäre, bei ihr einzuziehen. In Berlin! Was würde aus ihrer Arbeit werden? Einer Arbeit, die sie nicht befriedigte, die sie langweilte und bei der sie sich immer öfter ärgerte. Sie war den Weg des geringsten Widerstands gegangen. Nichts war übrig geblieben von ihrem Traum, Kommissarin zu werden, Mordfälle aufzuklären und Gerechtigkeit zu ermöglichen. Stattdessen hatte man sie zur Chefsekretärin degradiert, deren Meinung nicht gefragt war. Die Tage mit Inge in Granada und der vorangegangene mit ihrem Team in Bonn hatten alte Wunschträume in ihr wachgerufen. Deshalb war sie auf die Polizeischule gegangen, deshalb hatte sie Jura studiert: um im Namen des Gesetzes ihr Bestes zu geben.

Doch wenn sie so weitermachte wie bisher, würde ihr Bestes gänzlich verkümmern.

„Guten Morgen!" Inge war leise in die Küche gekommen, hatte sich hinter sie gestellt und ihr die Hände auf die Schultern gelegt. „Schlecht geschlafen?", fragte sie besorgt.

„Im Gegenteil. Ich habe geschlafen wie ein Stein. Und es sehr genossen, neben dir aufzuwachen. Aber ich wollte dich nicht wecken." Sie stand auf und umarmte Inge, die sich eine riesige Pyjamajacke übergezogen hatte. „*Cortado?*", fragte sie und zeigte auf die brodelnde Espressokanne.

„*Con mucho gusto*", sagte Inge, „sehr gern."

Inge deutete auf das Fenster: „Mein persönliches Frühstücksfernsehen: Köpenicker Straße live."

„Regt zum Nachdenken an."

„Und worüber hast du nachgedacht?"

„Über meine Zukunft."

Verónica machte in einem kleinen Topf Milch warm und schäumte sie mit einem Schneebesen leicht auf. Inge beobachtete sie und fragte sich, ob sie ihr den solarbetriebenen Milchaufschäumer zeigen sollte. Nächstes Mal, vielleicht.

„Mache ich mich in deiner Küche zu breit?", fragte Verónica plötzlich und hielt inne.

„Im Gegenteil. Fühl dich ganz wie zu Hause."

„Kein Problem." Sie goss die dunkle Flüssigkeit in zwei kleine Tassen, füllte sie mit Milch auf und stellte sie auf den Küchentisch.

Zum ersten Mal seit langer Zeit hatte Inge Nowak sich ihren Aufwachkaffee nicht selbst gekocht. Eine wohltuende Melancholie stieg in ihr auf und trieb ihr Tränen in die Augen.

„Habe ich was falsch gemacht?" Verónica sprach leise und kniete sich vor Inge auf den Boden.

„Nein. Viel schlimmer", antwortete Inge. „Du machst alles richtig."

Simone Olbricht fiel aus allen Wolken, als sie hörte, dass Paul Stenner in U-Haft war.

„Paul ist so ein einfühlsamer Mensch", versicherte sie, „ich kann mir überhaupt nicht vorstellen, dass er in ein Verbrechen verwickelt ist. Er ist so sensibel!"

„Wie lange pflegen Sie beide denn schon Ihr Verhältnis?"

„Beziehung", korrigierte sie Erkner. „Wir führen eine offene Beziehung."

„Heißt?", wollte Berger wissen.

„Ich nehme es in Kauf, dass er verheiratet ist, und ich könnte jederzeit eine Affäre mit einem anderen haben."

„Haben Sie?"

„Nein." Sie lehnte sich auf dem winzigen Sofa zurück, zog ein Bein an und faltete beide Hände um das Knie. Ihre Ausführungen würden länger werden, das sah man ihrer Haltung an. „Ich bereite meine Stunden sehr gründlich vor. Paul übrigens auch. Das ist nur eines der Dinge, die wir gemeinsam haben. Wir verbringen in der Regel unsere Wochenenden zusammen. Wenn ..."

„Seit wann?", unterbrach Berger sie.

„Wir kennen uns seit einem Jahr und sind seit zehn Monaten ein Paar." Sie sah ihn trotzig an. Offenbar war sie es nicht gewohnt, unterbrochen zu werden.

„Und wie sieht Ihre Zukunft aus?"

Simone Olbricht lächelte vielsagend. „Wir planen, nach seiner Scheidung zusammenzuziehen."

„Ach?" Erkner tat erstaunt. „Er will sich scheiden lassen?"

„Im neuen Jahr. Er will seine Frau an Weihnachten nicht alleine lassen. Paul ist so rücksichtsvoll, wissen Sie. Seine Frau hängt doch so sehr an ihm. Er hat solche Angst, dass sie sich etwas antut, wenn er sie verlässt."

„Hat er es ihr denn schon gesagt?", fragte Erkner in mitfühlendem Ton.

„Nein. Wir wollen damit bis zum neuen Jahr warten."

„Ich glaube, das können Sie sich schenken." Berger setzte um Angriff an.

„Wieso?"

„Frau Stenner ist tot."

„Und jetzt glauben Sie, Paul hat sie umgebracht?“ Sie schien über Angelika Stenners Tod weder besonders überrascht noch unerfreut zu sein.

„Nein, wie kommen Sie darauf?“

„Weil er im Gefängnis ist. Weshalb denn dann?“

„Jedenfalls nicht, weil er seiner Frau die Pulsadern aufgeschnitten hätte. Das hat sie schon selbst getan.“

„Das tut mir leid.“ Ihr Gesichtsaudruck und der Ton in ihrer Stimme verrieten, dass sie es ernst meinte.

„Wo waren Sie am Montag, Frau Olbricht?“

„Nach der Schule schwimmen, warum?“

Berger fragte beharrlich weiter: „Von wann bis wann?“

„Von halb zwei bis ungefähr vier.“

„Können Sie das etwas genauer sagen?“

„Die letzte Stunde ist um 13.00 Uhr zu Ende, ich brauche etwa eine halbe Stunde bis zum Freibad. Ungefähr um vier bin ich nach Hause gegangen. Dort habe ich bis abends meinen Unterricht vorbereitet und danach ferngesehen.“

„Wie lange unterrichtete Herr Stenner an diesem Tag?“

„So wie ich, bis zur sechsten.“

„Und am Dienstag?“

„War ich morgens in der Schule.“

„Was haben Sie da genau gemacht?“ Erkner liebte es, unsinnige Fragen im Verhör zu stellen, um Verdächtige nervös zu machen.

„Unterrichtet und in der Pause mit den Kollegen Kaffee getrunken.“ Simone Olbricht war nun sichtlich angespannt. „Am Nachmittag hatten wir Lehrerkonferenz. Im Übrigen mit einem köstlichen Marmorkuchen, den Paul für uns gebacken hatte.“

„Backt er öfter?“

„Er hat gesagt, es wäre sein erster Kuchen gewesen, aber das glaube ich nicht.“ Die junge Frau redete von dem Ende Fünfzigjährigen wie von einem Sextaner, auf dessen erstes Spiegelei sie stolz war. „Dafür hat er viel zu gut geschmeckt.“

Berger nickte zufrieden. Wie er inzwischen wusste, brauchte es eine Zubereitungszeit von etwa einer Viertelstunde und der Kuchen musste sechzig Minuten backen. Montags nach Schulende hätte Stenner also genug Zeit gehabt, nach Hause zu fahren, zu backen, den Kuchen abkühlen zu lassen, zu verpacken und ihn mit dem seiner Frau auszutauschen. Letzteren hatte er dann tatsächlich, wie von Verónica vermutet, am nächsten Tag mit in die Schule genommen und seinen Kollegen angeboten.

Auf dem Weg nach draußen blieb Bergers Blick an dem Bücherregal hängen. Die Bücher waren alphabetisch nach Titeln geordnet, das fand er ungewöhnlich. Er ließ seinen Blick über die Reihe mit dem Buchstaben G wandern und blieb an einem Buchrücken hängen.

„Darf ich?", fragte er und deutete darauf.

„Aber ja."

Es war ein eher kleines Büchlein, auf dem eine bunte Blume abgebildet war. Berger hatte schon immer Respekt davor gehabt, wie perfide sich die Natur auf die Kunst der Verstellung verstand. Pflanzen verstanden dieses Handwerk ebenso gut wie Menschen: Je harmloser, bunter und schillernder ein Antlitz daherkam, umso mehr musste man vor dem auf der Hut sein, was sich dahinter verbarg. Die giftigsten Pilze waren die schönsten, die farbigen Schlangen die gefährlichsten, die hilfsbereiten Nachbarn oft brutale Täter. Berger blätterte in dem Buch. Auf den letzten Seiten war, wie erwartet, ein alphabetisches Register. Unter dem Buchstaben S fand er das Gesuchte, es verwies auf Seite 145. Ausgerechnet diese Seite hatte einen Knick in der Ecke, unschöne Spur eines rückgängig gemachten Eselsohrs.

„Kennen Sie sich mit Giftpflanzen aus?", fragte er Stenners Geliebte.

„Mit einigen. Ich habe Biologie studiert", antwortete sie, „und meine Examensarbeit über halluzinogene Pflanzen geschrieben. Wieso?"

„Interesse." Erst jetzt bemerkte Berger, dass das Buch, das er in der Hand hielt, nicht die einzige Lektüre zum Thema Gift war, die ihre Bibliothek beherbergte. „So großes Interesse, dass ich diese", er zählte die entsprechenden Titel leise durch, „also, dass ich diese sieben Bücher hier beschlagnahmen muss." Er stützte sich mit seiner freien Hand an der Wand ab. „Falls Sie mir nicht sagen können, welches davon sich Paul Stenner ausgeliehen haben könnte."

Erkner hoffte, Simone Olbricht würde sich bald entscheiden, denn er sah seinem Kollegen an, dass er nicht mehr lange stehen konnte.

„Nehmen Sie sie mit, ich habe keine Ahnung, ob Paul jemals eins davon in der Hand hatte." Sie war sichtlich verwirrt. „Was suchen Sie eigentlich?"

„Den Mörder von Maike Ebling." Erkner schob Berger förmlich von dem Regal weg, suchte die Bücher heraus und stapelte sie auf dem Boden.

„Wer ist das?", fragte sie.

„Ich glaube, das wollen Sie nicht wirklich wissen", entgegnete Erkner. „Aber ich habe noch zwei Fragen: „Erstens: Haben Sie eine Plastiktüte? Und zweitens: Besitzt Herr Stenner einen Schlüssel zu Ihrer Wohnung?"

„Auf beide Fragen: Ja." Sie ging in die Küche und kam mit einer Tragetasche aus einem Supermarkt wieder zurück.

Berger wankte ohne ein weiteres Wort zur Tür hinaus und schleppte sich zum Auto, Erkner packte die beschlagnahmten Bücher ein und beendete die Befragung ordnungsgemäß.

„Wann kommt Paul denn wieder nach Hause?", fragte Simone Olbricht noch, bevor Erkner die Treppen erreichte.

Er drehte sich um, taxierte sie einmal kurz von oben bis unten und hatte nicht übel Lust, zurückzugehen und sie kräftig zu schütteln. Stattdessen antwortete er mit einer gewissen Genugtuung: „Wenn alles so läuft, wie wir uns das vorstellen, in etwa fünfzehn Jahren."

Am Dienstagmittag, zwei Wochen, nachdem Maike Ebling auf einer Bank im Berliner Tiergarten tot zusammengebrochen war, verfügten Hauptkommissarin Inge Nowak und ihre beiden Kollegen Wolfram Berger und Frank Erkner über genügend Beweise, Paul Stenner dem Haftrichter vorführen zu lassen. Die Indizienkette sprach eindeutig gegen ihn, die Beweislast war erdrückend: Der mutmaßliche Mörder hatte sich bei seiner Geliebten Simone Olbricht Lektüre besorgt, um sich das Wissen über Schierling anzulesen. Darauf verwiesen die Fingerabdrücke in vier Büchern, jeweils auf der entsprechenden Seite. Er hatte in Angelika Stenners Abwesenheit den von ihr gebackenen Marmorkuchen gegen einen mit Schierling vergifteten ausgetauscht. Dafür hatte er ein zusätzliches Ei gebraucht, das er sich nachweislich von seiner Nachbarin geborgt hatte. Auch auf dem Zellophanpapier, mit dem die einzelnen Kuchenstücke eingepackt waren, fanden sich seine Fingerabdrücke. Schließlich konnte die Spurensicherung auf Hemd und Hose von Paul Stenner Teigpartikel nachweisen, die Spuren des Pflanzengiftes enthielten. Den Kuchen seiner Frau hatte der Täter nicht entsorgt. Da er sicher war, sie würde nicht lebend zurückkehren, hatte er ihn nachmittags bei einer Lehrerkonferenz an seine Kollegen verfüttert. Der Staatsanwalt war davon überzeugt, dass der Verdächtige auf heimtückische Weise das Vertrauen seiner Ehefrau Angelika ausgenutzt hatte, um sie und seine ehemalige Schülerin Maike Ebling zu töten. Der Zufall hatte Angelika Stenner das Leben gerettet, sie nahm es sich selbst, aus Angst und Scham, man könnte sie für die Mörderin eines Mädchens halten, das sie vor über zwanzig Jahren missbraucht hatte. Eine haarsträubende Geschichte.

„Gut gemacht, Jungs!“, lobte Inge Nowak ihre Kollegen. „Ich schlage vor, wir nehmen alle hitzefrei, um die Wochenendschicht abzubummeln. Was haltet ihr davon?“

„Gute Idee. Schwester Uta reißt mir den Kopf ab, wenn ich bis vier nicht wieder im Krankenhaus bin, hat sie gesagt.“ Berger machte es kurz und schmerzlos. Nickte freundlich und ging. Er wusste, es würde ein Abschied für länger sein, wollte aber kein Aufhebens davon machen. Es reichte, dass sein jüngerer Kollege ihm im Hinausgehen auf die Schulter klopfte.

„Tja, ich geh dann mal backen“, sagte Erkner.

„Backen?“

„Meine Freundin hat morgen Geburtstag und jetzt, wo ich Marmorkuchenfachmann bin, dachte ich, ich probier es mal alleine.“

„Vergiss nicht die Zutatenmenge zu verdoppeln und statt zwei, vier Eier zu nehmen.“

„Schon klar."

Als er schon fast draußen war, rief sie ihn noch einmal zurück: „Ach, Erkner? Keine Petersilie hinzugeben, ja?"

Lachend schüttelte er den Kopf und schloss die Tür hinter sich.

Inge Nowak war allein. Der Fall war gelöst. Doch das Schwierigste stand ihr noch bevor.

Nadine Siebert sah erschöpft aus.

„Darf ich hereinkommen?"

„Haben Sie den Brief?", gab Nadine statt einer Antwort zurück und trat zur Seite, damit Inge Nowak an ihr vorbei in die Wohnung konnte.

„Deshalb bin ich ja hier."

„Entschuldigen Sie." Sie strich sich müde über die Augen. „Aber ich will endlich wissen, was eigentlich los ist. Was hat mein Vater mit dem Tod von Kai zu tun und weshalb musste Mama das tun?" Tränen stiegen ihr in die Augen. „Ich meine, sich umbringen." Sie kramte in ihrer Jogginghose nach einem Taschentuch. „Trinken Sie einen Tee mit mir? Ich kann Ihnen auch einen Kaffee machen."

Mit Blick auf die bauchige weiße Kanne, die auf dem Küchentisch warm gehalten wurde, antwortete Inge Nowak: „Gerne einen Tee." Sie hatte sich vorgenommen, bei der Studentin zu bleiben, wenn sie den Brief ihrer Mutter lesen würde.

Sie setzten sich und die Kommissarin legte den weißen Umschlag, auf dem *für meine Tochter Nadine* stand, auf den Tisch.

Während die Studentin den Brief mit zitternden Händen auseinanderfaltete, fragte sie sich, ob es wirklich nötig war, dass sie auf diese Weise die Wahrheit erfuhr. Die Frauen, mit denen sie auf so unterschiedliche Weise verbunden war, waren beide tot. Dass es der Vater war, der das zu verantworten hatte, würde sie ohnehin bald erfahren. Wäre es besser gewesen, sie hätte von der Polizei gehört, was passiert war? Oder die Version ihres Vaters erfahren? Nein, dachte Inge, ich hätte auch gewollt, dass meine Tochter mir glaubt. Wahrscheinlich wäre auch mir genau das wichtiger gewesen als alles andere.

Nadine weinte. Lautlos liefen ihr Tränen die Wangen hinunter und tropften vom Kinn auf das Papier.

„Kai und Mama?"

Die Kommissarin nickte.

„Wusste sie von Anfang an, wer ich war?"

„Nein." Inge Nowak war sich zwar ziemlich sicher, dass die Dozentin bei Ähnlichkeit schon vor Monaten bemerkt haben musste, wer Nadine Siebert war und dass sie mit Mädchennamen Stenner hieß. Doch das behielt sie für sich.

„Vor ein paar Wochen hat sie Fotos von meinen Eltern gesehen", begann Nadine, brach dann aber ab.

Inge Nowak sah, dass die junge Frau einmal mehr unter Schock stand. Sie rückte näher mit dem Stuhl heran und tat etwas, was sie in ihrer ganzen Laufbahn als Kommissarin noch nie getan hatte. Sie tröstete ein Opfer. Kaum hatte sie die Hand der Studentin genommen, brach Nadine schon in lautes Weinen aus. Es war ein anderes Schluchzen als vor etwa zwei Wochen. Da hatte sie in einer fremden Wohnung um Maike Ebling geweint. Jetzt war der Tod zu ihr nach Hause gekommen und sie heulte wie ein verletztes Tier, das sich nicht mehr zu helfen weiß. Um ihre Mutter und weil sie sich verraten fühlte. Plötzlich hielt sie inne und fragte unter schnellem Schlucken:

„War mein Vater eifersüchtig?"

Die Kommissarin schüttelte den Kopf und antwortete: „Er hatte Angst."

„Wovor?"

Inge Nowak war versucht, sie zu fragen, ob sie es wirklich wissen wolle, verwarf den Gedanken aber wieder. Jetzt wollte Nadine alles wissen. Sie musste es erfahren, um Ruhe zu finden. Aber der zwanzig Jahre Älteren fehlten die Worte. Wovor hatte Paul Stenner eigentlich Angst gehabt?

„Dass die Vergangenheit ans Licht kommt. Er hat damals etwas getan, mit dem Maike Ebling ihn erpresste."

„Was?", fragte Nadine tonlos.

„Das müssen Sie ihn selbst fragen."

„Sagen Sie es mir."

Inge Nowak schwankte. Wer war sie, um über andere zu richten? Doch Nadine würde mit dem Fragen nicht aufhören.

„Hat er sie …?"

Inge Nowak nickte. Was auch immer sich Nadine vorstellte, es würde wohl nicht so schrecklich sein, wie das, was Maike Ebling im Alter von fünfzehn Jahren erlebt hatte.

Sie saßen noch eine Weile schweigend in der Küche, jede in ihre Gedanken versunken. Die Jüngere dachte an ihre Mutter, die Ältere an ihre Tochter. Und an die Frau, die zu Hause auf sie wartete. Was für ein Glück!, ging es der Kommissarin durch den Kopf.

Es war Nadine, die die Stille durchbrach.

„Wenn ich nicht an Kais Projektseminar teilgenommen hätte, würden beide noch leben, nicht wahr?"

„Sie trifft keine Schuld, Frau Siebert. Überhaupt keine." Davon musste sie Nadine einfach überzeugen. „Sie waren nur zu einer bestimmten Zeit an einem bestimmten Ort."

Nadine lächelte schwach. „Glauben Sie an Schicksal?"

Inge Nowak überlegte. In letzter Zeit hatte sie ein paar Mal darüber nachgedacht. Manchmal hätte sie die Frage fast bejahen können. Aber nur fast.

„Nein. Ich glaube daran, dass alles möglich ist."

„Alles?"

„Alles."

Epilog

Ich habe ein Erbe angetreten, das nie für mich gedacht war. Manchmal, wenn ich aus dem Fenster meiner Wohnung auf den dicken Qualm aus der Zuckerfabrik schaue, dann frage ich mich, ob wirklich alles im Leben Sinn macht oder ob es nicht nur unser Bedürfnis ist, den Dingen einen logischen Zusammenhang zu geben. Im Gegensatz zu dir lebe ich luxuriös, doch nicht weniger allein. Die hundert Quadratmeter sind zuviel für mich, wenngleich ich mich in einer Zelle nicht weniger verlieren würde. Oder wer weiß – vielleicht käme ich dann zu mir. Denn es ist keine Frage der Fläche, sondern des Raumes, von dem man Verortung her denken muss. Meine erstreckt sich über vier Zimmer unter dem Dach eines Holzhauses. Darunter befinden sich die Schauräume und die Werkstatt einer Messebaufirma. Die Mitarbeiter gehen um Punkt fünf nach Hause und dann ist außer mir keiner mehr in dem eingezäunten Gebäude mit Garten, Terrasse und Schwimmbad. Ich schätze, vor mir wird der Inhaber der Firma versucht haben, mit seiner Familie hier glücklich zu werden. Man riecht förmlich das Scheitern im Gebälk; mitten im Industriegebiet ein Paradies zu errichten, ist nur etwas für Einzelgänger.

Von hier sind es drei Minuten zu Fuß zur Forschungsstation, in der ich arbeite: Deutschlands erstes solarthermisches Demonstrations- und Versuchskraftwerk. Ein Heliostatenfeld reflektiert das Sonnenlicht auf einen sechzig Meter hohen Solarturm. Er beherbergt einen Receiver, der die Umgebungsluft und die erkaltete Luft aus dem Luftkreislauf von außen ansaugt und bis auf 700 Grad Celsius aufheizt. Die heiße Luft erzeugt Wasserdampf, mit dem eine Turbine angetrieben wird. Deren Rotationsenergie wandelt ein Generator in elektrischen Strom um. Wenn Kai die immensen Spiegelfelder sehen könnte, würde sie sich wahrscheinlich ungläubig im Grabe umdrehen. Aber ihr fehlen acht Jahre Forschung. Ihr fehlt das Leben, das du ihr genommen hast.

Ausgerechnet du, der ihr die Grundlagen beigebracht hat. Kraft mal Weg. Aber weißt du, Arbeit alleine nützt nichts, man muss eine Richtung haben, die nicht in die Sackgasse führt. Oder aus ihr heraus, wenn man sich verirrt hat. Das ist deine Schwäche. Statt von Visionen lässt du dich von deinem Willen leiten, das ist banal und gefährlich. Der Unterschied zwischen Klugheit und Intelligenz liegt in der Fähigkeit, an das Unvorstellbare zu glauben. Das Genie kennt Grenzen – Kai hat die Gratwanderung verstanden, sich über jede einzelne hinwegzusetzen, ohne in fremdes Territorium einzudringen. Im Gegensatz zu dir. Du bist zu weit gegangen, viel zu weit.

Ich werde da weitermachen, wo ihr Weg aufgehört hat. Mich an ihrer Stelle bewegen und damit dem Stillstand Einhalt gebieten, der deinetwegen über mich gekommen ist. Schuld, Vater, ist einfacher zu fühlen als Scham. Solange du dich nicht schämst, tue ich es für dich. Falls du jemals etwas gutmachen willst, dann nimmst du mir diese Bürde ab.

Danke!

Ich hätte dieses Buch nicht schreiben können, ohne die finanzielle und zuverlässige Unterstützung meiner FreundInnen und meiner Familie. Verantwortlich dafür, dass mein erster Krimi wie geplant erscheint, sind:
Jim Baker, denn er vertraut seinen AutorInnen.
Ilona Bubeck, die motiviert, wie keine andere.
Nadine Bunzler durch kriminologische Beratung.
Gaby Burgemeister wegen der Wege zum Glück.
B&L GmbH, Ulrich Leipertz, durch den technischen Support.
Monika Clausen, denn ich habe noch einen Koffer in Bern.
Gertrud Deutz. Text & ich können sich blind auf sie verlassen.
Conni Dikall, die sich hervorragend auch mit Pflanzen auskennt.
Frank Keller, mein bester Freund.
Birgit Krause. Sie weiß schon, warum.
Claudia Lutze, weil sie das Prinzip Taschengeld versteht.
Dr. Oetker, Marmorkuchenspezialist.
Karin Schröer – einfach die beste Organisatorin der Welt.
Andrea Waffender, kompetente Konzeptionshilfe & Testleserin.
Lotti Waffender. Ohne sie gäbe es mich nicht.
L5/S1 & dem Ileosakralgelenk für den Schmerz.
Meine Berliner Crew für Leib und Seele:
Dr. Susanne Bücker (Allgemeinmedizin), Dr. Friederike Janofske (Selbstmanagement), Martin Schneider (Osteopathie)
Und die vielen anderen – wie meine Nachtschwester der Klinik für Orthopädie in Würselen, die gesamte neurologische Abteilung der Kliniken im Theodor-Wenzel-Werk Berlin, die Rehaklinik in Belzig, die Rurapothekerinnen in Jülich – die immer zur richtigen Zeit am richtigen Ort waren.
Ihnen allen gilt mein aufrichtiger Dank.

Corinna Waffender, Jülich / Berlin, im Februar 2009

Marmorkuchen

Zutaten
300 g Butter (weich)
275 g Zucker
1 Päckchen Vanillinzucker
4 Eier
1 Prise Salz
500 g Weizenmehl
1 Päckchen Backpulver
1/8 Liter Milch
Mischung zum Unterrühren:
30 g Kakao / 3 Esslöffel Milch
Margarine zum Fetten der Backform

Tatwerkzeuge
Messbecher, Schneebesen oder elektrisches Handrührgerät, Löffel, Napf- oder Kastenkuchenform, Gabel

Teig
Die Butter schaumig rühren. Nach und nach Zucker, Vanillinzucker, Eier, Salz, Mehl und Backpulver hinzugeben und mischen. Die Milch unterrühren, bis der Teig nur noch schwer vom Löffel fällt. 2/3 des Teiges in die gefettete Kuchenform geben. In den restlichen Teig die Kakaomischung unterrühren. Den dunklen Teig auf den hellen in die Form geben und mit einer Gabel spiralförmig durch beide Teigschichten ziehen: so entsteht das typische Marmormuster.

Backen
Gasherd: Stufe 2 – 3
Elektroherd: 175 – 200 Grad
Backzeit: 50 – 65 Minuten

Tipp: keine Kräuter oder Pflanzen untermischen!